Denk jij ook weleens aan mij?

W0216342

Van Jill Mansell zijn verschenen:

Solo
Open huis
Tophit
Kapers op de kust
Hals over kop
Geknipt voor Miranda
De boot gemist
Millies flirt
Niet storen!
Kiezen of delen
Gemengd dubbel
Geluk in het spel
De prins op het verkeerde paard
Schot in de roos
En de minnaar is…
Ondersteboven
Scherven brengen geluk
Eenmaal andermaal verliefd
Versier me dan
De smaak te pakken
Drie is te veel
Vlinders voor altijd
Huisje boompje feestje
Rozengeur en zonneschijn
Je bent geweldig
Lang leve de liefde
Ik zie je op het strand
Stuur me een berichtje
Ik wil met je mee!
Heerlijk duurt het langst
Tot aan de zon en terug
De zomer van je leven
Het zonnetje in huis
Een dag om nooit te vergeten

Jill Mansell

Denk jij ook weleens aan mij?

Vertaald door Marja Borg

LUITINGH-SIJTHOFF

© 2025 Jill Mansell
All rights reserved
© 2025 Nederlandse vertaling
Uitgeverij Luitingh-Sijthoff bv, Amsterdam
Alle rechten voorbehouden. Tekst- en datamining zijn niet toegestaan.
Oorspronkelijke titel *An Almost Perfect Summer*
Vertaling Marja Borg
Omslagontwerp Ingrid Bockting
Omslagbeeld Ingrid Bockting
Opmaak binnenwerk Crius Group, Hulshout

ISBN 978 90 210 5176 5
ISBN 978 90 210 5177 2 (e-book)
ISBN 978 90 210 5411 7 (luisterboek)
NUR 302

www.jillmansell.nl
www.lsuitgeverij.nl
www.boekenwereld.com

Uitgeverij Luitingh-Sijthoff vindt het belangrijk om op milieuvriendelijke en verantwoorde wijze met natuurlijke bronnen om te gaan. Bij de productie van dit boek is daarom gebruikgemaakt van papier waarvan het zeker is dat dit niet tot bosvernietiging heeft geleid.

Voor mijn prachtige kleindochter Jess

Pine Lodge
Hay Hall
Bay House
TIN LANE
POTTER'S FIE
Nicks kantoor
Starbourne
STARBOURNE SURGERY
doktersprakrtijk
HIGH STREET
CROW LANE
Esme's Cottage
de Angel Inn

Starbourne Manor
supermarkt
Dora's Cottage
Nicks
Cottage
Nella's Cottage

1

Mensen konden echt vies tegenvallen.

Toen Nella twee minuten eerder haar auto had geparkeerd voor de boerderijwinkel van Dubarry, had ze de man al uit zijn zeer bemodderde auto zien stappen, en ze had hem bij zichzelf negen sterren gegeven, hoewel hij er misschien niet meer dan acht verdiende, aangezien hij zijn auto al in geen maanden had gewassen.

Maar omdat ze nooit tien sterren gaf, omdat niemand nu eenmaal zo perfect was, was acht nog een prima score. De man was begin dertig, schatte ze, hij droeg een zwart suède jack en een afgedragen spijkerbroek met Timberlands eronder, en toen hij de winkeldeur openhield, zag ze dat hij de roodharige vrouw die net naar buiten wilde, een brede lach toewierp.

Het was wat je noemde een erg mooie lach. Logisch dat de roodharige vrouw bloosde.

Binnen was het druk, en de winkel rook heerlijk naar versbereid eten. Nella liet haar blik over de stapels kleurige groentes en vruchten glijden, de rijen koelingen met delicatessen zoals goudkleurige hartige taarten en quiches, sappen en een uitgebreide collectie wijnen. Het was het soort plek waar mensen naartoe gingen om aan hun vrienden te laten zien dat ze daar hun inkopen deden, en ze snapte best waarom. Om zich heen kijkend, zag ze achter een groot eiland vol dure chips, nootjes, crackers en ontelbaar veel soorten kaas, ineens waar ze naar op zoek was.

En toen ze bij de bloemenafdeling helemaal achter in de winkel aankwam, stond hij daar; met zijn rug naar haar toe keek hij naar de bloemen in zilveren emmers, zich zichtbaar afvragend welke hij zou nemen.

Nella, die precies wist wat ze wilde, zei 'Pardon' om erlangs te kunnen.

Maar net op dat moment deed hij een stap naar voren en pakte de bos rozen in de kleur van een zonsondergang uit een emmer. Pas daarna drong tot hem door dat er iets tegen hem was gezegd, en hij draaide zich iets om en deed beleefd een stap opzij.

'O!' zei Nella met een blik op de inmiddels lege emmer.

Hij nam haar verbaasd op. 'Is er wat?'

Ze keek naar de bos in zijn hand. 'Sorry, ik wilde ze net pakken toen je...'

'Toen ik je te snel af was? Blijkbaar hebben we allebei een zeer goede smaak.'

'Ja.' Nella glimlachte, terwijl ze zijn lange donkere wimpers bewonderde en wachtte tot hij zich gewonnen zou geven, zoals iedere fatsoenlijke man in zo'n geval zou doen.

Toen hij verder niets zei, maar haar slechts geamuseerd bleef aankijken, zei ze: 'Sorry, maar...'

'Je zegt wel steeds sorry,' zei hij, 'maar ik krijg niet de indruk dat je echt ergens spijt van hebt.'

Wauw. Hij wond er geen doekjes om.

'Nou, het spijt me dus echt wel dat jij de laatste bos oranje rozen hebt gepakt.'

'Er zijn nog genoeg andere kleuren. Keuze zat.' Hij maakte een uitnodigend gebaar naar de emmers.

Er zat niets anders op dan het hem uit te leggen. 'Het punt is dat ze voor mijn opa's graf zijn. Oranje rozen waren zijn lievelingsbloemen.'

'Dat geloof ik meteen. Ze zijn ook heel mooi.' Haar tegenstander trok een wenkbrauw op, het was te zien dat hij haar niet geloofde. 'En ik wil ze kopen voor de verjaardag van een heel speciaal iemand, omdat het ook háár lievelingskleur is. Anders had je ze natuurlijk mogen hebben. Dus sorry.'

'Och, en nu ben jij degene die het niet meent.' Dit werd belachelijk. En dan te bedenken dat ze hem bijna negen sterren had gegeven. Nou ja, dat was van een afstandje geweest, zo zag je maar weer eens dat uiterlijk niet alles zei.

Wat een zak.

Met een scheef hoofd keek hij haar aan en vroeg: 'Wat zou je hebben gedaan als ze geen oranje rozen hadden gehad?'

'Dan zou ik zijn doorgereden naar de volgende bloemenzaak in de hoop dat ze die daar wel zouden hebben.'

'Echt?'

Ze knikte. 'Natuurlijk.'

'En als die ze dan ook niet hadden gehad?'

Dit verliep helemaal niet volgens plan. 'Dan zou ik net zolang zijn blijven zoeken tot ik ze had gevonden.'

'Je bent een behoorlijke doorzetter.' Hij nam haar aandachtig op. 'Ben jij zo iemand die altijd haar zin wil krijgen?'

Wilde hij soms zeggen dat hij haar verwend en egoïstisch vond?

'Het gaat er niet om wat ik wil,' zei ze, 'maar om wat mijn opa zou willen.' Dat was nog waar ook.

'Zijn ze echt voor zijn graf? Of lieg je me maar wat voor?'

Ze schudde haar hoofd. 'Ik lieg niet over dode familieleden.'

'Heb je er daar veel van?'

'Ze zijn allemaal dood.'

Hij boorde zijn blik in de hare, alsof hij in haar hersens wilde kijken. Toen knikte hij en zei: 'Dat vind ik oprecht erg. En dat meen ik.' Hij stak haar de rozen toe en er verscheen weer die lach op zijn gezicht die ze al eerder had gezien. 'Neem maar. Het was leuk bekvechten met je. Doe je opa de groeten van me.'

Hoera, ze had gewonnen! Al voelde ze zich ook een ietsepietsie schuldig. Terwijl ze de spanning uit haar schouders voelde wegtrekken, pakte ze de bloemen van hem aan. 'Dank je. Dat betekent veel voor me.'

'Wat bijvoorbeeld?' Hij klonk speels.

Nou, het betekent bijvoorbeeld dat ik heb gewonnen.

Hardop zei ze: 'Het betekent dat jij trots op jezelf kunt zijn. Je hebt iets aardigs gedaan voor een volslagen onbekende vrouw.' Na een korte aarzeling voegde ze eraan toe: 'En wat ga jij nu doen? Naar een andere bloemenzaak rijden?'

Grijnzend draaide hij zich om en pakte een bos alstroemeria's uit een van de andere zilveren emmers. 'Nee hoor, ze houdt ook van gele bloemen.'

Hij had dus de hele tijd een spelletje gespeeld, gewoon voor de lol, en misschien ook om haar een lesje te leren omdat ze er gewoon van uit was gegaan dat ze de strijd om de oranje rozen wel zou winnen.

'Nou, nogmaals bedankt,' zei ze.

'Welke begraafplaats?'

Ze trok een wenkbrauw op. 'Je gelooft me nog steeds niet?'

'Misschien wel, misschien niet.' De zilveren kerstverlichting aan het plafond flakkerde, aan-uit, aan-uit, en verlichtte zijn streperige blonde haar.

'Naast de kerk in Starbourne. Als je er morgen heen gaat, kun je deze op zijn graf zien liggen.'

'Woon je hier in de buurt?'

Ze schudde haar hoofd. 'Nee, ik ben hier voor een kort bezoekje. Ik woon in Manchester en ik rij vanavond meteen weer terug.'

Zijn ogen waren heel donkerblauw, en ze glinsterden, alsof het hem speet dat wat een in potentie belangrijke ontmoeting had kunnen zijn, een ontmoeting met mogelijkheden, geen optie meer bleek te zijn. Het was als langs Tinder scrollen, iemand zien die er interessant uitzag en dan ontdekken dat hij of zij honderden kilometers bij je vandaan woonde. Je swipete naar links en scrolde weer verder, want waarom zou je de moeite nemen om naar rechts te swipen?

Het enige wat hij had gedaan was in een boerderijwinkel vierenhalve minuut de degens kruisen met een tegendraadse onbekende vrouw.

Ze nam aan dat hij haar in zijn hoofd van het schermpje swipete, weg uit zijn leven.

'Oké,' zei hij met een vriendelijk lachje. 'Jammer.'

Nella rekende de bloemen af, liep de winkel uit en stapte weer in haar auto. Het was nog maar vijf kilometer rijden naar Starbourne en het was raar om na al die tijd weer terug te zijn; na de dood van haar opa had ze geen reden meer gehad om om de paar maanden terug te komen, zoals ze had gedaan toen hij nog leefde.

Gedreven door nieuwsgierigheid was ze hier vandaag naartoe gereden, na het verlovingsfeest van een vriendin, gisteren in een hotel in het nabijgelegen Stroud. Toen ze vanochtend wakker was geworden, in de wetenschap dat ze pas 's avonds weer in Manchester hoefde te zijn, had ze in een opwelling besloten om naar het twintig kilometer verderop gelegen dorp te gaan waar ze na de dood van haar moeder bij haar opa Vernon was gaan wonen. Ze zou zijn lievelingsbloemen op zijn graf zetten en dan even het dorp in wandelen om te zien wat er allemaal was veranderd en misschien even te praten met een oude bekende.

Onderweg begon op de autoradio ineens een nummer waar haar nekhaartjes van overeind gingen staan; bij de eerste akkoorden kwamen er allemaal ongewenste herinneringen naar boven.

Hè bah, nee, daar heb ik geen zin in.

Ze zette een andere zender op en slaakte een zucht van verlichting toen 'Mr Brightside' van de Killers de auto vulde. Veel beter. Gelukkige herinneringen deze keer, van dansen op het strand in Barcelona, de hete Spaanse zon die haar rug geselde... heel anders dan hier nu, half december, met temperaturen van onder nul en de wegen nog glad van de ijzel. Gelukkig was ze een goede chauffeur.

Helaas was iemand anders dat niet. Er kwam onverwacht een grijze bestelbus achter haar aansnellen die haar wilde inhalen in de bocht die zo zou komen, net op het moment dat er op hoge snelheid een motor van de andere kant aan kwam.

Nella trapte op de rem en rukte het stuur naar links; de motor schoot langs haar heen, en de chauffeur van de grijze bestelbus gaf gas en wist op de een of andere manier zijn auto weer onder controle te krijgen, terwijl die van haar in een slip raakte. Ze had nog net genoeg tijd om te denken 'dit was het dan' voordat er een groepje bomen voor haar opdoemde en de zijkant van de auto een stenen muur raakte en de wereld ineens zwart werd.

2

Zwart werd grijs.

En toen lichter grijs.

Geluid. Mensen die ergens op de achtergrond schreeuwden, wat de achtergrond dan ook mocht zijn.

Au...

Het geluid van knerpend metaal.

'Jezus,' zei een stem van onverwacht dichtbij. 'Hallo, kun je me horen? Kun je je ogen opendoen?'

Dat bleek moeilijker dan ze had verwacht en er waren dan ook een paar pogingen voor nodig, net als wanneer je ontwaakte uit een diepe slaap terwijl je maar een uur had geslapen. Maar het lukte en ze knipperde een paar keer met haar ogen om te snappen wat ze zag. Een stenen muur, dichtbij, en overhangende takken die tegen de voorruit waren geplet. Meer kon ze op dit moment niet zien. Nella sloot haar ogen even en deed ze toen weer open. De wazigheid in haar hersens begon op te lossen, net als die van haar zicht, en ze schudde voorzichtig haar hoofd. Au, niet zo'n goed idee.

'Probeer je niet te bewegen,' beval de stem, die hier op de een of andere manier niet op zijn plaats leek, maar haar tegelijkertijd ook bekend voorkwam. Nadat ze voorzichtig haar hoofd van rechts naar links had bewogen, zag ze de man uit de boerderijwinkel naast haar zitten.

'Ik zei niet bewegen,' bracht hij haar in herinnering, maar niet op boze toon.

Alles was nog steeds wazig, als in een droom. Nella vroeg: 'Wat doe je in mijn auto? Heb ik je ontvoerd?'

'Nee, je hebt me niet ontvoerd. Je bent tegen een muur geknald.

Vertel me eens waar je precies pijn hebt.'

'Ik heb niks. Alleen een bult.' Behoedzaam raakte ze de rechterkant van haar hoofd aan die het autoraampje had geraakt.

'Weet je wie je bent?'

'Ja, dank je.'

'Nou?' Hij nam haar nog steeds bezorgd op.

'O. Nella. Nella Hughes.'

'Mooi.' Hij knikte.

'Klopt dat? Heet ik echt zo?'

'Dat weet ik niet. Ik kan wel even in je tas kijken.'

'Hoeft niet. Ik weet dat ik het ben. Vandaag is het vrijdag 16 december. Zes keer elf is zestig en nog wat, zo ongeveer. Wat denk je, zal ik proberen achteruit te rijden, weg van de muur?'

'Misschien niet meteen. De ambulance en politie zijn onderweg. Hoe voelen je armen en benen aan? Heb je ergens pijn?'

'Ik geloof van niet.'

'En je borst?'

'Er is niks mis met mijn borst. Hoewel...' Ze trok de voorkant van haar sweatshirt open, tuurde erin en zag dat ze haar comfortabele groengestreepte beha droeg.

'Hoewel wat?' Hij klonk geschrokken.

'Mijn vriendin Trish zegt dat je altijd mooi ondergoed aan moet doen voor het geval dat je overreden wordt door een bus. En als ik geweten had dat dit zou gebeuren, had ik dat ook beslist gedaan.'

'Nou ja, niks aan te doen.'

'Denk je dat de artsen en de verplegers me zullen uitlachen als ze mijn beha zien?'

Voor het eerst glimlachte hij. 'Ik weet zeker dat ze het wel aankunnen. Hoeveel is zes keer elf?'

Deze keer wist ze het antwoord. 'Zesenzestig.'

'Heel goed.'

'Volgde je me soms? Vanaf de boerderijwinkel?'

'Nee. Nou ja, niet op een stalkerige manier. Ik moest gewoon dezelfde kant uit en toen zag ik dat je in een slip raakte en ben ik gestopt om je te helpen. Ik wist pas dat jij het was toen ik het portier opendeed. Je was echt even buiten westen. Ik was bang dat je...'

'Dood was?'

Hij knikte. 'Ja.'

Ineens herinnerde ze zich het nummer weer dat te horen was geweest vlak voor het ongeluk. Jon Bon Jovi die zong 'Wanted Dead or Alive'. Omdat ze dat niet had willen horen, had ze een andere zender opgezet.

'Nou, ik leef nog,' zei ze, terwijl ze in de verte het geluid van sirenes dichterbij hoorde komen.

'Gelukkig maar,' zei de man uit de boerderijwinkel. Het ge-ta-tuut-tatuut van de sirene werd nu begeleid door ritmische blauwe flitsen die de auto vulden. 'Ze zullen willen weten wie ze moeten inlichten. Je familie.'

'Die heb ik niet.' Ze fronste terwijl ze het zich probeerde te herinneren. 'Had ik je dat niet al verteld? Ze zullen genoegen moeten nemen met mijn baas.'

Sommige dagen verliepen niet precies zoals je had verwacht.

Nick Callaghan was beslist niet van plan geweest om een hele middag door te brengen op de afdeling Spoedeisende Hulp van het plaatselijke ziekenhuis, alleen maar om een volslagen onbekende vrouw gezelschap te houden, hoewel ze voortdurend had gezegd dat dat echt niet hoefde. Maar hij had gewoon moeten blijven, hij kon niet anders. Iets in Nella Hughes had hem geraakt en daarom had hij urenlang doorgebracht op een zeer oncomfortabele plastic stoel tot de artsen waren komen vertellen dat ze haar een nachtje ter observatie in het ziekenhuis wilden houden.

Niet dat Nella dat nodig had gevonden. Ze had al een verklaring afgelegd bij de politie en haar hoofdpijn was ook stukken minder; wat haar betrof kon ze gaan.

'Ik voel me prima,' protesteerde ze. 'Het is nergens voor nodig om me hier te houden.'

'We doen het voor alle zekerheid,' zei de arts.

'Ik heb alleen een bult op mijn hoofd!'

'Nou, het is wel iets meer dan dat.' De arts keek Nick vragend aan. 'Je zei dat ze buiten bewustzijn was toen je haar vond?'

Nick knikte. 'Dat klopt.'

'Maar ik voel me weer goed,' zei Nella bijna smekend.

'Het is gewoon de procedure. We moeten je even in de gaten houden.'

Ze slaakte een zucht. 'Ik haat ziekenhuizen.'

De arts glimlachte. 'Soms ben ik er ook niet echt dol op. Als het er morgen goed uitziet, mag je naar huis. Afgesproken?'

'Afgesproken,' zei ze. 'En sorry voor mijn beha.'

'Geen probleem.' Geamuseerd wendde de arts zich tot Nick. 'Als alles goed is, kun je haar morgenvroeg komen ophalen.'

'Ik weet niet eens wie hij is,' zei Nella. 'Of waar hij woont.'

De arts wierp een blik op Nick, blijkbaar bang dat ze toch geheugenproblemen had.

'Maar dat maakt niet uit. Ik neem wel een taxi naar het station. Maar... ik weet dat het veel gevraagd is, maar zou je iets voor me kunnen doen?' Ze keek naar Nick en wees toen naar de bos oranje rozen die boven op de kleine koffer lag die ze had meegenomen in de ambulance. 'Als je die bloemen naar het graf van mijn opa zou kunnen brengen en hem kunt uitleggen waarom ik zelf niet kan komen, dan zou dat fantastisch zijn. Hij heet Vernon Hughes en hij ligt links op het kerkhof, vlak bij een groot beeld met gouden engelen bovenop en...'

'Weet je wat, ik kom je gewoon morgenvroeg ophalen en dan kun je die bloemen zelf op zijn graf leggen,' zei Nick.

De verplegers op de afdeling hadden het druk, maar waren wel opgewekt, de vrouw in het bed naast het hare had haar een handvol Quality Streets gegeven voor bij het ontbijt, en de bult op haar rechterslaap was indrukwekkend paars, wat precies bij haar oogschaduw paste.

Het mooiste was echter dat de arts haar op zijn ronde had onderzocht en had verklaard dat ze naar huis mocht.

Al helemaal in de kleren, in kleermakerszit op het bed, pakte Nella haar mobiel en belde het nummer dat Nick Callaghan haar gisteren had gegeven. Als hij echt zo heette tenminste. Het zou pas echt grappig zijn als hij haar zomaar een willekeurig nummer had gegeven...

Maar nee, hij nam na de tweede keer overgaan al op.

'Ik vind het echt niet erg, hoor, als je van gedachten bent veranderd,' begon ze. 'Ik kan gewoon een taxi nemen en...'

'Ik ben niet van gedachten veranderd. Mag je naar huis?'

'Ja, ik ben weer zo vrij als een vogeltje. Nou, zie maar dan wanneer je komt, als je het echt zeker weet. Ik zit op zaal 4B.'

'Ik ben al onderweg.' Hij klonk alsof hij glimlachte. 'Ik kom je zo bevrijden uit je cel.'

Toen hij een halfuur later de zaal op liep, was Nella niet de enige die dat opviel.

'Nou, die mag er zijn,' zei Pam, de koningin van Quality Street. 'Als ik vijftig jaar jonger was geweest, wist ik het wel.'

De jonge verpleegster die haar verband verschoonde, zei: 'Pam, gedraag je.' Maar toen ze opkeek en Nick zag, begon ze te blozen.

'O nee, niet jij ook,' mopperde Pam. 'Ik moet me al gedragen sinds mijn vijfentwintigste. Daar ben ik zó klaar mee.' Ze gaf Nella een knipoog. 'Geniet maar van hem zolang het kan, schat.'

Grinnikend pakte Nick Nella's koffer. 'Klaar?'

'Helemaal. Nee, dat hoeft niet,' voegde ze eraan toe toen hij haar een arm wilde geven. 'Ik ben geen invalide, ik heb niks.'

Het was begonnen te sneeuwen. Uit een staalgrijze lucht dwarrelden dikke vlokken naar beneden terwijl ze naar Starbourne reden. Na een tijdje remde Nick af bij een bocht in de weg en zei: 'Hier was het.'

Haar auto was natuurlijk al weggehaald, al was het technisch gesproken niet haar auto maar die van Tommy. Maar de politie had geregeld dat hij naar een garage in de buurt was gesleept waar hij gerepareerd zou worden, tenzij de verzekeraar besloot dat hij total loss was. Ze zag de afgebroken takken, en op de stenen muur waren ook wat butsen te zien, maar hij stond in elk geval nog overeind.

'Ik heb geluk gehad.' Ze rilde even toen ze dacht aan het moment waarop ze in een slip was geraakt. Onwillekeurig raakte ze even de bult op haar slaap aan. 'Het had veel erger kunnen zijn.'

'Niet meer aan denken.' Nick reed langs de plek van het ongeval.

'Maar het is juist goed om eraan te denken,' wees ze hem erop. 'Ik had wel dood kunnen gaan. Ik had dood kunnen zijn. Daar gaat het nou net om, toch? Mensen worden iedere dag wakker en gaan er dan van uit dat het weer een gewone dag zal worden. Het komt niet bij ze op dat er iets kan gebeuren wat hun leven compleet op de kop zal zetten. Of dat het ten einde kan komen.'

'Vrolijk,' zei Nick.

'Mensen zeggen altijd dat je iedere dag moet leven alsof het je laatste is, maar de meeste mensen doen dat niet.'

'Is dat vanaf nu het idee? Om iedere dag te leven alsof het je laatste is?'

Ze lachte. 'Nee, want dat zou een ramp worden. Stel je voor dat iedereen dat deed. We zouden geld uitgeven dat we niet hadden en eindigen met enorme schulden. Je moet verstandig zijn en plannen maken voor de toekomst. En hopen dat je niet doodgaat voordat je daar bent.'

Zijn mondhoek ging iets omhoog. 'Ben jij verstandig?'

'O, ja.'

'Superefficiënt?'

'Zeker weten.'

'En laat me raden, ook compleet zelfstandig.'

Ze hadden elkaar pas gisteren leren kennen, maar hij deed het goed. Nella zag het bord van Starbourne door de sneeuw heen opdoemen.

'Wat moet je anders zijn?' Uit nieuwsgierigheid vroeg ze: 'Maar waarom zeg je dat?'

Hij haalde zijn schouders op. 'Ik heb gewoon het gevoel dat ik je ken.'

O, echt niet.

Toen ze een paar minuten later het dorp in reden, hield ze haar telefoon omhoog en filmde het zich ontrollende tafereel. Starbourne was typisch zo'n pittoresk dorp dat vakantiegangers in de Cotswolds gezien moesten hebben, groter dan sommige andere dorpen, maar kleiner dan een stad. De brede hoofdstraat bestond uit een allegaartje van aantrekkelijke rijtjeshuizen, vrijstaande cottages en grotere villa's met tuinen om jaloers op te worden, en met hier en daar een winkel, een paar kantoren en wat pubs. En omdat het december was, hing overal kerstverlichting, niet alleen achter de ramen maar ook buiten, en op het driehoekige stukje gras naast het oorlogsmonument stond een prachtige kerstboom.

Met de vallende sneeuw, die inmiddels op de daken en stoepen bleef liggen, was het echt belachelijk Instagrammable allemaal.

Nella bleef filmen terwijl ze verder reden. Ze herkende de gebouwen natuurlijk, maar er waren ook dingen veranderd sinds haar laatste bezoek: een paar winkels die ze niet kende, terwijl andere winkels waren verdwenen, nieuwe namen boven weer andere zaken en voordeuren in nieuwe kleuren.

Het voelde niet echt als thuis – daarvoor had ze hier te kort gewoond – maar de aanblik van de cottage van haar opa zou alles weer terugbrengen.

Maar dat was voor later. Ze zou hem eerst op het kerkhof opzoeken, en dat was waar Nick haar nu heen bracht. Hij reed langs de bushalte en draaide toen het parkeerterrein voor de kerk op.

Hij bleef in de auto wachten terwijl zij met de oranje rozen over het pad links van de kerk liep. Ze passeerde het barokke graf met de gouden engelen, van ene Eunice Honeywell, die de gezegende leeftijd van honderdenvijf had bereikt en wier graf de bewonderenswaardige woorden *Nooit getrouwd, nooit willen trouwen ook* droeg.

Nella kwam aan bij het graf van haar opa; het was van grijs marmer en net zo bescheiden en onmodieus als Vernon zelf was geweest, want hij had de steen zelf uitgekozen en betaald, een paar weken nadat hij te horen had gekregen dat hij ongeneeslijk ziek was. Ze wist dat hij dat had gedaan om ervoor te zorgen dat zij geen moeilijke beslissingen hoefde te nemen terwijl ze in de rouw was, en omdat hij net zoveel van haar had gehouden als zij van hem.

Ze vulde de metalen vaas bij het kraantje, schikte de rozen er zo mooi mogelijk in, hoewel ze natuurlijk niet lang goed zouden blijven in dit weer, en daarna verwijderde ze het onkruid en de bevroren bladeren van het graf.

'Hoi opa, daar ben ik weer. Het was een beetje lastig om jouw lievelingskleur te krijgen, maar weet je wat, ik heb gewonnen. En toen ben ik tegen een muur gereden vanwege een of andere stomme auto, maar ik heb niks. Ik werk nog steeds voor Tommy in Manchester. En hij is natuurlijk nog steeds een ramp, met al zijn trucjes, maar ik probeer hem op het rechte pad te houden.' Ze zweeg even en vervolgde toen: 'Herinner je je die sneeuwpop nog die we in de achtertuin hebben gemaakt toen ik net bij je was komen wonen? Ik zei dat ik daar te oud voor was en jij zei prima, dan blijf je maar binnen terwijl ik er eentje voor mezelf maak.' Ze glimlachte bij de herinnering, want nadat ze drie minuten door het kleine huiskamerraam van Tin Cottage naar haar opa had staan kijken die sneeuw rolde om de sneeuwpop te maken, had ze toch geen weerstand kunnen bieden en was ze naar buiten gegaan. Het was de dag waarop ze had geleerd dat je nooit te oud kon zijn voor dingen als sneeuwpoppen of sneeuwballengevechten.

'Hoe dan ook, ik moet straks met de trein terug, maar daarvoor ga ik nog even langs de cottage. Even kijken hoe alles erbij staat, kijken of ze de moestuin wel hebben bijgehouden.' Grinnikend klopte ze op de grafsteen. 'Hoewel dat een behoorlijke klus is, hè?'

Toen ze weer bij de auto was, zei ze: 'Sorry. Ik heb het zo kort mogelijk proberen te houden.'

'Geen probleem. Ik vond het wel leuk zoals je tegen je opa stond te kletsen.'

'Had je soms afluisterapparatuur in het graf verstopt?'

Hij glimlachte. 'Ik zag je lippen bewegen. En je gebaart met je handen als je praat. Maar luister, het is lunchtijd. Als je zin hebt, in de Angel kun je lekker eten.'

Hij had ook al aangeboden om haar naar het station te brengen.

'Dat hoeft niet, hoor.'

'Dat weet ik. Maar het lijkt me leuk. En ik heb ook trek.'

Nella had lauwe pap en Quality Streets als ontbijt gehad. 'Ik ook. Als je het echt zeker weet, dan heel graag. Maar mag ik je nog één ding vragen? Kunnen we eerst even langs mijn oude huis rijden?'

'Natuurlijk.' Nick zette de motor weer aan en reed achteruit de parkeerplek af. 'Zeg maar waar ik heen moet.'

'Tin Lane. Het is de cottage halverwege de straat, net na de rij kastanjebomen.' In haar handen wrijvend om op te warmen, vervolgde ze: 'Als er iemand thuis is, ga ik vragen of ik even binnen mag kijken, al weet ik heus wel dat sommige mensen daar niet op zitten te wachten, vooral niet als ze niet hebben opgeruimd of... Wat?' Ze stopte met praten, omdat Nick haar een eigenaardige blik toewierp. 'Wat is er? Waarom kijk je me zo raar aan?'

'Nou. Het spijt me.' Het klonk alsof hij het meende. 'Maar je zult het huis niet kunnen zien.'

'Hoezo niet?' Was het soms gekocht door mensen die het alleen als vakantiehuis gebruikten en die er een hoge schutting om hadden laten zetten en waakhonden in de tuin hadden lopen?

'Tin Cottage bestaat niet meer,' zei Nick.

3

Hij reed er toch naartoe, naar de plek waar de cottage ooit had gestaan en nu niet meer stond. Geen sprookjeshuisje met glas-in-loodramen, geen keurig onderhouden voortuin en geen grote moestuin compleet met kas en houten schuur aan de achterkant.

Nu was er een tennisbaan, een hottub en een zwembad, op het terrein ter grootte van een supermarkt.

En daar stonden in totaal vier huizen op.

Nella keek er zwijgend naar. Het was alsof haar opa en de cottage waarin hij bijna zijn hele leven had gewoond nooit hadden bestaan. Het kwam zo onverwachts allemaal dat het was alsof ze een stomp in haar maag kreeg.

'Maar de cottage hoorde bij het landgoed, hij werkte voor de familie.'

'De familie heeft een stuk land verkocht,' vertelde Nick. 'Vier jaar geleden al.'

'Nou, wel een heel groot stuk dan.'

'Ruim acht hectare. Ze hadden al een bouwvergunning aangevraagd en die werd toegekend. Het land is toen geveild met toestemming om er... dit allemaal neer te zetten.' Hij gebaarde en het was alsof er iets van berouw in zijn ogen flakkerde.

'Jij zou een slechte spion zijn,' zei ze tegen hem.

'Hoezo?'

'Jouw gezicht. Die blik van jou, die sprak boekdelen. Jij had er iets mee te maken, hè? Ben je soms aannemer?'

'Nee, ik heb het niet gebouwd.' Na een korte stilte voegde hij eraan toe: 'Maar ik heb de bouw wel mogelijk gemaakt.'

Op de dames-wc van de Angel Inn bestudeerde Nella haar gezicht in de spiegel boven de wasbak. Ze kamde haar haren die vochtig waren van de sneeuw naar achteren en deed voorzichtig wat foundation op de blauwe plek om de mensen in de bar niet de stuipen op het lijf te jagen.

Het was niet Nick Callaghans schuld dat het huis van haar opa met de grond gelijk was gemaakt; hij had het niet gedaan om haar te pesten. En het was ook niet zo dat Vernon door kwaadaardige projectontwikkelaars zijn huis uit was gegooid en genoodzaakt was geweest om in een of ander armetierig flatje zijn laatste dagen te slijten. Hij was tien jaar geleden overleden, lang voordat het land was verkocht door de familie Peverell, die aan de rand van het dorp woonde in Starbourne Manor en eigenaar was van het landgoed. Ze mochten dan acht hectare van hun land hebben afgeschraapt, er was nog genoeg over om ze bezig te houden.

Bovendien zou het gemakkelijker zijn geweest om een hekel aan de huizen te hebben als ze foeilelijk waren geweest, maar dat waren ze niet. Ze waren goed ontworpen en zagen er mooi uit. Zo te zien had Nick prima werk afgeleverd.

Nog wat lippenstift en dan was ze klaar. Hij zat op haar te wachten aan een tafel bij een van de ramen.

'Alles goed?' vroeg hij toen ze ging zitten.

Ze knikte. 'Ja. Het kwam gewoon nogal als een schok, meer niet.'

'Logisch. Sorry.'

Nog meer verontschuldigingen. 'Jij kunt er niks aan doen.'

Hun drankjes werden op tafel gezet, alcoholvrij, want hij moest haar nog naar het station rijden en zelf wilde ze niet in de trein naar Manchester in slaap vallen.

Nick zei: 'Het moet... Ik kan me eigenlijk niet voorstellen hoe het moet voelen voor jou.'

'Het was een heerlijke plek om te wonen. Maar zo lang heb ik hier ook weer niet gewoond.' Omdat ze het niet nodig vond om hem alle bijzonderheden te vertellen, zei ze: 'Ik ben op mijn achttiende naar Edinburgh verhuisd, waar ik als nanny ging werken voor een advocatenechtpaar met een tweeling. Nadat ik dat twee jaar had gedaan, ben ik in hotels gaan werken, overal in het land en ook in het buitenland, om uiteindelijk manager te worden van Colworth Manor, in de buurt van Bath. De eigenaar daarvan is Hector McLean, die die Dennis de Teckel-boeken heeft geschreven, maar het hotel wordt gerund door zijn dochter Daisy.'

'Ik ken dat hotel wel.' Nick knikte even bij de herinnering eraan. 'Ik ben daar ooit op een bruiloft geweest. Hector speelde toen doedelzak.'

'Hij wil samen met zijn doedelzak begraven worden als hij doodgaat.' Nella glimlachte. 'Hij is me er eentje. Nou ja, dat geldt ook voor zijn dochter. Ik vond het heerlijk om er te werken.'

'Waarom ben je dan weggegaan?'

'We kregen een gast die Tommy Kessler heette.'

'O, ik weet wie dat is.'

'Ja, dat weet iedereen.' Tommy Kessler was opgegroeid in een achterbuurt in Edinburgh; hij had zich als tiener beziggehouden met allerlei louche zaakjes tot hij dj was geworden in nachtclubs en daarna muziekpromotor in Londen en Manchester. Hij was niet op zijn mondje gevallen en had overal een mening over, maar hij deed het met flair en een ondeugende lach. Hij werd steeds bekender, sloot vriendschap met de bands die hij goed vond en maakte ruzie met de bands waar hij een hekel aan had, en met de macht die zijn stoute-jongetjes-imago met zich meebracht, lukte het hem een eigen keten van nachtclubs op te zetten.

'Heb je iets met Tommy Kessler gehad?' De uitdrukking op Nicks gezicht hield het midden tussen verbaasd en geïmponeerd.

'Nee,' zei ze snel. Tommy had natuurlijk wel een poging gewaagd, maar ze had hem afgewezen, want ze wist dat hij echt met iedereen flirtte, van parkeerwacht tot potplant. 'Hij heeft toen de boel nogal op stelten gezet in het hotel en er kwamen klachten van andere gasten, maar het is me gelukt om de gemoederen te bedaren. Hij bleef twee weken en iedere dag was er wel iets wat ik moest zien op te lossen. Hij was een complete ramp, maar het lukte me om alles in goede banen te leiden, want dat was nu eenmaal mijn werk. En toen, op de laatste dag, vertelde hij me ineens dat hij het allemaal expres had gedaan omdat hij wilde weten hoe goed ik was in het oplossen van problemen.'

Hij knikte. 'En je was met vlag en wimpel geslaagd.'

'Inderdaad. En toen vroeg hij of ik voor hem wilde komen werken, want hij had iemand zoals ik nodig. Een fixer die ervoor zou zorgen dat alles op rolletjes liep. Nou ja, voor zover dat mogelijk is natuurlijk, want we hebben het wel over Tommy Kessler.'

'En je zei meteen ja.'

'Ik zei nee. En toen verhoogde hij het salaris. En toen nog een keer.' Ze nam een slokje van haar drankje. 'En toen zei ik ja.'

'Wauw. Nooit spijt van gehad?'

'Totaal niet. Voor Tommy zorgen is zoiets als een huis vol apen onder controle houden, maar het is nooit saai. En hij betaalt goed. Ah, daar heb je de serveerster. We moeten bestellen.'

Terwijl ze aten – bouillabaisse, kaassoufflé en knapperige frietjes – kwam er een groepje met sneeuw bestoven veertigers de pub in; ze groetten Nick uit de verte en bestelden toen een rondje bij de bar.

'Vrienden van je?' vroeg ze.

'Gasten. Ze zitten deze week in een van de huizen. Dat is onze business,' legde hij uit. 'Vakantieverhuur voor grotere groepen. Luxe-accommodatie voor een luxeprijs, als een vijfsterrenhotel, maar dan zonder last te hebben van andere gasten. We doen dit nu drie maanden en het loopt goed.'

'O. Oké. Ik dacht dat je die huizen verkocht en ik vroeg me al af aan wie dan, omdat ze zo groot zijn.' Belangstellend vroeg ze: 'Heb je zelf veel met de gasten te maken?'

Hij haalde zijn schouders op. 'Ik ga soms langs om te kijken of alles naar wens is, maar we laten ze voornamelijk met rust. Als er problemen zijn, kunnen ze het hoofdkantoor in Londen bellen en dan zorgt iemand daar ervoor dat het wordt opgelost. En na hun vertrek brengt de schoonmaakdienst alles weer in gereedheid voor de volgende gasten.'

'Dat klinkt allemaal erg efficiënt. En wat doe jij precies?'

'Ik ben het bedrijf drie jaar geleden begonnen, met behulp van investeerders. Ik hou me bezig met de financiële kant en ga op zoek naar potentiële gebouwen die we zouden kunnen renoveren of stukken land waar we iets nieuws op kunnen zetten. Op het ogenblik loopt er een project net buiten Cirencester waar ik de leiding over heb, en ik ben eigenlijk ook altijd op zoek naar nieuwe investeerders.' Geamuseerd liet hij erop volgen: 'Je hoort het, ik hoef me ook nooit te vervelen.'

Ze knikte, terwijl ze nog een frietje aan haar vork prikte en een blik wierp op het groepje aan de bar. Iedereen had alleen nog maar oog voor zijn of haar mobieltje en je kon gewoon zien dat ze uit de stad kwamen, al hadden ze dan heuse countrykleren aangetrokken: smetteloze groene Barbour-jassen, dure spijkerbroeken en corduroy broeken zonder ook maar een spatje modder erop.

'Nee,' zei een chic uitziende vrouw, terwijl ze geïrriteerd haar hoofd schudde. 'Niets.'

'En deze neemt gewoon niet op,' zei haar vriendin.

Een stevige man in een rode corduroy broek slaakte een geërgerde zucht. 'Hij zei dat ik het over een paar uur nog maar eens moest proberen. Ongelooflijk. Wat bezielt die lui?'

'We zullen de Dove moeten bellen om te annuleren,' zei een andere man. 'We kunnen daar nooit meer op tijd zijn.'

'Jij kunt toch rijden,' zei de vrouw die vermoedelijk zijn echtgenote was.

'Maar ik ben jarig! Ik wil ook wat kunnen drinken. Het loopt allemaal heel anders dan ik me had voorgesteld.'

'Echt belachelijk dat ze hier geen Uber hebben,' jammerde de tweede vrouw. 'Hopeloos gewoon!'

Nella fluisterde: 'Jij zou ze ook kunnen brengen.'

4

Nicks wenkbrauwen schoten omhoog. 'Ik? Echt niet.'

'Waarom niet? Ze hebben voor de lunch gereserveerd in de Dove. Dat heeft Michelin-sterren. Hij is jarig!' zei ze.

'Het is niet mijn schuld dat ze niet van tevoren een taxi hebben geregeld.'

Ze tikte de naam van het restaurant in op de kaart op haar telefoon. 'Het is nog geen acht kilometer rijden. En als je nou eens die mensen naar het restaurant brengt in plaats van mij naar het station?'

'Luister, als je aan dat soort dingen begint, houdt het nooit meer op. Dan word je een soort voetveeg.'

'Ze hebben een heel duur vakantiehuis van je gehuurd. Je gaat er echt niet aan dood om iets voor ze te doen. Dat zouden ze zeer op prijs stellen.'

'Maar dan mis jij je trein.'

'Nou en? Dan neem ik wel een trein later.'

Nick dacht even na en schudde toen zijn hoofd. 'Nee, het is echt mijn probleem niet.'

Net toen de jarige job nog iemand probeerde te bellen stond Nella op en stak haar hand op om zijn aandacht te trekken. 'Sorry, ik hoorde dat jullie naar de Dove wilden en ik kan jullie wel brengen.'

De gasten draaiden zich eensgezind om. De vrouw van rodebroekmans vroeg: 'Heb jij een taxi dan?'

'Nee, ik zal jullie in jullie auto moeten brengen. Maar ik ben verzekerd en mag in elk voertuig rijden. Jullie moeten dan nog wel een taxi regelen voor de terugweg, maar als jullie willen, kan ik dat ook wel voor jullie doen.'

'Nou, wie je ook bent, ik hou van je.' De jarige job spreidde verrukt zijn armen.

'Ja, maar wie is ze eigenlijk?' Zijn vrouw gaf hem een stevige por in zijn zij. 'Zo meteen zet ze ons af bij het restaurant en dan zien we haar of onze auto nooit meer terug.'

'Ik ben hier met Mr Callaghan.' Nella wees naar Nick. 'Hij had jullie zelf willen brengen, maar hij heeft helaas geen tijd, en daarom wil ik het wel voor hem doen. Trouwens, ik ben Nella Hughes. En gefeliciteerd met je verjaardag!'

'Nella, je bent onze reddende engel.' De jarige job pakte zijn autosleutels uit zijn jaszak. 'Deal!'

Zijn vrouw staarde ondertussen naar de blauwe plek op Nella's slaap. 'Allemachtig, hoe is dat gebeurd?'

Het was waarschijnlijk beter om niet te vertellen dat ze gisteren met haar auto tegen een muur was gereden. Diplomatiek zei ze: 'Het was glad op de weg, en toen raakte ik in een slip. Maar ik heb verder niets.' Nadat ze de sleutels van de man had gekregen, riep ze nog naar Nick: 'Ik ga deze aardige mensen even naar de Dove brengen. Bestel jij maar vast koffie voor jezelf en ga verder met je werk, ik ben zo weer terug.'

'Ik snap nog steeds niet waarom je dat hebt gedaan,' zei Nick toen ze twintig minuten later terugkwam.

'Ik ben een fixer. Als ik een probleem zie, wil ik dat graag oplossen.' Terwijl ze weer ging zitten, voegde ze eraan toe: 'Ze wilden me geld geven, maar dat heb ik geweigerd.'

'Dat is stom.'

'De vrouw van rode-broekmans is een interieurstyliste met een kwart miljoen volgers op Instagram. Ik heb tegen haar gezegd dat het jouw idee was dat ik ze even ging brengen. Ze zal iedereen jubelend vertellen dat je fantastisch bent.'

Hij schudde zijn hoofd. 'Wat betekent dat de volgende gasten verwachten dat ik ze ook ga rondrijden.'

Hij snapte het echt niet en dat verbaasde Nella hogelijk. 'Ze hebben niet een of ander tentje op een camping gehuurd. Mensen aan hun lot overlaten past niet bij iedereen.'

Hij trok een wenkbrauw op. 'Ik zie dat je brandt van verlangen om me iets te zeggen. Nou, vooruit met de geit.'

'We hebben in de auto zitten kletsen. Ze vonden het huis waar ze logeren echt fantastisch. Maar ze zouden het er nog fijner vinden als ze het idee hadden dat er een beetje voor hen werd gezorgd. Je zou een beheerder in dienst kunnen nemen,' legde ze uit. 'Iemand die dingen voor de gasten kan regelen. Uitstapjes. Kaartjes kopen voor het circus. Koks inhuren om lekkere maaltijden voor ze te bereiden. Schoonheidsspecialistes, masseurs, kaartjes voor de schouwburg... Wat de gasten ook willen, een beheerder kan het regelen. En als ze geen taxi kunnen krijgen, dan is er ook iemand die ze ergens naartoe kan brengen. Ze zeiden alleen maar dat het heel fijn zou zijn als er daar ter plekke iemand was voor de persoonlijke touch. En ik denk dat ze gelijk hebben.'

Nick dronk zijn koffie op en gebaarde naar de serveerster om de rekening. De serveerster reageerde verward, en Nella zei gauw tegen hem: 'De rekening is al betaald.'

'Wat? Hebben zij die betaald?' Hij wierp een blik op de autosleutels op de tafel.

'Nee, ik.'

'Waarom?'

'Omdat je al genoeg voor mij hebt gedaan. Het minste wat ik kan doen is jou op de lunch trakteren. Trouwens, je moet die sleutels aan ze teruggeven. Als ze niet thuis zijn, kun je ze in hun kluis stoppen. Zo, zijn we hier klaar? Zullen we gaan?'

Toen ze naar de deur liepen, kwam er net een vrouw van tegen de vijftig de keuken uit lopen; blijkbaar zat haar dienst erop en ging ze naar huis. Ze knipperde met haar ogen toen ze Nella zag.

'Kijk eens wie daar hebben!' zei ze vrolijk. 'Hoi lieverd, hoe gaat het met je?'

'Esme. Je bent geen steek veranderd.' Nella omhelsde haar. 'Het gaat goed, dank je. En hoe gaat het met de tweeling?'

'Die ploppen er baby's uit alsof het niks is. Ik heb al zeven kleinkinderen inmiddels. Wat leuk om je te zien. Het is een hele tijd geleden. Wat doe je hier?'

'Ik wilde gewoon even wat bloemen op opa's graf leggen.' Esme woonde al haar hele leven in het dorp en had jarenlang bij de bakker gewerkt. Ze was een warme vrouw die Nella heel vaak een gratis donut had toegestopt.

Met een liefdevolle blik op Nella zei ze: 'Wat lief van je. Vernon was echt een schat van een man. Je zult hem nog steeds wel vreselijk missen.'

Nella knikte. 'Ja.'

'En de cottage is afgebroken, had je dat al gehoord? Die prachtige tuin van hem. Nou ja, gelukkig heeft hij dat niet meer mee hoeven maken.'

'Ik weet het.'

'Hij had de beste bloemkolen van het hele land. En dan die pronkbonen van hem... Maar hoe gaat het met jou, schat? Gaat het goed met je?'

Blij dat ze haar blauwe wollen muts over haar voorhoofd had getrokken, zei Nella: 'Ja, het gaat goed met me. Echt heel goed.'

Maar Esme, die blijkbaar in het bezit was van röntgenogen, keek haar even scherp aan en trok toen de muts iets omhoog. 'Wat is dat dan? Wie heeft dat gedaan?'

'Niemand. Ik ben gisteren geslipt en tegen een muur gereden.' Aangezien Esme naar Nick keek, voegde ze er snel aan toe: 'Mr Callaghan heeft me gered. En nu brengt hij me naar het station, zodat ik daar de trein naar Manchester kan pakken.'

'Oké, maar pas goed op jezelf, schat.' Esme gaf haar een moederlijk klopje op haar schouders. 'En je weet ons te vinden als er iets is.'

Onderweg naar het station zei Nick: 'Dat idee van een beheerder. Dat klinkt eigenlijk best goed.'

Ze glimlachte. 'Dat is het ook. Ik zit vol goede ideeën.'

'Zou jij misschien...'

'Belangstelling hebben? Dank je, maar ik ben gek op de baan die ik nu heb, zelfs al word ik gek van mijn baas. En zoals ik al zei, hij betaalt me zo goed dat het stom zou zijn om bij hem weg te gaan. En nog wat,' vervolgde ze, 'misschien zou het slim zijn om in een minibus te investeren, dan kun je meer mensen tegelijk vervoeren, maar dan heb je wel iemand met een D1-rijbewijs nodig.'

'Een minibus?'

'Ik weet het, dat klinkt niet erg glamoureus. Maar met een extra lange limousine manoeuvreert het nogal lastig op al die bochtige wegen hier.'

Ze waren aangekomen bij het station. Haar trein zou over zes minuten arriveren. Nick pakte haar koffer uit de auto en gaf hem aan haar.

Hij zei: 'Het zijn een paar interessante dagen geweest.' Ze stonden tegenover elkaar. 'En bedankt voor je idee. Ik ga het echt overwegen.'

'Ja, dat zeg je nu.' Dat was nog iets waaraan ze gewend was geraakt in haar jaren in de dienstverlening: met je goede ideeën werd vrijwel nooit iets gedaan, zeker niet door leden van het andere geslacht.

Hij glimlachte. 'Misschien doe ik het echt wel.'

Ze keken elkaar aan terwijl de sneeuw traag om hen heen dwarrelde. Het was een van die beladen momenten waarop er van alles kon gebeuren. Een sneeuwvlok die groter dan gemiddeld was landde op de wimpers van Nella's linkeroog, waarna ze, geschrokken van de kou, begon te knipperen met haar ogen. Toen schoot ze in de lach, omdat de lievelingsfilm van haar opa *Brief Encounter* was geweest, met Celia Johnson en Trevor Howard in de hoofdrollen, een film over twee personages die elkaar op een station ontmoeten en dan verliefd worden, en dat alles op zeer bekakte toon.

En het was geen 'ze leefden nog lang en gelukkig' geworden.

Nick vroeg: 'En je lacht omdat...'

'Ik moest ineens denken aan een oude zwart-witfilm waar mijn opa zo gek op was.'

'Oké.' Hij knikte. '*Spartacus*?'

Ze grijnsde. 'Je zit in de buurt. Maar hoe dan ook, bedankt voor alles.'

'Graag gedaan. En jij bedankt voor de lunch.'

En toen viel er een stilte die werd doorbroken door het getoeter van een trein in de verte. Wat nu? Ineens had Nella echt heel veel zin om hem te kussen.

Maar dat zou maf zijn, en de kans dat ze elkaar ooit weer zouden zien was bijzonder klein. Hoewel het niets voor haar was om in paniek te raken, leek dat nu toch te gebeuren. Om zichzelf ervan te weerhouden iets gênants te doen, schudde ze zijn hand zoals wereldleiders elkaar de hand schudden.

Nick keek zo geschrokken dat ze dacht dat ze hem misschien pijn had gedaan.

'Oké, zo te horen komt mijn trein eraan. Dan ga ik maar. Goede reis.'

Shit. Verkeerde tekst. Ik ben degene die naar Manchester gaat, niet hij.

Nick was gelukkig zo aardig om haar daar niet op te wijzen. Hij zei alleen maar: 'Dank je. Dat gaat wel lukken.'

En mocht hij daarna in lachen zijn uitgebarsten, dan kon ze dat toch niet horen omdat haar ratelende koffer op wieltjes te veel herrie maakte terwijl ze hem over het parkeerterrein naar het stationsgebouw trok.

5

'Jemig, wat zie jij eruit.'

Tommy had haar nog niet eens in levenden lijve gezien, alleen maar door de camera naast de deur. Nadat hij haar had binnengelaten, begroette hij haar in de zilveren en kobaltkleurige hal onder de bijpassende kroonluchter van een glinsterende alligator die hij een jaar daarvoor had laten maken door een glas-in-loodkunstenaar uit Cornwall.

'Sorry voor de auto,' zei Nella, terwijl hij haar even omhelsde. 'Hij is pas na kerst klaar.'

'Maak je niet druk, auto's zat.' Het was geen grapje; Tommy was in het bezit van meerdere auto's, waarvan de meeste een stuk flitsender waren dan de Honda die zij in de prak had gereden. 'Gelukkig mankeer jij niks. Behalve dan dat je wel het monster van Frankenstein lijkt,' voegde hij er grijnzend aan toe. 'Trouwens, over kerst gesproken, wat vind je ervan?' Hij duwde de dubbele deuren open – 'Ta-daaa!' – om haar de zitkamer in al zijn opzichtige pracht en praal te tonen.

'Au,' zei Nella. 'Dat doet gewoon pijn aan mijn ogen.'

'Doe niet zo raar! Je vindt het fantastisch, dat weet je best.' Hij straalde van trots. 'Ik heb het speciaal voor jou gedaan!'

'Waarom?'

'Om je op te vrolijken na dat ongeluk. Ik dacht dat je blij zou zijn!'

Was dat ongeluk echt pas gisteren gebeurd? Het voelde als veel langer geleden. Ze had Tommy gisteravond vanuit haar ziekenhuisbed gebeld om hem te zeggen waar ze was. Tommy mocht dan in vele opzichten een hyperactieve nachtmerrie zijn, hij had ook een groot hart en vond het heerlijk om hulpbehoevende vrienden te vertroetelen. Nella wist dat hij een blingbling smaak had, maar deze keer had hij zichzelf echt overtroffen; zo'n beetje iedere vierkante centimeter van de enorme kamer was bedekt met zwarte en gouden kerstversiering, terwijl er ook nog een lichtshow op de muren en het plafond was te zien, zodat alles leek te golven als slangen.

De kerstboom was gigantisch en zwart en ging bedolven onder de lichtjes en kerstballen, en op de ronde goudkleurige eettafel stond een fles Krug te wachten in een met kristalletjes bezette ijsemmer. Het was altijd Krug. Als je begonnen was met niets en door hard werken, charisma en een paar obscure handeltjes een fortuin had weten te vergaren, dan waren dat soort dingen belangrijk. Tommy had als tiener op een strandfeest in Marbella een wereldberoemde soulzangeres leren kennen die bekendstond om haar voorkeur voor mooie jonge jongens. Het was de eerste keer dat hij een echte beroemdheid ontmoette en hij was in de ban geraakt van haar glamour, en zij op haar beurt was openlijk geamuseerd geweest door de sterretjes in zijn ogen. 'Wat is je lievelingsdrankje?' had hij eruit geflapt, en zij had geantwoord: 'Krug, schat. Altijd. Hoezo, wil je soms een fles voor me kopen?' Waarop Tommy had gezegd: 'Dat kan ik me op dit moment niet veroorloven, maar ooit zal ik zo'n fles voor je kopen. Dat beloof ik je.'

Helemaal betoverd door hem had ze hem op een drankje getrakteerd. Zeven jaar later, toen hij zijn eerste miljoen had verdiend, wist hij wist hij via een vriend van hem, een paparazzo, haar adres te ontfutselen. Toen hij de fles Krug eigenhandig bij de zangeres had afgeleverd, had hij haar verteld dat zij hem had geïnspireerd om zijn leven te veranderen en er een succes van te maken. Dat was natuurlijk niet zo – hij had al sinds zijn twaalfde niet anders gewild dan succesvol worden – maar ze vond het zo leuk dat ze zijn uitnodiging om zijn volgende nachtclub te openen meteen had geaccepteerd. Nella vermoedde dat ze zelfs even iets met elkaar hadden gehad, hoewel de vrouw oud genoeg was om zijn moeder te kunnen zijn.

'Heb je dit helemaal zelf gedaan?' vroeg ze, terwijl Tommy voorzichtig de kurk uit de fles trok.

'Doe niet zo stom, ik heb dat bedrijf ingeschakeld dat jij voor het laatste feest in de arm had genomen. Ik heb ze dubbel betaald en daarom wilden ze het vanochtend wel doen, voordat jij thuis zou komen.' Ongeduldig als hij was, schonk hij haar glas te snel in en het schuim druppelde op het hoogpolige witte tapijt. 'Alsjeblieft. Proost, snoepie. Je vindt het toch wel mooi?'

Snoepie. Ze moest altijd weer glimlachen om zijn gekke accent, een mix van Schots, Manchesters en Cockney.

'Het is allemaal heel erg jij. Wat maar goed is ook, want dit is jouw huis.'

'Alleen ben ik niet thuis met kerst. En daarom dacht ik dat jij misschien zin zou hebben om hier een paar weken te gaan zitten terwijl ik weg ben. Daarom heb ik dit allemaal gedaan, voor jou. Je vindt het hier vast leuker dan in je eigen flat, of niet soms? Ik bedoel, wie niet? Logisch toch?'

Haar flat bevond zich een paar kilometer verderop, in Stretford, en als je hem naar Didsbury zou kunnen toveren, dan zou hij precies in Tommy's keuken passen. Dit huis met zes slaapkamers was echt zijn grote trots.

'Zeker weten? Dat zou fantastisch zijn.' Ze knikte verwoed. 'Dank je! En het is ook wel logisch dat hier iemand is om een oogje in het zeil te houden.'

'Daar zit wat in. Als de kloteboefjes in deze contreien zouden weten dat dit huis leegstond, zouden ze meteen hun slag slaan.' Hij hief zijn glas. 'Op een verdomd mooie kerst voor ons allebei. Proost, schat.'

Tja, als voormalig kloteboefje kende hij de kloteboefjes. Nella wist dat Tommy op zijn achttiende zes weken gevangen had gezeten omdat hij tv's en andere elektronica had doorverkocht die door twee ooms van hem waren gestolen uit een onbewaakte vrachtwagen in Coventry.

Maar dat hoefde ze hem niet in herinnering te brengen; Tommy Kessler had zijn leven gebeterd. Zo werd beweerd. En dan had je nog steeds die bedenkelijke smaak van hem. Maar hij hield van dieren en was een watje wanneer hem werd gevraagd een goed doel te steunen of te bieden tijdens veilingen voor goede doelen, wat ook verklaarde waarom er een drie meter hoge draadsculptuur van een hengst in zijn achtertuin stond.

Al met al was ze echt belachelijk gek op hem. En terwijl de kerstlichtjes om hen heen flitsten en dansten, tikte ze met haar glas tegen het zijne en zei: 'Proost!'

Ping deed haar telefoon, ten teken dat ze een berichtje had gekregen, en ze pakte haar toestel uit de borstzak van haar denim jasje. Met een onverwachte scheut van plezier zag ze dat het van Nick Callaghan was.

Hopelijk heb je een goede reis gehad. Ik heb genoten van onze Brief Encounter. (Dat was ook de lievelingsfilm van mijn opa.)

Dat was alles. Kort en lief, zonder kusje aan het eind. Toch was het fijn om te weten dat hij aan haar dacht, en er verscheen een glimlach om haar mond.

'O, o.' Tommy keek haar overdreven aandachtig aan. 'Wie maakt je zo aan het glimlachen?'

Die stomme Tommy en zijn scherpzinnigheid; hij zag altijd alles.

'Ik glimlach helemaal niet.'

'Nee, vast niet. Vooruit, vertel.'

'Het is gewoon van die man over wie ik je vertelde, die me hielp na het ongeluk.'

'Ja hoor, gewoon...' zei hij. 'Hoe heet hij?'

Typisch Tommy, altijd recht voor zijn raap. Even overwoog ze om een naam te verzinnen, maar daar zou hij vast niet in trappen.

'Nick Callaghan.'

Twee seconden later liet hij haar het schermpje van zijn telefoon zien. 'Is dit hem? Ik zou die vent voor geen cent vertrouwen.'

Dat was ook typisch Tommy. Hij stond altijd meteen met zijn oordeel klaar. Geduldig vroeg ze: 'Waarom niet?'

'Ziet er veel te goed uit.'

'Je bedoelt beter dan jij.' Ze grinnikte, want Tommy had een smal, expressief gezicht met grote donkere ogen, een haakneus, en wenkbrauwen die onafhankelijk van elkaar bewogen. Hij mocht dan misschien niet een klassiek aantrekkelijke man zijn, vrouwen voelden zich toch tot hem aangetrokken, puur vanwege zijn charisma.

'Blond ook nog.' Hij keek nog eens naar de foto op zijn schermpje en rilde. 'Volgens mij is het geverfd.'

'Nee, hoor,' zei ze.

'O, je verdedigt hem ook nog.'

'Alleen maar omdat jij zegt dat hij zijn haar verft en dat is niet zo.' Als je iemands haar van dichtbij bestudeerde, zoals zij bij Nick had gedaan, kon je dat altijd zien. Bovendien was hij er niet het type voor.

'Dus je bent met hem naar bed geweest.'

'Nee! O mijn god, ik lag in het ziekenhuis!'

Hij lachte haar vierkant uit. 'Nou en? Dat heeft mij nog nooit ergens van weerhouden.'

Ze geloofde het onmiddellijk. 'Nou, dat is niet bepaald hygiënisch en je zou je moeten schamen. Trouwens, maak je maar niet druk over zijn uiterlijk, want ik zie hem toch nooit meer.'

'Hij heeft je net een berichtje gestuurd waar je om moest glimlachen. Zo.' Tommy hield zijn hoofd scheef en probeerde een smachtende, verliefde Disney-prinses na te bootsen.

Ze had beslist niet smachtend gekeken en ze was ook niet verliefd. Met een waarschuwende blik in zijn richting zei ze: 'Pas maar op jij. Hij heeft me een baan aangeboden.'

'Echt? De smiecht! En?'

'Ik heb nee gezegd.'

'Omdat ik een fantastische baas ben,' zei hij plagend, 'en omdat je het heerlijk vindt om voor mij te werken.'

'Nou ja, dat natuurlijk ook,' zei ze. 'Maar toch voornamelijk omdat je meer betaalt.'

'Tuurlijk betaal ik meer.' Hij gaf haar een knipoog. 'Ik ben niet gek.'

Er waren al een paar dagen verstreken toen Nick de kans kreeg om een gesprekje met Esme aan te knopen; hij was er expres voor gaan lunchen in de Angel Inn. Esme, die net klaar was met haar werk in de keuken, zat aan de bar koffie te drinken, wachtend tot het zou stoppen met regenen.

'Dat was vast leuk, om Nella laatst tegen te komen.' Nick ging naast haar zitten en bestelde ook iets te drinken. 'Je hebt haar zeker leren kennen toen ze hier bij haar opa woonde?'

'Ja. Het was zo'n lieve meid.' Esme knikte, zo te zien blij dat ze met iemand kon praten zolang ze hier nog vastzat.

'Ze heeft me over hem verteld,' zei Nick.

'Ach, Vernon. God hebbe zijn ziel.'

'Nella hield echt veel van hem.'

'Hij was er voor haar toen het nodig was. Nou ja, iemand moest het doen, toch? Maar hij deed het. Per slot van rekening hadden ze alleen elkaar nog.'

'Ja, ze vertelde me dat ze verder geen familie meer had.' Hij knikte langzaam als een ernstige journalist, terwijl Esme haar lepeltje in het schuim van haar cappuccino stak. Waar veranderde gewone belangstelling precies in pure nieuwsgierigheid? Hij had Nella niet naar de precieze details gevraagd toen ze het had verteld, maar hij kon haar niet uit zijn hoofd krijgen. Hij wilde meer over haar weten. Was het verkeerd om hier in de Angel op zoek te gaan naar meer informatie?

'Nee, niemand.' Esme nam een slok van haar hete koffie. 'Maar waarom vraag je dat?'

Misschien kwam je met eerlijkheid wel het verst. Rustig zei hij: 'We hebben elkaar vrijdag leren kennen en ze ging op zaterdag alweer naar huis, naar Manchester. En waarschijnlijk zie ik haar nooit meer. Toch zou ik best wat meer over haar willen weten. Ik... ben gewoon benieuwd.'

'Doet ze het goed daar? In Manchester?'

'Zo te merken wel. Ik heb haar een baan aangeboden.' Hij haalde zijn schouders op. 'Maar blijkbaar heeft ze daar al een betere baan.'

'Aha, ze heeft je afgewezen en nu moet je steeds aan haar denken. Tja, zo gaat dat altijd.' Esme grinnikte. 'Ik ben blij dat het goed met haar gaat. Dat verdient ze, na de start die ze had.'

Nick zei: 'Je hoeft me niks te vertellen, hoor, als je dat liever niet wilt.' Wat pure bluf was en hij zou zichzelf voor de kop slaan als hij het nu had verpest.

Esme nam er de tijd voor om nog wat meer bruine suiker in haar kopje te strooien en ze roerde nog een keer. Nadat ze weer een slok had genomen, knikte ze goedkeurend en zei: 'De vrouw van Vernon Hughes is in het kraambed gestorven. Ze waren jong getrouwd en twee jaar later was ze dood. Maar hij was een goede man, Vernon, en hij heeft hun dochter in zijn eentje grootgebracht. Nooit hertrouwd. En volgens iedereen was Geraldine tot ongeveer haar vijftiende een schat van een kind; toen kreeg ze verkeerde vrienden en kwam ze in de problemen. Nee, niet dat soort problemen, niet meteen. Drank en drugs. En door die lui ging ze een heel ander leven leiden. Ze trok met ze door heel Europa en kwam alleen maar terug als ze geld nodig had, al had die arme vader van haar het ook niet breed. En toen kreeg ze iets met een jongen en raakte ze zwanger van Nella, maar aan die vent had ze niets. Ze sleepten de baby een paar jaar met zich mee en gingen uiteindelijk in zo'n zelfvoorzienende commune wonen. En toen ging de vader dood aan een overdosis en nam Geraldine Nella mee naar een of andere plek in het noorden van Wales. Ik weet dat Nella daar naar school is gegaan, maar ze zeggen dat zij de volwassene van de twee was, dat zij voor haar moeder moest zorgen. Ze deed echt alles terwijl Geraldine vooral op bed lag. Echt heel droevig. Ronduit verschrikkelijk eigenlijk. Maar ze deed het, ook omdat ze bang was dat ze anders bij haar moeder zou worden weggehaald en wat moest er dan van Geraldine worden?'

Nick was geschokt. Jezus, dat was echt verschrikkelijk. Hij vroeg: 'Hoe oud was ze toen?'

'Even denken... Ze was negen toen haar vader doodging. We hebben het over de paar jaar erna. En toen Nella veertien was ging Geraldine dood. Ook aan de drugs. En toen kwam Nella hier, bij Vernon. En toen kreeg ze voor het eerst een normaal leven, de schat.'

Nella had hem hier niets over verteld. Hij kon zich er gewoon geen voorstelling van maken hoe het voor haar moest zijn geweest. Wat voor uitwerking had dat op een jong meisje, als je je eigen moeder moest bemoederen terwijl je nog op school zat? Nick werd gewoon al misselijk van het idee. En als je haar zo zag, zou je totaal niet kunnen vermoeden dat dat er allemaal achter schuilging. Hij schudde zijn hoofd en zei: 'Arm kind.'

Esme keek op haar horloge, dronk haar kopje in één teug leeg en liet zich van de barkruk zakken. 'Oké, ik ga. Tijd om de kleinkinderen op te halen van de opvang. Ja, ik weet het, ik zie er niet uit als een oma.' Ze wierp hem een stralende blik toe en pakte haar paraplu, want het regende nog steeds pijpenstelen. 'Dus nu weet je hoe het zit met Nella. Ze is echt een schat. Jammer dat je haar hebt laten gaan. Misschien had je haar een hoger salaris moeten bieden.'

Hij zag ineens weer voor zich hoe Nella de bult op haar slaap had aangeraakt en tegen hem had gezegd dat ze geluk had gehad, dat het veel erger had kunnen zijn.

'Misschien moet ik dat alsnog doen,' zei hij.

6

Als er iets was waar Lizzie Rafferty ongelukkig van werd, dan was het wanneer haar moeder haar vertelde dat ze geen reden had om ongelukkig te zijn.

'Maar hoe kun je je nu ellendig voelen terwijl je leven volmaakt is? Je leeft je droom! Je hebt alles wat je je maar kunt wensen,' had Vivienne uitgeroepen, niet bij machte het te begrijpen.

Ze kon haar moeder gewoon niet aan het verstand peuteren dat ze alleen maar had wat anderen dachten dat ze wilden hebben. Zodra je het had – en dat 'het' was succes, roem en geld – ontdekte je dat het lang niet zo fantastisch was als de rest van de wereld in zijn zalige onwetendheid dacht.

Lizzie liep al twintig minuten over Laguna Beach in haar hoofd ruzie te maken met Vivienne. Nu bleef ze even staan om naar de golven te kijken, die net zo meedogenloos aan kwamen rollen als het dagschema dat haar agent haar iedere dag om klokslag zes uur stuurde. De Californische lucht boven de golven was belachelijk blauw, het zeeschuim oogverblindend wit als porseleinen facings, en het gouden zand ongerept op drie voetsporen na waar vroege joggers, ongetwijfeld met volmaakt gebruinde en gebeeldhouwde lichamen, bij het krieken van de dag hun dagelijkse tien kilometer hadden gerend alvorens zich te douchen en naar hun werk te gaan.

De laatste keer dat ze had geprobeerd het haar moeder uit te leggen, had Vivienne gezegd: 'Misschien helpt het als je er wat meer je best voor doet. Want je kunt het nu niet zomaar opgeven, dat snap je toch wel? Je hebt nog niet eens een Oscar gewonnen.'

Het was zo'n opmerking die half voor de grap was gemaakt, maar toch niet helemaal een grap was. Haar moeder had haar vervolgens alle andere actrices van in de veertig in herinnering gebracht die hun werk serieus namen, die niet klaagden en die op een dag een armvol beeldjes in de wacht zouden slepen waarmee ze de wereld bewezen hoe getalenteerd ze waren.

Lizzie hield haar hoofd naar beneden toen de zoveelste mannelijke jogger langsrende. Maar deze man draaide zich ineens om, keek nog eens goed en bleef staan. Hij was gebruind, met spierbundels die bijna op knappen stonden, en hij hield zijn mobiel al op.

'Hé, Lizzie? Ik vind je echt te gek, man! Mag ik een selfie met je maken?'

Zelfs op het strand was zijn aftershave misselijkmakend. Bovendien staarde hij schaamteloos naar de omtrek van haar borsten in haar witte katoenen jurk. Ze zei: 'Sorry, het komt nu niet zo goed uit...' Daarna draaide ze zich om en liep weg.

'Ja,' riep hij haar na, 'ik had al gehoord dat je een bitch was.'

Veertien uur later, eindelijk thuis na een lange en saaie dag in de studio's, stond Lizzie zichzelf toe om een klein illegaal schaaltje ijs te eten – wat beslist rebels voelde – gevolgd door de luxe van een bevrijdende huilbui onder de douche.

Alleen bleek het allemaal toch niet zo bevrijdend te zijn, want een halfuur later was ze weer gespannen als een veer en kreeg ze steeds meer zin om te ontploffen. Was dit hoe je je voelde als je tegen een burn-out aan zat? Ze nam haar laptop mee naar het terras, ging op haar favoriete lounger zitten en scrolde langs allerlei websites op zoek naar hulp, wat voor hulp dan ook.

Aha, daar had je haar dagelijkse horoscoop die zei dat ze het gevoel had dat de muren op haar afkwamen.

Lizzie keek naar het uitzicht dat ze vanuit de Hollywood Hills over Los Angeles had, eindeloze rijen gebouwen die verlicht waren nu de zon was ondergegaan. Nee, meneer de horoscoopschrijver, dat hebt u toch mis.

'Je hebt het gevoel dat je iets moet doen om je leven ten goede te veranderen,' vervolgde de horoscoopman vlotjes, 'maar vandaag is het daar niet de dag voor. Wacht er nog even mee. Wees geduldig. Tel je zegeningen.'

Nee. Ze schudde haar hoofd. Nee, en nog eens nee. Jij begrijpt me totaal niet.

'Blijf waar je bent, verroer je niet,' ging de horoscoopman verder. 'Ervoor kiezen om niets te doen kan krachtig zijn en ook effectiever dan de strijd aangaan en daarmee misschien een vreselijke fout te begaan.'

Allemachtig man, maar wat als ik die strijd wil aangaan? Wat als de drang om de strijd aan te gaan gewoon door mijn aderen zoemt? Wat dan?

'Als je het formulier hier beneden invult en een bedrag van slechts 499,99 dollar overmaakt, dan kan ik je uitgebreidere informatie sturen en je waardevolle persoonlijke raad geven.'

Ja, hoor.

Gelukkig had ze nooit in horoscopen geloofd.

Ze ging verder met haar zoektocht naar hulp en deed wat ze altijd deed wanneer ze het niet meer wist en getroost wilde worden. Wat tegenwoordig zo'n beetje vierentwintig uur per dag was.

LUXUEUS VAKANTIEHUIS TE HUUR IN GROOT-BRITTANNIË. Dat waren de woorden die ze het liefst intypte in de zoekmachine, en daarna voegde ze er voor de afwisseling steeds een andere streek aan toe. Het Lake District was een van haar favorieten. Net als de Gower-kust in Wales. Ook in Cornwall had je het altijd voor het uitkiezen, net als in Devon, Sussex en Suffolk. Of anders Schotland of Ierland. Keus te over.

Haar vingers aarzelden boven het toetsenbord. Vanavond werd het County Dublin, de Cotswolds of de Yorkshire Dales. Haar schouders ontspanden zich al bij het vooruitzicht zo meteen door allerlei huizen te kunnen dwalen.

Yorkshire Dales, typte ze. En twintig minuten later had ze haar droomhuis gevonden, een plek waarnaar ze in haar gedachten kon ontsnappen.

Maar... waarom eigenlijk alleen in haar gedachten? Misschien moest ze het deze keer gewoon met haar lichaam en al doen. Per slot van rekening zat ze er echt helemaal doorheen. Uitrusten, relaxen, alles op een rijtje zetten, dat was wat ze wilde, wat ze nodig had; helemaal weg van hier en genieten van een compleet andere omgeving. Ze merkte dat ze sneller ging ademen terwijl ze overwoog van haar fantasie werkelijkheid te maken. Waarom niet? Waarom niet helemaal het tegenovergestelde doen van wat meneer de horoscoopman had gezegd en haar leven echt te veranderen?

Ka-boem, ka-boem, ka-boem deed haar hart terwijl ze nog eens naar het huis keek dat ze had uitgekozen. Het was een karaktervol vakantiehuis met zes slaapkamers, bijna vijf kilometer van het marktplaatsje Skipton, met uit alle ramen een prachtig uitzicht op heuvels en bossen. In de keuken stond een feloranje Aga – niet dat ze wist hoe die dingen werkten, maar dat deed er niet toe – en je was met de auto zo in het prachtige Forest of Bowland. En de mensen in Yorkshire waren heel vriendelijk, toch? Ze wist zeker dat ze dat ergens had gehoord. Ze kende de advertenties voor Yorkshire Tea.

Gewoon doen, zei het stemmetje in haar hoofd. Als betoverd staarde Lizzie naar de foto's van de verschillende kamers en probeerde zichzelf erin voor te stellen.

Ze pakte haar telefoon en toetste het nummer in. Het was hier in L.A. middernacht, dus dan zou het daar zeven uur 's ochtends zijn. En de mensen in Yorkshire stonden altijd vroeg op, toch?

Bij de derde keer overgaan werd er opgenomen.

'Hallo, ik wil graag het huis...'

'Wat! Dat meen je niet! Op de website staat duidelijk dat we van negen tot vijf bereikbaar zijn.' De stem was van een vrouw die niet klonk alsof ze uit Yorkshire kwam en ze klonk ook beslist niet vriendelijk.

Geschrokken zei Lizzie: 'Sorry, maar ik zit in L.A. en ik ga zo slapen. Ik dacht dat de telefoon wel uit zou staan als het te vroeg was.'

'Nou, dat is dus niet zo,' zei de vrouw geïrriteerd. 'Nou ja, aangezien ik nu toch wakker ben... Wat is de naam en welk huis wil je boeken?'

Op de website stond nadrukkelijk dat de huizen in bezit waren van de vriendelijke en gastvrije familie Pursey-Haigh. Er stonden foto's bij van Ruth en Robert Pursey-Haigh, die er allebei nogal paardachtig uitzagen, samen met hun lange, bleke tienerdochters.

'Ik heet Lizzie Rafferty. Ik zou graag dat huis met de zes slaapkamers voor een langere periode huren. Ben jij Ruth?' Zoals ze al had verwacht hoorde ze Ruth even naar adem happen.

'O mijn hemel, hallo! Ik had je stem moeten herkennen! Ja, ik ben Ruth Pursey-Haigh.' De irritatie was onmiddellijk vervangen door overdreven enthousiasme. 'O, mijn dochters zullen opgetogen zijn als ze dit horen! Maar vertel, welke data had je in gedachten, dan kunnen we...'

'Eigenlijk hoeft het al niet meer,' zei Lizzie. 'Dag.'

Ze drukte zo hard als ze kon op de toets om het gesprek te beëindigen en hoopte dat de vrouw er spijt van zou hebben dat ze zo onbeschoft tegen haar was geweest. Maar nu had ze zich dus voor niets in al die kamers van dat prachtige huis in de Yorkshire Dales voorgesteld. Nou ja, Ruth had haar kans gehad en ze had hem verknald.

Oké.

Ze vond wel iets anders.

En ze ging niet naar bed voordat ze een huis had geboekt.

Ook deze keer kostte het haar slechts twintig minuten om er een te vinden. Heel gemeen wilde ze het bedrijf voor halfacht bellen om te kijken of ze a) opnamen en b) aardig tegen haar deden voordat ze wisten wie ze was. Dat was belangrijk geworden.

Het huis dat ze had uitgekozen was Pine Lodge. Het was nieuw en in een eclectische stijl gebouwd, en werd zo genoemd omdat achter het huis een lange rij grote grove dennen stond die prachtig afstaken tegen een zachtblauwe lucht. Het huis zelf was op een hogergelegen stuk land gebouwd en vanaf de voorkant kon je oneindig ver kijken. In de keuken stond een tafel waar twintig mensen aan konden zitten, hoewel ze niet van plan was om iemand uit te nodigen. Er waren ook een privébuitenbad, een vuurplaats en een barbecue, en op het terras stond een hottub.

Hoewel het niet zo groot was als het huis in Yorkshire, zag het er uitnodigend uit. Het stond aan de rand van een dorp, Starbourne, dat ergens tussen de marktstadjes Stroud en Cirencester in de Cotswolds in lag. Achter in de huiskamer stonden een beeld van een felblauwe alpaca, een reusachtig schaakbord en een roze biljarttafel.

Wat kon een mens zich nog meer wensen?

Negentien minuten over zeven. Lizzie, die inmiddels het gevoel had dat ze op een missie was, nam een slok ananassap en toetste het nummer in.

Wees aardig, wees aardig, anders kun je de pot op en zoek ik wel iets anders. En denk maar niet dat ik dat niet doe, want ik ga dat echt doen.

'Hallo, met Starbourne Prestige,' zei een mannenstem. 'Wat kan ik voor je doen?'

Al stukken beter. Ze had even heel vaag het idee dat ze de naam kende, maar toen schudde ze haar hoofd. Ze had vorige week zilveren oogschaduw gekocht die Starburst heette, dat zou het zijn.

'O, nee!' riep ze. 'Ik bedenk ineens dat het nog heel vroeg is in Engeland! Heb ik je wakker gebeld?'

'Helemaal niet. Geen probleem.' Hij klonk geamuseerd. 'Zeg het maar, heb je al geboekt of wil je iets boeken?'

Hij had een vriendelijke stem. 'Ik wil iets boeken,' zei ze. 'Ik heb mijn oog laten vallen op Pine Lodge.'

'Goede keus. Al geldt dat voor alle huizen natuurlijk. Maar Pine

Lodge is ons nieuwste huis. Wanneer had je in gedachten?'

Ze dacht even na. Morgen zou het allermooist zijn, maar zelfs zij wist dat ze niet kon weglopen uit een film die speciaal voor haar was geschreven. Als ze dat deed, lag de hele productie stil en zou ze nooit meer aan de bak komen. Ze was het contractueel verplicht om de komende twaalf weken nog te komen opdraven. Wat op dit moment voelde als levenslang, maar dat was het natuurlijk niet. En ze kon het, want ze had geen andere keus. Maar nu zou ze in elk geval iets hebben om naar uit te kijken.

'Begin april. Voor... een paar maanden? Misschien zelfs wel drie?'

'Ik zal eens kijken. Je zou weleens geluk kunnen hebben, want zoals ik al zei is het een nieuw huis dat pas sinds gisteravond op de website staat. Nee, nog niets geboekt tot eind juni. Goed gedaan. Je hebt ons net op tijd gebeld.'

Hij klonk echt heel aardig. Ze hield van de warmte in zijn stem en van het feit dat hij behulpzaam was zonder te weten wie ze was. Bovendien werd het al laat. Een gaap onderdrukkend zei ze: 'Prima, kan ik het nu boeken? En is het daar een beetje rustig?'

'O, absoluut.' Daar had je hem weer, de glimlach in zijn stem. 'Het is er zo rustig als je wilt. En het staat nog niet op de website vermeld, maar er komt hier ook een beheerder die al je wensen kan vervullen. Sorry, dat klonk een beetje dubieus. Zo'n beetje al je wensen.'

Lizzie gaapte nu echt; ze wilde alleen nog maar slapen. Nu ze eenmaal de keus had gemaakt, ebde de door wanhoop gedreven adrenalinestoot weer weg. 'Dank je. Ik weet niet of ik wensen zal hebben, maar het is fijn om te weten. En jij klinkt aardig. Ben je dat ook?'

Hij lachte. 'Af en toe.'

'Ik heb eerst een ander huis proberen te boeken, maar de vrouw daar was kwaad omdat ik haar uit bed had gebeld.'

'Dus je wist wel hoe laat het hier was!'

Die zat.

'Oef, betrapt.'

'En toen jij vroeg of je me wakker had gebeld, zei ik nee. Wat mijn eerste leugentje van de dag was. Dus ik denk dat we quitte staan. Goed, zal ik het huis dan maar voor je boeken? Op welke naam kan ik het zetten?'

'Lizzie Rafferty.' O alsjeblieft, hap niet naar adem.

'Oké. Schrijf je Lizzie met een y of ie?'

'Met een ie.'

'En je adres?'

Ze gaf hem het adres van haar agent.

'Ben jij soms Lizzie Rafferty de actrice?' Zijn stem was niet veranderd.

'Ja, een bijzonder vermoeide actrice.'

'Nou, hier kun je wel tot rust komen. Als je niet lastig gevallen wilt worden, dan regelen we dat.'

Ze kregen tranen in haar ogen van dankbaarheid, terwijl ze haar creditcard pakte om online te betalen. 'Dank je. Dat zou fantastisch zijn.'

7

Het was oudjaarsavond. Nou ja, het was inmiddels twee uur 's nachts en dus was het officieel nieuwjaarsdag, maar het leek er niet op dat de taxisituatie in hartje Manchester gauw zou verbeteren. IJskoude regendruppeltjes drongen door Nella's onpraktische dunne jas heen en ze wilde naar bed, maar dat was een kwestie van óf heel erg lang in de rij staan voor een taxi, samen met honderden andere feestgangers, óf de bijna acht kilometer lange tocht naar Tommy's huis te voet afleggen.

Of op de bank slapen van haar vriendin Trish, die heel dichtbij woonde.

'Toe.' Trish trok aan haar mouw. 'Kom nou maar gewoon met mij mee.'

Tja, dat was eigenlijk wel het meest logisch. Haar voeten deden zeer door haar hoge hakken en Trish had haar al verteld wat voor snacks ze allemaal in huis had. Ze stak haar arm door die van Trish omdat dat zo lekker warm was en zei: 'Oké dan, op naar de kaastosti's en augurken.'

'Maar je moet me één ding beloven.' Trish schudde met haar vinger naar haar. 'Je gaat me morgen niet wakker maken met die telefoon van je. Ik weet hoe je bent. O, ik heb een idee, geef je toestel maar meteen aan mij.' Iedereen wist dat Nella's telefoon continu overging met dank aan Tommy Kessler.

'Zo.' Met een plechtig gebaar zette Trish de telefoon uit en stopte hem in haar eigen tas. 'Je krijgt hem morgen terug.'

Uiteindelijk gingen ze rond vier uur slapen. Nella werd pas om halftwaalf wakker, wat wel in de krant mocht. Toen ze naar buiten keek, zag ze dat het niet meer regende en dat er een waterig zonnetje scheen.

Ze zette haar telefoon aan en schrok zich wild toen ze zag hoeveel berichtjes van Tommy er waren.

Ze had hem de avond ervoor net na middernacht gebeld, toen het vuurwerk was afgelopen, en ze hadden elkaar gelukkig nieuwjaar gewenst. Alles was toen nog in orde geweest.

En nu dit.

'Godzijdank!' schreeuwde Tommy toen hij haar stem hoorde. 'Ik dacht dat je dood was. Alles oké? Waar ben je? Ben je gewond?'

Blijkbaar had hij zich vreselijke zorgen om haar gemaakt. In verwarring gebracht zei ze: 'Ik ben oké. Ik kon vannacht geen taxi krijgen en heb bij Trish op de bank geslapen. Sorry, ik had terug moeten gaan naar jouw...'

'Stomkop, denk je eens in wat er dan had kunnen gebeuren. Je hebt niks en daar gaat het om. Jezus, ik dacht dat ik gek werd. Je zet je telefoon anders nooit uit!'

Nella scrolde met de snelheid van het licht en toenemende paniek door de stroom berichten die hij haar had gestuurd. Er was brand gesticht, een moedwillige poging om zijn huis in de fik te steken. Gelukkig was het brandalarm afgegaan, waardoor zijn buren waren gewekt, en door het snelle ingrijpen van de brandweer was voorkomen dat het hele huis compleet was afgebrand. 'Hoe erg is het?'

'Het is niet best. Het zal wel even duren voordat we er weer in kunnen.'

'Wie was het?'

'Ik heb de beelden van de beveiligingscamera's gezien. Twee jongens met capuchons op en hun gezichten bedekt. Ze staken wat lappen in de fik, duwden die door de brievenbus en gingen er toen als een haas vandoor.' Na een korte stilte vervolgde hij: 'Je bedoelt, wie zit erachter en heeft ervoor gezorgd dat hij zelf een waterdicht alibi heeft? Drie keer raden.'

Nella liep te ijsberen door de kamer, nog steeds gekleed in haar jurk van gisteravond. Haar hart ging als een gek tekeer. Tommy was vroeger bij duistere zaakjes betrokken geweest, maar voor zover ze wist, was dat echt verleden tijd. Ze hoopte maar dat hij niet in een of andere strijd verwikkeld was geraakt met een drugsbende uit de stad. 'Geen idee. Zeg jij het maar.'

'Ik had je moeten waarschuwen,' zei hij. 'God, je had wel dood kunnen zijn. Dit had echt nooit mogen gebeuren. Ik had echt niet verwacht dat hij erachter zou komen.'

'Wie?'

'Jed Diamond. Die man spoort niet. En hij wil me vermoorden.'

Jed Diamond was de eigenaar van de Ace of Diamonds, een grote concertzaal in Manchester, en er werd over hem beweerd dat hij betrokken was bij de import en distributie van drugs.

Ze sloot haar ogen. 'Maar waarom? Gaat het om het dealen van drugs? Maar daar heb jij toch niets mee te maken!' Als het wel zo was, zou ze hem eigenhandig vermoorden.

'Nee, natuurlijk niet.' Weer viel er even een stilte. Toen zei hij: 'Maar... ik heb wel iets met zijn vriendin te maken.'

'Wat?' Jed had het postuur van een grizzlybeer, met lang donker haar en ogen als krenten. Hij was begin veertig en stond bekend om zijn sluwe zakelijke brein en zijn felle karakter. Zijn vriendin was klein, gek genoeg helemaal niet glamoureus, en ongeveer vijftien jaar jonger dan hij. 'Juliet bedoel je?'

'Ja, ik bedoel Juliet,' beaamde Tommy.

Nou, dat kon je wel een donderslag bij heldere hemel noemen. Iedereen wist dat Jed zijn vriendin, die hij nu twee jaar had, op handen droeg. En iedereen wist ook hoe bezitterig hij was.

'En jouw huis in de fik proberen te steken is een waarschuwing?'

'Ze is bij hem weg. Ik hou van haar,' zei Tommy. 'En zij houdt van mij.'

'O god.' Nella kromp ineen. 'Wanneer is hij erachter gekomen?'

'Gisterochtend.'

'Hoe?'

'Per ongeluk. Juliet zat te facetimen met haar oma, die in een verzorgingshuis zit. Ik kwam naakt de slaapkamer uit en liep zo in beeld. Het blijkt dat de verzorger die haar oma's telefoon voor haar ophield, een neef van Jed is. Echt iets wat je nooit zou kunnen verzinnen dus.'

'En waar is Juliet nu?'

'Nog steeds hier. Bij mij.'

'In Spanje?' Nella had tot nu toe al zijn reizen geregeld, maar deze ene keer had Tommy de vlucht zelf geboekt. Ze had hem er nog mee geplaagd door te zeggen: 'Benieuwd waar dit ophoudt. Straks leer je ook nog om je eigen airfryer aan te zetten.'

'We zijn niet in Spanje. We zijn veel verder weg. Het is beter dat je niet weet waar ik ben.'

'O, Tommy.'

'Ik weet het.'

'Dit is niet goed.'

'Ook dat weet ik. Maar ik hou van haar.'

'Je hebt me er nooit iets over gezegd. Ik had geen idee.'

'Ik kon het je niet vertellen; je zou alleen maar hebben geprobeerd om me over te halen haar te laten gaan. En dat kan ik niet. Dat wil ik niet.'

'Maar wat ga je nu in godsnaam doen? Hij vermoordt je.'

'Daarom kom ik ook niet terug,' zei hij.

'Wat?'

'Ik heb al mijn rekeningen leeggehaald. We gaan offgrid. De juristen sluiten de clubs en verkopen alles. Auto's, het huis, alles.'

Nella had een droge mond gekregen. Het was gewoon te vroeg voor dit allemaal, ze was nog niet eens naar de wc geweest. Ze had een kop sterke koffie nodig, en wel nu onmiddellijk.

'En wat moet ik nu?' Egoïstisch misschien. Maar toch echt een vraag van levensbelang.

'Ik weet het. Het spijt me. Je krijgt nog twee maanden doorbetaald.'

'Oké.'

'Schat, het komt wel goed. Jij redt je wel.'

Dat was waar; ze had al veel ergere dingen meegemaakt en dat wist hij. 'Zal iedereen nu denken dat ik het al wist?'

'Nee. Hij wil alleen mij vermoorden.'

Ze schudde haar hoofd. 'Fijn. Ik voel me al stukken beter.'

Gelukkig had de sprinklerinstallatie in het huis haar werk gedaan. Meteen nadat de politie klaar was met het onderzoek, mocht ze naar binnen om haar spullen te pakken. Op de stoep hingen journalisten rond, want Jed Diamond en Tommy Kessler waren bekend genoeg om interessant voor hen te zijn, en blijkbaar was het geen geheim meer dat Jeds vriendin de afgelopen week niet samen met haar zus in Sevilla had doorgebracht.

De beschadigde Honda was gerepareerd en drie dagen daarvoor afgeleverd. Nella bevrijdde hem uit Tommy's grote garage en reed ermee naar haar flat, waar ze een douche nam en zich omkleedde. Een uur later reed ze naar Altrincham, naar het huis van Jed Diamond. Nadat ze via de intercom had gezegd wie ze was, gingen de hekken langzaam voor haar open. Afgelopen kerst waren Tommy en zij, tegen beter weten in, naar een van Jeds grootse feesten geweest; Jed pronkte graag met zijn huis en levensstijl. Ze had toen kennisgemaakt met Juliet en even met haar gepraat, en ze had verbaasd moeten vaststellen dat Juliet totaal niet leek op de eerdere vrouwen uit Jeds leven.

Toen ze uitstapte, zag ze Jed al op het bordes staan wachten. Hij droeg een blauwe kamerjas over een paars-groen gestreepte zijden pyjama en Versace-slippers.

Hij keek haar kil aan, met strakke ongeschoren kaken.

'Ik heb gehoord wat er is gebeurd. Ik heb er niets mee te maken.'

Natuurlijk wel, maar hij zou zijn sporen grondig hebben uitgewist.

Het belangrijkste was dat ze niet liet merken dat ze bang was. Kalm zei ze: 'Ik heb de afgelopen tien dagen in Tommy's huis gezeten. Het kwam alleen maar omdat ik vannacht geen taxi kon krijgen dat ik bij een vriendin heb geslapen. Maar dat kon jij niet weten. Ik had wel dood kunnen zijn.'

'Ik heb er niets mee te maken.' Hij herhaalde de verklaring op nietszeggende toon, alsof hij *Geen commentaar* zei.

'Jed, ik ben hier om je te vertellen dat ik helemaal niets wist van dit alles. Tommy belde me vanochtend omdat hij dacht dat ik dood was. En toen vertelde hij me wat er was gebeurd. En waarom. Dat hij het me niet eerder heeft verteld, is alleen maar omdat hij wist dat ik kwaad zou worden. En daar had hij gelijk in. Het is gewoon... stom.'

'Waar is hij?' Jed balde zijn enorme handen tot vuisten.

'Dat weet ik niet.' Ze rilde even toen er een ijzige wind door haar heen trok. 'Echt niet. Ik hoorde vanochtend pas wat er allemaal aan de hand was. Mijn baas is ervandoor met jouw vriendin. Zijn huis is een puinhoop. Ik ben mijn baan kwijt. En je moet me geloven als ik zeg dat ik van niets wist, want ik kan het er nu echt niet bij hebben dat ik 's nachts niet kan slapen omdat ik bang ben dat iemand mijn huis in de fik gaat steken.'

Er viel een lange stilte. Nella stopte haar handen in haar jaszakken, want ze had bijna geen gevoel meer in haar vingers. 'Ik ben mijn baan kwijt,' herhaalde ze nog eens met nadruk.

Boven hen zwermden en krasten kraaien. Ze had inmiddels ook al bijna geen gevoel meer in haar voeten. Toen zei Jed: 'Die baan van jou kan me geen ene reet schelen.'

Ze haalde haar schouders op. 'Nee, natuurlijk niet. Waarom zou het je wel wat kunnen schelen?'

Er bewoon een spiertje in zijn kaak. 'Maar ik geloof je. Hij is degene die het heeft gedaan. Niemand zal jou iets aandoen.'

Ze knikte. 'Dank je. En het spijt me dat het zo is gelopen.'

Even werden zijn ogen vochtig en zijn adamsappel bewoog op en neer. 'Oké.' Met een stem die ineens brak van emotie zei hij: 'Mij ook.'

8

'Nou, ze zal wel fantastisch zijn in bed.'

Het was het soort opmerking dat je wel moest horen, zelfs al probeerde je helemaal niet mee te luisteren. Nick, die op een ladder stond, was naar Hay Hall gekomen om een lamp te vervangen in de grote keuken met het hoge plafond, omdat de vaste klusjesman aan bed gekluisterd was na een val van het dak van zijn busje op oudjaarsavond. Hij had op dat moment de macarena staan dansen.

Het was halftien 's ochtends op de tweede dag van januari en de huidige gasten van het huis, een stel oude schoolvriendinnen die vierden dat ze dit jaar allemaal vijftig zouden worden, hadden zich in witte badjassen om de tafel verzameld voor koffie en croissants en keken naar een soort shownieuwsprogramma op de reusachtige tv aan de muur.

'Ja, sommige mensen hebben verborgen talenten.' Een andere vrouw schaterde het uit. 'De stille zijn altijd het ergst.'

Een brunette met grote krulspelden in haar haar zei: 'Nou, daar hoor jij dan niet bij, Bea!'

'Ja maar, kijk hem nou, hij is een grote, harige gangster en zij ziet eruit als een angstig muisje. En nu is ze ervandoor met Tommy Kessler, die alles op het spel zet om bij haar te kunnen zijn. Dan moet ze toch iets hebben.'

De ladder wiebelde even onder Nicks voeten toen hij de naam Tommy Kessler hoorde.

'Maar ik kan het haar niet kwalijk nemen. Die Tommy is dan wel een stoute jongen, maar hij heeft beslist iets. Ik zou ook geen nee zeggen.' Toen de vrouw zag dat Nick naar hen keek, barstte ze weer in lachen uit. 'O sorry, ben je nu geschokt? Handen voor de oren, jongeman!'

Het was zijn eerste ontmoeting met dit groepje dat de vorige avond was aangekomen; ze dachten vast dat hij de klusjesman was. Nick zei: 'Let maar niet op mij, dames. Maar wat is dat met Tommy Kessler?'

Ze wezen naar de tv, waar mensen op een bank de situatie bespraken terwijl er op het scherm achter hen foto's van de twee mannen werden getoond. 'Tommy is ervandoor met de vriendin van Jed Diamond. En op oudjaarsavond is Tommy's huis in de fik gestoken. Hij heeft al zijn clubs gesloten en niemand weet waar hij en zijn vriendin zijn.'

'Misschien zijn ze wel dood,' opperde een van de andere vrouwen met zichtbaar plezier. Maar toen zag ze de uitdrukking op Nicks gezicht. 'O, sorry. Ken je ze soms? Natuurlijk zijn ze niet dood.'

'Ik ken ze niet.' Hij schudde zijn hoofd. 'Ik ken alleen iemand die voor hem werkt.'

'Werkte. Verleden tijd,' zei een blondine in een pyjama met luipaardprint. 'Iedereen die voor hem werkte, is ontslagen.'

De eerste vrouw nam Nick belangstellend op. 'Hallo! Je doet het goed daarboven. Ben je single?'

Alle vrouwen begonnen te lachen en Nick deed net alsof hij het niet had gehoord. Nadat hij het nieuwe peertje erin had gedraaid, kwam hij de ladder af en zei: 'Zo, klaar. Mochten er verder nog problemen zijn, dan kunnen jullie het nummer uit de informatiemap bellen. Een prettige dag nog.' Hij klapte de ladder dicht en liep ermee naar buiten.

De rest van de ochtend had hij het druk met allerlei afspraken. Tijdens de lunch googelde hij de namen en stelde zich op de hoogte van de situatie in Manchester. Terwijl hij een bord pasta puttanesca in de keuken opwarmde, stuurde hij Nella een berichtje.

Heb net gelezen wat er op oudjaarsavond is gebeurd. Eng. Hopelijk gaat het goed met je.

Voordat hij de tijd had om zijn vork voor de tweede keer in zijn spaghetti te steken, kreeg hij al antwoord.

Het waren lastige dagen. Maar het gaat goed, behalve dan dat ik geen werk meer heb. Hoe dan ook, gelukkig nieuwjaar!

Hij legde zijn vork neer. Nella en hij hadden elkaar een paar korte berichtjes gestuurd en ze had hem verteld dat de blauwe plek op haar slaap was verdwenen, maar dat was alles geweest. Hij had niets gezegd over wat Esme hem in de pub over haar moeilijke jeugd had verteld. Toch had hij de afgelopen drie weken steeds aan haar moeten denken.

Ping. Een nieuw bericht. Hij pakte zijn telefoon en las het berichtje op het scherm.

Heb je toevallig nog nagedacht over dat idee van een beheerder voor je vakantiehuizen? (Ik vraag het voor een vriendin die daar uitermate geknipt voor zou zijn...)

Nick haalde diep adem; hij wilde dat hij wat gewetenlozer kon zijn. Hij typte terug:

Verdorie, had ik maar geweten dat jij die baan wel wilde. Ik heb voor kerst een advertentie gezet en heb de baan inmiddels aangeboden aan een vrouw uit Londen die op dit moment onderweg is naar Starbourne. Ze begint morgen. Sorry, echt een heel slechte timing.

Hij drukte op verzenden en wilde dat hij het soort man was die er totaal niet mee zou zitten om Lucy-uit-Londen te bellen en te zeggen dat de plannen waren gewijzigd, dat ze geen baan meer had, omdat hij die aan een ander zou geven, dus als ze zo goed zou willen zijn om haar auto te keren en terug te gaan naar waar ze vandaan was gekomen, dan zou dat fantastisch zijn.

Maar zo zat hij niet in elkaar. Het zou echt vreselijk zijn om iemand dat aan te doen. En het zou slecht zijn voor de naam van zijn bedrijf als ze op social media ging rondvertellen dat de directeur van Starbourne Prestige Properties een vuile leugenaar was die zijn beloften niet nakwam.

Ping deed zijn telefoon.

Geeft niet. Ik dacht ik vraag het even. Goed dat je het plan doorzet en succes ermee. Ik heb op je website gekeken (natuurlijk!) en je huizen zijn echt fabelachtig mooi. Xx

Tien seconden later volgde weer een ping.

Sorry voor de xx. Macht der gewoonte.

Nick glimlachte.

Nick:

Geen probleem. Ik hoop dat je gauw iets anders vindt.

Nella:

Vast wel. Uiteindelijk komt alles altijd weer goed.

Iets meer dan een uur later belde Lucy-uit-Londen met de mededeling dat ze over twee minuten in Starbourne was. Nick, die achter zijn laptop had zitten werken in de huiskamer van zijn cottage aan de hoofdstraat, liep naar buiten en wachtte haar op de stoep op.

Lucy bracht haar lichtblauwe Fiat tot stilstand, stapte uit en gaf hem een hand. 'Je moest eens weten hoe fijn het is om gewoon te kunnen parkeren zonder eeuwig rondjes te moeten rijden en er dan ook nog heel veel geld aan kwijt te zijn,' riep ze uit. 'Ik denk dat ik het hier heel leuk ga vinden.'

'Ik hoop het.' Hij had het sollicitatiegesprek met haar via Zoom gedaan en was toen onder de indruk geweest van hoe efficiënt ze overkwam. Ze droeg haar lichtbruine haar tot op haar schouders, haar ogen onder de krachtige wenkbrauwen waren grijs en ze had een camelkleurig broekpak aan met daaronder een frisse crèmekleurige blouse. Haar platte bruine schoenen waren glanzend gepoetst. Hij had haar aangenomen omdat ze hem bijzonder geschikt leek voor het werk, aangezien ze de afgelopen tien jaar in de horeca had gewerkt.

'Wat een mooi dorp!' Ze knikte goedkeurend terwijl ze haar blik over de hoofdstraat liet glijden. 'Wat een schattige cottages! Waar ga ik wonen?'

Nick wees naar het kleine huis dat aan het zijne vastzat. Daar had Albert, een van de oudere werknemers van het landgoed, altijd gewoond tot zijn dood een paar maanden voor kerst; het huis was schoongemaakt en opnieuw geschilderd. 'Dat daar. En ik zit hier, naast je.'

'Perfect.' Ze moest haar stem verheffen boven het geraas van een aankomende helikopter. 'En zijn die huizen allebei van jou? Moet ik mijn huur aan jou overmaken?'

'Nee. Ze zijn van de familie Peverell.' Hij wees naar de helikopter boven hen en pakte toen een sleutel uit de zak van zijn spijkerbroek. 'Kom, dan gaan we naar binnen. Moet ik nog iets voor je dragen?'

Terwijl ze de kofferbak opende en Nick de twee bij elkaar passende koffers eruit tilde, stelde hij zich voor hoe het zou zijn als het Nella was geweest die hier was komen werken. Natuurlijk zou dat opwindender zijn geweest en zou hij zich hebben verheugd op wat er dan ook in het verschiet lag. En misschien was het daarom maar beter dat hij Lucy had aangenomen, die vast ook heel goed zou zijn in haar werk, maar tot wie hij zich totaal niet aangetrokken voelde. Romantische verwikkelingen tussen collega's konden in het begin soms heel leuk zijn, maar als zo'n relatie op niets uitliep, kwam er altijd veel gedoe van, want het was heel ongemakkelijk om daarna nog met elkaar te moeten werken, en dat was dus het tegenovergestelde van leuk en daarom kon je dat soort dingen maar het best vermijden. Dat wist hij uit ervaring; hij had heel kort iets gehad met een collega die weigerde te accepteren dat het uit was en die hem in het bijzijn van collega's huilend had gesmeekt om er nog eens over na te denken. Hij had zijn lesje geleerd.

Lucy was nog niet binnen of ze sloeg haar handen in elkaar en riep: 'O, te gek. Ik ga hier heel gelukkig worden, dat weet ik gewoon.'

Nick merkte dat hij wat minder gespannen werd; hij had beslist de juiste keuze gemaakt.

Wanneer hij in de badkamerspiegel zijn gezicht zag, zag hij geen aantrekkelijk gezicht; het was gewoon zijn gezicht, het gezicht dat hij al zijn hele leven had. Maar hij was zich ervan bewust dat andere mensen hem aantrekkelijk vonden en zich daar vaak ook naar gedroegen. Meer dan andere mensen misschien was hij het gewend dat er vrouwen – en soms ook mannen – naar hem glimlachten en met hem flirtten. Hij merkte het wanneer iemand belangstelling voor hem had, hem graag beter wilde leren kennen. Lichaamstaal – een bepaald soort glimlach, een ondeugende blik, misschien een korte aanraking – maakte het gemakkelijk om de tekens te zien.

En het viel hem op dat Lucy geen van die tekens vertoonde, wat nog een pluspuntje was.

Hij ging haar voor naar de kleine keuken.

'Ik heb melk, brood en nog wat dingen in de koelkast gezet, en aan de andere kant van het dorp is een kleine supermarkt, maar als je het leuk vindt, kan ik voor vanavond ook wel een tafel voor ons reserveren in de Angel, of anders bij Bengal Raj, als je dat liever hebt.'

'Dank je. Ik vind het heel aardig aangeboden, maar ik wil me liever even settelen hier. Ik maak straks zelf wel wat klaar. Ik heb mijn airfryer bij me.' Ze ritste de koffer die het dichtst bij stond open en pakte hem eruit. 'Zie je wel? Ik zou niet weten wat ik zonder mijn airfryer moest. Dus je hoeft je over mij geen zorgen te maken. Ik red me wel.'

'Als je het zeker weet,' zei hij.

'Helemaal. En dan ben ik morgenvroeg om klokslag acht uur klaar om aan het werk te gaan.' Ze keek hem stralend aan. 'Je kunt niet vroeg genoeg beginnen! Ik heb er zin in!'

Nick zei: 'Volgens mij gaan wij heel blij van jou worden.' Ze zou de perfecte beheerder zijn.

9

Het was de laatste week van maart en de lente was gearriveerd in de Cotswolds. De winter lag achter hen, de sneeuw op de heuveltoppen was gesmolten en overal zag je tekenen van nieuw leven. Narcissen en krokusjes verlichtten de tuinen in Starbourne als gouden sterrenstelsels en de bomen waren bedekt met een waas van knoppen en kleine groene blaadjes. Overal rond het dorp deed de natuur haar best, er waren al lammetjes die capriolen maakten in de weiden, vogels verzamelden takjes en mos voor hun nesten en 's nachts kon je het verre, angstaanjagende gekrijs horen van vossen die zich overgaven aan paringsrituelen.

Nick begon echter te ontdekken dat de vossen van Starbourne verbleekten bij zijn buurvrouw. Het was een van die gênante situaties die zich nu eenmaal voordeden wanneer mensen dicht op elkaar woonden. Maar het was natuurlijk veel erger wanneer het iemand was met wie je samenwerkte, vooral als het iemand als Lucy was. Als beheerder voldeed ze op alle fronten; ze werkte hard, was efficiënt, misschien een beetje humorloos, maar heel betrouwbaar. Buiten het werk om bemoeide ze zich met niemand en bracht ze zo te horen haar tijd door met het fijnhakken van groente voor salades en het bereiden van gezonde maaltijden in haar geliefde airfryer. Ze draaide geen harde muziek, ze zong ook niet luidkeels en ze bewoog zich vrij geruisloos door haar huis; de afgelopen twee maanden had hij nauwelijks gemerkt dat ze er woonde.

Tot tien dagen geleden, toen de lente blijkbaar haar hormonen tot leven had gewekt.

Ze had ergens een vriendje opgeduikeld – via een datingapp,

nam Nick aan – en vermaakte zich prima met hem. Meer dan prima zelfs. Het was alleen jammer dat al die meer-dan-prima-momenten zich zo vroeg in de ochtend afspeelden. En ook jammer dat zijn slaapkamer aan de hare grensde.

Beng, beng, beng deed het hoofdeinde van Lucy's bed, waardoor hij voor de zevende ochtend op rij om... ja, om kwart over zes wakker werd. Nick slaakte een zucht en staarde naar het plafond. Weer niet uitslapen. Zijn eigen hoofdeinde maakte weliswaar geen geluid, maar trilde nu wel mee tegen de muur, en het gegil en geschreeuw begonnen nu ook...

'Ja, ja!'

Beng, beng! Beng!

'Ja, ja, ja!'

'Nee, nee, nee,' mompelde Nick. Hij hoopte dat ze een beetje zouden opschieten, maar uit ervaring wist hij dat dit pas het begin was. Werkte die man soms in ploegendienst en ging hij hierna naar huis om eens lekker bij te slapen? Hoewel hij wel een beetje nieuwsgierig was, was hij nog niet zo diep gezonken dat hij uit zijn slaapkamerraam was gaan hangen in een poging om een blik op te vangen van Lucy's oversekste nieuwe vriend met benefits.

Een vriend met zeer luidruchtige benefits. En het zou nog wel even doorgaan. Vermoeid gooide hij het dekbed van zich af en stapte uit bed, zich afvragend of Lucy wel besefte dat hij alles kon horen.

Ze waren nog steeds bezig toen hij tien minuten later, na het douchen, zijn slaapkamer weer in kwam. Hij kleedde zich razendsnel aan – 'O ja, o ja, niet stoppen!' – haalde een kam door zijn haar en pakte zijn telefoon, van plan om naar beneden te gaan. Maar hij bleef als aan de grond genageld staan toen hij het luide, aanhoudende *ttttrrrrringgg* van de deurbel van de buren hoorde. En nog eens hoorde. En nog eens.

Het stel in de slaapkamer naast hem kwam compleet tot stilstand. Heel even was het heerlijk stil. Op die bel na dan. Toen werd er met een vuist op de houten voordeur gebonkt, en een vrouwenstem schreeuwde woedend: 'Michael? Michael! Klootzak, doe die deur open! Ik weet dat je er bent!'

Heel even had Nick gedacht dat degene die aanbelde de buurman aan de andere kant was die wilde dat ze ophielden om hem op zo'n godsonmogelijk tijdstip te wekken. Maar nu werd duidelijk dat dit stukken persoonlijker was dan dat.

'Fuck,' zei de man die zich in Lucy's bed bevond. 'Fuck fuck fuck!'

'Niet naar buiten kijken,' zei Lucy snel. Haar woorden klonken gedempt, maar Nick kon ze nog net verstaan. 'Ze kan gewoon niet weten dat je hier bent. Ze gaat uiteindelijk wel weer weg.'

De stem buiten was Nick echter bekend voorgekomen en hij liep naar het raam en keek naar beneden. De moed zonk hem in de schoenen toen hij de vrouw herkende.

Inderdaad fuck.

'Michael,' blèrde Michaels vrouw vanaf de stoep. 'Ik ga niet weg voordat je hebt opengedaan.'

Oké, superefficiënte beheerder, zie dit maar eens op te lossen.

Als het niet om Lucy was gegaan, zou de benarde situatie bijna grappig zijn geweest. Maar het ging wel om Lucy en het was niet het soort situatie waar hij om kon lachen. Om hun te laten horen dat de muur niet echt geluidsdicht was, verhief Nick zijn stem iets en zei: 'Misschien kun je je maar beter even aankleden voordat je naar beneden gaat.'

Terwijl hij zijn slaapkamer uit liep, hoorde hij nog net dat Lucy geschrokken naar adem hapte.

De minuten die volgden waren niet echt de beste van zijn leven, maar ze bereikten wel bijna kluchtige hoogten. Michael en Muriel Featherstone uit Norwich hadden de afgelopen tien dagen met de hele familie in de Cedars gezeten om het gouden huwelijk van Muriels ouders te vieren.

Het goede nieuws – relatief gezien dan – was dat Michael een notoire vreemdganger bleek te zijn die al vaker was betrapt, dus Muriel was dan wel woedend, maar het was niet echt een schok voor haar. Haar achterdocht was gewekt toen ze op dag vier van hun verblijf de slaapkamer in was gekomen en had gezien dat haar echtgenoot zich aan het verkleden was, terwijl Lucy in de badkamer de voorraad handdoeken controleerde. Ze had daarna discreet Find My Phone op zijn mobieltje geactiveerd en had zo ontdekt dat de vroege joggingrondjes van Michael niet echt om joggen draaiden.

Het nog betere nieuws was, voor Nick dan, dat hij niet meer om zes uur 's ochtends zou worden gewekt door het geluid van mensen die een leuker begin van de dag hadden dan hijzelf.

'O, mijn god,' riep Nella uit toen hij even stopte om op adem te komen. De afgelopen maanden hadden ze elkaar af en toe een berichtje gestuurd, en laatst had ze hem gebeld om hem een idioot verhaal te vertellen over twee zussen die hadden ontdekt dat ze zwanger waren van dezelfde portier en dat ze hem toen te lijf waren gegaan in de foyer van het hotel waar ook Nella nu werkte. 'Wat nu?' vroeg ze.

'Ze heeft ontslag genomen. Ze zat net nog snikkend in mijn kantoor. De man probeerde haar op dag één al te versieren, en ze had al in geen jaren een vriend gehad. Ze voelde zich gevleid en... nou ja, kwetsbaar, denk ik. En toen is ze voor hem gevallen. Ze is nu haar spullen aan het pakken.'

'En de vrouw?' wilde Nella weten. 'Misschien gaat ze het wel rondbazuinen.'

Dat was ook al bij Nick opgekomen. 'Je bedoelt TripAdvisor? Ik weet het, dat zou geen beste publiciteit zijn.'

'Wanneer je je man meeneemt naar een vakantiehuis van Starbourne Prestige,' zei Nella op een recensentenachtig toontje, 'wees er dan op voorbereid dat iemand van het personeel zich op hem stort en hem meesleurt naar haar huis voor een nachtje woeste seks.'

'Een nachtmerrie.'

Ze lachte. 'Dat ligt eraan wie het personeelslid is. Maar misschien moet je even met haar gaan praten. Een beroep doen op haar fatsoen. Ga desnoods met haar naar bed. Misschien dat dat helpt.'

'Nou, daar heb ik wat aan,' zei hij.

'Ik probeer je alleen maar op te vrolijken.'

'Hoe gaat het met je nachtportier?'

'Zeven hechtingen in zijn been, en hij mag van geluk spreken dat hij zijn hele zaakje nog heeft.'

'Vind je het nog steeds leuk om daar te werken?'

'Ach, het is wel oké,' zei ze op onschuldige toon. 'Waarom vraag je dat?'

'Dat weet je best.'

'Maar ik wil het je horen zeggen. Je kunt toch niet van me verwachten dat ik het ga raden?'

Hij aarzelde even. Tot dusverre was het een klote-ochtend geweest en het was nog niet eens tien uur. Nog terwijl hij Lucy toestemming had gegeven om te vertrekken zonder haar opzegtermijn in acht te nemen, had het idee door zijn hoofd getold als een peuter die high was van de E-nummers. Hij had zichzelf voorgehouden dat het een slecht idee zou zijn om Nella Hughes de baan aan te bieden. Maar dat was omdat hij dat al een keer had gedaan en ze toen nee had gezegd.

Deze keer kon ze weleens ja zeggen, en dat vooruitzicht leek ineens niet zo erg meer. Bovendien had hij zo snel mogelijk een vervanger voor Lucy nodig.

Ach, wie hield hij hier eigenlijk voor de gek? Natuurlijk wilde hij graag dat Nella voor hem kwam werken.

'Moet ik een advertentie plaatsen?' vroeg hij. 'Of heb jij er misschien belangstelling voor?'

'Mijn hemel! Ik?' Nella deed alsof ze stomverbaasd was.

'Als je maar belooft dat je niet met een van de gasten naar bed gaat.'

'Ik heb hier wel een opzegtermijn van een week.'

'Logisch. Is dat een ja?'

Ze glimlachte; dat hoorde hij gewoon aan haar stem. 'Ik dacht dat je het nooit zou vragen.'

10

Lizzie was op haar tweeëntwintigste doorgebroken als actrice na haar rol in een bijzonder succesvolle romantische film die over een ontmoeting in een vliegtuig ging. De film heette *Next to You*. Het voordeel was dat ze er heel veel geld mee had verdiend en daarna ook meer geld had kunnen vragen voor andere films, het nadeel was dat er, iedere keer dat ze in een vliegtuig zat, door medepassagiers grapjes werden gemaakt over het feit dat ze nu naast haar zaten.

Maar ze had in al die tijd nog nooit naast iemand gezeten voor wie ze ook maar een greintje belangstelling had kunnen opbrengen, en deze keer was dat niet anders. Links van haar in de businessclass zat een irritant luidruchtige bankier die voortdurend zakelijke telefoontjes pleegde, en rechts van haar een vrouw die niet ophield met haar te vertellen welke films ze allemaal had gezien.

Lizzie had zich natuurlijk best first class kunnen permitteren, maar ze hield niet van het protserige ervan en vloog daarom altijd businessclass. Om de vrouw de mond te snoeren deed ze alsof ze ging slapen, maar daar kreeg ze onmiddellijk spijt van. Want stel dat de man van haar dromen ook in het vliegtuig zat en eigenlijk gezellig naast haar had willen komen zitten om een babbeltje met haar te maken, zodat ze elkaar wat beter konden leren kennen terwijl ze samen van LAX op weg waren naar London Heathrow.

Ach, onzin. Het was eindelijk april en ze was op weg naar Engeland, en dat was het enige wat belangrijk was. Na maanden van hard werken was eindelijk de periode van rust in zicht die ze zichzelf had beloofd. Haar agent, Carter Mulligan, was niet blij geweest toen hij had gehoord wat ze had gedaan, maar ze had voet bij stuk gehouden. Waarom zou ze zichzelf over de kop werken als dat geen leuker leven opleverde? Met tegenzin had hij ingestemd, maar alleen op voorwaarde dat ze haar autobiografie zou schrijven.

Natuurlijk niet zelf; woorden op papier zetten – de juiste woorden, in de juiste volgorde – was een vak dat ze niet verstond. Carter was het daar gloeiend mee eens geweest en had contact opgenomen met een paar belangrijke uitgeverijen in Londen; hij had het enthousiastste aanbod geaccepteerd en een afspraak voor Lizzie met haar uitgever geregeld op de ochtend na haar aankomst in de stad. Ze zou meteen kennismaken met haar potentiële ghostwriter. Als ze snel werkten, had Carter uitgelegd, zou de uitgeverij het hele proces zo kunnen organiseren dat het boek in de lucratieve kerstperiode in de schappen lag.

De volgende dag nam Lizzie een taxi van het Lanesborough Hotel naar de uitgeverij met uitzicht op de Theems.

Ze wilde geen diva zijn. Ze vond echt dat ze dat niet was. Maar hoewel Carla, de uitgever, charmant was, was de ghostwriter, Piers Sanders, dat niet. Ze hield niet van de manier waarop hij met zijn mond lachte, terwijl zijn ogen kil bleven. Hij droeg een grijs pak en overdreven glanzende schoenen en had jukbeenderen waar menigeen een moord voor zou doen. Hij was hoogopgeleid, afgestudeerd in de klassieke talen en Engels aan Magdalen College in Oxford. Hij was ergens in de vijftig en had al een paar literaire romans onder zijn eigen naam gepubliceerd, maar hij werkte nu liever als ghostwriter en werd blijkbaar als een van de besten uit het vak beschouwd.

Het probleem was dat Lizzie zijn afkeuring gewoon kon voelen. Ze had hem natuurlijk gegoogeld en had tussen de regels door kunnen lezen dat zijn eigen highbrow romans het niet zo goed hadden gedaan en dat zijn uitgever hem de bons had gegeven toen de verkoopcijfers niet aan de verwachtingen voldeden. Uiterlijk was hij bijzonder beleefd, maar ze voelde dat hij haar minachtte omdat ze minder hoogopgeleid was dan hij, een gemiddelde, onopvallende vrouw die op haar achtste toevallig in de showbusiness was beland en door stom geluk een kindsterretje was geworden, en daarna een volwassen ster. Waarschijnlijk vond hij dat ze haar succes niet verdiende, en haar rijkdom ook niet. En daar had hij gelijk in, ze verdiende het ongetwijfeld niet, maar het was niet haar schuld dat zij geluk had gehad en hij niet.

Ze kon zich ook helemaal niet voorstellen dat ze uren met hem moest praten, grappige verhalen opdiepen uit haar kindertijd, stomme verhalen uit haar door hormonen geregeerde puberteit en gênante details uit haar dating-avonturen daarna.

Hij mocht dan nog zulke mooie jukbeenderen hebben, ze wist dat ze niet met deze man wilde werken.

En ze wist ook dat hij niet blij zou zijn met een afwijzing.

Lastig.

Omdat ze het hem niet in zijn gezicht durfde te zeggen, deed ze het standaard Hollywood-ding en speelde ze alsof ze niet kon wachten tot ze zouden beginnen. Op zijn beurt deed Piers alsof hij net zo opgetogen was over het vooruitzicht met haar samen te werken.

Carla liet hem het kantoor uit. Toen ze terugkwam, zei Lizzie: 'O god, sorry, maar ik kan dit boek niet met hem doen. Hij mag me niet.'

Ontzet riep Carla uit: 'Wat? Natuurlijk mag hij je wel! Waarom zou iemand jou nu niet mogen?'

'Nee echt, dat wordt niks. Ik zou me niet op mijn gemak voelen bij hem. Het spijt me echt, maar het moet iemand anders worden. Wie dan ook. Alleen niet hij.'

Carla was er blijkbaar aan gewend om met lastige beroemdheden om te gaan. Ze dacht even na, tikte toen met haar pen op haar schrijfblok en zei. 'Oké. Geen probleem.' Behalve dat het dat dus wel was. 'Een van de redenen waarom we aan Piers dachten is dat hij heel snel werkt, en we weten dat hij de deadline kan halen.

Maar het is helemaal oké, we vinden wel iemand anders. Laat dat maar aan mij over, ik zal zien wat ik kan doen. We houden dan een Zoom-gesprek met de volgende, iemand bij wie je je hopelijk wel op je gemak voelt. En ik zal Piers' agent laten weten dat je hem niet helemaal de goede match vond.'

'Dank je.' Lizzie voelde zich nog steeds vreselijk, maar het was iets wat nu eenmaal moest gebeuren.

Carla bracht haar naar beneden en zei dat ze contact zou opnemen, hopelijk morgen al, en dan een andere ghostwriter voor haar zou hebben. Nadat Lizzie zich nogmaals had verontschuldigd, ging ze nog even naar de wc en verliet toen het gebouw om een taxi aan te houden die haar kon terugbrengen naar het hotel. Carla had nog aangeboden om haar op een lunch te trakteren, maar ze begon last te krijgen van haar jetlag en ze wilde heel graag zo snel mogelijk naar wat de komende maanden haar huis zou worden in de Cotswolds. Als ze een auto met chauffeur nam om haar en al haar bagage naar Starbourne te brengen, kon ze er om vijf uur zijn.

Ze kon haast niet wachten. Uitrusten, relaxen en net zoveel slapen als ze nodig had.

'Ik wilde je even laten weten dat ik een hele dag heb opgeofferd voor deze afspraak hier,' zei een afgemeten stem achter haar.

De toon was koel en neerbuigend, en er trok een rilling langs haar rug. Toen ze zich omdraaide, voelde ze dat ze bloosde. Hij hield zijn telefoon op; hij wist het al.

'Jammer dat je vond dat ik niet geschikt was,' zei Piers Sanders.

'Het spijt me.'

'Jouw uitgever heeft mijn agent gebeld.' Zijn kaken stonden strak en zijn ogen spuugden vuur. 'En die heeft mij net laten weten dat je liever iemand anders hebt. Jammer dat ik nu niet op tijd thuis zal zijn voor de verjaardag van mijn zoon. Ik heb gisteren gevraagd of we dit niet online konden doen. Maar nee, dat was blijkbaar niet goed genoeg en daarom moest ik heel vroeg van huis om in Londen te zijn op een tijdstip dat jou het beste uitkwam.'

'Wat?' vroeg Lizzie verontwaardigd. 'Wacht eens even, mij is niets gevraagd over een onlinegesprek – natuurlijk had ik dat goed gevonden als dat jou beter was uitgekomen. En hoe moest ik weten dat je zoon vandaag jarig is? Daar kun je mij toch niet de schuld van geven?'

'Nee, dat weet ik. Ik neem aan dat je niet gewend bent om waar dan ook de schuld van te krijgen. Nou ja, maakt niet uit.' Hij schudde zijn hoofd. 'Ik ben maar een ghostwriter. Jij bent degene die belangrijk is. Het is oké.'

'Ik vind het helemaal niet oké, ik vind het niet eerlijk van je. Je mag me niet eens.' Ze ging steeds harder praten. 'En daarom wist ik dat we geen match waren. Ik heb iemand nodig tegen wie ik kan praten, iemand die niet op me neerkijkt.' Zo, ze had het gezegd. Als hij onbeleefd kon zijn, kon zij het ook.

'Als je dat van me dacht, dan spijt het me. Oprecht.' Hij zuchtte en verplaatste zijn gewicht van zijn ene voet op zijn andere, terwijl Londenaars en toeristen met een boog om hen heen liepen. 'Het is natuurlijk geen excuus, maar dit was geen makkelijke dag voor me. Ik had je helemaal niet moeten aanspreken. Dat was heel onprofessioneel van me. Sorry.'

Hij kon zich nu dan wel verontschuldigen, maar hij wás inderdaad onprofessioneel geweest. En als hij nu soms dacht dat ze van gedachten zou veranderen en hem toch als ghostwriter zou willen... nou, dat ging niet gebeuren. Oké, dan had hij een rotdag gehad. Dankzij hem was het voor haar nu ook een rotdag.

'Excuses aanvaard,' loog ze. Toen hij haar zijn hand toestak, accepteerde ze die. 'Ik hoop dat je nog op tijd bent voor je zoon.'

Hij aarzelde even en knikte toen. 'Ik ook. Overigens, dit is voor het eerst dat ik zoiets heb gedaan.' Hij keek haar recht aan en er school iets ongemakkelijks in zijn stem.

Omdat ze wel kon raden wat hij haar niet durfde te vragen, knikte ze ook en zei: 'Het is oké. Ik zal het niet verder vertellen.'

'Dank je.' Ongemak maakte plaats voor opluchting.

Lizzie kon het niet laten om te zeggen: 'Ik mag dan niet gestudeerd hebben, maar ik kan wel aardig zijn als ik dat wil.'
Er gleed iets van een glimlach over zijn gezicht. 'Die zit.'

Anders dan Piers Sanders, met zijn bleke ogen en blik van kille afkeuring, was Nick Callaghan de vriendelijkheid en hartelijkheid zelve en in het echt net zo aantrekkelijk als op de foto's van hem die ze op de website van zijn bedrijf had gezien. Lizzie had hem gebeld om hem te laten weten hoe laat ze zou aankomen en hij stond klaar om haar te verwelkomen, met zijn blonde haar glanzend in de namiddagzon, toen de chauffeur stopte voor Pine Lodge.

Nick had donkerblauwe ogen, een aanstekelijke lach en het soort lichaam dat je een steek in je buik bezorgde, iets wat ze al een tijdje niet meer had gevoeld. Het afgelopen jaar had voornamelijk uit werken bestaan, eigenlijk al sinds het uit was met Travis. O, fluisterden Lizzies hormonen, terwijl ze haar blik over zijn gebruinde, gespierde onderarmen, lange benen en ontspannen houding liet glijden, dit kon weleens bijzonder interessant worden.

Alleen was het de bedoeling dat ze hier zou relaxen, uitrusten, nieuwe energie opdoen. Daarom was ze hier. Ze zou boeken lezen, in haar eentje lange wandelingen maken in dit prachtige landschap, zwemmen in haar eigen privézwembad en haar hoofd leegmaken van de stress van haar drukke leven in L.A.

Pine Lodge was net zo mooi als op de website. Nick droeg haar koffers naar boven en legde uit hoe de enorme tv werkte, en het soundsysteem, en de ovens in de keuken. Hij zei: 'Helaas heeft onze beheerder ons vorige week moeten verlaten, maar woensdag begint er een nieuwe. Tot die tijd kun je mij altijd bellen of een berichtje sturen als je iets nodig hebt. Goed, dan laat ik je nu verder alleen, dan kun je even rondkijken. En als je vrienden wilt uitnodigen om te komen logeren, dan is dat geen enkel probleem.'

'Dank je, maar dat ben ik niet van plan.'

'Ook goed.' Hij tikte op de rode informatiemap op de reusachtige keukentafel. 'Hier staat eigenlijk alles in wat je moet weten, maar mocht je toch nog vragen hebben, dan mag je me altijd bellen.' Hij zweeg even, wierp haar toen een glimlach toe en zei: 'Fijn dat je er bent.'

'Dank je.' Lizzie gaapte. De jetlag begon nu echt zijn tol te eisen. 'Ik vind het fijn om hier te zijn.'

11

Lizzie sliep de hele avond op een van de banken en werd heel vroeg 's ochtends wakker, en ze wist kort even niet waar ze was. Ze maakte een picknick van wat er in de koelkast stond en at dat op in bed, terwijl ze langs de honderden zenders op de gigantische tv zapte en zich ondertussen afvroeg of Nick het niet stom zou vinden dat ze een huis met zes slaapkamers voor zichzelf had geboekt.

Maar door haar jeugd in een klein, vochtig kelderflatje in Bristol, waar ze een opklapbed had moeten delen met haar moeder en uitzicht had gehad op de stenen trap die naar straatniveau leidde, had zich in haar een verlangen naar ruimte en licht ontwikkeld dat nooit meer weg was gegaan. Ze kon zichzelf tegenwoordig de luxe veroorloven en het hielp haar om zich op haar gemak en relaxed te voelen.

Om vijf uur 's ochtends nam ze een douche en waste ze haar haar.

Om halfzes trok ze een zachte witte badjas aan, liep het dakterras op en keek naar de zonsopkomst. Ze genoot er extra van omdat ze wist dat je die hier in Engeland, in april, niet iedere dag kon meemaken, terwijl het in Los Angeles een dagelijks verschijnsel was dat iedereen voor lief nam.

De hemel werd lichter, er hingen mistflarden boven de velden voor haar, en daar had je de zon al die opkwam boven de heuvels in de verte. Lizzie nipte van haar koffie en nam een stuk of tien foto's van het uitzicht; o ja, de zon en de lucht waren hier echt stukken mooier. Zulke laaghangende mist had je niet in Californië. Hoewel, sommige mensen hadden waarschijnlijk apparaten waarmee ze namaakmist boven hun vlekkeloze gazons konden pompen...

Ze appte de mooiste foto naar haar moeder, haar agent en een paar van haar vrienden, maar niemand reageerde. Daarna nam ze vluchtig een paar showbusiness-sites door om zich op de hoogte te stellen van de nieuwste roddelwaardige escapades van een ontrouwe filmster en die van een tv-actrice die ze vaag kende en die steeds verslaafder raakte aan coke en fillers.

Ze was er zo aan gewend dat haar dagen tot de nok gevuld waren dat ze om halfzeven zin kreeg om iets te gaan doen. Maar wat? Het oorspronkelijke idee was geweest om de hele ochtend een beetje te luieren, vervolgens uitgebreid te lunchen en dan vanmiddag misschien een wandeling te gaan maken. En al kon ze niet zeggen dat ze zich nu al verveelde, ze voelde toch de behoefte om de wandeling acht uur naar voren te halen.

Prima, plannen hoefden niet in beton gegoten te zijn. Ze mocht doen wat ze wilde; daar ging het juist om bij tot rust komen en herstellen.

Vijf minuten later, gekleed in een donsjack over een roze sweatshirt en een paarse legging, en met een honkbalpetje op waar ze haar haar in had gepropt, trok ze de deur van Pine Lodge achter zich dicht en begon te lopen, zonder enig idee waarheen.

Van dichtbij was alles wat ze vanaf haar dakterras had gezien nog mooier. De koele, frisse geur van de lucht was lekkerder dan welk parfum dan ook uit de designerstores aan Rodeo Drive. Het was volkomen stil, op het geluid van haar Nikes na die door het nog natte gras kletsten, en af en toe een uitbarsting van vogelgezang uit de rij bomen links van haar. Toen ze die kant uit liep, stopte het getjirp abrupt en twee vogels vlogen weg. 'Hé, wacht!' riep Lizzie ze na. 'Ik doe jullie niks... Ik wilde jullie alleen begroeten!'

Niet dat ze zich nu al eenzaam voelde of naar gezelschap snakte, maar ze hadden toch best even kunnen blijven zitten om kennis met haar te maken.

Na nog ongeveer twintig minuten te hebben rondgedwaald merkte ze dat ze bij de andere kant van het dorp was uitgekomen. Ze zag de kerktoren boven een groepje taxussen uitsteken, en er vlogen wat roeken op – ze dacht tenminste dat het roeken waren. Toen ze bij een oud uitziende lage stenen muur kwam, zag ze dat aan de andere kant ervan het kerkhof lag.

Wanneer Lizzie een kerkhof zag, moest ze er een kijkje nemen; je zou het bijna een hobby kunnen noemen. De begraafplaatsen in L.A. waren goedverzorgd en smetteloos en ze liep er graag rond, maar dit kerkhof leek bijna uit een sprookje te komen, met de laaghangende takken van de bomen en de met klimop begroeide grafstenen en graftombes. Tussen de graven groeide hoog gras met overal wilde bloemen ertussen die hier vrijelijk hun gang mochten gaan. Er stonden ook vazen met bloemen op de graven, en het roze en rood en oranje van de bloemen vormden een fel contrast met het blauw van de grasklokjes, het wit van de sneeuwklokjes en het geel van de krokussen.

Het was zo mooi dat Lizzie er tranen van in de ogen kreeg. Ze stopte haar telefoon in haar beha en klom over de muur. De geur van vochtige aarde en half vergaan blad werd sterker en ze ademde diep in. Toen ze wat takjes hoorde kraken, keek ze om en zag nog net een eekhoorn over de grond rennen en toen als een acrobaat een van de bomen in klimmen om daarna te verdwijnen tussen het gebladerte.

O, die prachtige grasklokjes die zich voor haar uitstrekten als een paarsblauw tapijt... Ze ging op haar hurken zitten en begon er wat te plukken – *knap* deden de sappige lichtgroene steeltjes – want ze kon gewoon geen weerstand bieden aan hun schoonheid. Ze zou een armvol bloemen meenemen naar huis en ze daar in een vaas op de keukentafel zetten.

Ze banjerde nog zo'n twintig minuten vrolijk rond op het kerkhof; ze las de grafschriften en probeerde zich een voorstelling te maken van de mensen die hier hadden gewoond en waren gestorven. Vlak bij de ingang zag ze een barok grafmonument versierd met gouden engelen die het leven van ene Eunice Honeywell vierden. Terwijl ze zich verbaasde over de hoge leeftijd die Eunice had bereikt, honderdenvijf, keek ze glimlachend naar de woorden *Nooit getrouwd, nooit willen trouwen ook*. Chapeau, Eunice.

Zoveel namen, zoveel verhalen, zoveel levens die werden gekoesterd met goedverzorgde graven en bloemen. Er waren indrukwekkende gedenkzuilen opgericht voor de voorouders van de familie Peverell, die hier zo te zien al heel lang de baas was. Haar oog viel op een prachtige bos oranje rozen, en toen ze ernaartoe was gelopen, zag ze dat de bescheiden grafsteen toebehoorde aan Vernon Hughes, geliefde echtgenoot van Esther, vader van Geraldine en grootvader van Nella.

Vervolgens raakte ze geïntrigeerd door ene Susanna Whaite, die in 1942 weduwe was geworden nadat haar man Robert vermist was geraakt op zee, en die drie jaar later was hertrouwd met ene David Whaite. Zou dat een broer of een neef van Robert zijn geweest? Wie zou het zeggen? Maar misschien woonde hier in het dorp nog wel familie van hen en dan kon ze het aan hen...

'O!' Opnieuw geruis in het struikgewas, en toen stond er ineens een klein bruin-wit hondje naar haar te keffen. Hij rende weg over het overwoekerde pad en kwam toen weer terug, kwispelend en nieuwsgierig liep hij op de onbekende bezoekster van het kerkhof af.

'Hallo!' Lizzie boog zich voorover om hem te begroeten; ze was dol op honden en deze was wel bijzonder schattig, hij danste bijna van opwinding. 'Hoe heet je? O, wat ben je een schatje!'

Het goede nieuws was dat ze al vriendschap hadden gesloten toen het baasje van de hond zijn opwachting maakte. Het slechte nieuws was dat het baasje een stuk minder aardig was dan zijn hond. Toen Lizzie zijn gezicht zag, verdween de glimlach meteen van haar lippen.

'Ja hoor, daar heb je er weer zo eentje.' De man schudde ongelovig zijn hoofd, klakte met zijn vingers om zijn hond bij zich te roepen en vervolgde: 'Zeker op vakantie hier?'

Wauw, een echte hork. Toch liet ze zich niet van haar stuk brengen. 'Ja.'

'En je zit vast in een van die nieuwe grote vakantiehuizen daar.' Hij knikte vaag die kant uit.

'Ja.' Lizzie stond versteld van zijn onvriendelijkheid. 'Ik begrijp het niet. Mag je het kerkhof soms niet bezoeken als je hier niet woont?'

De man droeg een olijfgroen gilet over een grijze trui en had zijn afgedragen spijkerbroek in groene rubberlaarzen gestopt. De kraag van zijn geruite overhemd was nog net zichtbaar en zo te zien had hij zijn donkerbruine haar nog niet gekamd. Hij leek nu bovendien, net als die jogger op Laguna Beach, ook nog naar haar borsten te staren. Nou ja, het was meer alsof hij die een kwade blik toewierp.

Koeltjes zei hij: 'Het zou helpen als de mensen die het kerkhof willen bezoeken het bord bij het toegangshek lezen.'

'Ik ben niet via het hek gekomen. Ik ben over de muur geklommen.'

'Het zou handig zijn,' vervolgde hij kalmpjes, 'als je de informatiemap zou lezen die in je vakantiehuis voor je klaarligt. Want daar staat alles in wat je over dit kerkhof zou moeten weten.'

Het enige wat Lizzie wist was dat deze norse man duidelijk van zins was om haar eerste ochtend in Starbourne te vergallen. Zelfs de hond kwispelde niet meer en hij keek haar ook niet meer aan. Ze zei: 'Nou, het spijt me, maar ik heb nog geen tijd gehad om die map helemaal te lezen. Misschien kun jij me vertellen wat ik verkeerd heb gedaan. Ik weet bijna zeker dat je dat met alle plezier zult doen.'

Hij knikte naar haar borsten.

De smeerlap.

Hij zei: 'Ik hoop dat je weet dat die vijfduizend pond waard zijn.'

Pardon?

'Dat vind ik behoorlijk beledigend,' zei ze. 'Ik heb er niet voor betaald. Ik heb ze mijn hele leven al.'

Hij knipperde met zijn ogen en slaakte toen een diepe zucht.

'Vijfduizend pond. Dat is de boete die staat op het plukken van grasklokjes.'

Shit.

Lizzie herinnerde zich ineens de bloemen die ze tegen haar borst gedrukt hield. 'Is dat een grapje of zo?'

'Of anders draai je de gevangenis in,' zei hij schouderophalend. 'Aan jou de keus.'

'O mijn god.' Nog maar tien seconden geleden was zij hier het onschuldige slachtoffer geweest en deze botterik van een man de boosdoener. Het kon snel verkeren. Terwijl ze de bloemen uit haar hand liet vallen zei ze: 'Dat wist ik niet. Echt niet.'

'Omdat je niet de moeite hebt genomen om de informatiemap te lezen. Misschien moest je dat maar eens gaan doen.'

Oké, hij was dan misschien geen smeerlap, maar hij was ook niet iemand die er begrip voor had dat mensen soms fouten maakten. Zonder nog iets te zeggen, schudde hij nog een keer vol afschuw zijn hoofd en liep toen weg, met zijn kleine hondje trouw naast hem.

En zij bleef achter op een met net geplukte grasklokjes bezaaid smal paadje.

Ze bukte zich om ze weer op te rapen, want hier zouden ze beslist sneller doodgaan dan in een met water gevulde vaas.

Voor de zekerheid verstopte ze ze wel in haar donsjack voor de wandeling terug naar Pine Lodge.

Het zou geen goede indruk maken als ze op haar eerste dag hier zou worden aangehouden door een overijverige burger.

Onderweg naar haar nieuwe huis bedacht ze dat ze geen al te beste start had gehad. Sinds haar aankomst in Groot-Brittannië had ze nog maar drie mannen gesproken en met twee van hen had ze het aan de stok gekregen.

Toch een hele prestatie.

Nou ja, gelukkig had ze Nick nog.

12

Nella sloeg met de smeedijzeren klopper op de deur en wachtte. Een paar seconden later ging de deur van de cottage ernaast open, en daar was hij.

'Daar ben je,' zei Nick.

'Hier ben ik.' Ze knikte. Ja, het was leuk om hem weer te zien. En ja, hij was nog net zo aantrekkelijk als ze zich hem herinnerde. En ja, ze had zich afgevraagd hoe het zou zijn om met hem te werken, natuurlijk had ze zich dat afgevraagd. Maar het sprak vanzelf dat het stom zou zijn om iets met je baas te beginnen.

Bovendien wist ze niet eens of hij ook maar in de verste verte belangstelling voor haar had; waarschijnlijk was ze niet eens zijn type.

'Welkom in Starbourne.' En nu lachte hij die lach van hem, die lach die haar deed smelten.

Nee, ze zou niet smelten. 'Dank je. Ik ben net nog even naar het kerkhof geweest. Heb jij die oranje rozen op het graf van mijn opa gezet?'

'Ik? Echt niet.' Maar hij plaagde haar; wie kon het anders geweest zijn?

'Dat is erg aardig van je.'

'Ik zag ze toevallig in de winkel toen ik bloemen kocht voor de vakantiehuizen. Dat wordt van nu af aan een van jouw taken.'

'Ik heb er zin in.'

Hij pakte een sleutel van de tafel achter hem en nam haar mee naar het huis ernaast. 'Ik moet zo naar Londen voor een overleg, dus ik kan je de huizen morgen pas laten zien. Maar ik kan je nog wel even met je bagage helpen als je wilt.'

'Dat hoeft niet. Ik ga me gewoon installeren en zal morgenvroeg proberen niet al te veel lawaai te maken.' Toen Nick begon te lachen, voegde ze er met een stalen gezicht aan toe: 'Ik beloof je plechtig dat ik rekening zal houden met de buren.'

Twintig minuten later, toen ze boven haar kleren stond uit te pakken in de slaapkamer aan de voorkant, zag ze dat Nick in zijn auto stapte en wegreed. Een uur daarna, toen ze een tosti at in de keuken, verscheen Tommy's nummer op haar schermpje.

'Hoe gaat-ie? Ben je al geïnstalleerd?'

Tommy en Juliet hielden zich schuil in Thailand en ze waren nog steeds gelukkig samen. Nella likte de druipende kaas van haar vingers en zei: 'Het is een schattig klein huisje. Maar het voelt wel raar om terug te zijn. Raar maar fijn.'

'Beter dan dat stomme hotel waar je werkte. Ik hoop echt dat alles goed voor je uitpakt daar. Weet je hoe de clubs het doen?'

Heel voorspelbaar had Jed Diamond de clubs meteen gekocht nadat ze te koop waren gezet. Nella vroeg: 'Wil je het goede nieuws of het slechte nieuws?'

'Allebei.'

'Nou, ze lopen bijzonder goed.' Ze was ervan overtuigd dat hij dat allang wist. 'Wat goed is voor Manchester. En slecht omdat je hoopte dat het hem niet zou lukken, maar dat is dus niet zo.'

'Ja. Nou ja, een mens kan altijd blijven hopen.'

'Jed is een slimme zakenman. Hij is goed in zijn werk.'

'Ik weet het.' Ooit waren ze rivalen geweest die op vriendschappelijke voet met elkaar stonden, hoewel ze altijd hadden gedaan alsof ze een pesthekel aan elkaar hadden, omdat dat nu eenmaal beter verkocht. Nu was er geen enkele sprake meer van vriendschap en woonden Tommy en Juliet noodgedwongen in ballingschap. Nella kon alleen maar hopen dat Juliet het waard was.

'Ben je gelukkig daar?'

'Natuurlijk. Wij allebei. We houden van elkaar,' zei Tommy. 'Als dit ervoor nodig is om bij elkaar te kunnen zijn, dan moet dat maar. Heb je al gehoord met wie hij nu wat heeft?'

'Jed? Nee.' Ze had kunnen weten dat Tommy bijhield wat er in Manchester gebeurde.

'Karina Carr.'

'Oké. Wauw. Dat is wel even heel wat anders.' Karina was bekend vanwege haar optreden in een realityprogramma over rijke getrouwde stellen, van die mensen van wie je eerst steil achteroversloeg als je hun luxeleventje aanschouwde, maar die je later deden beseffen dat het leven meer te bieden had dan zevenkaraats diamanten, flitsende vakanties en gouden designer-wc's, want het enige wat ze leken te doen was ruziemaken en proberen hun zogenaamde vrienden de loef af te steken. Karina, inmiddels gescheiden van haar derde echtgenoot, had blijkbaar Jed Diamond uitverkoren als haar nieuwste grote liefde.

'Hij wil alleen maar laten zien dat hij ook verder is gegaan met zijn leven. Dat houdt natuurlijk geen stand.'

'Het zou beter voor jou zijn als het wel standhield,' wees Nella hem erop. 'Bovendien, misschien is het wel echte liefde.'

'Ja hoor, en ik ben Ryan Reynolds. Hoe dan ook, veel plezier daar. Die nieuwe baas van je mag in zijn handjes knijpen, ik hoop dat hij dat snapt.'

'Ik zal hem zeggen dat je dat hebt gezegd.' Ze pakte het laatste stukje tosti op. 'Oké, we spreken elkaar gauw weer en… O, wauw!'

'Wat o, wauw?' vroeg Tommy.

Nella liet de tosti weer op haar bord vallen en haastte zich naar het raam. 'Volgens mij zag ik net iemand lopen die ik in geen jaren meer heb gezien.'

Nadat ze het gesprek had beëindigd, trok ze de voordeur open en riep: 'Hé!'

Het zou een beetje gênant zijn als ze zich vergiste. Maar toen hij zich omdraaide, zag ze dat hij het inderdaad was.

'Hugo!' Woest zwaaiend rende ze blootsvoets de straat op. Aan zijn gezicht zag ze dat langzaam tot hem doordrong wie ze was.

'Nella? Wat is dit? Wat een verrassing! Wat doe je hier?'

'Ik ben hier net komen wonen.' Ze wees naar de cottage een eindje achter haar.

Verbaasd vroeg Hugo: 'Bij Nick?'

'Nee! Daarnaast! Ik ben zijn nieuwe beheerder. Maar je kent Nick dus?'

'Natuurlijk ken ik Nick. We hebben samen op school gezeten. Ik heb het vast weleens over hem gehad toen. Wanneer ik werd gepest was hij degene die het voor me opnam. Daarom heb ik het land ook aan hem verkocht. En nu is hij jouw baas? Fantastisch!' Hugo Peverell omhelsde haar enthousiast en tilde haar op. 'En wat fijn om je weer te zien.'

'Ja, vind ik ook. Maar zet me alsjeblieft neer voordat je me laat vallen.' Misschien overkwamen hem tegenwoordig minder vaak van die ongelukjes, maar eigenlijk betwijfelde ze dat; Hugo had altijd bekendgestaan om zijn onhandigheid.

Als oudste zoon van Constance en Henry Peverell van Starbourne Manor was Hugo – een gevoelige en enigszins verlegen jongen die het anderen altijd naar de zin wilde maken – al op jonge leeftijd naar kostschool gestuurd. In de zomervakanties was hij echter regelmatig thuis geweest en Nella had hem leren kennen toen ze op haar veertiende bij haar opa was komen wonen. Zij was nieuw en hij had geen vrienden in het dorp, en daarom hadden ze min of meer uit noodzaak vriendschap gesloten. En hoewel ze uit geheel verschillende milieus kwamen en Constance en Henry hun uiterste best hadden gedaan om een wig tussen hen te drijven, waren ze drie jaar bevriend gebleven. Nou ja, soort van dan. Hugo bracht zijn tijd grotendeels door op de kostschool en wanneer hij vakantie had, ging hij ook vaak naar familie in het buitenland. Hun levens leken totaal niet op elkaar, en hun karakters ook niet. Toen Nella na de middelbare school naar Edinburgh was verhuisd om daar als nanny aan de slag te gaan, hadden ze nog een poosje contact gehouden, maar in de loop van de tijd was er toch de klad in gekomen, voornamelijk omdat Hugo in een wildreservaat in Kenia was gaan werken en heel slecht was in het gebruik van social media. Vorig jaar had ze hem op zijn verjaardag nog een berichtje gestuurd, maar ze had gezien dat zijn Facebook-pagina al heel lang niet was bijgehouden en ze had dan ook geen reactie gekregen.

En nu was hij hier in Starbourne en kneep hij haar bijna fijn. Hij was een van de rijkste mannen die ze kende, maar hij droeg op dit moment een poloshirt met een rafelige kraag, een paarse kasjmieren trui waar meer gaatjes in zaten dan in een vergiet, en een verkreukelde beige corduroy broek waarvan de pijpen lubberden om zijn enkels en die waarschijnlijk van zijn vader was. Hugo was rijk, hij was intelligent en hij had een goed hart; als ze verliefd op hem had kunnen worden, zou ze voor de rest van haar leven gebeiteld hebben gezeten.

Maar verliefdheid had er nooit in gezeten. Ze waren voorbestemd om gewoon vrienden te blijven.

'Je bent geen steek veranderd,' zei hij.

'Jij ook niet. Vertel. Vrouw? Vriendin? Vriend?'

'Af en toe een vriendin. Maar niemand speciaal. Het is meestal van korte duur.' Hij haalde zijn schouders op, zoals vanouds zichzelf naar beneden halend. 'Zodra ze ontdekken hoe saai ik ben, zijn ze weer weg.'

'Hou daar mee op,' zei Nella tegen hem. 'Ze weten niet wat ze missen. Op een dag zul je de volmaakte vrouw leren kennen en die mag dan in haar handjes knijpen!'

'Nou, laten we daar dan maar op blijven hopen.' Hij bloosde licht. 'Maar hoe gaat het met jou?'

'Ik heb in Manchester gewoond, waar ik heel leuk werk had. Altijd single gebleven. En nu ben ik hier. Hoe gaat het met de familie?'

'Goed, goed. Mijn ouders raken natuurlijk op leeftijd, en mijn vader heeft artritis. Daarom ben ik ook teruggekomen, om uiteindelijk het landgoed over te nemen. Mijn moeder is niet veranderd. En Tristan is nog steeds Tristan.' Zijn wrange lachje was veelzeggend, want Tristan, zijn vijf jaar jongere broer, was altijd een ramp geweest, hondsbrutaal, iemand die altijd in het middelpunt van de belangstelling wilde staan, en zijn moeders oogappel.

'Wat doet hij tegenwoordig?'

'Hij drinkt voornamelijk wodka. En waarschijnlijk zit hij ook aan de coke. Hij is vooral aan het feestvieren in Londen en hij komt eens in de paar weken hiernaartoe. We hebben maar weinig gemeen, maar wanneer hij er is, probeert hij me nog steeds voor schut te zetten en vertelt hij me wat ik allemaal verkeerd doe.'

Nella nam aan dat dit betekende dat Tristan nog steeds een nagel aan Hugo's doodskist was en ook nog steeds leefde van een aanzienlijke toelage van zijn ouders, die hem aanbaden. Nou ja, het ging haar niets aan.

'Als ik hem tegenkom, zal ik hem eens vertellen wat híj allemaal verkeerd doet,' zei ze glimlachend. 'Maar luister, ik moet verder met uitpakken, zullen we gauw iets afspreken? Dan kunnen we bijpraten.'

'Doen we.' Hij omhelsde haar nog een keer en slaagde erin om het zo te doen dat haar oorbel bleef haken aan zijn paarse trui. Nadat ze zich van elkaar hadden weten te bevrijden, zei hij: 'Sorry. Ik heb nooit echt geleerd om dit soort dingen vlotjes te doen.'

Nella controleerde haar oor, geen bloed, dus dat was goed.

'Ik zou niet willen dat je vlotjes was. Eh, ik heb mijn telefoon niet bij me, maar vertel me je nummer en dan zal ik je bellen zodra ik hier een beetje gesetteld ben. Dan kun je bij me komen eten.'

Hij ratelde een rijtje cijfers af. 'Dus je kunt nog net als vroeger telefoonnummers onthouden?'

'Dat is mijn superkracht.'

Hij nam haar liefdevol op. 'Ja, en je was ook heel goed in het verjagen van de dorpskinderen wanneer die mijn fiets in de vijver wilden gooien. Jij en Nick hebben me allebei geholpen op de momenten waarop ik dat nodig had. En nu werk je voor hem. Heb je gehoord wat er met de laatste beheerder is gebeurd?'

Ze knikte. 'Hij heeft het me verteld. Ik heb hem beloofd dat soort dingen niet te doen.'

'Beter van niet.' Hugo klopte op haar schouder, waardoor een lok haar tussen de schakels van zijn horloge vast kwam te zitten. 'O god, sorry, nu doe ik het weer...'

13

Bij Pine Lodge was de zon al achter de bomen gezakt zonder dat Lizzie het zelfs maar had gemerkt. Ze had eerder die middag een mailtje van haar uitgever gekregen met het voorstel voor een nieuwe ghostwriter, een vrouw deze keer, precies zoals ze had gevraagd. Maar na wat gegoogel had ze een filmpje op YouTube gevonden waarop de ghostwriter werd geïnterviewd over haar werk, en toen had ze gezien dat de vrouw voortdurend haar neus optrok en iets raar slangachtigs deed met haar tong. Echt walgelijk. Nee, dat werd niets. Ze kon echt niet urenlang videobellen met een vrouw die dat om de paar seconden deed.

Hoewel ze wist dat het vast niet de bedoeling was, was ze een paar uur geleden zelf maar op zoek gegaan. Ze was zeer behendig in het googelen van vakantiehuizen, dus dan moest het haar ook lukken om een ghostwriter te vinden. Zo moeilijk kon dat toch niet zijn? Ze wilde gewoon iemand die niet op haar neerkeek en die ook niet steeds als een slang haar tong uitstak.

En het was nog leuk ook om mensen te zoeken en die uiteindelijk terug te brengen tot een behapbaar lijstje. Het stikte op het internet van de kandidaten. Longlists werden *shorter* om uiteindelijk shortlists te worden met foto's bij iedere persoon. Daarna was ze nog dieper gaan graven en had ze op hun social media gekeken. Een van de mogelijke kandidaten bleek een enorme fan van een vreselijke politicus te zijn – weg ermee! Een andere vrouw postte ter inspiratie allerlei citaten op haar Instagram – nee, dank u beleefd. Een derde was op Twitter verzeild geraakt in een enorme ruzie met iemand die haar favoriete tv-programma had durven bekritiseren. O, hemeltje.

Maar één iemand op de shortlist begon op te vallen. Cami Jepson, die in Londen woonde, had pluizig bruin haar en een vrolijk hartvormig gezicht met kuiltjes in haar wangen. Haar socialmediapagina's stonden vol grappige commentaren en droge observaties, en ze postte ook foto's van zichzelf die niet flatteus waren. Dat nam haar onmiddellijk voor Lizzie in, want de meeste acteurs en actrices met wie ze werkte, haalden het niet in hun hoofd om anders dan volmaakt over te komen.

Er waren ook filmpjes van Cami waarop ze kletste, lachte, danste, en zelfs eentje van haar in het park waarop ze struikelde toen ze een wegrennende terriër probeerde te pakken. Ze had een prettige stem en een vriendelijke manier van doen. En het mooiste van alles was dat ze helemaal niets slangachtigs had.

Nader onderzoek leverde een gedeelde liefde voor de films van Nora Ephron op, voor eigenzinnige kunst, voor de Mexicaanse keuken – maar ja, wie hield er nu niet van Mexicaans? – en voor parfums die naar pioenrozen roken.

Ze leken wel voor elkaar gemaakt! En het allermooiste was nog wel dat Lizzie zag dat Cami op dit moment online was op haar Instagram-account.

Ze drukte op de volgen-knop en stuurde een privéberichtje.

Hoi, ik vroeg me af of je het misschien leuk zou vinden om samen met mij een project te doen? Ik heb een contract ondertekend voor een autobiografie die in oktober zou moeten verschijnen. Ik zit nu in Engeland en zal hier nog wel even blijven, maar ik stel me zo voor dat we voornamelijk via Zoom zullen werken. Ik weet dat dit niet de manier is waarop het meestal gaat, maar laat het me weten als het je wel wat lijkt. De financiële bijzonderheden en dat soort dingen moeten natuurlijk worden goedgekeurd door mijn uitgever, Carla Mace, die niet weet dat ik contact met je heb opgenomen. PS. Ik ben het echt. Geen scam. Als je nu wilt videobellen kan dat. X

Ze vulde haar contactgegevens in, drukte op verzenden en vroeg zich vervolgens af of Cami Jepson eigenlijk wel keek naar berichtjes van mensen die ze niet volgde op Instagram.

Maar hoera, dat deed ze blijkbaar wel. Nog geen twee minuten later kwam er een antwoord in Lizzies inbox.

Hallo! O, mijn hemel, ik hoop echt dat dit geen scam is. Next to You is jarenlang mijn lievelingsfilm geweest, tot de verschijning van Meet Me at Midnight. Ik zou dolgraag met je samenwerken – zal ik een Zoom-gesprek inplannen voor over tien minuten? Ik heb even tijd nodig om me te fatsoeneren en een shirt aan te trekken waar geen Marmite-vlek op zit! X

Anders dan de meeste van haar vrienden in L.A. was Lizzie een groot fan van Marmite. Ze was ook dol op iedereen die waardering kon opbrengen voor *Meet Me at Midnight,* wat niet haar grootste film was, maar wel een persoonlijke favoriet van haar. Het werd almaar beter.

Tien minuten later klikte ze op de link die Cami had gestuurd, en daar was ze.

'O, gelukkig, je bent het echt.' Cami klapte in haar handen. 'Ik was zo bang dat je een harige naakte man zou blijken te zijn!'

Lizzie merkte dat ze zich ontspande; ze wist gewoon dat ze het goed met elkaar zouden kunnen vinden. 'Oké, ik zeg het maar meteen zoals het is: als je wilt, heb je de opdracht.'

'Dat meen je niet!' Cami's gezicht was echt een plaatje. 'Is dit echt?'

'Ik mag je wel. Mijn uitgever, Carla, had me gekoppeld aan een andere ghostwriter, maar dat voelde niet fijn. Maar toen ik hem weigerde, viel dat niet echt in goede aarde.'

'O, gênant, zeg. Maar het is altijd beter om gewoon eerlijk te zijn. Wie was... Nee, sorry, dat moet ik niet vragen.'

'Piers Sanders.'

'O. Dat is mijn man.'

'O, nee!' Geschrokken sloeg Lizzie een hand voor haar mond. 'Sorry!'

Cami zat echter al te lachen. 'Grapje. Piers is heel goed, maar hij kan soms een beetje overkomen alsof...'

... er een gigantische stok in zijn reet zit, dacht Lizzie, maar ze was wel zo diplomatiek om dat niet hardop te zeggen. 'Maar maakt niet uit, ik heb jou nu. O, wie is dat?' De terriër die ze op het filmpje had gezien was op Cami's schoot gesprongen en begon woest te blaffen.

'Dit is Boo. Oeps!' Er ging bijna een glas water om, maar Cami wist het nog op tijd te grijpen. 'Ze raakt altijd opgewonden als ik dat ook ben... Nee, Boo, hou daarmee op. Sorry...'

'Geeft niet.'

'Si, kun je Boo even nemen?'

De hond kwispelde met de snelheid van het licht en er vloog een schrift door de lucht. Lizzie zag dat Boo nog probeerde de zak chips te pakken te krijgen die op tafel lag, vlak voordat er een man in beeld verscheen die haar optilde.

'Sorry, ze is echt een ramp,' zei Cami vrolijk.

De man voegde eraan toe: 'Maar we zijn gek op haar,' en Lizzie kreeg een steek van jaloezie. Wat een leuk stel waren ze.

Cami lachte en er verschenen kuiltjes in haar wangen. 'Lizzie, dit is Simon, mijn vriend en redder in de hondennood.'

Simon zwaaide even met zijn vrije hand naar het scherm. 'Hoi, en sorry. Ik zal Boo meenemen, dan kunnen jullie rustig praten.'

'Lizzie wil dat ik meewerk aan haar boek,' zei Cami tegen hem. 'Ik ben echt door het dolle heen.'

'Fantastisch.' Simon drukte een kus op haar kruin. 'Gefeliciteerd.'

Lizzies hart kneep even samen, want ze pasten zo goed bij elkaar, een echt gelukkig stel, dat zag je meteen. Het was mooi om te zien en het was ook een geruststellend gevoel dat zulke relaties dus nog bestonden. Dat gaf haar de hoop dat ze ooit verliefd zou kunnen worden op iemand die haar niet bedroog, die niet al haar geld opmaakte en die niet probeerde om haar leven tot een hel te maken, iets wat een opeenvolging van mannen de afgelopen twintig jaar met succes had gedaan.

'Oké.' Cami ging weer over tot de orde van de dag. 'We hebben natuurlijk de goedkeuring nodig van je uitgever, maar ik heb wel vaker met Carla gewerkt en als jij denkt dat ze het oké zal vinden, moeten we zo snel mogelijk een schema opstellen.'

'Absoluut. Jij woont toch in Londen?'

Cami knikte. 'Ja, in Ealing.'

'En ik zit in Starbourne, in de Cotswolds, tussen Stroud en Cirencester. Denk je dat het je lukt om deze week even hiernaartoe te komen?'

'Eh...'

Lizzie zag haar aarzelen en ze flapte eruit: 'Sorry, ben ik nu erg lastig? Het leek me gewoon een goed idee om elkaar even in het echt te zien.'

Cami keek naar links en Lizzie hoorde Simon fluisteren: 'Zeg maar ja. Ik breng je wel. Als je wilt morgen al.'

'Oké.' Cami knikte. 'Ja, dat doen we.'

'Ik stuur je het adres,' zei Lizzie blij. 'Fantastisch. Ik kan haast niet wachten.'

Cami Jepson was in het echt nog mooier. En er was nog iets wat Lizzie niet had verwacht.

'Ik weet het, ik had het je beter gisteren al kunnen vertellen.' Cami zei het op verontschuldigende toon. 'Maar ik was zo opgewonden toen ik met je sprak... en daarna was ik bang dat je me misschien niet zou willen als je het wist, en dat leek me vreselijk, dus toen dacht ik dat ik hem maar gewoon onder mijn bureau moest verstoppen. Tot je zei dat je me in levenden lijve wilde ontmoeten. Sorry.'

Ze keek als een bange tiener die bij de directeur op het matje moest komen.

'Hé, het is oké. Gefeliciteerd,' zei Lizzie. 'Ik ga je heus niet ontslaan, hoor!'

'Dat is een pak van mijn hart. Daar was ik zo bang voor! Zoals ik al zei, ik werk heel snel.'

Simon, naast haar, zei vrolijk: 'Dat is ook de reden dat ze nu die buik heeft.'

'Hoever ben je heen?' Lizzie stond gewoon versteld van de omvang van de buik.

'Zes maanden maar. Korter dan het lijkt.' Cami klopte op haar buik. 'Als we flink doorwerken, kan het boek klaar zijn voordat de baby er is. En als ze te vroeg komt... nou ja, dan krijgen we het nog steeds op tijd af. Ik laat je echt niet stikken.'

'Ze?'

'Het is een meisje,' vertelde Cami trots. 'We zijn nog aan het nadenken over een naam. Ze was niet echt gepland, maar we zijn wel heel erg blij met haar. Hè?'

'Ze mag van geluk spreken met jullie als ouders.' Lizzie smolt weg bij de aanblik van Cami die naar Simon keek, die haar op zijn beurt een geruststellend lachje toewierp. 'En ik heb Carla al gesproken; ze is heel blij dat ik iemand heb gevonden met wie ik graag wil samenwerken. Ze zegt dat je heel goed bent en ze zal nog contact opnemen over het contract, dus dat is allemaal geregeld. Maar ga zitten, wat willen jullie drinken? Konden jullie het huis een beetje vinden?'

'Prima. We zijn maar één keer verkeerd gereden, nadat we door het hek waren,' zei Simon. 'Toen reden we naar links in plaats van naar rechts en kwamen we achter een van de andere huizen uit, maar iemand heeft ons de weg gewezen.' Hij zweeg even en vervolgde toen: 'Iedereen zal het wel zeggen en het zal je de neus wel uit komen, maar je bent echt een heel goede actrice. Mijn moeder kon haar oren niet geloven toen ik haar vertelde dat we vandaag naar jou toe gingen. *Next to You* is haar lievelingsfilm.'

'Dank je. Fijn om te horen.' Lizzie opende de koelkast, pakte een fles versgeperst sinaasappelsap – niet eigenhandig natuurlijk – en hield hem op voor Cami. 'Heb je hier zin in? Er staat hier anders ook een chic koffieapparaat, maar dan moeten we eerst uitzoeken hoe dat werkt.' De avond ervoor had ze haar toevlucht genomen tot oploskoffie, omdat het haar niet was gelukt het nogal angstaanjagende apparaat aan de praat te krijgen.

'Sap is lekker.'

'Gelukkig.'

'Het is vast heel irritant voor je,' zei Simon, 'maar mijn moeder zou het fantastisch vinden als ik samen met jou op de foto zou mogen. Je mag gerust nee zeggen, hoor.' Hij keek haar gegeneerd aan.

'Geen enkel probleem, natuurlijk kan dat.' Zie je nou wel? Het was heel anders wanneer mensen beleefd waren en het vriendelijk vroegen. En wanneer ze zelf ook vriendelijk waren.

Simons ogen lichtten op en hij pakte zijn telefoon. 'Dank je. Ze zal door het dolle heen zijn, echt.'

'Laten we een foto van ons drietjes maken. Nee, van ons viertjes!' zei Lizzie, terwijl ze Cami met haar buik naar zich toe trok. 'Zo, perfect!'

14

Een beheerder had echt sterke armen nodig, ontdekte Nella. De twintig gasten die in Hay Hall verbleven waren een dagje naar Cheltenham en hadden gevraagd om zes kisten Bollinger, die inmiddels waren afgeleverd bij het kantoor. Omdat Nick nog steeds in Londen was, had ze de kisten in de kofferbak van haar auto gezet en was ze naar het parkeerterrein achter de Hall gereden. Het was maar dertig meter of zo naar de openslaande deuren die naar de keuken leidden, maar de kisten waren zwaar en haar spieren begonnen al snel te protesteren.

Op haar derde tochtje terug naar de auto zag ze dat er iemand naar haar keek.

'Ik wilde je nog bedanken omdat je me daarnet de weg hebt gewezen,' zei hij.

Ineens wist ze weer wie hij was. Hij had achter het stuur van de witte Porsche gezeten die was verdwaald. 'Graag gedaan. Ben je op bezoek bij iemand in Pine Lodge?' Zie je nou wel hoe discreet ze was?

'Ik ben vandaag alleen maar de chauffeur. Ik laat ze verder met rust. Maarre... zou het seksistisch zijn als ik je aanbood om je te helpen met die kisten?' Hij wees naar de kisten die nog in de kofferbak stonden. 'Gewoon zeggen, hoor, als je dat liever niet wilt.'

Er zat een twinkeling in zijn ogen toen hij het zei. En omdat zijn perzikkleurige poloshirt korte mouwen had, kon je zien dat hij gespierde bovenarmen had.

'Ik zou het erg waarderen. Dank je. Tenzij je ze laat vallen natuurlijk,' zei ze, terwijl hij naar de auto liep. 'Want dan wordt het een dure aangelegenheid.'

'Het lukt me wel. Trouwens, ik ben Simon.'

'Nella.'

Hij tilde de kist uit de kofferbak en ze liep met hem mee. 'Nogmaals bedankt.'

Hij liep heen en weer tot de zes kisten op een rij voor de openslaande deuren stonden. Daarna bracht hij ze de keuken in, waar zij de flessen uit de kisten haalde en in de dubbeldeurskoelkast zette. Nadat ze het huis had afgesloten en ze weer buiten stonden, zei ze: 'Dank je. Nogmaals bedankt. Mijn armen zijn je zeer erkentelijk.'

'Graag gedaan. En wat ga je nu doen?'

'Terug naar kantoor, dat zit daar.' Ze wees naar rechts.

'Zou ik een glas water kunnen krijgen? Ik wil ze niet storen in Pine Lodge...'

'Natuurlijk. Dat is wel het minste wat ik kan doen. Kom, dan lopen we even naar kantoor.'

In het kantoor vulde ze een glas bij de waterkoeler en gaf het aan hem. Hij dronk het in één teug leeg en wierp haar toen een ontwapenende glimlach toe. 'Zou het seksistisch van me zijn als ik je vertelde dat je er fantastisch uitziet?'

Pardon?

Een beetje van haar stuk gebracht zei ze: 'Ik geloof dat ik ook maar een glas water neem.'

'Sorry, dat had ik denk ik niet moeten zeggen. Maar je weet zelf vast ook wel dat je heel aantrekkelijk bent. Soms...' Hij zweeg en keek haar onderzoekend aan. 'Nou ja, soms ontmoet je iemand en dan voelt het alsof er een echte connectie is, en dan zou je die persoon heel graag beter willen leren kennen.'

Het was echt heel maf; hij keek met iets wat op verlangen leek naar haar mond. Alsof hij haar wilde kussen. Maar misschien verbeeldde ze zich dat. Ze wist het niet zeker. Of... of was hij haar aan het testen? Ineens schoot door haar heen dat Nick Callaghan hier misschien achter stak, dat hij dit had geregeld. Voor de grap misschien? Of omdat hij wilde weten of ze echt zo betrouwbaar was als ze beweerde?

Zou hij echt zoiets doen? Nee, natuurlijk niet. Deze man hier was gewoon een van de vele geilaards; sommige mannen konden het gewoon niet laten.

Nella keek Simon-de Porsche-rijder strak aan en zei: 'Oké, ik moet weer aan het werk.'

Hij knikte meteen, alsof ze zich alles wat hier aan vooraf was gegaan had verbeeld. 'Tuurlijk. Dank je voor het water. Dan ga ik maar.' Hij wierp haar een flitsende lach toe, stak zijn hand op en zei: 'Leuk je te hebben leren kennen. Dag.'

Hij liep het kantoor uit en sloot de deur achter zich. Ze keek hem na door het raam terwijl hij het pad naar Pine Lodge nam.

Hm. Wat konden mensen toch rare wezens zijn.

Lizzie was opgelucht toen Nella de telefoon al na twee keer overgaan opnam. Ze jammerde: 'Hoi! Sorry, maar ik heb een ongelukje gehad.'

'Wat voor ongelukje?' vroeg Nella bezorgd. 'Alles goed met je?'

'Ja, maar de keuken is een puinhoop. Echt een complete puinhoop.'

'Oké, geen probleem. Ik stuur meteen iemand naar je toe. Maak je maar niet druk.'

'Ik ben ook zo'n kluns.' Pas nu zag Lizzie dat er bloed op de vloer druppelde. 'O shit, ik heb me ook nog gesneden. Het zou fijn zijn als degene die komt pleisters meeneemt.'

'Heb je een dokter nodig?'

'Nee, zo erg is het niet.'

'Nou, mocht je het gevoel hebben flauw te vallen, ga dan meteen zitten. Ik zit in Cirencester, anders zou ik zelf wel komen, maar er is over een paar minuten iemand bij je.'

Zeven minuten later klopte er een meisje van tegen de twintig, gekleed in het azuurblauwe poloshirt met het Starbourne-logo erop, beleefd aan op de openslaande deuren en liep toen door naar binnen.

'Hoi, ik ben Maeve. Nella heeft me gestuurd om de boel op te ruimen. Ze wil weten of er echt niks met je is, want als je gehecht moet worden, kan ik je wel naar...'

'Nee, dat hoeft echt niet. Ik ben gewoon zo'n oen.' Lizzie stond bij het aanrecht en hield haar bloedende vinger onder het stromende water.

'Goed, laat me eens kijken.' Maeve zette de mand met schoonmaakspullen op de grond, liep naar Lizzie toe en bestudeerde de snee. 'Je kunt beter je arm omhooghouden om het bloeden te stoppen.'

Ze had gelijk. Binnen een paar seconden was het al gestopt.

'Zo stom ben ik nu. Daar heb ik niet eens aan gedacht.'

'Maak je niet druk. Daarom ben ik hier nu.' Maeve waste en droogde snel haar handen, pakte een EHBO-doos onder het aanrecht vandaan en verbond vakkundig Lizzies vinger.

'Je lijkt wel een echte verpleegster,' zei Lizzie voor de grap.

'Ik heb drie jaar geleden een EHBO-cursus gevolgd. Je weet nooit wanneer dat van pas komt. Goed, je mag wel in de kamer gaan zitten, hoor, ik heb dit zo weer opgeruimd allemaal.'

Ze had kunnen zeggen *deze puinhoop*, maar dat had ze niet gedaan. Ze deed gewoon haar werk.

'Ik wil graag hier blijven. Trouwens, ik ben Lizzie.'

'Dat weet ik. We weten allemaal wie je bent. Iedereen vindt het te gek dat je hier zit, maar we moeten doen alsof dat niet zo is.'

'Hoe oud ben je?'

'Negentien.'

Tijd voor een bekentenis. Droog zei Lizzie: 'Ik zal je een geheimpje vertellen. Ik ben drieënveertig en heb geprobeerd deze puinhoop eerst zelf op te ruimen. Maar toen kwam ik tot de conclusie dat ik geen flauw idee heb hoe dat moet.'

Glimlachend pakte Maeve wat spullen uit haar mand. 'Wat

maakt dat nou uit? Ik ben vast heel slecht in acteren.'

'Het punt is dat er altijd andere mensen zijn geweest die alles voor me doen. En al die jaren heb ik dat voor lief genomen. Maar als je er even over nadenkt, is het gewoon gênant.'

'Ik durf te wedden dat Mariah Carey het niet gênant vindt,' zei Maeve.

'Maar ik moet die dingen echt leren. Mag ik afkijken bij jou?'

'Natuurlijk. Hoe is het gebeurd?'

Lizzie voelde dat ze een rood hoofd kreeg. 'Ik zag een tv-kok een omelet bakken en toen kreeg ik daar ineens heel veel zin in. Koken is nog zoiets wat ik nog nooit heb gedaan.' God, ze zou wel heel achterlijk overkomen. Maar het was zo; de afgelopen dertig jaar was alles, het schoonmaken, opruimen, koken en afwassen, voor haar gedaan, terwijl zij aan het werk was of lag te slapen of gewoon andere dingen aan het doen was. Zoals in een hotel wonen waar elke wens van je werd ingewilligd. En nu was ze als een kind dat van toeten noch blazen wist.

Ze liet haar blik over de chaos glijden die Maeve zo meteen te lijf zou gaan.

'Hij zei dat ik olie en boter in de pan moest doen, maar de olie zat in een fles en toen ik dat plastic ringetje lostrok, druppelde er olie op het aanrecht. En daarna zei hij dat ik de eieren moest breken boven een kom en ze moest klutsen, en ik dacht dat ik dat wel kon, maar de kom gleed weg in de olie en vloog door de lucht… en toen lagen er ineens overal scherven en half geklutste eieren op de grond. En toen ik de theedoek probeerde te pakken om alles op te vegen, stootte ik per ongeluk de fles olie om. En daarna probeerde ik wat scherven op te rapen en toen moet ik mezelf hebben gesneden.' Ze haalde hulpeloos haar schouders op, want ze was echt een grote mislukkeling. 'En toen bedacht ik dat ik beter Nella kon bellen voordat ik ook nog zou uitglijden in de olie en mijn benen zou breken of het huis in de fik zou steken omdat ik was vergeten het vuur onder de pan uit te draaien.'

Maeve keek haar meelevend aan. 'Nou, eerlijk gezegd is dit geen pan om eieren in te bakken, het is een wok. Maar ach, je kunt er vast wel een omelet in maken, als je dat zou willen,' liet ze er vriendelijk op volgen.

Een kwartier lang volgde Lizzie nauwgezet hoe Maeve eerst de grote scherven opraapte om daarna de rest zo veel mogelijk bij elkaar te vegen met proppen keukenpapier die ze daarna in een vuilniszak stopte. Nadat ze het marmeren aanrecht en de bovenkant van het gasfornuis grondig had gereinigd, veegde ze de olie en de spetters rauw ei van de muren en kastjes. Als laatste schrobde ze op handen en knieën de keukenvloer.

'Vertel me eens wat over jezelf,' zei Lizzie. Ze was oprecht geïnteresseerd. Maeve had kort blond haar dat ze achter haar oren had gestopt, groene ogen met dikke wimpers en sproetjes op haar neus, maar vooral haar onverstoorbaarheid intrigeerde haar.

'Er valt weinig te vertellen.' Maeve ging even op haar hurken zitten en veegde met haar onderarm een lok haar van haar voorhoofd. 'Zo interessant ben ik niet.'

'Iedereen is interessant. Hoelang doe je dit werk al?'

'O, een paar jaar, af en aan. Maar fulltime sinds afgelopen zomer.'

'Wat denk je, wil je dit altijd blijven doen?'

'O ja, zeker weten. In elk geval parttime.' Ze had rode wangen gekregen van het schrobben. 'In oktober ga ik studeren, maar het is altijd fijn om wat te kunnen bijverdienen.'

'Waar ga je studeren?'

'In Birmingham. Dat is niet zo ver weg. Natuurkunde.'

'O wauw, je bent dus een slimmerd. Zie je nou wel, je bent nu al interessant. En ook nog eens heel goed in dit soort dingen.' Ze wees naar de boender en de doekjes in verschillende kleuren waarmee Maeve systematisch eerst de vloer dweilde, toen droogde en toen glanzend boende. 'Je hebt het vast van je moeder geleerd, al die handige dingen.'

'Ja.' Maeve ging weer even op haar hurken zitten en glimlachte. 'Ja, ze heeft het mij én mijn vader geleerd.'

'Heel goed. Zo mag ik het horen.' Lizzies eigen moeder was er vooral op gespitst geweest dat ze haar teksten uit haar hoofd leerde en aan haar carrière werkte.

'Mijn moeder wilde zeker weten dat we ons zouden kunnen redden zonder haar.' Na een korte stilte voegde Maeve eraan toe: 'Voor na haar dood.'

15

Dood?

'O nee, o god, als ik dat geweten had, was ik er niet over begonnen. Sorry.'

'Het geeft niet, je kon het niet weten. En langzamerhand lukt het me om het te zeggen zonder te gaan huilen.' Maeve slaakte een zucht, voelde met haar hand of de vloer nog glibberig was en begon toen opnieuw te boenen.

'Hoelang geleden?' Snel voegde Lizzie eraan toe: 'Of heb je het er liever niet over? We kunnen het ook weer over schoonmaken hebben, als je dat fijner vindt.'

Maeve schudde haar hoofd. 'Nee hoor, ik praat graag over mijn moeder. Ze was de allerbeste moeder ter wereld.' Glimlachend pakte ze haar telefoon uit de kontzak van haar spijkerbroek. 'Wil je mijn lievelingsfoto van haar zien?'

Lizzie knikte verwoed. 'Ja, graag.'

'Ik heb haar als screensaver. Ik heb de foto op haar verjaardag genomen, drie jaar geleden. Ze had de hik gekregen van de prosecco en we lagen allebei in een deuk. Het was een van onze mooiste dagen, al wisten we dat het waarschijnlijk haar laatste verjaardag zou zijn. En dat is de jurk die ik voor haar had gemaakt. Ziet ze er niet prachtig uit?'

'Ze is mooi.' Maeve had een snelle kus op de foto gedrukt voordat ze het toestel aan Lizzie had gegeven, en Lizzie kreeg tranen in haar ogen van het liefdevolle gebaar. Ze knipperde haar tranen weg en bekeek toen aandachtig de zonnige, vrolijke foto van Maeves moeder op een ligstoel in haar tuin. Haar korte haar was Scandinavisch blond, net als dat van haar dochter, en ze hadden dezelfde sprankelende grijze ogen die pure levensvreugde uitstraalden. Ze lachte met haar hoofd in haar nek en hield in één hand een glas prosecco vast en in haar andere een klein groenleren notitieboekje. Aan haar smalle gezicht zag je dat ze ziek was, maar ze was nog steeds heel mooi.

'En het was ook echt haar laatste verjaardag,' vertelde Maeve. 'Maar we hebben ervoor gezorgd dat het fantastisch was. Ze is iets meer dan twee jaar geleden gestorven. We missen haar.'

Soms was een understatement ontroerender dan theatrale, overdreven woorden.

'Ja, natuurlijk. Je zult haar altijd blijven missen. Ze ziet eruit als iemand met wie je graag bevriend zou zijn.'

'Ja, zo was ze echt.'

'En jij lijkt veel op haar.'

'Ik weet het.'

Heel even kwam iets aan de foto Lizzie bekend voor. Ze zocht in haar geheugen, maar de herinnering leek alweer weg te zweven, bleef ongrijpbaar. Ze keek nog een keer naar Maeves moeder en besloot toen dat het kwam omdat ze op Tess leek, een Canadese actrice met wie ze jaren geleden had gewerkt.

'Hoe heette je moeder?'

'Amanda.'

Lizzie zette de gedachte aan wat voor gelijkenis dan ook uit haar hoofd. 'En je zegt dat jij die jurk voor haar hebt gemaakt? Is er ook iets wat je niet kunt?' Het was een roze met oranje zomerjurk met kapmouwtjes en een hartvormige hals en hij zag eruit alsof hij uit een of andere dure winkel kwam.

'Mama maakte altijd veel van haar kleren zelf. En ook mijn kleren. Toen ik twaalf was heeft ze me leren naaien op een naaimachine. Ik vind het leuk om het te blijven doen.' Ze pakte de telefoon en stopte hem weer in haar zak. Terwijl ze verderging met schrobben, zei ze: 'Hoewel niet iedereen het kan waarderen, hoor. Ik heb afgelopen kerst een overhemd genaaid voor mijn vader, en je had zijn gezicht eens moeten zien. Hij deed net alsof hij het mooi vond, maar hij was er niet blij mee.'

'O, jee. Waarom niet?'

'Het was van een stof met allemaal dansende kerstmannen erop. Hij moest hem van mij aan naar de kerstkaraoke in de Angel, en het was net het begin van *Bridget Jones's Diary*, wanneer Bridget Mark Darcy voor het eerst ontmoet.' Ze grijnsde bij de herinnering eraan. 'Arme papa.'

Lizzie lachte. 'Ik zie het zo voor me. Maar sommige mensen vinden het nu eenmaal leuker dan anderen om zich te verkleden met kerst. Heb je nog broers en zussen of ben je enig kind?'

'Enig kind. Ze zeiden dat ik genoeg was voor hen.'

'En hoe gaat het nu? Redden jullie je een beetje?'

Maeve haalde haar schouders op en knikte toen. 'Ach, het gaat wel goed eigenlijk. Ik heb mijn studie een jaar uitgesteld omdat ik niet wilde dat mijn vader alleen zou zitten, maar hij wil per se dat ik dit jaar aan mijn studie begin. En Manchester is niet zo ver weg; als hij wil, zou ik ieder weekend naar huis kunnen komen. Ik zou het zo akelig vinden als hij zich eenzaam zou voelen.' Ze zweeg even en spoot nog wat schoonmaakmiddel op de tegelvloer. 'Maar ja, wie weet hoelang hij nog alleen blijft.'

'Ach liefje.' Het moest lastig zijn voor een jong meisje om te accepteren dat haar vader weer aan het daten sloeg. En het moest nog moeilijker zijn om dan te doen alsof je het niet erg vond.

Maeve leek Lizzies gedachten te kunnen lezen. 'Ik ben er niet op tegen dat hij iemand leert kennen. Ik weet dat het vroeg of laat toch wel zal gebeuren. Maar ik wil gewoon dat het een aardige vrouw is, iemand die ík aardig vind,' zei ze met een klein lachje, 'al is dat natuurlijk egoïstisch. Iemand die hem geen verdriet zal doen, die zijn hart niet voor de tweede keer breekt. Alleen weet je nooit hoe iets loopt, toch? Er zijn geen garanties. Ik weet alleen dat ik, áls dat gebeurt, het heel erg zou vinden en gewoon niet weet wat ik dan zou doen. Oké, nu denk je vast dat ik een of andere psychopaat ben, maar dat ben ik echt niet, hoor. Maar toch is het iets wat me bezighoudt. Mijn moeder heeft tegen hem gezegd dat hij een andere vrouw moet zoeken en weer gelukkig moet worden.' Ze pakte het roze schoonmaakdoekje en droogde het laatste stuk van de vloer. 'Maar... hoe kun je nu weten of iets goed zal aflopen?'

'Is er al iemand geweest?'

Maeve voelde nog een keer aan de vloer en leek tevreden vast te stellen dat er geen olie meer lag. Terwijl ze de schoonmaakdoekjes en twee flessen schoonmaakmiddel verzamelde, zei ze: 'Ik heb al gezegd dat hij misschien zo'n datingapp moet proberen, maar dat weigert hij. Het probleem is dat hij vanuit huis werkt, en Starbourne is niet echt groot, dus er zijn hier niet veel vrouwen die in aanmerking komen. En iemand die té graag wil is al helemaal niet zijn type.'

'Lastig.' Lizzie knikte meelevend; ze had in haar leven genoeg overdreven vasthoudende liefdeskandidaten meegemaakt. En als je in de eerste seconde al wist dat iemand niet bij je paste, was dat helemaal niet leuk.

'Maar ik ben klaar.' Maeve stond op en pakte haar mand. 'Dan laat ik je nu verder met rust.'

Lizzie wilde helemaal niet met rust gelaten worden. Ze begon te ontdekken dat rust na een tijdje behoorlijk saai kon zijn. En ze vond het altijd heerlijk om nieuwe mensen te leren kennen. Dat had ze nu ook, ze was in de ban geraakt van dit jonge, vrolijke en duidelijk superintelligente meisje dat blijkbaar nergens haar hand voor omdraaide.

Ze flapte eruit: 'Hou jij van omelet?'

Maeve knipperde met haar ogen. 'Eh... ja?' Ze zei het op een toon alsof ze bang was dat het een strikvraag was.

'En weet je hoe je een omelet moet maken?'

Het begin van een glimlach. 'Dat weet iedereen toch? Oké, dat was een grapje. Wil je soms dat ik je laat zien hoe je een omelet maakt?'

'Heel graag. Er zijn genoeg eieren. En er is ook kaas. En ik beloof je dat ik me verre van de fles olie zal houden.'

Maeve trok de keukenlade al open. Ze pakte er een keukenschaar uit en wees ermee naar de muur achter haar. 'Dan kun jij de bieslook knippen.'

'Hoe bedoel je?'

'Die rij potten op het schap? Dat zijn kruiden.'

'O. Oké. Ik dacht dat het saaie kamerplanten waren zonder bloemen.'

'De derde pot is de bieslook. Knip er wat af en dan kun je ze op het aanrecht snipperen.'

'Hoe klein moet het worden?'

'Heel klein. Een paar millimeter.' Maeve slaagde erin om haar gezicht in de plooi te houden. Nadat ze drie eieren had gepakt, begon ze ermee te jongleren.

'Wauw,' zei Lizzie. 'Jij kunt ook echt alles. Wil je mij dat ook leren?'

'Let maar niet op me, ik loop me gewoon uit te sloven. Laat ik je eerst maar eens leren hoe je een omelet maakt.'

Stapje voor stapje legde ze uit wat ze deed en waarom. Lizzie volgde al haar bewegingen en deze keer bleef de chaos godzijdank uit. Ze slaagde er zelfs in om een stukje kaas te raspen zonder een nagel kwijt te raken, wat toch wel een wonder mocht heten.

Ze wachtten samen tot de olie en boter schuimden en deden toen de geklopte eieren in de pan. Lizzie kopieerde alles wat Maeve deed. Heel voorspelbaar leek haar omelet uiteindelijk echter meer op roerei, terwijl de omelet van Maeve perfect was.

'Neem jij die van mij maar.' Maeve wisselde hun borden om nadat ze op de krukken aan het keukeneiland waren gaan zitten. 'Ze smaken precies hetzelfde, en ik vind roerei altijd lekkerder.'

Alhoewel, toen ze een hap had genomen, vertrok haar mond, en toen Lizzie ook een hapje van Maeves bord nam, ontdekte ze dat ze er veel te veel zout in had gedaan.

'Neem de helft van mij maar,' zei ze, terwijl ze de volmaakte omelet in tweeën sneed. 'Nu snap je ook dat ik, als ik alleen thuis ben, alleen maar toast eet.'

'Kook je echt nooit?'

'Nee, nooit. Ik laat eten bezorgen. Of ik ga uit eten.'

'Ik weet dat Nick ons heeft opgedragen om je met rust te laten, maar mag ik je toch een vraag stellen nu ik een omelet voor je heb gemaakt?'

Lizzie knikte met haar mond vol. De omelet was echt verrukkelijk. En ze had de bieslook zelf geknipt, wat van haar toch een soort Nigella maakte.

'Hoe is het om beroemd te zijn?' vroeg Maeve.

Lizzie dacht even na. Het was iets wat ze nu al bijna dertig jaar was. Ze woonde al zo lang in Hollywood dat ze eraan gewend was geraakt om omringd te zijn door mensen die net zoals zij waren.

'Het is raar,' zei ze uiteindelijk. 'Een beetje alsof je een peuter bent. Je hebt altijd mensen om je heen die voor je zorgen, die alles voor je regelen. En het klinkt waarschijnlijk belachelijk wat ik nu ga zeggen, maar ik acteer al sinds mijn veertiende en na een tijdje wen je eraan, vind je het normaal.' Ze nam nog een hap van de luchtige, romige omelet. 'En tegelijkertijd is het ook alsof je stokoud bent en je geheugen langzaam kwijtraakt, want iedereen die je ontmoet weet wie jij bent, terwijl je zelf geen flauw idee hebt wie zij zijn.'

'Maar dat is toch ook cool.'

'Soms, wanneer mensen aardig zijn. Wanneer ze dat niet zijn, is het niet echt cool. En om drie uur 's ochtends opstaan omdat je om halfacht op de set moet zijn is ook niet echt fijn. We maken lange dagen.'

'En daarom ben je hier, om even niets te doen.'

'Eh, ja. Het werd me allemaal een beetje te veel. Ik wilde gewoon even helemaal weg.' Het klonk vast heel verwend; niemand had ooit medelijden met filmsterren die voortdurend in de watten werden gelegd. Omdat ze geen zin meer had om het erover te hebben, vroeg ze: 'Wie is de beroemdste mens die jij ooit hebt ontmoet?'

'Wauw, dat weet ik zo snel niet, hoor. O ja, toch. Mr Richardson!'

'Wie is Mr Richardson?'

'Mijn oude aardrijkskundeleraar. Hij werd na de kroning van koning Charles geïnterviewd bij de Westminster Abbey. Het was zo maf om hem op tv te zien in een Union Jack-pak met bijpassende bolhoed! Sorry, dat telt waarschijnlijk niet als beroemd. Maar het was heel leuk om hem zo op tv te zien.'

Lizzie nam het meisje geamuseerd op. 'Misschien doe jij ooit wel een grote wetenschappelijke ontdekking. En dan ben je zelf de beroemdste mens die je kent.'

Maeve trok een gezicht. 'Ik denk niet dat ik dat zou willen. Maar zo'n ontdekking zou ik best willen doen. O...' Haar telefoon pingde en ze pakte hem uit haar zak en keek erop. 'Sorry, ik moet weg. Een kind in een van de andere huizen heeft net in de hottub geplast.'

'Super-Maeve komt de boel weer redden.' Lizzie vond het jammer dat ze weg moest.

'Weer eens wat anders dan bruiningscrème in het water.' Bij de openslaande deuren zwaaide Maeve nog even vrolijk. 'Dag, en nog bedankt voor de omelet.'

Ineens bedroefd zei Lizzie: 'En jij bedankt voor het maken ervan!'

16

Het was vrijdagmiddag en ze was hier nu twee weken. Lizzie lag op haar rug in het zwembad op een felroze luchtbed en peddelde met haar linkerhand door het water om rondjes te draaien. De zon was warm, de lucht blauw en vanuit deze hoek kon ze bijna denken dat ze thuis was, in L.A.

Alleen was dat niet zo, ze was nog steeds in Starbourne. En het begon er steeds meer op te lijken dat het een slechte beslissing was geweest om hiernaartoe te gaan.

Of anders gezegd: een enorme fout.

Niet dat ze dat hardop zou zeggen tegen haar agent of haar moeder. Die dachten dat ze hier de tijd van haar leven had, dat ze heerlijk aan het relaxen en ontstressen was. Terwijl ze zich in werkelijkheid steeds eenzamer begon te voelen, een buitenstaander. Iedereen zorgde echt heel goed voor haar, maar verder hadden ze het druk met hun eigen leven. Nella had haar een paar keer naar Cheltenham, Cirencester en Stroud gereden zodat ze de pittoreske stadjes kon ontdekken, en had haar dan later weer opgehaald, maar die uitjes hadden alleen maar benadrukt dat door een stadje wandelen en shoppen gewoon veel leuker was als je dat met vriendinnen deed. En niemand van haar vriendinnen uit L.A. had tijd om hiernaartoe te komen.

Iedere ochtend praatte ze een paar uur met Cami via Zoom over haar leven; ze beantwoordde dan oneindig veel vragen en moest erg haar best doen om allerlei verhalen op te diepen uit haar geheugen. Maar Cami was in Londen, slechts zichtbaar op een computerscherm, en het was voor haar ontzettend onhandig om naar Starbourne te komen. Ze had ook zo haar eigen leven, haar eigen gelukkige gezinnetje, en ze had al haar tijd nodig om óf aan het boek te werken óf de logeerkamer in de flat in Ealing te veranderen in een geel-wit gestreepte kinderkamer.

Lizzie draaide zichzelf de andere kant uit en luisterde naar het gezoem van de bijen in de struiken achter haar en het gelach van gasten die net waren aangekomen in de Cedars en nu de omgeving verkenden van hun indrukwekkende tijdelijke thuis. Hoe zouden ze reageren als ze naar hen toe zou gaan, zich voorstelde en dan vroeg of ze alsjeblieft mocht delen in de feestvreugde?

Maar nee, zoiets kon ze echt niet maken, vooral niet omdat ze dit huis had uitgekozen vanwege zijn privacy en luxe.

Gisteren had ze uit pure wanhoop een van de nummers uit de informatiemap gebeld en een ashtanga-yogaleraar besteld. Maar de leraar in kwestie was niet vriendelijk en spraakzaam geweest zoals ze had gehoopt, maar serieus en streng; hij had haar alleen maar bevelen gegeven en haar dingen willen laten doen waar haar lichaam echt niet toe in staat was, al meende hij van wel.

Weer twee uur van haar leven verspild.

Geen ashtanga-yoga meer. Nooit meer.

Ze moest iets anders verzinnen om te doen. Maar wat?

Ze haalde een keer diep adem, liet zich toen van het luchtbed af rollen en zwom naar de kant. Nadat ze zich uit het warme water had gehesen en zich als een burrito in een witte badjas had gewikkeld, pakte ze haar telefoon uit het borstzakje, bereid om zichzelf compleet te vernederen.

'Hoi,' zei Nella vriendelijk. 'Hoe gaat het?'

'Goed, dank je. Maar ik vroeg me af of je me vanavond om halfacht naar Cheltenham zou kunnen brengen. Kan dat?'

'Geen enkel probleem. Natuurlijk kan dat.'

Het probleem was dat Nella altijd vrolijk klonk, maar het was dan ook haar werk om vrolijk te zijn. Misschien rolde ze aan de andere kant van de lijn wel met haar ogen en vervloekte ze stiekem de behoeftige vrouw die haar plannen voor de avond in de war schopte.

'En zou je me dan om negen uur weer kunnen komen ophalen?'

'Natuurlijk.'

Lizzie verloor ineens haar moed. 'Ben ik niet te lastig? Want als het je vrije avond is, dan kan ik altijd...'

'Het is niet mijn vrije avond. En het is echt geen probleem,' stelde Nella haar gerust. 'Ik breng je en ik haal je weer op. Dat is mijn werk! Om halfacht ben ik bij je.'

Het was een zonnige avond, nog warm genoeg voor mensen om op het terras van de Angel Inn te zitten. Toen Nella om tien voor halfacht haar huis verliet en langs de pub liep, werd ze begroet door Hugo en Nick.

'Kom erbij. Ga zitten.' Hugo, blij om haar te zien, klopte op de houten bank. 'Wat wil je drinken? Weet je nog dat we stiekem flessen rum uit mijn vaders drankkast pakten en die dan mixten met zwartebessensap?'

'En vies dat het was.' Nella schudde haar hoofd bij de herinnering eraan.

'Echt heel vies,' beaamde Hugo. 'Het fijne aan volwassen zijn is dat je dat soort dingen nooit meer hoeft te drinken. Dan maar een lekkere sauvignon blanc?'

'Lief aangeboden, maar ik moet Lizzie naar Cheltenham brengen.' Ze rammelde met haar autosleutels. 'Een ander keertje. Veel plezier nog.'

Toen ze bij Pine Lodge aankwam, stond Lizzie op haar te wachten. Ze maakte een ongemakkelijke indruk.

'Kunnen we?' Nella vroeg zich af of ze soms een online date had met een onbekende man. Was dat wel verstandig?

'Oké, dit is heel gênant. Ik heb een beetje tegen je gelogen.'

'O. Je wilt toch niet weg?'

'Jawel. God, het voelt zo stom om dit te zeggen. Het punt is dat ik graag iets leuks wil gaan doen, maar niet in mijn eentje. Want als ik alleen ga, word ik altijd door iedereen aangestaard.

En bovendien is het veel leuker als je iemand hebt om mee te kletsen, maar ik ken hier niemand. Al mijn vrienden zitten in L.A. en ik had me niet gerealiseerd dat ik me een beetje eenzaam zou gaan voelen. Nou ja, behoorlijk eenzaam, eerlijk gezegd. Ik vroeg me af of je in de tijd die het je anders zou kosten om van en naar Cheltenham te rijden iets met mij wilt gaan drinken, hier in Starbourne.'

De woorden waren als een waterval haar mond uit gestroomd, en ze had nerveus een lok haar om haar vinger gewikkeld. 'Je hoeft niets te betalen, hoor. Ik trakteer,' voegde ze er nog snel aan toe.

'Een uurtje maar?' vroeg Nella.

Lizzie knikte verwoed. 'Een uurtje maar.'

'Kun je er geen twee uur van maken? Of drie? De Angel is open tot elf uur.'

'Serieus? Meen je dat? Weet je zeker dat je het niet erg vindt?'

'Hé, geen enkel probleem. Pak je jas,' zei Nella. 'Je hebt beet.'

Lizzie lachte van opluchting. 'Die uitdrukking heb ik in geen jaren meer gehoord.'

'Maar we doen het op één voorwaarde.'

'En die is?'

'Jij betaalt niet alles. We doen om en om een rondje.'

Toen ze vlak bij de Angel waren, slaakte Lizzie een kreetje van opwinding. 'Is dat Nick die daar zit?'

'Ja. Samen met zijn vriend Hugo.'

'O, nee!'

'Wat?'

'Is hij gay? Dat wist ik niet.'

'Hij is niet gay. En Hugo ook niet, ze zijn gewoon vrienden.' De afgelopen weken had Nella haar gevoelens voor Nick stevig achter slot en grendel gehouden, maar de chemie tussen hen was onmiskenbaar. En ze wist ook dat ze het zich niet verbeeldde.

'Oef. En hij is echt single?'

'Eh... ja.'

'Hij is zo aantrekkelijk. Ik bedoel, gewoon echt een stuk.'

Nella wist dat maar al te goed. Maar als een echte professional knikte ze alleen maar, want wat moest ze anders doen?

'Hij was zo aardig aan de telefoon toen ik de eerste keer belde om Pine Lodge te boeken. En toen zag ik zijn foto's online en wauw. Ik wilde hem meteen beter leren kennen. En afgelopen nacht heb ik over hem gedroomd. Zou dat het lot zijn, denk je?' Lizzie bleef ineens staan en greep Nella's arm beet. 'Kunnen we even bij hen gaan zitten? Hoe oud is hij? Ik bedoel, ik weet dat hij jonger is dan ik, maar weet jij of hij op oudere vrouwen valt?'

Jemig, dit overviel haar echt. Nella zei: 'Ik heb geen idee. Jij bent hier langer dan ik.'

'Maar jullie werken toch samen?'

'Ik heb hem niet gevraagd op wat voor vrouwen hij valt. We hebben het eigenlijk nooit over persoonlijke dingen.'

'Ik ben drieënveertig. Hoe oud is hij?'

'Hugo is drieëndertig en ze zaten in dezelfde klas...'

'Is tien jaar verschil oké? Ja toch? Of denk je dat hij me een ouwe taart vindt? O god, waarom is het leven zo ingewikkeld?' Lizzie haalde haar handen door haar lange, golvende haar en friemelde aan de geplooide hals van haar rode jurk.

'Je ziet er fantastisch uit en niemand zal jou een ouwe taart vinden,' stelde Nella haar gerust. 'Want dat ben je niet. Kom, ze hebben ons gezien. Laten we naar ze toe gaan.'

Toen ze bij de pub aankwamen, zei Nick: 'Ik vind het rot om het je te moeten zeggen, maar dit is niet Cheltenham.'

'We zijn van gedachten veranderd, we hebben besloten hier te blijven. Ik ga Lizzie hier alle hippe pubs laten zien. En de leukste mensen natuurlijk. Lizzie, dit is Hugo Peverell. Hugo, Lizzie Rafferty.'

Hugo's oren werden roze terwijl hij half overeind kwam om Lizzie een hand te geven. Op ernstige toon zei hij: 'Hoe maak je het? Bijzonder aangenaam om je te leren kennen. Och hemel, het spijt me...' Hij trok zijn hand snel terug en veegde hem droog aan zijn broek. 'Een beetje bezweet. Ik ben ook zo'n kluns.'

'Hugo en ik hebben samen op school gezeten,' vertelde Nick, terwijl Hugo een katoenen zakdoek uit zijn zak pakte en zijn voorhoofd depte. 'En nu zijn we zakenpartners. Hij woont op Starbourne Manor, misschien heb je dat weleens gezien op een van je wandelingen.'

'Ja, inderdaad! Is dat van jou? Goh,' riep Lizzie uit. 'Wat een bofkont.'

Hugo werd nog roder. 'Het is van de familie. Mijn vader en moeder zijn de huidige beheerders. Ik ben hun opvolger, maar dat is voorlopig nog niet aan de orde!'

'En jullie hebben dus samen op school gezeten. Cool. Vast op een chique school.'

'Een kostschool,' zei Hugo vrolijk. 'En Nick beschermde me daar tegen de pestkoppen.'

'Ja, logisch.' Lizzie keek Nick stralend aan. 'Ik wist gewoon dat jij zo iemand was.'

Hugo knikte verwoed. 'Hij heeft me echt gered. Ze lieten me met rust toen duidelijk was dat hij aan mijn kant stond.'

'Je bent een echte held,' zei Lizzie tegen Nick. 'Ben je ook in zo'n landhuis opgegroeid dan?'

Nick schoot in de lach. 'Nou nee, in een modern twee-onder-een-kaphuis in Swindon. Het was een prima huis, maar niet echt kasteelachtig.'

'Hij had een beurs gekregen.' Hugo sprak als een trotse vader. 'Superslim en heel goed in sport. Iedereen mocht hem.'

'Ja, logisch,' zei Lizzie weer met een goedkeurende blik in Nicks richting. 'Hij heeft alles!'

Als ze zo doorging zat ze over vijf minuten bij Nick op schoot. Nella, die zich afvroeg of Nick zich bewust was van Lizzies belangstelling, zei: 'Kom, dan ga ik je binnen aan nog wat mensen voorstellen.' Niet dat zij iedereen al kende, maar ze wist dat Marvyn er zou zijn, want hij was de eigenaar van de pub, en Jerry, de barman, en Esme in de keuken.

'Fantastisch. En kunnen we daarna weer buiten gaan zitten?' Lizzie keek begerig van Nick naar Hugo en toen weer naar Nick. 'Vinden jullie het goed als we bij jullie komen zitten?'

Hugo steeg bijna op van vreugde. Hij klopte naast zich op de bank en zei: 'Absoluut.'

Om tien uur had iedereen in de pub kennisgemaakt met de inmiddels niet meer zo teruggetrokken actrice. Nick vertelde haar dat hij, omdat ze hem had gezegd dat ze verlangde naar rust en privacy, iedereen in het dorp had opgedragen om hun belangrijke bezoek vooral niet lastig te vallen.

'Ja, dat heb ik inderdaad gezegd, want ik dacht op dat moment dat ik dat nodig had. Maar toen ik later van gedachten veranderde en het dorp in ging of ergens wat wilde drinken, bleek dat er niemand met me wilde praten. Ze wendden allemaal hun blik af. Ik had steeds het gevoel dat ik iets verkeerd had gedaan.'

Nick schudde zijn hoofd. 'Sorry.'

Hugo was terug met een nieuw rondje. 'Nou, daar hoef je je van nu af aan geen zorgen meer om te maken. We kennen elkaar nu. Mocht je ooit om gezelschap verlegen zitten, dan kun je me altijd bellen. Ik zal je mijn nummer geven... O mijn god, ik kan nauwelijks geloven dat ik nummers uitwissel met dé Lizzie Rafferty.'

'En mag ik jou dan ook bellen?' vroeg Lizzie met een stralende blik aan Nick nadat ze Hugo's nummer had ingetoetst op haar toestel en hem had gebeld, zodat hij haar nummer ook had.

'Natuurlijk.' Hij knikte. 'Hoewel ik veel weg ben. Maar wie hebben we daar?'

Een auto kwam met veel geraas het dorp in rijden. Bij de Angel remde hij plotseling af, en Nella zag dat Hugo's gezicht betrok.

'Dat is Tristan in zijn nieuwe auto. Ik dacht dat hij dit weekend weg was.'

'Wie is Tristan?' Lizzie was behoorlijk opgevrolijkt en wilde haar verloren tijd inhalen. Ze had inmiddels aardig wat wijn op en het was duidelijk dat ze zo veel mogelijk mensen wilde leren kennen.

Nella zag dat Hugo niet naar de flitsende groene auto keek toen het portier werd opengegooid; hij wist wat hem te wachten stond. Op vermoeide toon zei hij: 'Mijn broer.'

17

'Slimmer, grappiger en stukken aantrekkelijker,' verklaarde Tristan, die had gehoord wat Hugo had gezegd. Gebarend naar zijn gestroomlijnde lichaam in een grijs-zwart gestreept overhemd en op maat gemaakte zwarte broek, voegde hij eraan toe: 'En, anders dan sommige mensen hier, heb ik een zeer goede smaak. Hallo daar.' Met een wolfachtige grijns richtte hij zich tot Lizzie. 'Eindelijk iemand die wat glamour brengt in het dorp. Aangenaam. Tristan Peverell. Nog wat drinken?' Hij schoof een stoel bij, ging naast Lizzie zitten en knipte in zijn vingers naar Jerry, die net naar buiten kwam om de tafels schoon te maken. 'De gebruikelijke fles graag. Nee, maak er maar twee van. En wat schone glazen.'

Het 'gebruikelijke' bleek, heel voorspelbaar, Bollinger te zijn; Nella had het kunnen weten, al had ze hem al meer dan tien jaar niet gezien. De glazen werden ingeschonken en Tristan, die zichzelf tot middelpunt had bestempeld, hief zijn glas.

'Op de nieuwe mensen hier. God, in het echt ben je nog mooier. Ik zou dit weekend eigenlijk naar Cannes gaan, maar ik ben blij dat ik naar huis ben gekomen. Heeft mijn grote broer je al proberen te versieren? Hij was vroeger smoorverliefd op je.' Toen Tristan grijnsde werden zijn witte gebit en opmerkelijk grote snijtanden zichtbaar. 'Misschien heeft hij je nog steeds wel als screensaver op zijn telefoon staan.'

'Dat is niet waar.' Hugo schudde zijn hoofd.

'Dus je wás smoorverliefd?' Lizzie stootte hem even speels aan. 'Maar nu niet meer? Daar ben ik echt kapot van.'

Nella, de enige die niet dronk omdat ze officieel nog oproepbaar was tot middernacht, leunde achterover en bekeek het tafereel dat zich ontvouwde met aandacht. Tristan en Hugo leken totaal niet op elkaar en ze konden ook niet met elkaar overweg, maar dat kwam voornamelijk omdat Tristan zijn broer alleen maar plaagde en voor schut zette. Mocht je hem met een slanke windhond willen vergelijken, dan kon je Hugo de onhandige herdershond van de familie noemen. Toen Nella hier als veertienjarig meisje was komen wonen, was Tristan pas elf geweest, maar ook toen had hij zich al net zo superieur en hatelijk gedragen als nu. Ze had niet veel met hem te maken gehad, simpelweg omdat ze veel te veel treden beneden hem op de maatschappelijke ladder stond om interessant voor hem te kunnen zijn.

Gelukkig had haar dat geen reet kunnen schelen, net zoals het haar nu nog steeds onverschillig liet. Hugo was degene met wie ze vriendschap had gesloten, die aardig voor haar was geweest, en hij was nog steeds stukken aardiger en oprechter dan zijn gladde, egocentrische, sarcastische broertje.

Bovendien had ze wat tegen mensen die in hun vingers knipten tegen personeel. Het zou haar niet verbazen als hij dat ook bij vrouwen deed die niet snel genoeg zijn bed in sprongen.

Het goede nieuws was dat Lizzie niet voor zijn zogenaamde charmes leek te vallen. Ze had het glas Bollinger dat hij haar min of meer had opgedrongen geaccepteerd en luisterde naar hem terwijl hij haar vertelde over de trip die hij onlangs naar São Paulo had gemaakt, maar haar glimlach was hooguit beleefd. Daarentegen klaarde haar gezicht helemaal op wanneer ze over de tafel heen naar Nick keek.

En dat was het leven in een notendop: nooit simpel. Nella, die zowel op de lichaamstaal als op de gezichtsuitdrukkingen lette, zag duidelijk dat Hugo hengelde naar Lizzies goedkeuring, terwijl Lizzie veel meer belangstelling had voor Nick, en ondertussen probeerde Tristan indruk te maken op het beroemde bezoek, maar was voornamelijk geïnteresseerd in zichzelf.

En Nick? Op dat moment keek hij net op en ving haar blik;

hij glimlachte even en trok zijn wenkbrauw op terwijl hij kort in Tristans richting knikte. Ze wist gewoon dat hij hetzelfde dacht als zij, dat hij zag dat de onderliggende belangen volkomen langs elkaar heen liepen.

Maar Lizzie leek zich in elk geval te vermaken. Tristan zei net iets echt grappigs en Nella zag dat ze het uitschaterde en heel even Nicks pols aanraakte.

Verraden!

'Nou, Antonella. Vind je het leuk om terug te zijn?' Nu was zij blijkbaar de klos. Terwijl Tristan met zijn magere wijsvinger naar haar wees, vervolgde hij: 'Mijn moeder vertelde dat je de vervangster bent van dat tuttige mens dat met een van de gasten naar bed is geweest. Ik kon je me eerst niet echt voor de geest halen, maar toen ze over die kleren vertelde, wist ik het weer.'

Daar gaan we...

'Dat weet je zelf vast ook nog wel,' zei hij met nauwelijks verholen leedvermaak. 'Onze huishoudster had onze kledingkasten uitgemest en heel veel kleren naar de liefdadigheidswinkel in het dorp een eindje verderop gebracht. En toen, drie dagen later, zagen we jou bij de bushalte staan in een van mijn truien en met mijn oude korte broek in camouflageprint.' Hij sloeg hard op de tafel. 'Typisch!'

O, alles wat ze nu zou kunnen zeggen, de beledigingen die ze hem naar zijn hoofd zou kunnen slingeren... Echt, ze had keus te over. Maar ze was hier ook in functie en ze wilde zich niet tot zijn niveau verlagen, niet met Lizzie Rafferty naast haar en heel veel andere mensen aan de tafeltjes om hen heen.

Maar in die tijd had ze zich diep geschaamd, want Tristan had natuurlijk aan iedereen verteld wiens afdankertjes ze droeg. Hij had het heerlijk gevonden om haar publiekelijk voor schut te zetten.

Nou ja. Wat had Michelle Obama ook alweer gezegd over íedereen die kwaad over haar sprak? *When they go low, we go high.*

Ze wierp Tristan over de tafel een vriendelijke lach toe. 'Ik was dol op die trui.'

'Wauw.' Lizzie, met haar glas al op weg naar haar mond, keek Tristan hoofdschuddend aan. 'Hoe is dat nou om zo'n lul te zijn?'

Toen Nella wat later met haar terugliep naar Pine Lodge, zei Lizzie: 'Was het soms ongemakkelijk voor je, toen ik die vent een lul noemde? Sorry daarvoor dan. Maar geen sorry dat ik hem zo heb genoemd.'

'Het was te gek. Als iemand anders hem zo had genoemd, was dat langs hem afgegleden. Maar omdat jij het was, trok hij het zich toch aan. Ik wilde dat iemand het had opgenomen.' Snel voegde Nella eraan toe: 'Niet om het online te zetten, hoor. Dat bedoelde ik niet. Maar gewoon, voor eigen gebruik. Die kop van hem!'

'Hij zal het niet aan zijn chique vriendjes vertellen, dat is een ding dat zeker is. En hij is echt een lul.' Lizzie bleef even staan om de blauweregen voor een van de cottages te bewonderen; de blauwe bloemen vielen als de ongeknipte pony van een tiener over de ramen. 'Wat doet hij eigenlijk?'

'Nou, hij geeft meer geld uit dan hij verdient, zegt men. Hij is het verwende jongere broertje dat zijn moeder steeds om geld vraagt en dat dan nog krijgt ook.' Als tiener was hij al zo geweest en volgens Esme, die haar helemaal op de hoogte had gebracht van wat zich allemaal in Starbourne afspeelde, was hij geen steek veranderd. 'Hij schijnt iets in de reclame te doen, in Londen. Maar geen flauw idee wat precies. Hij heeft het alleen maar over al zijn vakanties.'

'Maar zijn broer lijkt me aardig, echt een lieverd,' zei Lizzy.

Aardig. Een lieverd. Och hemel. De doodssteek voor iemand die misschien droomde over een mogelijke gezamenlijke toekomst. Niemand had ooit iemand begeerd die hij of zij omschreef als aardig.

'Ja, Hugo is een schat.'

'Ja, echt een schatje. Nou ja, je snapt wat ik bedoel. Maar Nick, dat is echt heel wat anders.' Lizzie begon helemaal te stralen bij alleen al de gedachte aan hem. 'Denk je dat hij me leuk vindt? Ik probeerde daarachter te komen, maar dat is me niet gelukt.'

'Dat weet ik niet.' Diplomatiek voegde Nella eraan toe: 'Misschien heeft hij zichzelf als regel gesteld om zich niet persoonlijk in te laten met gasten. Dat zou logisch zijn, vooral na wat er met de vorige beheerder is gebeurd.'

'O, oké, ja, daar zit wat in. Maar we zouden toch discreet kunnen zijn? Ik bedoel, hij is single, ik ben single. En echt, ik ben wel toe aan een verzetje. En hij is echt een stuk, vind je ook niet? En zo nonchalant daarover, hij loopt er absoluut niet mee te koop, anders dan een andere man die ik nu maar niet bij naam zal noemen.'

'We zijn er,' verkondigde Nella vrolijk toen ze bij Pine Lodge waren aangekomen en de buitenverlichting aanging. 'Weer veilig thuis!'

Lizzie omhelsde haar. 'Dank je voor alles. Ik ben zo blij dat ik de moed had om je te vragen of je met me mee uit wilde. Het was echt te gek om met iedereen in de pub te praten.'

'Graag gedaan. Ik ben blij dat je het hebt gevraagd. Het was leuk.' Nella meende het.

'En je had me echt niet naar huis hoeven brengen. We zitten hier niet in de Bronx.'

'Tja, wat zal ik zeggen. Ik vind het leuk om voor mensen te zorgen,' zei Nella. 'Dat is mijn werk.'

'Je hebt me opgevrolijkt. En me ook iets doen inzien.'

'O, ja? Wat dan?'

'Vanavond heb ik mezelf gedwongen om iets te doen waar ik tegen opzag, en het had niet beter kunnen uitpakken.' Terwijl ze haar sleutel pakte om de voordeur open te maken, zei ze blij: 'Het is gewoon een kwestie van ervoor gaan. Dus nu ga ik uitzoeken of Nick echt single is en zo ja, dan nodig ik hem uit voor een etentje in dat chique restaurant waar je me over vertelde. De Pigeon?'

O.

'De Dove,' zei Nella.

'Want ik ga niet zitten afwachten tot hij de eerste stap zet,' vervolgde Lizzie op trotse toon. 'Waarom zou ik? Per slot van rekening leven we in de eenentwintigste eeuw! En wie weet, misschien ga ik hem na het etentje wel versieren!'

Nella knipperde met haar ogen. 'Wauw.'

'Wat denk je? Zal ik dat doen? Ja, volgens mij moet ik dat doen!' Zichtbaar opgetogen over haar besluit om proactief te zijn, maakte ze een dansje en nam daarna een oorlogszuchtige houding aan. 'Klinkt als een strak plan, al zeg ik het zelf!'

18

In de pub gingen net de lampen uit toen Nella er op de terugweg langsliep. Tristan was blijkbaar lopend naar huis gegaan, want zijn flitsende auto stond er nog. Even kreeg ze zin om een scheldwoord in het stof op de achterkant te schrijven, maar ze wist zich te beheersen en liep verder.

In Nicks cottage brandde licht, maar toen ze even een blik naar binnen wierp, zag ze hem niet in de huiskamer. Terwijl ze in haar tas zocht naar haar huissleutel, vloog er iets donkers voor haar gezicht langs en ze slaakte een kreet van paniek – bah, wat was dat?

Brr, daar had je het weer.

Nick trok zijn voordeur open. 'Alles oké?'

Klonk ze oké? Vast niet, maar aan de andere kant: ze was geen watje. En ze wilde ook beslist niet dat hij dacht dat ze een watje was.

'Ja hoor. Het was gewoon een vogel. Daar schrok ik van.'

Hij tuurde even de duisternis in en wees toen. 'Dat is geen vogel, het is een vleermuis. Twee vleermuizen om precies te zijn. Kun je ze zien?'

Ze zag ze. Ze zwiepten idioot snel alle kanten uit door de lucht, nog net zichtbaar in het licht van de straatlantaarn.

'Ik was helemaal vergeten dat er vleermuizen bestonden. Ik heb ze in geen jaren meer gezien.'

Nick had een leeg glas in zijn hand. Hij hield het iets op. 'Ik wilde net een afzakkertje nemen. Zin om mee te doen?'

Zzzzwiep deed een van de vleermuizen, weer vlak voor haar gezicht langs en ze deinsde naar achteren.

Geamuseerd zei Nick: 'We kunnen ook binnen gaan zitten als je dat liever hebt.'

'Ik zeg ja tegen het afzakkertje en buiten is prima.' Hij mocht niet denken dat ze een angsthaas was.

In de keuken schonk hij haar een glas cognac met ijs in en voor zichzelf een whisky. In de achtertuin namen ze plaats aan de smeedijzeren tafel. Het was nog steeds aangenaam buiten en de hemel was bezaaid met sterren.

'Proost.' Nella tikte met haar glas tegen het zijne.

'Proost. Je bent goed in je werk. Vind je het leuk om terug te zijn?'

'Hartstikke leuk.' Ze spraken elkaar natuurlijk wel op het werk, maar meestal kort en altijd met andere mensen erbij. Nu ze met zijn tweeën waren, kwamen alle gevoelens die ze had proberen te onderdrukken weer terug. Ter afleiding nam ze een grote slok cognac en zei: 'Kunnen we even over Tristan roddelen? Mijn god, je zou denken dat hij wel over dat puberale gedrag van hem was heen gegroeid, maar echt niet. En dat gaat ook vast niet meer gebeuren.'

'Tja, dat weet jij en dat weet ik.' Hij haalde zijn schouders op; de rechterkant van zijn gezicht was zichtbaar in het licht van het keukenraam. 'Dat weten we allemaal.'

'En Lizzie had hem ook al snel door.' Ze had zich onderweg naar huis afgevraagd of ze Nick niet moest waarschuwen voor Lizzies grootse plannen met hem. Maar nee, hij was een volwassen man – en een bijzonder aantrekkelijke ook volgens Lizzie. Hij zou heus wel weten hoe hij al te enthousiaste vrouwen moest aanpakken.

Nou ja, liever níét aanpakken dan.

'Ja, ze heeft hem goed op zijn nummer gezet. Jullie allebei trouwens. Het was vast niet leuk voor je om hier te komen wonen in zo'n moeilijke periode van je leven en dan ook nog met hem te moeten dealen.'

'Esme heeft me verteld dat ze jou over mijn familie heeft verteld.'

Hij knikte. 'Ja. Eerlijk gezegd heb ik haar ernaar gevraagd. Ik wilde meer over je weten.'

'Mijn opa heeft me in huis genomen na de dood van mijn moeder. Het maakte mij niet uit dat hij arm was en dat ik tweedehandskleren moest dragen. Maar het was minder leuk toen ik ontdekte van wie ze waren.' Ze zweeg even; ze had Tristan het liefst in de vijver willen duwen toen hij en zijn schoolvrienden haar bespotten. 'Ik was bang dat mijn opa zou ontdekken dat ik uitgelachen werd, want dat zou hij heel erg hebben gevonden. Hij werkte voor Tristans ouders; zij waren landadel en hij was maar gewoon een van hun tuinmannen. Hij deed alles wat ze hem opdroegen, omdat hij nu eenmaal heel gehoorzaam was. En hij had geen idee dat ik werd gepest door die rotzoon van hen.' De ijsblokjes rinkelden in het glas toen ze nog een slok cognac nam. 'Echt, hij zou zich heel vernederd hebben gevoeld. En daarom wist ik dat ik Tristan niet met gelijke munt kon terugbetalen. Ik moest het gewoon over me heen laten komen, om mijn opa te beschermen. Maar misschien moet ik Tristan maar eens precies vertellen hoe ik over hem denk, nu ik niemand meer in bescherming hoef te nemen.'

'Hij is de jongste broer en haat het dat Hugo degene is die het landgoed zal erven. Dat is geen geheim,' zei Nick. 'Hij heeft het er al jaren over, is jaloers en kan gewoon niet accepteren dat het nooit van hem zal zijn. Maar ja, laten we wel wezen, als hij het wel zou erven, zou hij al het personeel op staande voet ontslaan en het huis waarschijnlijk omtoveren in een gigantisch casino.' Hij haalde minachtend zijn schouders op. 'Gelukkig maar voor het dorp dat dat nooit zal gebeuren. Hugo zal het landgoed perfect beheren; hij weet wat hij doet.'

'Je zou toch denken dat Tristan aardiger zou zijn tegen zijn broer, want Hugo is wel degene die later ook het geld beheert.'

'Ja, en daar heb ik Hugo al voor gewaarschuwd. Maar Tristan denkt altijd dat hij het beter weet. En Constance en Henry zijn pas in de zestig, dus hopelijk gaat dat voorlopig niet gebeuren.' Hij leunde naar achteren in zijn stoel en wees omhoog. 'Daar heb je het International Space Station.'

Nella volgde de richting van zijn vinger en zag het, een witte stip in de duisternis. Ze volgde het terwijl het langs de hemel bewoog, ogenschijnlijk kalm, maar in werkelijkheid op een snelheid van meer dan zevenentwintigduizend kilometer per uur. Het was zo groot als een voetbalveld en er waren zeven astronauten aan boord. Wat zouden die nu aan het doen zijn?

'Kijken ze naar ons?'

'Dat lijkt me onwaarschijnlijk. Maar je weet het natuurlijk nooit.'

'Misschien kijken ze wel door de allersterkste telescoop ter wereld naar ons en kunnen ze alles zien, net als God.'

Nick schoot in de lach. 'Ik zie ineens God voor me die door een telescoop tuurt.'

'Hij zou zich vast snel gaan vervelen.' Ze hield haar hoofd iets verder naar achteren om het ruimtestation te kunnen blijven volgen. 'En die daar ook. Als ze daar al maanden zitten, hebben ze wel zo'n beetje alles gezien wat er te zien is, lijkt me.'

Nick knikte naar haar glas. 'Bijna leeg. Nog eentje?'

Zou ze het doen? Haar eerste drankje van de avond had zich als warme honing door haar aderen verspreid en gaf haar het gevoel alsof haar hele lichaam goudkleurig opgloeide. Ze voelde zich tegelijkertijd relaxed en bruisend, totaal niet moe. Integendeel zelfs; haar zintuigen waren als herboren en namen alle details van Nick in zich op, van de vage geur van zijn aftershave tot het timbre van zijn stem en de schaduwen die de bottenstructuur van zijn gezicht benadrukten. Hoe zou hij er naakt uitzien? Hoe zou zijn lichaam aanvoelen?

Natuurlijk wilde ze er nog eentje, maar of het verstandig zou zijn om ja te zeggen, was een tweede.

Doe nou maar, zei het ondeugende stemmetje in haar hoofd. Wat bezielt je? Zeg gewoon ja.

Maar denk aan wat er zou kunnen gebeuren, waarschuwde een ander stemmetje, het verstandige. Je moet echt nee zeggen.

Terwijl Nella haar mond opendeed om ja te zeggen, ging de telefoon in haar tas met veel kabaal over. Gelukkig woonde in het huis links van Nick Dora, die drieënnegentig was en stokdoof, en rechts woonde... nou ja, zijzelf.

O god, maar stel dat het Lizzie was die nog wat langer met haar over Nick wilde praten? Of had ze op de een of andere manier ontdekt wat er zich op dit moment afspeelde in zijn achtertuin en wilde ze per se een halt toeroepen aan nog meer drank en eventuele andere rare capriolen?

Ze pakte haar toestel. Oef, toch niet Lizzie.

'O Nella, ben jij dat? Ik weet dat het een beetje laat is, maar we hebben per ongeluk de hoge wijnglazen in de afwasmachine gezet en toen we de deur openden, knapten ze en nu ligt er overal glas op de grond en in de afwasmachine en we weten gewoon niet wat we moeten doen...'

De enigszins beschonken stem behoorde toe aan George of aan zijn tweelingbroer Harry, die in de Cedars zaten, samen met een groep vrienden. De mannen, charmant en dorstig, waren twee dagen geleden aangekomen en waren vanaf dat moment hun veertigste verjaardag uitbundig aan het vieren.

Mannen en afwasmachines waren bijna nooit een goede combinatie, zelfs als er geen alcohol in het spel was. Nella zei: 'Geen probleem. Ik kom eraan. Niet zelf proberen op te ruimen, want ik wil niet dat er gewonden vallen. Ik ben er over vijf minuten.'

Ze verbrak de verbinding en stond op. Gered door de bel. Nou ja, door Harry en George en hun rampzalige afwasmachinevaardigheden.

'Nou, dan ga ik maar,' zei ze tegen Nick, die waarschijnlijk toch niet in haar geïnteresseerd was. 'Bedankt voor de cognac.'

'Graag gedaan.'

19

'Het leek gewoon zo belachelijk. Ik leefde het soort leven waarvan iedereen droomt, maar ik voelde me alleen maar leeg. En... en ook letterlijk lichamelijk leeg.' Lizzies gezicht vertrok even bij de herinnering aan die tijd. 'De studiobazen hadden tegen mijn moeder gezegd dat ik te mollig was en dat ik tien kilo moest afvallen, en daarom hield ze precies in de gaten wat ik at. Waardoor ik natuurlijk heel erg naar koekjes ging verlangen, en ik heb mijn vriendin CJ toen omgekocht om stiekem chocolate chip cookies mee naar mijn kamer te nemen. Maar die moest ik verstoppen in dvd-boxen en daarom mocht ze alleen hele dunne koekjes voor me kopen...'

Ze stopte, want haar gedachtestroom werd onderbroken door wat er aan de andere kant van het videogesprek leek te gebeuren. Cami nam hun gesprekken altijd op, maar ze maakte ook graag uitgebreid aantekeningen onder het praten. Een minuut geleden echter was ze daar ineens mee gestopt. Ze had haar hoofd gebogen om haar gezicht te verbergen en haar borstkas schudde. Lizzie zag dat ze ook stiekem tranen probeerde weg te vegen.

'Gaat het wel?' Lizzies egoïstische actrice-kant vond het stiekem wel eervol dat ze Cami zo geraakt had met wat ze als zeventienjarige allemaal had moeten doorstaan. Maar aan de andere kant hoopte ze dat dat niet betekende dat Cami zelf ook een eetstoornis had gehad. Ze zei snel: 'Maar alles is goed gekomen, hoor! En ik kan net zoveel koekjes eten als ik wil. Wat maakt een pondje meer of minder nu uit?'

Op het scherm begon Cami te jammeren en haar hoofd ging omhoog zodat Lizzie haar gezicht weer kon zien. Ze was duidelijk van streek en zat hevig te snikken, terwijl ze een verkreukeld zakdoekje pakte om haar ogen mee te betten. Maar dat verhaal over de koekjes was toch ook weer niet zo schokkend geweest?

'Cami, wat is er?' Lizzie voelde een steek in haar hart bij de gedachte dat er iets vreselijks was gebeurd. 'Is het de baby?'

Cami schudde langzaam haar hoofd. 'N-nee. O god, sorry, dit is zo onprofessioneel. Ik dacht dat ik het wel kon, maar ik k-kan het niet...'

'Vertel,' beval Lizzie. 'Wat het ook is, vertel het me.' Er was vast iemand doodgegaan. O shit, hopelijk niet dat kleine hondje, Boo.

Cami kromp zichtbaar nog meer ineen. Snikkend zei ze: 'Het is S-Simon.'

Alle mogelijkheden flitsten door Lizzies hersens als geheugenkaartjes op fastforward: auto-ongeluk, hersenbloeding, moord – nee, vast niet – of een hartaanval. En hij kon echt niet ouder dan veertig zijn... wat een tragedie.

'Hij is b-bij me w-weg.' Cami trilde over haar hele lichaam. Met een hand op haar buik flapte ze eruit: 'Hij wil ons niet. Mij niet en de baby niet.'

'Nee.'

'Ja.'

'Dat kan hij niet maken.'

'Jaw-wel. Hij heeft het al gedaan. Hij is weg.'

Lizzie schudde haar hoofd. Het kwam als zo'n schok dat ze het niet in één keer kon verwerken. Toch niet Simon en Cami? Nee, dat was gewoon onmogelijk.

'Maar... waarom?'

'Hij zegt dat een baby krijgen gewoon zijn ding niet is. Hij wil niet vastzitten. En volgens mij heeft hij ook een ander.'

Klotekerels ook.

'Ach, Cami. Wat een klootzak. Hoe durft hij?'

'Sorry, maar vertel het alsjeblieft niet aan iemand bij de uitgeverij. Ik zou het niet aan een klant moeten vertellen. Maar ik zit er helemaal doorheen. Ik weet niet wat ik moet doen, waar ik naartoe moet. Hij wil dat ik voor het weekend weg ben en...'

'Wat?' riep Lizzie vol ongeloof uit. 'Dat meen je niet! Dat kan hij niet maken!'

'Dit is zijn flat. Ik had een kamer in Clerkenwell tot ik zes weken geleden bij hem ben ingetrokken, en ik heb hier geen huur betaald en hij zegt dat ik maar iets anders moet zoeken. Maar ik kan nergens heen.'

Dit was surrealistisch, compleet ongelooflijk. 'Hij kan je er niet zomaar uitzetten.'

'Dat zei ik ook. Maar hij zegt dat als ik niet ga, hij gaat. En in mijn eentje kan ik me de huur niet veroorloven.'

'Hij moet betalen! Het is zijn baby!'

'Hij zegt dat het niet van hem is. Maar dat is het wel.' Cami veegde met haar hand over haar wangen, zichtbaar uitgeput. 'En dat weet hij best. Ik weet gewoon niet wat ik moet doen. Zoals hij tegen me praatte, de dingen die hij zei... Het is net alsof hij ineens heel iemand anders is. Ik wil hier niet eens meer zijn.'

Lizzie voelde met haar mee. 'Heb je geen familie waar je naartoe kunt? Vrienden?'

'Geen familie. Vrienden... nou ja, ik zou waarschijnlijk wel bij mijn beste vriendin op de bank kunnen slapen, maar zij deelt een huis met vier andere mensen, dus echt ideaal is het niet. Maar ik vind wel wat.'

'Oké, ik zal je vertellen wat je moet doen. Pak je spullen in en geef me je adres. Ik zal een auto naar je toe sturen en dan kom je hiernaartoe.'

Nog meer tranen. 'Dat kan toch niet.'

'Nou, je zult merken dat dat best kan.' Wat Lizzie echter het allerliefst zou doen, was zelf naar Londen gaan, Simon opsporen en zijn vuile rotkop eraf rukken.

'Maar je zit vast niet te wachten op dit soort dingen...'

'Stil. Je hebt dit huis gezien, je kunt niet beweren dat ik niet genoeg ruimte heb.'

Cami stortte volledig in. 'O god, weet je het zeker? Echt? Vorige week vertelde ik nog aan mijn nicht in Canada hoe aardig je was, maar dit is echt ongekend. O, als je het echt meent, dan zou me dat echt heel erg helpen, gewoon tot ik iets anders heb gevonden.'

Lizzie wilde dat ze haar even kon knuffelen. Als er één ding was wat ze in de afgelopen jaren had geleerd, dan was het dat je je altijd veel beter over jezelf voelde als je geld doneerde aan goede doelen. Je werd er vrolijk van en ging vanbinnen gloeien. En dit was eigenlijk net zoiets; als er iemand was die wel wat steun kon gebruiken, dan was het Cami.

Ergens voelde het verkeerd om iets goeds te doen enkel en alleen om jezelf op te vrolijken en niet zozeer om een mens in nood te helpen... nou ja, die kant van de zaak hoefde Cami niet te weten.

'Geef me je adres nou maar,' zei ze streng. 'Kun je over een uur klaarstaan met al je spullen?'

'Je bent echt een engel,' zei Cami. 'Ik kan over een halfuur al klaarstaan.'

Lizzie schonk haar een geruststellend lachje. 'Nou, vooruit met de geit dan maar.'

Drieënhalf uur later knerpte de auto over het lichte Cotswold-grind en stopte voor het huis. Lizzie had de tijd voornamelijk ijsberend doorgebracht, als een vader die op de geboorte van zijn kind wachtte, maar gezien de omstandigheden was het verstandiger om dat niet hardop te zeggen.

Ze hielp haar nieuwe kostganger uit de auto en nam haar in haar armen, voor zover dat mogelijk was met die enorme strandbal van een buik die in de weg zat.

'Het komt wel goed,' zei ze. 'Wat er ook gebeurt, jij redt je wel. Echt.'

'Ik geloof je niet, maar toch bedankt.' Cami zag er vreselijk uit, maar ze wist er nog wel een waterig lachje uit te persen. 'Gewoonlijk ben ik een sterke vrouw, maar dit was een behoorlijke klap.

Bovendien spelen mijn hormonen op. Ik dacht echt dat we heel gelukkig waren...'

'Dat dacht ik ook! Ik werd zelfs blij van het idee dat er nog stellen als jullie op de wereld waren. Ik kan nog steeds nauwelijks geloven dat hij je dit heeft aangedaan.' Iedere keer dat Lizzie eraan dacht, raakte ze weer vervuld van woede. 'Verdomme, normaal gesproken zou ik je op een moment als dit een groot glas wijn aanbieden, maar dat gaat nu niet. Nou ja, kom eerst maar eens mee naar binnen.'

Er waren twee koffers en drie volle vuilniszakken. Lizzie en de chauffeur brachten ze naar boven, waar ze ze op de overloop lieten staan, omdat Cami nog een kamer moest uitkiezen.

'Arme meid,' fluisterde de chauffeur. 'Ze is er echt kapot van. Heel aardig dat u haar helpt.'

Lizzie haalde gegeneerd haar schouders op. 'Dat zou iedereen toch doen?'

Maar daar had je hem weer, de beschamende adrenalinestoot die ze altijd kreeg als ze iets voor een ander deed om zichzelf beter te voelen.

Ze gaf de chauffeur een extra grote fooi om haar schuldgevoel te verzachten.

Zodra hij was weggereden, opende ze een fles Montepulciano en schonk een glas voor zichzelf in, daarna maakte ze een glas sinaasappelsap met soda en ijs voor Cami, die aan de keukentafel zenuwachtig met haar telefoon zat te spelen. Toen hij onverwacht overging, schrok ze zo dat ze hem bijna op de grond liet vallen.

'Het is Simon. Misschien is hij van gedachten veranderd.' Met een trillende hand nam ze op en zei 'Hallo?' met zoveel hoop in haar stem dat Lizzie plaatsvervangend ineenkromp.

Maar het was al snel duidelijk dat Simon niet van gedachten was veranderd. Wat hij ook zei, Lizzie zag dat Cami's gezicht betrok. Ze vroeg fluisterend of ze soms weg moest gaan, maar Cami schudde haar hoofd en zette de telefoon op speaker.

'Ik ben net thuis en zag dat al je spullen weg waren. Ik neem aan dat dat betekent dat je niet meer terugkomt?' De vriendelijke stem was verdwenen. Hij sprak op kille en bruuske toon.

'Nee, ik kom zeker niet meer terug.' Cami sloot haar ogen, maar de tranen wisten toch te ontsnappen en gleden over haar wangen.

'Waar ben je?'

'Wat kan jou dat nou schelen?'

'Ik ben geen monster, Cam. Ik wil weten of het goed met je gaat.' De stem was nog steeds kil.

'Nou, het gaat natuurlijk niet goed met me.' De woorden bleven bijna in haar keel steken. 'Wat dacht je dan? Mijn wereld is totaal ingestort.'

'Nou doe je wel erg melodramatisch. Wat verwacht je van me? Ik heb het toneelstukje voor jou proberen mee te spelen, wekenlang zelfs, maar je kunt niet van me verwachten dat ik in een leugen blijf leven en doe alsof ik gelukkig ben terwijl ik dat niet ben. Ik wil dat leven niet... luiers en niet slapen en nooit meer uit kunnen gaan of leuke dingen doen.'

'Baby's kunnen ook leuk zijn,' protesteerde Cami.

'Echt niet. Sorry hoor, maar continu gekots en gekrijs is niet mijn idee van leuk. Jij was degene die de baby wilde.' Zijn toon was minachtend geworden. 'Nou, je mag haar hebben.'

Die man spoorde niet. Lizzie moest zich beheersen om zichzelf niet in de telefoon te werpen en er niet alleen zijn hoofd maar ook zijn lul af te rukken. Het maakte haar woest, zoals hij zei dat het hem speet zonder ook maar een greintje spijt te voelen. Dit was nou precies de reden waarom je sommige mannen nooit kon vertrouwen. Soms dacht je echt dat iemand perfect was en het antwoord op al je dromen, maar die volmaaktheid bleek dan niets meer dan een verbazingwekkend overtuigend laklaagje te zijn.

Laatst had ze op het terras van de pub nog vrolijk zitten fantaseren over Nick Callaghan, over dat hij weleens de ware kon zijn, maar hoe kon ze nu weten of hij niet net zo egoïstisch en net zo'n klootzak was als Simon?

'Nou, je hebt je appartement weer voor jezelf,' zei Cami in de telefoon. 'Ik hoop dat je er gelukkig wordt.' Toen ze opkeek en Lizzie verontwaardigd naar haar zag kijken, verbeterde ze zichzelf en zei: 'Nou, weet je wat, ik wil helemaal niet dat je gelukkig wordt, ik hoop dat je doodongelukkig wordt. Met een beetje geluk waait het dak eraf in een storm, en ik hoop dat dat dan ook nog eens op jouw dierbare auto valt.'

'Dat is wel erg kinderachtig.' Hij sprak nog steeds vol minachting.

'O, ja? Is dat zo? Nou, sorry hoor, dat ik het lef heb om kinderachtig te zijn terwijl ik net in de steek ben gelaten en mijn leven een complete puinzooi is.'

Lizzie vond het interessant om te zien dat Cami niet meer huilde; ze was wat meer rechtop gaan zitten en er bewoog een spiertje in haar kaak. Ook klonk ze alsof ze zichzelf weer wat beter in de hand had. 'Ik ga er maar van uit dat je iets met een ander hebt.'

'Nee, maar zelfs als dat wel zo was, dan gaat het je niks aan. Waar ben je trouwens?'

'Dat gaat jou niks aan.'

'Je hebt het kabeltje van mijn oplader meegenomen en dat past niet eens in jouw laptop. Zeg nou maar gewoon waar je bent, dan kom ik het even ophalen. Ik heb het vanavond nodig.'

Cami stond op, ritste haar donkerblauwe schoudertas open en pakte het kabeltje eruit. Daarna liep ze naar de keukenlades, trok ze een voor een open tot ze een schaar had gevonden en knipte toen het kabeltje – *knip knip knip* – in vier stukken. In de telefoon zei ze: 'Och, hoorde je dat? Het is kapot, wat erg nou.'

Op ijzige toon zei Simon: 'Zielig gewoon,' en toen hing hij op.

Cami keek naar de stukjes kabel op het keukeneiland. 'Het zou nog fijner zijn als dit zijn ballen waren.'

'Wat een klootzak.' Lizzie had nog steeds moordneigingen. 'Ik vind het zo erg voor je.'

'Eigenlijk schaam ik me een beetje, omdat ik zo stom was om te denken dat hij een aardige man was.'

'Daar hoef je je niet voor te schamen. Dat is ons allemaal weleens overkomen.'

'Ik denk toch dat het slimmer is om dat soort dingen uit te zoeken voordat je je laat bezwangeren.' Cami schudde haar hoofd en gaf haar bolle buik toen een geruststellend klopje. 'Maak je geen zorgen, baby. Wij redden ons wel. Hij weet niet wat hij mist.'

'Je huilt niet meer,' merkte Lizzie op.

'Hij is het niet waard. Ik heb genoeg om hem gehuild.' Toen ze Lizzies sceptische blik zag, voegde ze eraan toe: 'Ik meen het, hoor. Geloof je me niet?'

'Het is nogal een uitspraak. Je hoeft je gevoelens heus niet te verstoppen.'

Cami ging weer zitten. Ze vlocht haar handen in elkaar op de tafel. 'Toen ik acht was, is mijn moeder weggegaan. Ze heeft ons gewoon in de steek gelaten,' vertelde ze. 'Op een ochtend gaf ze me een kus en een brief die ik aan mijn vader moest geven zodra hij wakker was. Dat was de laatste keer dat ik haar heb gezien. Ik heb een dag tranen met tuiten gehuild, tot mijn vader zei dat ik daarmee moest ophouden omdat hij er gek van werd. En toen ben ik ermee opgehouden.'

Ontzet vroeg Lizzie: 'En je hebt haar nooit meer gezien?'

'Nee, nooit. Ze is ervandoor gegaan met een man die ze had leren kennen in het wedkantoor waar ze toen werkte. Blijkbaar zijn ze in Norfolk gaan wonen. Maar toen de scheiding er eenmaal door was, hebben ze warmere streken opgezocht – Griekenland of Cyprus of zo – en dat was dat.' Hoewel haar oogleden nog steeds opgezet waren van het huilen, wist ze er een lachje uit te persen. 'En waar ze nu zijn? Geen flauw idee. Ik heb geen enkele behoefte om haar ooit nog te zien.'

'Och, Cami.' Lizzie was vervuld van medelijden. En dan te bedenken dat ze zich tegenover haar had beklaagd over haar eigen zogenaamd moeilijke jeugd, toen ze geen koekjes meer had mogen eten van haar moeder. In elk geval had zíj in haar jeugd een moeder gehad. En die had ze nog steeds.

'Dus ik ben het gewend om in de steek te worden gelaten.' Cami's linkerhand lag nu op haar buik. 'Mijn vader en ik hebben het toen gered. En ik zal het nu ook redden.'

Lizzie durfde het bijna niet te vragen. 'En je vader... eh...'

'Of hij nog leeft? Nee. Hij is vijf jaar geleden gestorven aan een hartaanval. Maar hij was te gek, en ik weet dat hij me niet in de steek wilde laten.' Droog liet ze erop volgen: 'Hij was echt wel gebleven als hij had gekund.'

'Je bent echt verbazingwekkend.' Lizzie schudde bewonderend haar hoofd. 'En ik ben er nu voor je. We slepen je hier wel doorheen.' Omdat ze ineens heel graag iets opbouwends wilde doen, flapte ze eruit: 'Ik heb eieren! Ik kan een omelet voor je maken!'

Nou ja, ze kon het in elk geval proberen.

Maar Cami zat al een gaap te onderdrukken. 'Nou, ik heb afgelopen nacht geen oog dichtgedaan en ik ben echt kapot. Zou je het erg vinden als ik even een dutje ging doen? Dan kunnen we daarna weer aan de slag.'

'Toe zeg! Geen sprake van. Gun jezelf een beetje rust.'

'Nee. We hebben een deadline en we moeten ons aan ons schema houden. Geen gejank meer,' zei Cami streng. 'We gaan die klus gewoon klaren. Trouwens, je heb me verteld wat er laatst is gebeurd, dus als er hier iemand een omelet gaat maken, dan lijkt het me veiliger dat ik dat ben.'

20

'Het was die malloot niet,' verkondigde Tommy van duizenden kilometers ver.

Het was midden in de nacht en Nella had gedroomd over Nick Callaghan. Helaas niet op een ondeugende manier; ze waren in zijn kantoor en ze had geprobeerd hem te verleiden door 'YMCA' te zingen en daar ook nog eens bij te dansen.

En aangezien hij achteruit was gedeinsd tot hij met zijn rug tegen de dossierkasten had gestaan, was het eigenlijk een opluchting dat ze wakker was geworden.

'Wat?' Nella tuurde slaperig naar haar mobiel en zag dat het drie uur 's ochtends was op de eerste dag van mei. Ze was gisteravond laat nog naar Hay Hall geweest omdat de nieuwe gasten niet hadden kunnen uitvogelen hoe de afstandsbediening van de tv werkte. Maar goed, dat was toen, en dit was nu. Concentreer je, sprak ze zichzelf toe. Wat had Tommy gezegd? Iets over moot? Dood? Niet dood?

Wie was er niet dood? Toch niet Elvis? Toch niet na al die tijd?

Hardop zei ze: 'Wie was er niet dood?'

'Wat?' Tommy klonk alsof hij het niet snapte.

Nou, hij was de enige niet.

'Je zei dat hij niet dood was. Maar ik weet niet over wie je het hebt.'

'Stomkop, er is helemaal niemand dood. Ik zei dat het die malloot niet was. Jed! Hij zat niet achter die brandstichting.'

'Meen je dat?' Nella zat ineens rechtop in bed. Buiten hoorde ze de roep van een uil. 'Hoe weet je dat?'

'Er is iemand anders opgepakt. En zij heeft meteen bekend.'

'Zij?'

'Je gelooft het gewoon niet,' zei Tommy. 'Het was Mad Max.'

'Wat? Mijn god.' Nella was nu klaarwakker. Ze schudde het kussen achter haar wat op. Maxine Chisholm was drie jaar geleden ongeveer drie maanden Tommy's vriendin geweest. Ze was levendig, sociaal en ietwat vermoeiend, iemand die altijd nóg iets wilde drinken, naar nóg een feestje wilde en waarschijnlijk ook nóg een lijntje coke wilde snuiven. Ze had het niet echt goed opgenomen toen Tommy, zoals te verwachten was genoeg had gekregen van haar capriolen en haar had gedumpt. Haar bijnaam had ze te danken aan haar voorliefde voor op tafels dansen en haar anderszins ook nogal extravagante gedrag, en niet zozeer omdat je haar ertoe in staat zou achten je huis in de fik te steken en dat je daarom het nummer van de plaatselijke brandweer onder je sneltoets moest hebben. Verbaasd vroeg Nella: 'Weten ze dat zeker?'

'Ja. Haar laatste ex heeft op beveiligingsbeelden gezien dat ze zijn tuin in is geklommen met een fles chloor. Ze was van plan die leeg te gooien in zijn vijver en zo al zijn koikarpers te vermoorden. Hij heeft dat gepost op TikTok en toen vertelde een van haar andere exen hem dat Max een keer een tuinslang door zijn brievenbus had gestoken om de hal blank te zetten. Ze hebben toen contact opgenomen met de politie om te vertellen dat ze ook even iets met mij heeft gehad... en weet je wat oom agent heeft gevonden toen ze haar flat doorzochten? Haar dagboek! Ik bedoel, wie houdt er tegenwoordig nou nog een dagboek bij? Maar Max blijkbaar wel. Ze had hem zelfs in haar la met ondergoed verstopt, alsof ze twaalf is, en ze schrijft erin op wat ze doet om wraak te nemen op de mannen die haar hebben gedumpt, zelfs al moet ze er drie jaar op wachten. Bewijs genoeg dus.' Tommy lachte hard. 'En ze kon het natuurlijk niet meer ontkennen. Ik denk dat het door de coke komt, dat haar hersens erdoor zijn aangetast. Blijkbaar had ze geschreven dat ik het verdiende dat mijn huis affikte omdat ik haar in het bijzijn van haar vrienden had vernederd.'

Wauw. Echt wauw. Nella leunde tegen het kussen en moest het allemaal even verwerken. 'Ik voel me nou een beetje schuldig tegenover Jed. Hij zei dat hij er niets mee te maken had en ik geloofde hem niet.'

'Ik ben blij dat hij het niet was. Ik voel me ineens niet meer zo onveilig. Ik wilde hem een berichtje sturen, maar Juliet denkt dat dat misschien net een brug te ver is.' Na een korte stilte zei hij: 'Maar jij zou dat natuurlijk wel kunnen doen, als je dat zou willen.'

Tommy en Jed waren altijd meer rivalen geweest dan vijanden. Tot Tommy ervandoor was gegaan met Juliet. En al die tijd was het Mad Max geweest. Toch wel verrassend.

'Ik moet er nog even over nadenken,' zei ze.

Toen ze vier uur later wakker werd, had ze een berichtje van Juliet, met daarin Jeds contactgegevens. Ze had geschreven: Misschien kun je hem vertellen dat het ons allebei spijt. Xx

Ze scrolde langs de nieuwssites tot ze het verhaal vond over Max' arrestatie en haar bekentenis. Het artikel ging vergezeld van een niet bijster flatteuze foto van haar, waar Max, die behoorlijk ijdel was, vast woedend over zou zijn. Terwijl ze langs andere sites scrolde om te kijken welke foto's die hadden gevonden op socialmedia-accounts, ontving ze een nieuw berichtje op haar telefoon, deze keer van Nick. Hij had een link meegestuurd van de pagina die ze net had zitten bekijken.

Heb je dit al gezien?

Ze typte terug: Ja! En haar hart begon te bonzen, want hun cottages waren elkaars spiegelbeeld en hun bedden stonden met het hoofdeinde tegen de scheidingsmuur. De wetenschap dat hij daar nu zat en dat ze allebei hetzelfde nieuwsitem bekeken, voelde vreemd intiem. Het was alsof ze samen in bed lagen te kletsen over dit nieuwtje. En wat het nog surrealistischer maakte was dat ze hem zo duidelijk en tot in detail voor zich zag, van de warmte van zijn lichaam tot de geur van zijn huid en het gevoel van zijn been tegen het hare, en de goudkleurige haartjes die glinsterden op zijn borstkas.

Er kwam een nieuw berichtje van hem.

Een boze ex dus, maar niet de boze ex die iedereen dacht dat het was. Ken je haar?

Nella typte terug:

Ja. We noemden haar Mad Max.

Ze drukte op versturen en vroeg zich af of ze hem zou kunnen horen lachen.

Niet in de zin van psychotisch gek, voegde ze er ter verklaring aan toe. Gewoon zo'n partygirl. Je weet wel, overdreven in alles.

Over overdreven partygirls gesproken, antwoordde Nick, het is de groep in Hay Hall gelukt alle drie de kurkentrekkers kwijt te maken, dus we moeten er wat bestellen. Oké. Tijd om in de benen te komen. Ik zie je zo.

Een halve minuut later hoorde Nella de waterleiding ratelen toen Nick de kraan in zijn douche openzette. Het was bijna onmogelijk om niet te denken aan hoe hij in zijn badkamer stond, naakt onder de waterstroom terwijl hij zijn haar waste en daarna zijn bovenlijf inzeepte, terwijl het schuim langzaam naar beneden gleed...

Oké, genoeg nu.

Pas tussen de middag had ze tijd voor een kop koffie en een broodje. Ze liep ermee het kantoor uit, ging buiten in kleermakerszit in het gras zitten en pakte haar telefoon om een berichtje op te stellen voor Jed Diamond. Tegen een journalist en tv-ploeg die vanochtend bij hem op de stoep waren verschenen, had hij sarcastisch gezegd dat de afgelopen maanden, toen iedereen ervan uitging dat hij achter de brandstichting zat, voor hem natuurlijk één groot feest waren geweest. Met een nogal intimiderende blik op de verslaggever had hij laconiek vervolgd dat hij zijn naam misschien maar moest veranderen in Jed Innocent, waarna hij een stap naar achteren had gedaan en de voordeur weer had gesloten.

Nella nam een hap van haar broodje, legde het weer neer en begon te typen.

> Ha Jed, ik wilde even zeggen dat het me spijt dat ik je niet geloofde. En het spijt Tommy en Juliet ook heel erg. We zijn blij dat de zaak nu is opgelost en hopen dat dat jouw leven van nu af aan ook wat makkelijker zal maken. Nogmaals sorry. Nella Hughes. Xx

Net toen ze het bericht nog even wilde doorlezen voordat ze het zou verzenden, hoorde ze achter zich ineens kabaal en een stem die riep: 'Nee!' Ze schrok zo dat ze per ongeluk al op verzenden drukte.

'Ted, neeeee!' schreeuwde de stem weer terwijl er een klein hondje recht op haar bord afvloog dat in het gras stond.

Nella wist haar broodje nog net op tijd weg te grissen van het bord, en Matthew Morgan, Maeves vader, zei: 'Sorry. Je was bijna je broodje kwijt.'

'Hij mag van mij wel een hapje hebben, als je het niet erg vindt?'

'Wat zit erop?'

'Brie en cranberry,' zei ze, terwijl Teddy haar kwispelend en met een hoopvolle blik stond aan te kijken.

'Exotisch.' Matthew schonk haar het voor hem zo kenmerkende droge lachje. 'Nou, laten we het proberen. Kijken wat hij ervan vindt.'

Teddy begon steeds harder te kwispelen toen hij zag dat Nella een stukje van haar broodje afscheurde en dat voor hem ophield. Hij snuffelde eraan, deed een paar passen naar achteren en kwam weer terug om het nog eens aan een onderzoek te onderwerpen. Toen nam hij voorzichtig een hapje, dat hij meteen weer uitspuugde.

'Sorry. Zijn manieren laten te wensen over.'

'Geeft niets.' Ze schoof haar koffie weg voordat Teddy daar zijn neus ook in kon steken. 'Het zal de brie wel zijn.'

'Hoe doet Maeve het? Zijn jullie tevreden over haar?'

'Dat hoef je toch niet te vragen?' Teddy was inmiddels op zijn rug gaan liggen, met zijn pootjes in de lucht, en Nella krabbelde hem over zijn buik. 'Ze is echt te gek. De vrouwen in Hay Hall zeiden gisteren tegen me dat ze haar mee naar huis wilden nemen. En Lizzie is echt dol op haar. Heeft Maeve je verteld dat ze heeft geprobeerd haar te leren hoe je een omelet moet bakken?'

'Ja.' Matthew knikte. 'Ze zei ook dat het goed ging. Maar ik wilde het even van jou horen.'

'Iedereen is gek op Maeve. Ze is altijd even vrolijk, draait nergens haar hand voor om en zal nooit zeggen dat haar iets te veel moeite is. Het is zo raar om te bedenken hoe ze als kind was, ze maakte toen overal rommel en wilde nooit iets opruimen.' Maeve was een druk, hyperactief kind geweest. Toen Nella zestien werd, was ze door Matthew en Amanda gevraagd als oppas voor hun praatlustige, zelfverzekerde dochtertje. En terwijl de meeste zesjarigen er om zeven uur 's avonds toch wel aan toe waren om naar bed te gaan, begroette Maeve Nella bij de voordeur altijd met een lijst aan dingen die ze konden gaan doen. Van kikkers vangen en in bomen klimmen tot in plassen springen om te kijken wie het meeste water kon laten opspatten.

Het was leuk maar vermoeiend geweest om op een klein meisje te moeten passen dat nooit sliep.

'En nu is zij degene die mij achter de broek zit,' vertelde Matthew droog. 'Doe dit, doe dat. Ze zeurt me voortdurend aan de kop over dat ik datingapps moet installeren.'

Het was wel duidelijk dat hij daar weinig voor voelde. Nella haalde meelevend haar schouders op. 'Ach, het kan geen kwaad om het een keertje te proberen. Tenzij je er nog niet aan toe bent natuurlijk.'

Hij trok een gezicht. 'Dat is het eigenlijk niet eens. Het is dat hele idee van alles nog een keer te moeten doen. De wereld is veranderd. Mandy en ik hebben elkaar op ons zestiende leren kennen. Alles was anders toen. Dat is nu dertig jaar geleden en ik heb nooit iemand anders gehad, echt nooit. Ik zou niet eens weten hoe dat moet... met een andere vrouw zijn.'

'Maeve wil alleen maar dat je weer gelukkig wordt.' Nella en Maeve hadden het er al een paar keer over gehad sinds Nella terug was; ze begrepen elkaar, want ze hadden allebei op jonge leeftijd hun moeder verloren.

'Dat weet ik. Maar toch lijkt het me beter om er niet aan te beginnen. Alleen de gedachte vind ik al vermoeiend. En ik heb Teddy,' zei Matthew met een knikje naar zijn geliefde hond, die inmiddels achter een bij aan zat. 'En mijn werk. En Maeve natuurlijk. Nog wel tenminste.'

'Je zult haar wel missen als ze gaat studeren.' Snel voegde Nella eraan toe: 'Maar je zult zien dat ze heel vaak naar huis komt om te kijken hoe het met je gaat!'

Hij knikte. 'Dat weet ik. Maar ze moet haar eigen leven leiden. Mandy en ik hebben het daar vaak over gehad. Je wilt je kinderen het liefst dicht bij je houden, maar toch moet je ze de ruimte geven om uit te vliegen en hun eigen ding te gaan doen. We zeiden dan altijd dat we zelf op avontuur zouden gaan als het zover was, zodat Maeve zou weten dat we niet thuis zaten te sikkeneuren. Alleen hebben we er toen geen moment bij stilgestaan dat een van ons er niet meer zou zijn wanneer het zover was.'

Nella werd overspoeld door medelijden; Amanda en hij waren zo gelukkig geweest samen. Natuurlijk hadden ze ook hun moeilijke tijden gekend, maar die hadden ze overleefd, in tegenstelling tot anderen die het misschien zouden hebben opgegeven en uit elkaar zouden zijn gegaan. Ze waren het soort mensen geworden aan wie je dacht als je het over een volmaakt stel had.

'Als je die datingapps niet probeert,' zei ze, 'zul je nooit weten of het niet het beste is wat je ooit hebt gedaan.'

Met een kort lachje zei hij: 'Nu klink je net als Maeve. Goed, ik ga maar weer eens. Tot gauw. Kom, Ted, dan gaan we.'

Nella keek hen nog even na terwijl ze in de richting van de hoofdstraat verdwenen en pakte toen haar telefoon weer.

Het eerste wat ze zag was het berichtje dat ze aan Jed had gestuurd. O, shit. Ze had op verzenden gedrukt voordat ze het had nagelezen... en daar had je het, compleet met twee kusjes aan het eind. Als ze het bericht nog even had doorgenomen, had ze die gewist. Maar niet dus. Verdorie.

Snel stuurde ze nog een berichtje:

Sorry van die xx, dat was een foutje.

Nog geen seconde later zag ze de dansende puntjes al onder haar bericht. Met ingehouden adem wachtte ze af. En toen:

Oké. Ik dacht even dat je met me aan het flirten was.

Nee! Ze typte:

Nee, sorry. Macht der gewoonte. Kijk, geen kusjes.

Tien seconden later ging haar telefoon.

'Hé,' zei Jed toen ze opnam, en toen ze zijn zware stem hoorde moest ze denken aan de laatste keer dat ze oog in oog hadden gestaan, voor zijn huis, hij in zijn zijden pyjama en op zijn Versace-sloffen. 'Jammer dat die kusjes een foutje waren.'

Wat? Was hij nu met haar aan het flirten? Vast niet. Overrompeld begon ze te rebbelen: 'Ik lette even niet op. Ik had het moeten controleren voordat ik het verzond.'

'Dat is altijd aan te raden. Maar hoe dan ook, bedankt voor je berichtje en de verontschuldigingen. Ik wist natuurlijk dat ik het niet had gedaan, maar er blijft altijd iets van hangen, iedereen denkt toch dat je schuldig bent.'

'Je zult wel opgelucht zijn dat dat nu voorbij is.'

'Tuurlijk. Ik ben nooit echt het type geweest om andermans huizen in de fik te steken.'

Droge humor. Opgelucht zei Nella: 'Nou, dat is fijn om te weten.'

Na een korte stilte zei Jed: 'Dus ze zijn nog steeds bij elkaar.'

Aha, daar gaan we. Dus daarom belde hij. Nella sloeg een opdringerige vlieg weg. 'Ja.'

'Nog steeds dolverliefd?'

'Ik heb ze niet meer gezien. Het enige wat ik weet is dat ze nog bij elkaar zijn.'

'Waar?'

'Geen idee.'

'Maar dat is waarschijnlijk gelogen, hè?'

'Nee, hoor,' hield ze vol, omdat Tommy haar op het hart had gedrukt het nooit te vertellen.

'Jammer. Je zou toch denken dat hij jou wel in vertrouwen zou hebben genomen,' zei Jed op geamuseerde toon. 'Maar als je hem een verjaardagskaart wilt sturen, dan heb ik zijn adres wel voor je, als je wilt.'

Blufte hij nou? Ze reageerde niet.

'Schrijf maar op.' Jed ratelde het adres in Phuket op en vervolgde toen: 'Ik weet al maanden waar hij en Juliet zitten. Zeg maar tegen hem dat hij weer thuis kan komen als hij wil. Het maakt mij niet uit. Ik ben verdergegaan met mijn leven.'

'Fijn om te horen.' De irritante vlieg landde op Nella's knie en ze sloeg hem weg. 'Ik zal het doorgeven.'

'En dan vraagt hij zich af of hij me wel kan geloven. Nou ja, dat is iets wat Tommy en ik samen moeten uitzoeken. Maar hoe gaat het eigenlijk met jou?'

'Prima, dank je.' Wat zou ze zeggen als hij vroeg waar ze werkte?

Hij vroeg het echter niet. 'We houden contact,' zei hij. 'Mocht je ooit in Manchester zijn, geef me dan een belletje, dan kunnen we iets afspreken. Geen romantisch afspraakje! Ik heb iemand anders ontmoet. Ze is bloedmooi en we zijn erg gelukkig.'

Mocht je ooit in Manchester zijn. Betekende dat dat hij wist dat ze in de Cotswold zat?

'Als ik in Manchester ben, zal ik je bellen,' beloofde ze. Niet dat ze dat echt zou doen, maar ach wat...

'Fantastisch,' zei hij. 'Ik kan haast niet wachten.'

Nadat hij had opgehangen googelde ze *Jed Diamond Karina Carr* en zag allerlei nieuwe foto's van hen samen. Jed, die zeer in zijn nopjes leek, had zijn arm om het middel van Karina, met haar haren als een waterval van asblonde krullen. Ze was inderdaad mooi, met enorme borsten en een stuk of vijf oorringetjes in elk oor. Ze leek totaal niet op Juliet. Jed was teruggekeerd naar het type superglamoureuze vriendin van voordat Juliet in zijn leven was gekomen.

Nella maakte een screenshot die ze doorstuurde naar Tommy, voor het geval dat hij deze recente foto nog niet had gezien; ook schreef ze in het kort hoe het telefoongesprek was verlopen en verder vertelde ze dat Jed haar had verzekerd dat Tommy's relatie met Juliet hem niets meer kon schelen omdat hij gelukkig was met zijn eigen relatie.

Tommy's reactie, die twintig seconden later al kwam, luidde:
Hm, ja, vast.

21

Lizzie zei: 'We hoeven dit vandaag niet te doen, als je geen zin hebt.'

Maar Cami schudde haar hoofd al. 'We moeten ons aan ons schema houden,' vond ze. 'We kunnen het ons niet veroorloven om achterop te raken.'

'Heb je wel een beetje kunnen slapen vannacht?'

'Ja hoor. Ik voel me prima.' Cami had wallen onder haar ogen en voelde zich duidelijk niet prima, maar ze had niet meer gehuild en was vastbesloten om door te ploeteren. Ze klopte op haar laptop om Lizzie bij de les te houden. 'Waar waren we gebleven... Even zien, twintig jaar geleden. Je was net klaar met *Never Available* en beleefde een zomerromance met André Villeneuve... Vertel me eens over hem.'

'Hij was een stuk. En dat wist hij.' Lizzie duwde haar Ray-Ban wat verder naar achteren over haar hoofd om haar blonde haar uit haar gezicht te houden. Ze zaten buiten aan de tafel op het terras, tegenover elkaar, alsof ze nog steeds een Zoom-gesprek voerden. De zon scheen, en ze hoorden nieuwe gasten arriveren in Hay Hall, zo'n vijftig meter verderop, en in de verte kon je ook het geluid van een tractor horen die... zijn tractor-ding deed. 'Mijn moeder was niet blij vanwege zijn reputatie, maar ik wilde natuurlijk niet naar haar luisteren. André en ik gingen vermomd uit, om niet herkend te worden, en dan spraken we met een buitenlands accent. Ik vond hem fantastisch.' Ze slaakte een zucht toen ze terugdacht aan het gevoel van zijn goudkleurige wimpers tegen haar hals, en aan hoe gelukkig ze was geweest omdat ze dacht eindelijk haar perfecte man te hebben gevonden. 'Ik hield van hem. En hij vertelde me continu dat hij ontzettend veel van mij hield. Maar toen moest ik voor een tv-show naar Engeland en André zei dat hij met me mee zou gaan, maar hij kwam niet opdagen op het vliegveld. Ik raakte helemaal in paniek, want ik dacht dat er iets ergs was gebeurd waardoor hij niet had kunnen komen. En omdat hij zijn telefoon niet opnam, dacht ik dat hij misschien een auto-ongeluk had gehad. Maar het bleek dat hij te moe was geweest om de vlucht te halen omdat hij de hele nacht had liggen vozen met Rosa Toledo in een van de bungalows van Chateau Marmont.'

'Sommige mannen zijn echt smeerlappen.'

'Jij weet dat. Ik weet dat. Je zou denken dat we ons lesje wel zouden leren, maar op de een of andere manier gebeurt dat niet. We gaan gewoon door, hopen er het beste van en worden keer op keer teleurgesteld.'

'Heb je nog wraak genomen op André?'

'Je bedoelt behalve iedereen vertellen dat hij een ieniemieniepiemel had en heel slecht was in bed? Nee, niet echt.' Lizzie slaakte een zucht. 'Eigenlijk heb ik alleen maar lopen mokken en me afgevraagd wat er mis met me was, waarom het me niet lukte om iemand te vinden die echt graag bij me wilde zijn. Het kwam erop neer dat ik het idee had dat het mijn eigen schuld was, wat... O, verdorie, wat gebeurt daar toch allemaal?'

Aan de andere kant van de schutting die Pine Lodge van Hay Hall scheidde was ineens muziek te horen waarvan het geluid in de afgelopen minuut tot een oorverdovende hoogte was opengedraaid en Lizzie kon zichzelf bijna niet meer horen praten. Ze was echt geen diva – nou ja, misschien een heel klein beetje – maar dit was belachelijk. En het hield niet op. Cami en zij zaten elkaar een volle minuut alleen maar aan te kijken. Toen stond Lizzie hoofdschuddend op en beende naar de drie meter hoge schutting tussen de twee huizen.

'Pardon? Ik zei, pardon!'

Maar haar longen waren niet opgewassen tegen Guns N' Roses

die 'Paradise City' blèrden op wel vijftig miljoen decibel. Allemachtig, die lui waren nog maar een paar uur geleden aangekomen en vielen nu al hun buren lastig met hun klereherrie? Dat was verdomd egoïstisch van hen en dat zouden ze weten ook.

Tenzij de nieuwe gasten echt Axl Rose en Slash waren. Dan liet ze ze er misschien wel mee wegkomen.

Lizzie pakte haar telefoon en belde Nella, die zich verontschuldigde omdat ze onderweg was naar Oxford en pas over anderhalf uur weer terug zou zijn. Daarna probeerde ze Nicks nummer – en ping! deed haar hart; ze kon er niets aan doen, dat gebeurde iedere keer dat ze op het punt stond hem te zien of te spreken – maar hij nam niet op.

Prima. Dan zou ze het zelf wel oplossen. Ze draaide zich om naar Cami, schreeuwde: 'Ik ben zo terug,' en gebaarde dat ze naar de buren zou gaan.

Hoewel de huizen zich op een redelijk grote afstand van elkaar bevonden, grensden de tuinen natuurlijk wel aan elkaar. Lizzie liep haar eigen tuin uit en ging via het grindpad naar de tuin van de buren. Ze was als inwoner van L.A. wel gewend aan eigenaardige taferelen, maar nu zag ze toch echt iets wat nieuw voor haar was.

Op het gazon stond een geluidsinstallatie waar nog steeds harde muziek uit opklonk. Een nogal kleine, sjofele man met blond kroeshaar en een baard volgde met een grote, professioneel uitziende videocamera de bewegingen van een andere man, blootsvoets, gekleed in een zwarte smoking met daaronder een wit overhemd dat openstond tot aan zijn navel, en een losse vlinderstrik om zijn nek. In zijn ene hand had hij een lang penseel en in zijn andere een schilderspalet, en hij danste als Mick Jagger voor een groot onaf doek dat op een ezel stond.

En het was écht dansen, hij ging er helemaal in op en zong ook nog eens mee met de oorverdovende muziek terwijl hij naar voren sprong, wat rode verf op het doek petste, om vervolgens met een brede grijns een blik in de camera te werpen en weer verder te dansen. Omdat Lizzies groene zijden kaftan even fladderde in de bries, werd hij zich bewust van haar aanwezigheid aan de rand van het terras en hij draaide zich naar haar om. Ze zag dat hij haar herkende en er verscheen een nog grotere lach op zijn gezicht terwijl hij het penseel tussen zijn tanden stak als een roos met een lange steel en zo naar haar toe danste, met uitgestoken hand.

Niet dat ze snel vies van iets was – nou ja, misschien ook wel – maar zijn kleren en zijn gebruinde onderarmen en zijn linkerjukbeen zaten onder de verf. Bovendien zat het palet er ook vol mee. Lizzie deed snel een stap naar achteren, wees naar de luidsprekers en gebaarde dat hij het geluid zachter moest zetten.

Hij keek haar aan alsof hij wilde zeggen 'spelbreker', maar gaf toen toch met een knikje de andere man te kennen dat het geluid uit moest.

'Whoa-oh,' krijste Axl Rose nog even voordat hem de mond werd gesnoerd.

'Hallo.' De dansende kunstenaar nam het penseel tussen zijn lippen uit. 'Wat leuk dat je er bent. Wist je dat ik vandaag zou aankomen? Heeft iemand je dat verteld?'

'Pardon?' vroeg ze, compleet in verwarring.

'Wordt er over me gesproken op social media? Ik bedoel, natuurlijk hebben ze het over me. Maar ik vroeg me gewoon af hoe jij me hier hebt weten te vinden.'

Nou, hij had beslist een torenhoge dunk van zichzelf. Hij was aantrekkelijk, hij had scherpe gelaatstrekken en hij was duidelijk van mening dat hij onweerstaanbaar was. Lizzie trok ongelovig een wenkbrauw op; ze had echt een bloedhekel aan dit soort arrogante mannen.

'Sorry, maar ik heb geen flauw idee wie je bent.' Wanneer ze iemand niet mocht, werd haar stem altijd wat afgemetener en bekakter, een beetje zoals Dame Maggie Smith uit *Downton*. 'Maar ik heb je weten te vinden omdat ik mezelf niet meer kon horen denken.'

'Wauw. Au! Natuurlijk weet je niet wie ik ben.' Hij gaf haar een knipoog. Maar het was een van die knipogen...

IJzig zei ze: 'Ik weet het echt niet.'

'Nou, ik weet ook niet wie jij bent.'

Hij wist het best. Dat zag ze gewoon aan de manier waarop hij naar haar keek. Wat een zak. Al zou Dame Maggie dat waarschijnlijk nooit zo zeggen.

'Ik ben hier om je te laten weten dat we hiernaast proberen te werken. Maar jouw muziek staat zo hard dat dat niet gaat.' Ze wierp een blik op zijn gebruinde blote voeten op het gras. 'Het zou fijn zijn als je de muziek wat zachter afspeelde. Dank je.'

'Het punt is dat ik hier ook probeer te werken. Dít is mijn werk.' Hij gebaarde naar zijn palet en het doek op de ezel. 'Dus sorry, maar we zijn zo klaar.'

'Je kunt toch een koptelefoon opzetten?' Verdorie, nu stond ze bijna alweer te bekvechten met een ruzieachtige man die ze niet eens kende. Wat was dat met de mannen in dit land?

'Hallo?' Hij keek haar aan alsof ze onredelijk was. 'Dit is wat ik doe.'

'Het zou toch fijn zijn als je dat wat zachter zou kunnen doen,' zei ze met opeengeklemde kaken. Ze deed echt haar best om beleefd te blijven. Ze schold hem niet uit, ze liet hem alleen maar weten dat hij een volslagen ramp was.

Hij schudde zijn hoofd naar haar. 'Maar het moet hard, voor de sfeer.'

'Zie je die dingen daar?' Ze wees achter haar. 'Dat noemen ze velden. Misschien kun je het daar gaan doen.'

'Maar we hebben dit huis niet voor niets gehuurd.' Hij nam haar even aandachtig op. 'Luister, over anderhalf uur zijn we klaar.'

'Het is een prachtige zonnige lentedag en jij wilt dat ik me binnen ga opsluiten. Bijzonder aardig.' Toen ze zich omdraaide om weg te gaan, zag ze dat de man met de baard, die eerst zijn camera had weggelegd, haar inmiddels stond te filmen. Ze wierp hem een moordlustige blik toe. 'En dat ding kun je ook uitzetten. Dank je wel.'

Toen ze wegliep, hoorde ze de man in smoking nog zeggen: 'Leuk je even gesproken te hebben. Altijd weer fijn om een fan te ontmoeten.'

Precies zoals hij had gezegd, dreunde de muziek nog anderhalf uur door. In Pine Lodge, met alle ramen dicht, zaten Lizzie en Cami tegenover elkaar in de reusachtige woonkamer te praten over Lizzies tienerjaren in Hollywood. Het was eigenaardig hoeveel herinneringen ze nog aan die tijd bleek te hebben. Blijkbaar zaten die al die tijd verscholen in de krochten van je geest en kwamen ze weer tevoorschijn als je je concentreerde op een bepaalde periode. Mensen en voorvallen waar je in geen jaren aan had gedacht, doemden als geesten op uit de mist van de tijd. Het was als spieren oefenen die jarenlang ongebruikt waren geweest.

Om vier uur stopten ze, en Cami ging met haar laptop, voicerecorder en notitieboek naar haar kamer om alle informatie die ze had verzameld te ordenen. Lizzie ging even zwemmen in het zwembad en nam toen een kop koffie mee naar het dakterras en liet haar blik glijden over het prachtige uitzicht op het dorp, de heuvels en het omringende landschap.

Vlak na vijf uur hoorde ze het tuinhek bij de buren opengaan. Vanwaar ze zat kon ze niet in de tuin van de buren kijken, maar zodra iemand het hek uit kwam, kon ze zien wie het was. En ja, hoor, daar had je hem, de maffe schilder minus zijn bebaarde hulpje en minus de pretentieuze met verf bespatte smoking. Hij droeg nu blauwe joggingkleren en duur uitziende hardloopschoenen. Hij keek niet op toen hij begon te rennen, waarschijnlijk wist hij niet eens dat haar huis een dakterras had vanwaar ze haar buren kon bespioneren.

Genietend van de warmte van het namiddagzonnetje op haar gezicht, bedacht ze dat het leuk zou zijn als hij struikelde en met zijn neus in een koeienvlaai zou vallen. Of anders met zijn voet vast kwam te zitten in een konijnenhol en dan zijn enkel zou verstuiken.

Was het slecht om dat te denken? Vast wel, maar het zou wel een einde maken aan dat uitsloverige gedans voor zijn ezel.

Even later viel haar blik op iets aan haar kant van de schutting, en ze kreeg ineens een idee...

Het had haar meer tijd gekost dan ze had gedacht, maar de wraak zou beslist zoet zijn. Lizzie zat op een van de tuinbanken vlak bij de hoge schutting, met haar vinger op de trekker als een cowboy in het Wilde Westen. Normaal gesproken rolde de tuinman de tuinslang altijd op en borg hij hem op in een van de bijgebouwen, en het feit dat hij de slang buiten had laten liggen, voelde als een teken.

Nadat ze geduldig vijfendertig minuten had zitten wachten, werd ze beloond met het geluid van ritmisch gehijg en rennende voetstappen. Daar had je hem eindelijk. Een gevoel van vreugde overstroomde haar terwijl ze aandachtig luisterde, opstond en de waterstraal hoog in de lucht en vervolgens over de schutting mikte.

Kinderachtig? Ja.

Bevredigend? O, beslist.

Psssssj, en daar ging het ijskoude water, schitterend als diamanten in het zonlicht tegen de achtergrond van een onbewolkte blauwe lucht.

En *pssssssj* deed de adrenaline in haar lichaam terwijl ze aan de slang schudde om er zeker van te zijn dat ze hem overal raakte.

'Godsamme, wat is dit?' schreeuwde een mannenstem die in niets leek op de stem van haar opschepperige buurman.

O god.

'Sorry, sorry,' riep ze geschrokken terug. 'Het was een ongelukje...' Haar eerste neiging was om heel hard weg te lopen en zich ergens te verstoppen, maar dat kon ze echt niet maken; soms moest je de gevolgen van je daden als een volwassene onder ogen zien.

Bovendien wist iedereen in het dorp inmiddels welke gast er in Pine Lodge zat. En om nou de arme zwangere Cami de schuld te geven, dat ging zelfs Lizzie te ver. Ze liep naar het hek, trok het open en kwam oog in oog te staan met een doorweekte jogger in een rood T-shirt, een zwarte joggingbroek en een gezicht dat ze helaas kende.

Het zou een understatement zijn om te zeggen dat hij het niet grappig vond.

'Fantastisch. Ik had kunnen weten dat jij het was.' Haar slachtoffer schudde zijn hoofd en de druppeltjes vlogen uit zijn haar en wimpers.

Nou ja, het scheelde dat hij toch al een hekel aan haar had, anders had ze weer een naam kunnen toevoegen aan de lijst van mannen met wie ze ruzie had. Ze had hem hooguit nog een extra reden gegeven om op haar neer te kijken.

'Dit is dus echt niet grappig,' zei hij langzaam.

Het drong toen pas tot haar door dat aan haar gezicht te zien was dat ze bijna in lachen was uitgebarsten. Dat overkwam haar wel vaker, vooral als er iets onverwachts gebeurde en ze niet zo snel wist hoe ze het beste kon reageren. Want hij zag er echt grappig uit, en als hij een vriend was geweest met wie ze op een feest een geintje had uitgehaald, dan zouden ze inmiddels samen in een deuk liggen.

Alleen was hij geen vriend. Hij was de man van de grasklokjes. En ze waren niet op een feest.

'Nee, dat is het ook niet, sorry. Dat uitgerekend jij het bent, is echt heel erg.' Ze zorgde ervoor dat er geen lachje meer te bekennen was op haar gezicht. 'Ik dacht dat je iemand anders was.'

Hij trok sceptisch een wenkbrauw op. 'Maar het leek je niet nodig dat eerst te controleren?'

'Ik had geen periscoop bij me, dus ik kon niet over de schutting kijken. Als ik had geweten dat jij het was, had ik het echt niet gedaan. Nogmaals sorry, maar zo zwaar hoef je er nou ook weer niet aan te tillen. Je bent alleen maar een beetje nat geworden.'

'Mijn horloge is niet waterproof. Hopelijk is het niet kapot.' Hij bestudeerde met een sombere blik de wijzerplaat, en het kwam door die blik dat ze uitriep: 'Mijn god, wat is dat met jou? Waarom neem je alles altijd zo zwaar op? En trouwens, een horloge dat niet tegen een beetje water kan, is sowieso niks waard, maar als je er per se moeilijk over wilt doen, dan pak ik binnen even mijn portemonnee, zodat je een nieuw horloge kunt kopen. Alles lijkt me beter dan dat goedkope prul, en misschien fleur je ook nog een beetje op van een nieuw horloge.'

Ze meende wat ze zei; ze had heel veel cash bij zich voor als ze fooien moest geven. Maar tegen de tijd dat ze haar portemonnee had gepakt en ermee terugkwam, was de man van de grasklokjes verdwenen.

Jemig, hoe was het in godsnaam mogelijk dat ze hier tot nu toe alleen maar leuke vrouwen had ontmoet en ontzettend irritante mannen?

Oké, dat gold niet voor iedere man. Ze had nog steeds een oogje op Nick Callaghan, maar hij had de afgelopen dagen in Londen gezeten en daarom had ze zich nog even moeten inhouden.

Maar dat gaf niets. Geduld was een schone zaak. Er was nog tijd genoeg om hem te laten zien hoe onweerstaanbaar ze was. Ze pakte haar telefoon en stuurde snel een berichtje naar Nella:

Wie is die nieuwe vent in Hay Hall?

Nella reageerde meteen.

Bespeur ik daar interesse?? Hij vindt het vast niet erg dat ik het je vertel. Het is Dane Cruse.

Weer terug op het dakterras, deze keer in gezelschap van een glas Sancerre en een schaaltje cashewnoten, bleek ze miljoenen hits te krijgen toen ze zijn naam googelde. Zoals ze al had verwacht, was hij groot op Instagram en TikTok, en hij had over de hele wereld een vaste schare fans, voornamelijk vrouwen, die kwijlden bij zijn clips en in katzwijm vielen van zijn uiterlijk, zijn charisma en zijn grote talent. Er waren ontelbare filmpjes te vinden die allemaal gemaakt leken om de aandacht van een scroller te trekken. Dane had duidelijk naam gemaakt met zijn rocksterversie van een kunstenaar, flamboyant en vitaal, zijn onbetwistbaar aantrekkelijke uiterlijk benadrukkend met een hele reeks opvallende outfits, terwijl hij op allerlei locaties op idioot grote doeken schilderde: op een strand, op een berg, op een bevroren meer of op een glamoureus landgoed...

Toen haar aandacht werd getrokken door bonkende voetstappen, keek ze op en ze zag nog net dat haar nieuwe buurman terugkwam van zijn rondje hardlopen. Ze sloot haar ogen en opende ze pas weer toen ze het hek van de buren open- en weer dicht had horen gaan. Een mooie jongen met een ego ter grootte van een planeet zou ooit misschien onweerstaanbaar voor haar zijn geweest, maar ze was inmiddels uitgekeken op dat soort. Wat zij nodig had was een echte man, iemand die niet zo overtuigd was van zijn eigen aantrekkelijkheid.

Ze nam een slok van de ijskoude wijn en scrolde langs de contacten op haar telefoon. Daar had je het. Het nummer van Nick Callaghan. Toen ze hem even voor zich zag, trok er meteen een aangename rilling over haar rug. Maar waar was ze eigenlijk bang voor? Iedere man zou het toch fantastisch vinden om door haar te worden uitgenodigd voor een etentje? Ze typte een berichtje.

Hoi, ik ben heel nieuwsgierig naar dat restaurant waar je het over had. De Dove? Heb je zin om er binnenkort met me te gaan eten? Laat me weten wanneer je kunt, dan reserveer ik een tafel! X

Eén kus, dat was prima. Een kort, zakelijk berichtje met iets flirterigs erin.

Ze drukte op verzenden.

Een paar seconden later was het bericht al gelezen. Lizzie wachtte. En wachtte.

Na enige minuten antwoordde Nick.

Lizzie, dat is heel aardig van je, maar ik heb de komende twee weken geen enkele avond vrij. Sorry, maar ik denk dat Cami vast wel met je mee wil. Ik weet zeker dat jullie het er heel leuk zullen vinden.

En ook geen kus. Zelfs geen kleintje. Lizzie slaakte een teleurgestelde zucht. Wat bezielde de mannen hier toch? En waarom vond ze Nick toch nog steeds leuk?

Tot haar ergernis merkte ze dat zijn afwijzing haar alleen maar gretiger maakte.

Jed had geprobeerd zichzelf ervan te overtuigen dat Karina de ware voor hem was, maar het was tijd om toe te geven dat hij zich had vergist. Deze relatie liep totaal niet. Het was dan misschien goed geweest voor zijn ego om samen met haar te worden gezien, maar hun karakters pasten gewoon niet bij elkaar. Een beetje aan de late kant had hij ontdekt dat er, onder haar prachtige uiterlijk, een vrouw schuilging die geobsedeerd was door geld en die vooral bewonderd wilde worden. Daar kon ze niets aan doen, zo was ze gewoon.

'Ik weet waar we naartoe gaan!' zei ze op dit moment, op dat zangerige toontje van haar dat hem ook was gaan irriteren. 'Ik weet waar je me mee naartoe neemt!'

Ze was komend weekend jarig en hij keek ernaar uit, maar alleen omdat hij het daarna met haar zou kunnen uitmaken. Als het ging om vrouwen als Karina en haar vriendinnen, dan zag het er niet best uit als je zoiets deed vóór de grote dag.

'Hoe kun je dat nu weten?' Hij was daar wel nieuwsgierig naar, want hij had nog niets gereserveerd.

Karina schoof over het bed naar hem toe en liet haar nagel speels over zijn borstkas glijden. 'Je had de pagina open laten staan op je telefoon, gekkie. Ik heb het vannacht gezien.'

'Hoe dan?'

Grijnzend pakte ze zijn hand en druktc zijn rcchtcrduim op ccn denkbeeldig schermpje.

'Dat soort dingen moet je niet doen,' zei hij tegen haar. 'Dat is verkeerd.'

'Het is alleen maar verkeerd als jij iets te verbergen hebt. Ik wilde gewoon zeker weten dat je iets echt leuks met me zou gaan doen. Stel dat je een weekendje had geboekt in dezelfde spa waar Gaynor Master haar vrijgezellenfeest houdt, dat zou een ramp zijn geweest.'

Gaynor, een voormalige 'beste vriendin' van Karina, had haar van de gastenlijst geschrapt nadat ze in Harvey Nicks een gigantische ruzie hadden gekregen over het laatste paar lila Louboutins. Met een klein steekje in zijn hart dacht Jed terug aan Juliets bescheiden verzameling schoenen met lage hakken. Schoenen die duurder waren dan de auto's van sommige mensen hadden haar nooit geïnteresseerd. Als ze maar lekker zaten en van Clarks waren, meer was er niet voor nodig om haar blij te maken.

'Hoe dan ook, ik vind dat je een te gekke plek hebt uitgezocht. Het ziet er heel cool uit.' Karina nestelde zich gezellig tegen hem aan, met haar neus in zijn hals. 'Welke van de huizen heb je gereserveerd?'

Ze had zijn zoektocht op de website van Starbourne Prestige gezien. Jed opende zijn mond om te zeggen dat hij er om een heel andere reden naar had gekeken. Maar toen deed hij zijn mond weer dicht, want waarom ook niet? Hij hield niet van spa's en hij wist dat ze van hem verwachtte dat hij haar op een heel bijzonder weekend zou trakteren. Het was duur, maar hij kon het zich veroorloven. En de foto's waren beslist indrukwekkend te noemen.

Als – en dat was een groot als – er tenminste nog iets vrij zou zijn op zo'n korte termijn. Het zou best kunnen van niet. Hij plukte een lok van haar lange blonde haar uit zijn mond en zei: 'Als ik je dat vertelde, zou het geen verrassing meer zijn, toch?'

22

Slapen was al lastig genoeg wanneer je zeven maanden zwanger was en er een schoppende baby om je blaas heen doolde. En als er dan ook nog een man was die geen trek had in het vaderschap en toch niet je grote liefde bleek te zijn, dan werd iets als slapen heel breekbaar en net zo makkelijk te vernietigen als een spinnenweb.

Op dit moment leefde Cami bij de dag – soms bij het uur zelfs – want wat moest ze anders? Als het haar wel lukte om in slaap te vallen, maakte Simon het in haar dromen steeds opnieuw uit. Ze huilde nooit tijdens die dromen, omdat zelfs haar onderbewustzijn wist dat ze dat had verboden, maar de gevoelens van paniek en eenzaamheid waren er wel. Hoewel ze vocht tegen haar slapeloosheid, was het soms een opluchting om wakker te worden. En natuurlijk was ze Lizzie heel dankbaar dat ze hier mocht wonen, maar het was slechts een tijdelijke oplossing voor een niet-tijdelijk probleem. Want ze had geen idee hoe het verder moest wanneer Lizzie weer terugging naar haar echte leven in L.A.

Niet aan denken, hield ze zichzelf voor. Andere mensen hadden nog veel ergere dingen meegemaakt. Ze moest gewoon goed voor zichzelf en haar baby zorgen en hard werken voor Lizzie, want ze waren samengebracht door het lot, en ze was het zichzelf én Lizzie verschuldigd om een goed boek af te leveren.

En daarom zat ze nu, om halfzeven in de ochtend, in haar pyjama in de keuken aan het uiteinde van de enorme eikenhouten tafel, met voor haar alles wat ze nodig had voor haar werk. Ze zou eerst de opnames van gisteravond nog eens afluisteren, opschrijven welke vragen ze Lizzie nog moest stellen en dan verder schrijven aan de kladversie van het volgende hoofdstuk.

Tien minuten later haalde ze haar oortje alweer uit haar oor, met het gevoel dat er iemand was. Ze keek op en zag dat Maeve door de openslaande deuren de keuken in kwam.

'Sorry.' Maeve had haar mand met schoonmaakspullen bij zich. 'Ik ben vroeger dan normaal. Ik had niet verwacht dat er al iemand op was. Ik kan later wel terugkomen als je dat wilt.'

Cami schudde haar hoofd. Iedere ochtend bracht Maeve de keuken, de huiskamer en de badkamer op de begane grond in een halfuur weer terug in een smetteloze staat. Ze was een stille en efficiënte werker en leidde je niet af van waar je mee bezig was.

'Nee, hoor, dat hoeft niet. Ik wilde gewoon nog even wat dingen doen voordat Lizzie wakker wordt.' Ze nam een slok sinaasappelsap, wachtte tot de baby klaar was met wat aanvoelde als radslagen maken, deed toen haar oortje weer in en drukte op afspelen.

'Twee dagen nadat de film af was, moest ik naar Londen om aan de volgende te beginnen.' Er viel een stilte en vervolgens het geluid van rinkelend ijs, terwijl Lizzie haar glas bijvulde uit de fles Cloudy Bay. 'Het is vreemd, maar als je je eenmaal gebeurtenissen uit het verleden begint te herinneren, komen er steeds meer details naar boven. In het vliegtuig zat ik naast een vrouw die Betty heette en die van die zakjes mayonaise leegkneep boven ongeveer vijftien kleine potjes wasabinoten. Dat was het enige wat ze at op de vlucht van LAX naar Heathrow. Maar hoe dan ook, de film die ik ging opnemen was *Welcome to the Old Days* en mijn tegenspeler was Zac Meadows, die me vanaf dag één probeerde te versieren.'

'Hij probeerde je te versieren? Zac Meadows? Die is toch gay?' Cami glimlachte toen ze de verbazing in haar eigen opgenomen stem hoorde.

'Ik weet het. Maar hij was toen nog niet gay. Nou ja, dat was hij wel, maar niemand wist dat omdat zijn manager vond dat hij in de kast moest blijven. En heel stom, maar ik vond het dus fantastisch en viel vrijwel onmiddellijk voor hem omdat hij... nou ja, hij was natuurlijk een stuk. Maar toen we een paar keer samen waren gespot, leek hij zijn belangstelling voor me te verliezen. Ik stelde dingen voor die we samen konden gaan doen, tenten waar we heen konden gaan. Maar Zac had altijd andere tenten waar hij heen moest en daar wilde hij mij niet bij hebben. En we hadden geen seks omdat hij zei dat hij daarvoor te veel respect voor me had.' Er viel weer een stilte waarin Lizzie een slok wijn nam. 'En de zeldzame keren dat hij me wel kuste, deed hij dat met zijn mond een beetje samengetrokken, alsof hij bang was dat ik giftig was. De arme man. Hij kon er niks aan doen. En arme ik, want ik dacht dat het mijn schuld was. Dat er iets mis met me was. Ik heb me nog nooit zo onaantrekkelijk en weinig begeerlijk gevoeld als toen.'

'Wat?' had Cami geprotesteerd. 'Je hebt toch de foto's uit die tijd van jezelf gezien? Misschien besefte je het op dat moment niet, maar je ziet nu toch wel hoe ongelooflijk mooi je was?'

'Ja, nu wel. Maar in die tijd dacht ik dat ik niet goed genoeg was, en dat nam ik mezelf kwalijk. Zac was gewoon de laatste in een lange rij vriendjes die niet echt bij me wilden zijn – hij deed gewoon wat de lui van de pr hem opdroegen. Ironisch genoeg zijn we tegenwoordig goede vrienden. Zes jaar geleden ben ik op de bruiloft van hem en Jerrard geweest. Maar in de tijd waar we het nu over hebben, had hij het op Valentijnsdag – een van onze weinige vrije dagen – te druk om iets met me te gaan doen. En die middag en avond heb ik in mijn suite in het Savoy in mijn eentje tv zitten kijken, met het gevoel alsof ik het laatste overgebleven koekje in de koektrommel was.'

'O, Lizzie. Ik hoop dat er iets op tv was waar je van opvrolijkte. Toen ik jong was, keek ik altijd naar *Grease* als ik me ongelukkig voelde. Dat werkte altijd. Ha, je glimlacht. Vertel, wat was het voor jou?'

Cami zette de opname even stil om een paar aantekeningen te maken. Dit was de reden waarom het soms de moeite waard was om zomaar een vraag te stellen, want als ze dat niet had gedaan, had Lizzie het haar waarschijnlijk nooit verteld.

Haar oortje kraakte, waarschijnlijk was het snoertje los gaan zitten. Toen ze opkeek, zag ze Maeve niet meer, wat betekende dat ze nu bezig was in de badkamer of woonkamer. Cami liet het oortje uit, tikte met haar pen tegen de recorder en drukte opnieuw op afspelen; ze verheugde zich al op wat komen ging.

'Ik was ook dol op *Grease*, maar ik was 's middags op zo'n spelletjesshow gestuit en ben toen blijven kijken. De deelnemers moesten aan de presentator vertellen wat ze zouden doen als ze de hoofdprijs zouden winnen, en er zat een man bij die vertelde dat zijn vrouw en hij heel graag een kind wilden maar dat al hun spaargeld al op was gegaan aan ivf-behandelingen en dat dit dus hun laatste kans was. En die man kwam zo aardig over, en zijn vrouw, die in het publiek zat, leek me ook heel aardig. Nou ja, ik raakte gewoon ontroerd en wilde echt dat ze zouden winnen. Ik zat continu tegen de tv te schreeuwen om hem aan te moedigen, en in de laatste ronde kwam hij er heel dichtbij, maar uiteindelijk verloor hij toch. Het was alles of niets, en hij eindigde dus met lege handen, waar hij en zijn vrouw vast kapot van waren, maar toch feliciteerde hij de vrouw die hem had verslagen heel vriendelijk, al was ze dan van plan met het geld dat ze had gewonnen naar Las Vegas te gaan voor een optreden van Barry Manilow.'

'Wat oneerlijk.'

'Ja, hè? Als ze wel hadden gewonnen zou ik heel blij voor hen zijn geweest en dan had ik ook vast beter geslapen daarna. Maar ze verloren en ik vond dat heel erg, ik werd er alleen maar ongelukkiger van en boos op de wereld, want hoe kon het leven nu zo klote en gemeen zijn?'

'Ga verder,' drong Cami op de opname aan na een lange stilte. 'Wat is er daarna gebeurd?'

'Ik bestelde twee chocoladepuddinkjes bij roomservice en at die allebei op. En daarna werd ik misselijk. En daarna viel ik in slaap. En om vier uur 's nachts werd ik weer wakker en toen moest ik heel hard huilen, omdat ik twee chocoladepuddinkjes had gegeten en omdat die stomme zogenaamde vriend van me mij niet wilde, en omdat die aardige mensen op tv niet het geld hadden gewonnen dat ze nodig hadden.' Er klonk weer gerinkel van ijs in een glas toen Lizzie nog een slok wijn nam. 'En toen heb ik de productiemaatschappij van die show gegoogeld en heb ze een e-mail gestuurd om te zeggen dat ik de volgende ivf-behandeling van dat stel wilde betalen.'

'Wauw! Te gek! En?'

'Nou, dat heb ik toen gedaan. Ze mailden me later die ochtend terug. Ik moest ze bellen om te bewijzen dat ik het echt was en dat ik het ook echt meende... want soms krijgen ze neptelefoontjes of bellen er dronken mensen die hun beloften niet nakomen. Nou, en dat was dat, ik heb ze het geld gestuurd.'

'Maar wacht eens even. Hoe komt het dat ik hier nog nooit iets over heb gehoord?'

'Omdat ik tegen de productiemaatschappij heb gezegd dat ze niet mochten vertellen dat ik het was. Het moest anoniem zijn. Echt compleet anoniem. En daar gingen ze mee akkoord.'

'Maar dat echtpaar zelf dan? Zij mochten het toch wel weten? O mijn god, kun je je voorstellen hoe die zich moeten hebben gevoeld toen ze het hoorden!'

'Ja, dat kan ik me wel voorstellen. En dat was ook het leuke. Maar nee, ze wisten niet dat ik het was.'

Cami hoorde zichzelf op de tape ongelovig vragen: 'Wat? Maar waarom niet?'

'Social media waren toen net in opkomst, en ineens hadden mensen in de hele wereld een manier gekregen om te zeggen wat ze wilden. Een jaar daarvoor had ik een groot bedrag geschonken aan een goed doel en mijn agent heeft dat toen rondgebazuind omdat hij dacht dat het goed zou zijn voor de publiciteit. Maar het tegendeel was waar, want iedereen vond dat ik aan het opscheppen was over hoeveel geld ik had. Duizenden mensen op Twitter en in de pers dreven de spot met me, scholden me voor alles en nog wat uit en zeiden dat ik een aandachtstrekker was. Het was echt vreselijk. Ik wilde dat niet nog een keer meemaken. Vanaf dat moment doneerde ik alleen nog maar anoniem.' Lizzie slaakte hoorbaar een zucht en vervolgde: 'Ik weet niet waarom ik je dit verhaal vertel. Ik geloof niet eens dat ik wil dat het in het boek komt.'

'Daar hebben we het later nog wel over. Maar wil dat zeggen dat je nooit meer contact hebt gehad met dat echtpaar? Weet je überhaupt of die behandeling geslaagd is?'

'O, die is geslaagd.' Cami hoorde de voldaanheid in Lizzies stem doorklinken. 'Ze stuurden een brief via de baas van de productiemaatschappij waarin ze hun anonieme geldgever bedankten, en hij heeft die aan me doorgestuurd. Ze schreven dat ze ontzettend gelukkig waren, dat ik hun leven compleet had gemaakt. En ze hadden er een foto van zichzelf met de baby bij gedaan, van een paar uur na de geboorte. Ze was echt prachtig.'

'Dus ze hebben een meisje gekregen,' zei Cami op de tape. 'Hebben ze je verteld hoe ze heette?'

'Ja. Ze zeiden dat ze haar Hannah hadden genoemd.'

'Mooie naam.'

'Mooie baby.'

'Je bent gek als je dit weglaat uit het boek.'

'Nee, ik geloof niet dat ik het erin wil hebben. Hè verdomme, de fles is leeg. Zullen we een ijsje nemen?'

Cami drukte weer op pauze en noteerde dat ze Lizzie moest vragen of ze de brief van de ouders, en de foto, nog had. Het zou fantastisch zijn om dit op te nemen in haar levensverhaal. Misschien kon ze haar alsnog overhalen om...

'Ik ben klaar. Tot morgen.'

Maeves stem uit de andere kant van de keuken onderbrak Lizzies gedachten. Ze keek even op en zei toen afwezig: 'Dag,' terwijl het meisje met haar schoonmaakmand door de openslaande deuren verdween.

Maar toen ze tien minuten later een glas koud water uit de koelkast wilde pakken, zag ze tot haar verbazing een niet-afgewassen mok en wat bestek naast de gootsteen liggen. Dat was raar, want het was niets voor Maeve om vuile vaat achter te laten. Wanneer Maeve klaar was met haar werk, was het huis altijd als om door een ringetje te halen. En had ze eigenlijk wel genoeg tijd gehad om de huiskamer en de badkamer beneden te doen? Hm, ze was echt vroeger weggegaan dan anders.

Ze zou het tegen Lizzie zeggen wanneer ze wakker was, want die betaalde voor de allerbeste service.

23

Er wervelden zoveel gedachten door Maeves hoofd dat er nauwelijks nog ruimte was om zelf vragen te formuleren. Het voelde een beetje alsof je de inhoud van een hele kledingkast in het rugzakje van een kind probeerde te proppen.

Dat kon toch niet.

Of wel?

Maar hoe dan?

En wie was die Hannah in vredesnaam?

Had Lizzie ontdekt dat ze het fijn vond? Had ze na één keertje de smaak te pakken gekregen? Was ze steeds weer op zoek gegaan naar kinderloze stellen in spelletjesshows over de hele wereld?

Of was dit iets van dat ene tv-programma, waarin familieleden werden herenigd, en was Lizzie daar vanaf het begin bij betrokken geweest? Maar hoe? En waarom? En bovendien, waarom zou iemand dat überhaupt doen?

En nogmaals, wie was Hannah?

Maeve had haar werk nog nooit in de steek gelaten, maar ze vertrouwde het zichzelf simpelweg niet meer toe om stofzuigers, messen en flessen chloor te hanteren. Ze zette haar mand in het kantoor en liet een briefje achter voor Nella waarin ze had geschreven dat ze zich niet zo lekker voelde en de huizen later wel zou doen.

Daarna liep ze door de velden naar huis; het bedauwde gras zwiepte tegen haar blote enkels en haar slippers maakten bij iedere stap hun ritmische flapperige geluid, op de maat van haar hersens die zongen: *Wie is Hannah?*

Thuisgekomen riep ze meteen: 'Pap? Papa!' maar het was Teddy die haar begroette. Hij kwam de keuken uit stormen en wierp zich op haar alsof ze was teruggekeerd uit de Honderdjarige Oorlog. Hij sprong in haar armen en likte haar gezicht en maakte van die hoge geluidjes die betekenden: *Je bent er weer! Eindelijk! Ik heb je gemist!*

'Ik heb jou ook gemist,' zei Maeve om hem een plezier te doen, want ze was hooguit drie kwartier weggeweest. Maar vandaag begreep ze ineens hoe een kort moment als een eeuwigheid kon aanvoelen.

Boven hoorde ze het water van de douche lopen. Ze nam Teddy mee de tuin in om daar te wachten tot haar vader beneden kwam. Ze ging op de drempel van de keukendeur zitten en typte *Lizzie Rafferty geheime donatie ivf* in de zoekmachine van haar telefoon.

Er werden geen resultaten gevonden.

Vijf minuten later werd de douchekraan boven dichtgedraaid. Maeve gooide Teddy's favoriete tennisbal de tuin in en hij rende ernaartoe en kwam hem meteen weer terugbrengen zodat ze nog een keer kon gooien. Vroeg hij zich ooit af waarom ze, als ze de bal zo graag terug wilde, hem toch steeds weer weggooide? Dacht hij misschien dat ze een beetje vergeetachtig was en had hij gewoon medelijden met haar?

'Wat is er?' Matthew verscheen achter haar, gekleed in een spijkerbroek en een grijs sweatshirt, met zijn donkere haar nat van de douche. 'Waarom ben je nu alweer terug? Voel je je soms niet lekker?'

Daar had je hem weer, die lichte toon van bezorgdheid die nooit echt wegging. Hij hield van haar, en daarom maakte hij zich zorgen om haar. Wanneer je een geliefde had verloren, verdween die onderliggende angst nooit echt helemaal; die bleef een constante.

'Nee, nee, er is niks. Maar ik hoorde iets heel raars. Iets wat me in verwarring heeft gebracht.' Maeve klopte op de drempel en na een korte aarzeling kwam haar vader naast haar zitten. Na de dood van haar moeder was dit de plek waar ze gingen zitten om het over haar te hebben, met Maeve links en haar vader rechts, en met hun handen verstrengeld.

'Heeft het met mama te maken?'

'Ook. Het gaat over ons allemaal.' Ze keek hem van opzij aan om zijn reactie te peilen. 'Papa, de naam Hannah... Zegt die je iets?'

Hij keek recht voor zich uit. 'In welke zin?'

'In welke zin dan ook.'

'Er zijn heel veel mensen die Hannah heten.'

'Dat weet ik. Maar ik vroeg me af of... of ik ooit Hannah heb geheten?' Het klonk belachelijk nu ze het hardop zei.

Hij aarzelde even en knikte toen. 'Ja.'

'Wat?' Dus toch niet belachelijk. Verbaasd maar tegelijkertijd opgelucht – vanwege wat het betekende – zei ze: 'Maar waarom hebben jullie die naam dan weer veranderd? Het is zelfs niet mijn tweede naam. Wat is er gebeurd?'

'Van wie heb je dit gehoord?'

'Eerst jij, en dan ben ik aan de beurt.' Ze had gewoon zin om het moment uit te stellen, om dit verbazingwekkende nieuws nog even voor zichzelf te houden omdat het zo fantastisch was.

'Je werd op een maandagavond geboren.' Hij kneep in haar hand. 'We hadden een paar namen in gedachten, maar wilden wachten tot je er was, om te zien welke naam het best bij je paste. En toen je er eenmaal was, waren we het er al snel over eens dat we je Hannah moesten noemen. Maar later die avond werd er een kindje binnengebracht dat gewond was geraakt bij een ongeluk. De auto van haar ouders was geraakt door een vrachtwagen. Ze was er heel slecht aan toe. En terwijl de chirurgen voor haar leven vochten, zat haar moeder in de kleine tuin bij de kraamafdeling te snikken en haar dochters naam te roepen. Natuurlijk was ze ontroostbaar. Niemand kon haar helpen. We hadden zo'n medelijden met het gezin.' Matthew schudde zijn hoofd. 'Het was echt vreselijk. Uiteindelijk kwam iemand haar halen. En een paar seconden later hoorden we haar binnen schreeuwen. Slechts één kreet. En op dat moment wisten we dat haar dochtertje was overleden.'

'Wat erg.' Maeve zag het gewoon voor zich. En de rest kon ze wel raden. 'Dat dochtertje heette Hannah.'

Hij knikte. 'Ze was drie. Die arme ouders van haar... Het is echt het ergste wat ouders kan overkomen. We wisten dat we je geen Hannah meer konden noemen. We moesten je een andere naam geven. En we besloten je in plaats daarvan Maeve te noemen.' Weer een kneepje in haar hand, vergezeld door een kort lachje. 'Twee dagen later konden we je mee naar huis nemen. En behalve het personeel van de kraamafdeling heeft niemand ooit geweten dat je de eerste tien uur van je leven een andere naam droeg.'

Teddy kwam aanlopen met zijn tennisbal in zijn bek, kwispelend van voorpret bij het idee dat de bal zo weer weggegooid zou worden. Maar Maeve nam hem op haar schoot en knuffelde hem.

'Nou, er was nog iemand die het wist.'

'Wie heeft je het verteld? Toe, nu wil ik het weten ook.'

'Je gaat het vast leuk vinden.' De onthulling was nabij. Terwijl Maeve Terry's oren streelde, voegde ze eraan toe: 'Maar ook weer niet.'

'Is dit een of ander raadsel?'

'Waar is het fotoalbum van toen ik klein was?'

'Je weet waar het ligt. In mijn slaapkamer, in de onderste la van de klerenkast.'

Natuurlijk wist ze dat. Ze gaf Teddy aan haar vader, stond op, rende de trap op en pakte het fotoalbum uit de la. Toen liep ze naar beneden en ging weer naast haar vader op de drempel zitten, met het fotoalbum op haar schoot.

'Deze foto... heette ik toen nog Hannah?'

Hij knikte. 'Ja. Je was daar een paar uur oud. We hebben de vroedvrouw gevraagd om een paar foto's van ons drietjes te nemen. Ik had speciaal voor de gelegenheid een polaroidcamera gekocht.'

De foto drukte pure vreugde uit. Persoonlijk vond Maeve dat ze er weleens beter had uitgezien, maar de stralende lach op het gezicht van haar ouders terwijl ze hun pasgeboren baby aan de camera toonden, was ongeëvenaard. 'En lijkt deze op de foto die je naar die productiemaatschappij hebt gestuurd, zodat zij hem konden doorsturen naar die anonieme geldgever?'

'Ja, hij lijkt er veel op. De vroedvrouw heeft er drie genomen, vlak na elkaar. We konden alleen maar lachen. En daarna hebben we een brief naar de anonieme geldgever geschreven en daar een van de polaroids bij gedaan. Het klinkt misschien stom, maar we wilden die brief meteen versturen. We wilden hem zo graag laten weten dat je er was.' Blijkbaar nog steeds geïntrigeerd vroeg hij: 'Werkt een van de dochters van Esme niet in het ziekenhuis? Dit lijkt me echt iets voor Esme. Heb je de naam Hannah van haar?'

Maeve barstte bijna uit elkaar van opwinding. Haar hart sloeg dubbel zo snel als anders.

'Nou, ik heb het gehoord van degene aan wie je de brief hebt gestuurd. En de foto.'

Hij draaide zich half om en keek haar recht aan. 'Sorry, wat?'

Ze knikte. 'Ik zei toch dat het ongelooflijk was.'

'Maar...' Hij fronste. 'Hoe dan? Wat heb je in godsnaam gedaan?'

'Ik heb helemaal niks gedaan. Echt niet. Ik kwam er bij toeval achter. Maar puur uit interesse, waarom zei je hém? Waarom dacht je dat het een man was?'

'Ik weet het niet.' Hij haalde zijn schouders op. 'Je moeder heeft altijd gedacht dat het een vrouw was. Maar ik had het gevoel dat het best eens een man kon zijn... misschien een of andere rijke bankier die zijn hele leven zestien uur per dag had gewerkt en zelf nooit kinderen had gekregen.' Na een korte stilte vroeg hij: 'En wie had er gelijk?'

'Jij niet.'

Hij glimlachte. 'Ik heb me zelfs weleens afgevraagd of het misschien George Michael was. Maar zo zie je maar weer, je moeder was altijd al degene met de betere ideeën.' Ineens bedacht hij iets. 'Maar waarom zei je dat ik het misschien niet leuk zou vinden?'

Haar grijns werd breder. 'Oké. Ik zal je één hint geven. Ze zit hier in het dorp.'

'Wat? Dat meen je niet!' Hij leek stomverbaasd. 'Was het iemand die ons kende? Maar wie had zich zoiets kunnen permitteren? O mijn god, je wilt me toch niet vertellen dat het Constance Peverell was?' Zijn ogen werden als schoteltjes zo groot. 'Als zij het is, dan... dan...'

'Nee, zij is het niet,' flapte Maeve eruit, want dat zou pas echt surrealistisch zijn geweest; de enige die door Constance Peverell werd overladen met geld was haar geliefde jongste zoon Tristan. Als je al de moed bij elkaar had weten te rapen om haar te vragen iets aan een goed doel te schenken, dan mocht je van geluk spreken als ze je een muntje van vijf cent gaf.

'Wat een opluchting. Maar was het dan een gezamenlijke actie of zo? Zijn ze met een collectebus het dorp door gegaan? Als dat zo is, moet Esme erachter zitten.'

Hij had gelijk; dat was precies iets wat de aardige Esme Addis zou bedenken. Maeve zei: 'Alleen was ze het niet. Maar hoe dan ook, haar mag je sowieso graag.'

Hij haalde weer zijn schouders op. 'Ik heb aan niemand een hekel. Ik geef het op.'

'Nou, er is wel iemand aan wie je een hekel hebt.'

'Echt niet! Wie dan?' Hij keek haar verontwaardigd aan.

'Je hebt een maand geleden een aanvaring met haar gehad,' zei ze. 'En gisteren weer.'

'Toe zeg. Dat meen je niet.' Hij schudde zijn hoofd. 'Zij kan het niet geweest zijn.'

'Jawel.'

'Lizzie Rafferty? Neem je me nou in de maling?'

'Nee.'

'En zij heeft je dat verteld? Ze heeft je opgespoord en is helemaal hiernaartoe gekomen om het je in hoogsteigen persoon te vertellen?'

'Nee! Dat is er nu net zo maf aan,' zei Maeve. 'Volgens mij heeft ze geen flauw idee dat ik het ben.'

24

Bij het opgenomen gesprek van de avond ervoor was er behoorlijk wat wijn gedronken – door Lizzie dan. Ze was pas om tien uur wakker geworden en nadat ze een lange hete douche had genomen, stond ze te dubben wat ze zou aantrekken, want volgens het weerbericht zou het een zonnige dag worden, maar toen ze een blik uit het raam wierp, zag ze een grijze lucht en regen.

Welkom in Engeland.

Ze dubde zo lang dat ze, veertig minuten en een aflevering van *Frasier* later, nog steeds haar blauwe One Hundred Stars-ochtendjas droeg met niets daaronder toen er werd aangebeld.

Ze wist dat Cami een halfuurtje geleden naar de supermarkt in het dorp was gegaan omdat ze ineens had gehunkerd naar citroenzuurtjes.

Nou ja. Misschien was het Nella, die gewoon even voor de gezelligheid langskwam.

Of nog beter, Nick Callaghan.

Sorry Nella, maar ik zou echt de voorkeur geven aan Nick.

Met losse haren, en na nog snel wat parfum in haar decolleté te hebben gespoten voor het geval dat, liep ze de trap af. In de keuken bleef ze als aan de grond genageld staan, want wie zag ze daar door de openslaande deuren? De onbeschofte Grasklokjesman. Alias Humorloze Jogger.

Wat moest hij hier in godsnaam? Kwam hij haar soms een dwangbevel brengen?

Lizzie bleef staan waar ze was. De Grasklokjesman stak een hand op ter begroeting en wees toen naar de deur.

Ze fronste. En verroerde zich niet.

Hij glimlachte. Een beetje voorzichtig, maar toch, het was een echte glimlach.

Dat was nieuw voor haar. Wilde dat zeggen dat hij hier niet was om weer ruzie te maken?

Een bijzonder stevige windvlaag blies de regen bijna horizontaal langs de glazen deuren. Hij was al helemaal doorweekt, het water droop over zijn gezicht en zijn waxcoat.

Lizzie liep naar de deur en deed hem open.

'Hoi.' Zijn stem klonk heel anders dan de geïrriteerde toon waaraan ze gewend was. 'Mag ik binnenkomen?'

'Misschien wel zo handig.' Ze deed een stap opzij om hem erlangs te laten en vervolgde: 'We kunnen niet hebben dat je niet-waterproof horloge nat wordt... O! Ben je daarom soms hier? Voor het geld?'

Hij leek in verwarring gebracht. 'Welk geld?'

'Het geld voor een nieuw horloge. Ik zei dat ik wel een betere voor je zou kopen, maar je was al weg voordat ik...'

'Nee,' onderbrak hij haar, terwijl hij zijn hand door zijn natte haar haalde en het wegstreek van zijn voorhoofd. 'Natuurlijk ben ik niet daarvoor gekomen. Ik wilde me verontschuldigen voor... voor eerder. Ik was behoorlijk kortaf. En dat was niet aardig van me. Dus sorry.'

Nou nou, dat was wat je noemde nogal onverwacht. Geïntrigeerd trok Lizzie een wenkbrauw op. 'Voor welke keer precies? Voor de grasklokjes of voor de tuinslang?' Hoewel ze het hem natuurlijk niet echt kwalijk kon nemen dat hij het niet fijn had gevonden toen ze hem met ijskoud water had besproeid.

'Voor beide keren. De grasklokjes... Oké, het is behoorlijk irritant wanneer je over het kerkhof loopt en ziet dat er duizenden weg zijn. Sommige mensen plukken ze allemaal en verkopen ze dan. En weer anderen graven de bollen op.'

'Ik heb me er al voor verontschuldigd. Ik wist niet dat ze beschermd waren.'

'Dat weet ik. En ik had daar meer begrip voor moeten opbrengen. Je trof me op een slechte dag. Het was mijn trouwdag.'

'Wil dat zeggen dat je liever niet getrouwd zou zijn?' De woorden waren er al uit voordat tot haar doordrong hoe het werkelijk zat; qua humor had ze een bijzonder slecht gevoel voor timing, dat was algemeen bekend. Hoe vaak had ze voor de grap niet iets verkeerds gezegd en daar meteen weer spijt van gehad? Zoals nu ook weer.

'Eerlijk gezegd wilde ik dat ik nog getrouwd was.'

Hij had op het kerkhof gewandeld, dat was toch wel een aanwijzing. 'Sorry, ik ben ook zo'n oen,' zei ze.

Weer een flauw lachje om zijn lippen. 'Volgens mij hebben we allebei nu vaak genoeg sorry gezegd. Laten we daar maar mee ophouden, dat lijkt me beter. En ik zal me ook even aan je voorstellen... tenzij je al weet wie ik ben.'

'Geen flauw idee,' zei ze schouderophalend. 'In mijn hoofd ben je gewoon de boze meneer.'

'Logisch.' Hij gaf haar een hand. 'Maar de meeste mensen noemen me Matthew.'

'Hoi Matthew,' zei ze terwijl ze zijn hand schudde. 'Aangenaam.'

'Matthew Morgan.'

Het kwartje viel. 'Morgan. Maar dan... dan ben je Maeves vader? Ze heeft me nooit verteld dat jij dat was!'

'Ik weet het. Ze schaamde zich dood toen je haar vertelde over de onbeschofte man die op het kerkhof een hele preek tegen je had afgestoken. Ze wilde bijna niet geloven dat ik zo onbeleefd was geweest tegen een gast van Nick. Ze heeft me een behoorlijke uitbrander gegeven.'

'Jouw hond is haar hond. Teddy. Ze heeft me over hem verteld.'

Matthew knikte. 'Ja.'

'En je dochter is... ongelooflijk.'

'Ik weet het. We hebben veel geluk met haar gehad.'

'Ik vind het heel erg van je vrouw. Maeve heeft me over haar verteld.'

'Met haar heb ik ook veel geluk gehad.' Hij trok de linkermouw van zijn jasje iets omhoog en tikte op het horloge om zijn pols. 'Dat wilde ik je nog even uitleggen. Dit was mijn eerste kerstcadeau van haar, toen we achttien waren. Het was niet duur, want we hadden geen van beiden veel geld, maar dat maakte het extra bijzonder. Ik was er zo blij mee. En nog steeds.'

Echt weer iets voor haar om de draak te steken met een van zijn meest gekoesterde bezittingen. Lizzie kreeg een brok in haar keel. 'Hou op, ik voel me er al zo rot over. Nu is het mijn beurt om me te schamen.'

'Nergens voor nodig. En er is nog iets wat ik je moet vertellen.' Hij keek haar aan met een uitdrukking die ze met geen mogelijkheid kon ontcijferen.

'Wat dan?'

'Ik wist niet zeker of je het al wist. Maar inmiddels denk ik dat Maeve gelijk had. Je weet het echt niet. Wat het allemaal nog wonderbaarlijker maakt.'

'Ik heb echt geen flauw idee waar je het over hebt.' Ze schudde haar hoofd. 'En ik ben ook behoorlijk ongeduldig. Dus wat het ook is, vertel het me alsjeblieft.'

'Ik kan het je anders ook laten zien.' Uit de binnenzak van zijn Barbour pakte hij een doorzichtig boterhamzakje met iets erin. Het bleek een polaroid te zijn, die hij nu aan haar gaf. 'Komt deze je bekend voor?'

Het was de foto waarover ze Cami gisteravond had verteld. Maar dat was onmogelijk. Hoe kon die foto nu in Engeland zijn, terwijl ze honderd procent zeker wist dat hij in de logeerkamer van haar moeder in een doos lag, in een van de vele dozen vol fanmail die ze in de loop der jaren had ontvangen.

Ze fronste. Ze snapte er echt niets van. Wilde Cami het verhaal zo graag in het boek hebben dat ze contact op had genomen met

Lizzies moeder in L.A.? En had haar moeder die foto toen gemaild. Maar dit was geen gemailde foto, het was een echte polaroid waarvan de randen vergeeld waren.

Ze keek hem aan. 'Hoe kom je daaraan? Wie heeft je die gegeven?'

Toen bestudeerde ze de foto opnieuw. Ze had hem in geen twintig jaar meer gezien. Haar blik schoot terug naar Matthew, die weliswaar twintig jaar ouder was, maar veel leek op de man op de foto die samen met zijn vrouw stralend hun pasgeboren dochtertje toonden aan de camera.

'Ben jij dat?'

Zoiets surrealistisch had ze echt nog nooit meegemaakt.

Hij knikte en toen brak er een stralende lach door op zijn gezicht, een lach die ouder was, maar nog steeds heel herkenbaar.

'Ja, dat zijn wij.'

'Wat is er met Hannah gebeurd?'

'Het is hetzelfde kind. We hebben haar naam later die avond nog veranderd.'

'Is dit Maeve?'

'Dat is Maeve. Jij hebt ons haar geschonken.'

Lizzies ogen vulden zich met tranen. 'Echt?'

'Ja. Zonder jou zou ze nooit zijn geboren. Dan zou ze er nu niet zijn. Maar ze is er, en allemaal dankzij jou.'

Had hij nu ook tranen in zijn ogen?

Hij knikte en vervolgde: 'Dus... dank je. Uit de grond van mijn hart.'

'Maar wat is dit maf. Hoe heb je het ontdekt? Ik heb Cami gisteravond pas het verhaal over die ivf verteld.'

'Ik weet het. Maar ze was de opname vanochtend aan het afluisteren toen Maeve in de keuken was. Ze zag Maeve niet, omdat die op haar knieën de vloer boende. En zo hoorde ze het hele verhaal en besefte ze dat jij de weldoener was.'

Oké, dat verklaarde hoe hij het te weten was gekomen, waarom hij haar vandaag was komen opzoeken. Maar er dwarrelden nog allerlei gedachten door Lizzies hoofd.

'Maar dat is zo'n groot toeval. Ik bedoel, echt enorm. Ik heb deze plek online uitgezocht...' In de verste uithoek van haar hoofd doemde een vage herinnering op. Langzaam zei ze: 'De foto en brief liggen bij mijn moeder in een doos. Maar... hebben jullie je adres er toen opgeschreven?'

Matthew knikte. 'Vast wel.'

'Toen ik naar Nicks website keek en zag dat de huizen in Starbourne lagen, kwam de naam me wel bekend voor,' herinnerde ze zich hardop. 'Maar ik had geen idee waarom. Ik dacht eigenlijk dat hij me deed denken aan de naam van een oogschaduw die ik net had gekocht.' Net als tijdens haar gesprekken met Cami begonnen de radertjes te draaien en vielen allerlei vergeten details op hun plaats. 'En toen Maeve me de screensaver van haar moeder op haar telefoon liet zien, kwam ze me bekend voor. Alsof ik haar weleens eerder had gezien.' Ze wapperde met de polaroid. 'Dat moet op deze foto zijn geweest. Maar jou herkende ik helemaal niet toen we elkaar op het kerkhof tegenkwamen.'

'Je verwachtte het niet, en op de foto lachte ik,' zei hij droog. 'En die ochtend op het kerkhof niet echt.'

'Bovendien was je toen twintig jaar jonger. Ik ook.'

Hij kreeg een zachte blik in zijn ogen; wanneer hij niet boos was, had hij eigenlijk best mooie ogen. 'Ik kan nog steeds niet geloven dat jij het was.'

'En ik kan niet geloven dat je hier nog steeds in die druipende jas van je staat. Trek hem alsjeblieft even uit en ga zitten.' Ze wierp een blik op de klok aan de muur die aangaf dat het vijf voor elf was. 'Te vroeg voor champagne zeker?'

Geamuseerd zei hij: 'Een beetje wel.'

'Jammer. Koffie dan?'

Matthew trok zijn jas uit en ging aan de tafel zitten. 'Koffie zou lekker zijn.'

'Waar is Maeve nu?'

'Weer aan het werk. Ik heb haar gezegd dat ik haar zou laten weten wanneer ze ook hiernaartoe kan komen. Ze was al heel enthousiast over je,' vervolgde hij. 'Maar nu is ze nog gekker op je.'

'Bel haar en zeg dat ze meteen hiernaartoe moet komen. Maar het voelt nog steeds heel raar,' zei Lizzie. 'Ik denk eigenlijk nog steeds dat je elk moment weer boos op me kan worden.'

Matthew schudde zijn hoofd. 'Nou, dat is echt nergens voor nodig, want ik denk niet dat dat nog gaat gebeuren. Van nu af aan mag je net zoveel koud water over me heen gooien als je wilt.'

Ze schoot in de lach. 'En mag ik dan ook grasklokjes plukken?'

Hij kreeg een geamuseerde glans in zijn ogen. 'Sorry, dat blijft verboden.'

25

'De thee is op.' Op Starbourne Manor keek Constance Peverell de keuken rond. Haar vermanende blik bleef hangen bij haar oudste zoon. 'Heb jij het laatste zakje uit de bus gepakt?'

Hugo, die eraan gewend was dat hij altijd als eerste de schuld kreeg, zei kalm: 'Er is er hier maar één die een theemok in zijn hand heeft. En dat ben ik niet.'

'O, schat?' Constance keek Tristan, die gulzig van zijn thee dronk hoofdschuddend aan. 'Wat ben je ook een stouterd.'

Tristan haalde zijn schouders op en zwiepte zijn haar naar achteren. 'Ik wist niet dat het het laatste zakje was.'

'Nou, zoiets zie je dus aan de lege bus,' wees Hugo hem erop. Zo intelligent hoefde je daar ook weer niet voor te zijn.

'Er moet iemand naar de winkel voor thee,' zei Constance.

'Als ik niet zo'n haast had, zou ik het doen.' Tristan zette zijn lege mok op de tafel, want hem naar de gootsteen brengen was hem blijkbaar te veel moeite, en rammelde met zijn autosleutels. 'Dag, mam. Tot straks.'

En bam, weg was hij. Precies zoals Hugo al had verwacht, zei Constance kortaf: 'Nou, dan zul jij naar de winkel moeten. We kunnen niet zonder thee.'

Haar tegenspreken was de moeite gewoon niet waard. De regen striemde inmiddels tegen de ramen. Je kon niet ontkennen dat zijn broer wist wat hij deed. Terwijl het geluid van de nieuwe auto die werd gestart hen bereikte, at Hugo zijn laatste hapje toast op en stond op.

'Neem meteen even melk mee. En trek een jas aan,' zei Constance. Ze stak haar lepel in haar pap. 'Het is kletsnat buiten.'

Natuurlijk was het pas gaan regenen toen Cami al lang en breed aan de wandel was. Nadat ze het gesprek met Lizzie van de avond ervoor had uitgeschreven, was ze naar buiten gegaan om haar hoofd leeg te maken en haar benen te strekken. Na een paar minuten was het gaan miezeren, maar daar had ze geen acht op geslagen. Ze genoot van de frisse lucht en het landschap. Toen ze echter via de velden doorstak naar het dorp, veranderde de regen in een echte hoosbui. Nou ja.

Bij het dorp aangekomen, liep ze om het kerkhof heen naar de kleine supermarkt aan het eind van de hoofdstraat. Ze vond het echt een dag om zichzelf te trakteren op een grote zak citroenzuurtjes. Of anders mintchocolaatjes. Of allebei.

Uit de verte zag ze al dat er een dure sportwagen voor de supermarkt geparkeerd stond. De eigenaar ervan kwam net de winkel uit met een krant in zijn ene hand en een fles in zijn andere. Hij stapte in, startte de auto – vrrroemmm – en keerde hem op de weg, haar kant uit. Hij trapte het gaspedaal in en reed in volle vaart de hoofdstraat door. Pas toen hij vlakbij was, drong tot Cami door dat hij niet van plan was om de plas aan haar kant van de weg te ontwijken.

Terwijl de auto op haar afkwam, zag ze het gezicht van de man achter het stuur. Hij was ongeveer van haar leeftijd en behoorlijk aantrekkelijk. Hij grijnsde ook.

Hij week niet uit voor de plas en zelf was ze te laat om opzij te springen. Een grote golf modderig water doorweekte haar van top tot teen.

Meteen daarna hoorde ze een woedende schreeuw achter haar. Nog steeds happend naar adem van schrik draaide ze zich om en zag een andere man midden op de weg staan om de auto te dwingen te stoppen.

'Klootzak!' beet hij de man achter het stuur toe. 'Wat bezielt je in vredesnaam?'

Cami haastte zich ernaartoe. De man achter het stuur had zich inderdaad als een klootzak gedragen, maar ze wilde niet dat de zaak zou escaleren.

Toen ze bij de auto was, draaide de man achter het stuur zijn raampje naar beneden en verkondigde: 'Het is gevaarlijk om op een natte weg uit te wijken, vooral in een sportwagen.'

'Man o man.' De maar iets oudere man had een rood hoofd van woede. Op neerbuigende toon voegde hij eraan toe: 'Wat ben jij ook een loser.'

'Je noemt mij een loser? Dat is nog eens grappig.' De andere man lachte. 'Kijk naar jezelf, man. Pot, ketel.'

'Je kunt op zijn minst je verontschuldigingen aanbieden.'

'Jezus, we zitten niet meer op school, hoor.' De man achter het stuur keek Cami aan. 'Hallo. Het was een ongelukje en het spijt me.'

'Ze is helemaal doorweekt,' zei de man die naast Cami stond.

'Nou, dat was ze eerlijk gezegd al. Bovendien is het ook weer niet zo dat ze haar mooiste kleren aanheeft.'

Op de passagiersstoel lagen een *Racing Post* en een fles rum van het merk Mount Gay. Cami liet een blik over haar blauwwitte top met lange mouwen van Next en haar donkerblauwe positiebroek glijden. 'Eerlijk gezegd zijn dit wel mijn mooiste kleren.'

De man achter het stuur keek haar ongelovig aan en zei toen lijzig: 'Ja, maar ik kan er toch niets aan doen dat het regent? En nu moet ik echt weg, anders kom ik te laat op de renbaan. Dag.'

Toen de auto uit zicht was verdwenen, trok de man op de stoep zijn eigen waterdichte jas uit en zei: 'Het minste wat ik kan doen is je deze lenen.'

'O, maar...'

'Ik sta erop.' Hij hield hem voor haar op zodat ze haar armen erin kon steken. 'En het spijt me.'

'Waarom? Jij hebt me juist geholpen. Wie was die vent?'

'Mijn jongere broer. Tristan. Ik heet Hugo. Leuk je te leren kennen. Al is het dan onder deze omstandigheden.'

Hij had blozende wangen en een verlegen lach. Ze had de namen al eerder gehoord; ze waren de zoons van de Peverells van Starbourne Manor. Maeve had het weleens over hen gehad en Lizzie had haar verontwaardigd verteld dat de jongste een lul was met een bijzonder groot ego.

'Hoi, ik ben Cami. En je hoeft je echt niet te verontschuldigen voor je broer.'

'Ik weet het. Maar toch lijk ik dat steeds weer te doen.'

Ze liepen samen verder en onderweg praatten ze wat. Cami ontdekte dat het hele dorp al wist dat ze bij Lizzie was ingetrokken nadat haar relatie in Londen op de klippen was gelopen, en dat ze samen met Lizzie aan haar autobiografie werkte.

'Heeft Lizzie je over mij verteld?'

'Ze zei alleen dat je stukken aardiger was dan je broer.'

'Dat is niet zo moeilijk.'

Hij had het op schampere toon gezegd en het viel Lizzie op dat zijn oren een beetje rood waren geworden.

In de winkel rook het naar vers brood en warme worstenbroodjes. Cami liep naar de snoepafdeling en bracht een paar gelukzalige minuten door met uitzoeken welke ze wilde hebben. Toen Hugo wat later bij haar kwam staan, had hij theezakjes, melk, een stuk cheddar en een boerenbrood in zijn mandje liggen. Bij de kassa snoof hij verlangend de geur op en zei: 'Oké, ik moet gewoon een paar worstenbroodjes kopen.'

Cami rekende haar snoep af en bleef bij de uitgang op hem wachten. Op de muur ernaast hing een prikbord vol kaartjes. Er werden grasmaaiers en airfryers te koop aangeboden, weer andere mensen boden lessen Spaans of dansles aan, en er hing een nogal treurig bericht van een vrouw die iemand zocht om de verzameling vogelspinnen en langstaarthagedissen van haar overleden man over te nemen. Maar Cami's aandacht werd getrokken door een klein fototje van een wandelwagen waar je ook een reiswieg en autozitje van kon maken. Hiermee kon je kinderen vanaf hun geboorte tot aan hun vierde vervoeren.

Ze had online al naar zulke systemen gekeken en was bijna flauwgevallen toen ze had gezien hoe duur die waren. Iedereen wilde natuurlijk het beste voor zijn of haar kinderen, maar zoveel geld had ze gewoon niet. Ze zou binnenkort een alleenstaande moeder zijn en ze kon zich geen dure dingen veroorloven.

Volgens de advertentie was het systeem spiksplinternieuw, nog steeds in de originele verpakking, en het werd aangeboden voor slechts zestig pond.

Dat zou het koopje van het jaar zijn, en ze hoopte maar dat niemand haar al voor was geweest.

In Hugo's waterdichte jas bleek een balpen te zitten en ze schreef het telefoonnummer op de rug van haar hand.

'Zo, klaar.' Hugo kwam naast haar staan en boog zich naar voren om het kaartje te lezen. 'Wil je dat?'

'Ik zal er toch eentje moeten hebben. En het is echt goedkoop, wat heel fijn is.' Cami aarzelde en voegde er toen onzeker aan toe: 'Ik vraag me alleen af waarom het ongebruikt is. Als er een akelig verhaal achter schuilgaat, wil ik het geloof ik niet.'

'Laat me eens kijken.' Hugo pakte zijn telefoon en tikte het nummer in. 'Hallo, is die wandelwagen al verkocht? Nee? En zou ik mogen vragen waarom hij nooit is gebruikt?' Stilte. 'Aha, dank je. We zouden nu langs kunnen komen, als dat kan.' Hij keek Cami met opgetrokken wenkbrauwen aan, en ze knikte verwoed. 'Fantastisch. Waar woon je?'

Nadat hij had opgehangen zei hij: 'Het is oké. Ze heeft hem gewonnen bij een wedstrijd, maar haar kleindochter had al een andere gekocht. Zullen we hem meteen gaan ophalen?'

Cami was blij dat hij had durven vragen waarom de wandelwagen ongebruikt was. 'Je hoeft niet met me mee, hoor.'

'Heb je een auto?'

'Nee.'

'Het is tien kilometer hiervandaan, dus het is misschien makkelijker als ik je met mijn auto breng.'

'O! Ik dacht dat het in het dorp was.'

'Ik vind het geen enkel probleem. Wacht hier maar even op me, dan breng ik deze spullen naar huis en kom ik je daarna ophalen.'

'Maar dat hoeft...'

'Ik wil het graag.' Zijn oren waren weer roze geworden. 'Het is het minste wat ik kan doen na wat mijn broer je heeft aangedaan.'

Twintig minuten later kwamen ze aan op het opgegeven adres en ze werden bij de deur begroet door een mollige kleine vrouw van achter in de zeventig.

'Hallo! Daar zijn jullie,' riep ze verrukt uit, met haar armen gespreid. 'Het gelukkige paar dat binnenkort een gezinnetje wordt... en wat zijn jullie een plaatje om te zien samen!'

Eh. O.

Cami wilde het net gaan uitleggen toen Hugo haar even aanstootte en vrolijk zei: 'Hallo!'

De vrouw, die Patricia heette, was verslaafd aan het meedoen aan allerlei spelletjes, zo ontdekten ze toen ze hen mee de eetkamer in nam die vol stond met spullen die ze had gewonnen. Ze kirde tegen Cami's dikke buik en vroeg hoelang ze elkaar kenden en hoe de zwangerschap verliep.

'En wanneer zijn jullie uitgerekend?' vroeg ze enthousiast aan Hugo.

'Eh... nou, vrij binnenkort al,' zei Hugo.

Patricia schudde haar hoofd. 'Mannen! Echt! Mijn man was net zo toen ik in verwachting was. En ook nog een enorme pieperd. Hij bleef in de wachtkamer zitten terwijl ik de tweeling op de wereld zette.' Met glanzende ogen keek ze Hugo aan. 'Maar dat ga jij toch niet doen? Ik wil dat je me dat belooft.'

'O, nee. Ik zou niet durven. Nee, ik zal er beslist bij zijn.'

'Dat was grappig,' zei Cami, nadat Hugo de zware doos in de

achterbak van zijn bemodderde Range Rover had gezet. 'Wanneer gaan we trouwen?'

Het was eindelijk gestopt met regenen. Hij haalde zijn hand door zijn haar dat in pieken overeind bleef staan. 'Normaal doe ik dit soort dingen niet. Ze ging er gewoon van uit dat we bij elkaar hoorden en ik was bang dat ze het misschien liever aan een echt stel zou willen verkopen.'

Pas toen Cami een blik wierp op haar telefoon en de vele berichtjes zag, drong tot haar door dat ze het geluid uit had staan.

Lizzie had geschreven: *Waar ben je?? Kom onmiddellijk terug!!*

Ze slikte en liet het aan Hugo zien, die haar meelevend aankeek. 'Is ze kwaad? Krijg je nu problemen met haar?'

Cami voelde de paniek in haar borst opborrelen. 'Ik hoop het niet. Ik wil niet ontslagen worden.'

Maar toen ze terugkwamen, bleek er, in tegenstelling tot wat ze had verwacht, een klein, maar luidruchtig feestje aan de gang te zijn in Pine Lodge.

26

Maeve nam even een moment om weer tot zichzelf te komen. Dit was een speciale dag en ze wilde er geen moment van missen. Omdat ze zelf natuurlijk niet haar mond had kunnen houden, had het nieuws zich als een lopend vuurtje verspreid en waren er allemaal mensen gekomen om mee te delen in de feestvreugde. Lizzie had iedereen wat ingeschonken, Nella en Nick waren gekomen, haar vader stond op dit moment vrolijk te praten met Hugo, en Esme – die op weg was geweest naar de Angel om voorbereidingen te treffen voor de lunch – was onderweg een van Maeves collega's tegengekomen en meteen van richting veranderd toen ze had gehoord wat voor opwindends er was gebeurd.

Zo ging dat in kleine dorpen; geheimen bleven er nooit echt lang geheim. Het was haar vader die Lizzie ervan had weten te overtuigen dat ze niet anoniem hoefde te blijven, en iedereen had het fantastisch gevonden toen bekend werd dat de geheime weldoener van haar vader en moeder eindelijk was gevonden.

'Toen ik je berichtje las, was ik bang dat je kwaad op me was,' vertelde een opgeluchte Cami aan Lizzie. 'Dat je vond dat ik harder moest werken aan je boek en daarom snel terug moest komen. Ik was echt in paniek.'

'Doe normaal. Ken je me nu nog niet?' Lizzie kneep in haar arm. 'Ik wilde gewoon niet dat je dit allemaal zou mislopen.'

Cami keek verbijsterd om zich heen toen de zoveelste kurk plopte en er gejuich opklonk. 'Ik snap nog steeds niet wat eraan de hand is.'

'Je hebt dat verhaal vanochtend uitgetypt,' zei Lizzie. 'Over dat ik in het Savoy zat te treuren over die stomme vriend van me en ondertussen naar die spelshow op tv keek. Als Maeve me dat verhaal niet had horen vertellen, zou dit allemaal niet zijn gebeurd. We hebben het allemaal aan jou te danken.'

'Maeve heeft de opname gehoord?' Cami keek haar geschrokken aan. 'Ik had mijn oortje uitgedaan omdat het kraakte. Ik wist niet dat ze nog in de keuken was!'

'Ik zat je echt niet stiekem af te luisteren, hoor,' zei Maeve. 'Er zaten strepen op de vloer, onder de tafel, en die probeerde ik weg te krijgen.'

'Ik had toch beter moeten opletten.' Cami keek weer naar Lizzie. 'Sorry, dat was heel onprofessioneel. Je had me erom kunnen ontslaan.'

'Hou op!' Lizzie omhelsde haar lachend. 'Het blijkt het beste te zijn wat je ooit hebt gedaan.'

Met een hart dat overstroomde luisterde Maeve toe terwijl de gebeurtenissen van twintig jaar geleden en ook die van deze ochtend opnieuw met smaak werden verteld. Ze wist dat ze er nooit genoeg van zou kunnen krijgen, want het was het verhaal over hoe ze op deze wereld was gekomen. En het was ook heerlijk om Cami's verbaasde reactie te zien... en om het geluid van haar vaders lach te horen terwijl hij zich in het gesprek mengde en details toevoegde die Lizzie was vergeten te vertellen.

Zou dit nu een van de mooiste dagen van haar leven zijn? Het was in elk geval een dag die ze nooit zou vergeten.

Toen verscheen er in de tuin van Pine Lodge iemand die Maeve nog nooit in het echt had gezien; hij ving haar blik door het raam en begon te grijnzen, en haar dag werd ineens nog mooier.

Maar jeetje. Moest je hem nu eens zien. Hij was al maandenlang haar kleine geheimpje en nu stond hij daar in levenden lijve. Ze wist natuurlijk dat hij Hay Hall had gehuurd en gistermiddag was aangekomen, maar dit was voor het eerst dat ze hem zag.

En nu stond hij naar haar te wijzen, knikkend en lachend, alsof hij haar kende, wat tegelijkertijd opwindend en gênant was, want dat ze hem laatst een berichtje had gestuurd op Instagram was echt iets wat alleen zo'n krijsende fangirl zou doen en helemaal niets voor haar.

Hij had twee miljoen volgers op Instagram en zij was er eentje van sinds ze zijn filmpjes daar afgelopen kerst op had ontdekt. Het verstandige deel van haar zag heus wel dat zijn optredens een beetje ordinair en over the top waren, maar haar minder verstandige deel moest gewoon kijken naar hoe hij danste en zong bij keiharde muziek en ondertussen penselen vol acrylverf tegen grote doeken smeet en zo levendige kunstwerken creëerde. Anders dan veel kunstenaars droeg hij mooie kleren tijdens het werken en zat hij er totaal niet mee dat die onder de verfspetters kwamen te zitten. Hij had het uiterlijk van een model en het vanzelfsprekende charisma van Harry Styles. Maeve klikte iedere dag weer op Instagram en TikTok in de hoop dat hij een nieuw filmpje had geplaatst. Wanneer er geen nieuw filmpje was, keek ze gewoon naar een paar oudere filmpjes van hem. Het was echt niets voor haar om zo te doen, maar tegelijkertijd waren de gevoelens die hij bij haar opriep ook bijzonder opwindend. Het was alsof je een echt hot fantasievriendje had waar zelfs je vriendinnen niets van afwisten.

Ze was heus niet geobsedeerd of zo door Dane Cruse; ze vond het gewoon leuk om naar hem te kijken en zijn enorme talent te bewonderen.

Nou ja, en ook de rest van hem.

Toen hij een paar weken geleden had aangekondigd dat hij een meet-and-greet zou houden in de Cotswolds, had haar hart een sprong gemaakt zo hoog als die van een zalm die tegen de stroom in springt. En toen hij later had verteld waar het evenement zou worden gehouden – in Hay Hall, in Starbourne! – was ze bijna ontploft van vreugde. Normaal gesproken was ze op social media, als het om beroemdheden ging, alleen maar een lurker, maar in haar opwinding had ze deze keer wel gereageerd met de tekst: *Daar werk ik!!! Wat spannend!!!* Ze had er een hele trits blije emoji's aan toegevoegd en op verzenden gedrukt, maar meteen daarna had ze zich geschaamd voor haar overdreven uitroeptekens en zich afgevraagd of ze het hele bericht niet beter kon wissen omdat hij anders misschien zou denken dat ze een of andere gestoorde stalker was.

Maar de volgende ochtend, toen ze weer had ingelogd op haar account, bleek dat Dane Cruse haar reactie wel had kunnen waarderen.

Eerlijk gezegd had ze niet verwacht dat hij het überhaupt zou zien, maar dat was dus wel zo. En hij had haar een hartje gestuurd om haar dat te laten weten.

Iedere keer dat ze naar het kleine rode hartje keek, trok er een tinteling van geluk door haar heen. Het gaf haar het gevoel dat ze heel speciaal was. Honderden vrouwen – en ook aardig wat mannen – hadden op zijn aankondiging gereageerd, maar bijna niemand ervan had een persoonlijk berichtje van Dane Cruse zelf ontvangen.

En nu stond hij daar, als een echte rockster, en keek nog steeds naar haar. Hij liep naar de openslaande deuren en bleef in de deuropening staan en ze zag dat zijn piratenhemd en zwarte broek onder de verfspetters zaten, in alle kleuren en maten.

Maeve liep door de keuken heen naar hem toe en hij deed ook een paar stappen in haar richting.

'Je bent het.' Hij knikte weer. 'Instagram-girl.'

Hij herkende haar. Het was alsof ze in een film zat. Blozend van verrukking zei ze: 'Ik had niet verwacht dat je mijn berichtje zou lezen.'

'Een beetje vertrouwen graag! En moet je jou nou eens zien!' Weer die onweerstaanbare lach. 'Hoe zou ik je kunnen vergeten? Hoi, ik ben Dane.'

Alsof ze dat niet wist. Maar hij stak zijn hand al naar haar uit en ze piepte: 'Ik ben Maeve.' Het kwam er zo hoog uit dat het haar pijn aan haar oren deed.

'Maeve. Hallo. En je zei dat je hier werkte?'

'Ik ben een van de schoonmakers. Maar in september ga ik studeren.'

'Wat precies?'

'Natuurkunde.'

'Ah, een slimme meid.' Het klonk alsof hij onder de indruk was. 'Goed, zeg. En kom je zondag ook naar het evenement?'

Ze knikte verwoed; ze had haar ticket meteen online gekocht toen ze erover had gehoord. 'Ja. Ik ben dol op je werk.'

'Misschien wil je dan wel een van mijn schilderijen kopen.'

Dat was een leuk idee, maar het zou nooit gebeuren. Hij verkocht ze voor duizenden ponden aan kopers over de hele wereld. Maar Maeve wierp hem een stralende lach toe en zei: 'Wie weet!'

'Hallo.' Lizzie dook naast hen op. Op koele toon en met vooruitgestoken kin vroeg ze aan Dane: 'Wat kom jij hier doen?'

'Hoi. Nou, om eerlijk te zijn kom ik me beklagen over het lawaai.' Na een korte stilte vervolgde hij: 'Dat was een grapje. Ik wilde je alleen even laten weten dat ik zondagmiddag een klein feestje geef en dat sommige gasten misschien een beetje al te enthousiast worden. Na de uitbrander van gisteren leek het me beter om je dat even te laten weten.'

Lizzie knikte en zei kortaf: 'Dank je. Inderdaad fijn om te weten.'

'Ik krijg dan wat fans op bezoek. Maar mocht je ook willen komen, dan ben je natuurlijk van harte welkom.'

'Alleen ben ik geen fan van je.'

Maeves vingertoppen begonnen te tintelen van de zenuwen. Waar ging dit over?

'Ach, je kunt het altijd proberen,' zei Dane. 'Wie weet ga je me nog leuk vinden ook.'

'Ik geloof dat ik zondag al iets heb,' zei Lizzie.

'Jammer. Nou ja.' Hij wendde zich weer tot Maeve en wierp haar een vrolijke lach toe. 'We zullen ons ook wel zonder haar vermaken, toch? Ze weet niet wat ze mist.'

Maeve merkte dat de gesprekken en het gelach om hen heen waren verstomd en dat alle ogen op haar waren gericht. Lizzie vroeg aan haar: 'Wacht eens even? Ga jij daar zondag naartoe? Heeft hij jou ook uitgenodigd?'

'Maeve is een fan van me,' zei Dane. 'Ze heeft een kaartje gekocht. Het wordt echt fantastisch.' Met zijn gebruinde en met verf bespikkelde hand maakte hij een gebaar dat iedereen omvatte. 'Officieel is het natuurlijk uitverkocht. Maar voor jullie maak ik graag een uitzondering. Bij deze zijn jullie allemaal uitgenodigd.'

Hij trok een dunne portefeuille uit zijn kontzak en pakte er visitekaartjes uit die hij aan alle aanwezigen overhandigde. Maar Maeve kon alleen maar denken aan het feit dat Dane Cruse haar naam nog wist, en elektrische vonken zetten haar hele lijf in vuur en vlam.

'Dat wist ik helemaal niet.' Haar vader keek haar verbaasd aan. 'Dat heb je me niet verteld.'

Ze haalde haar schouders op. 'Een tijdje geleden wilde ik je een van zijn filmpjes op TikTok laten zien, maar je zei dat dat je niet interesseerde.'

'Au,' zei Dane voor de grap.

'Sorry,' zei Matthew.

'Hij is echt een fantastische kunstenaar,' zei Maeve tegen haar vader. 'Googel hem maar, dan zul je het zien.'

'Tja, wat kan ik zeggen?' zei Dane met een knipoog naar haar. 'Dit meisje heeft een uitmuntende smaak.'

Lizzie keek van hem naar Maeve en knikte toen naar Cami, die drankjes aan het bijschenken was. 'Ik geloof dat het tijd wordt om onze buurman ook iets aan te bieden.'

27

Maeve had elf uur daarna seks met Dane Cruse.

Ja, voor haar was het ook een shock geweest.

Maar ze was niet alleen geschokt. Ze was opgetogen. Verbijsterd. Ontzettend gelukkig. En ze voelde zich begeerd.

Het was niet haar eerste keer geweest, maar wel de eerste keer dat ze met iemand naar bed was gegaan die ze nog maar net had ontmoet.

Dat kreeg je als je tientallen filmpjes van iemand had gezien; je had dan het gevoel dat je hem kende. Ze kende zijn ogen, zijn gezicht, zijn lach, de manier waarop hij praatte en zich bewoog en danste…

En nu kende ze zijn hele naakte lichaam en wist ze ook hoe het was om seks met hem te hebben. Wat een dag en een nacht had ze achter de rug!

Ze had het gevoel alsof ze op wolken liep, ze voelde zich onweerstaanbaar en onoverwinnelijk. En ja, ze wilde het wel van de daken schreeuwen. Want op school was ze ermee gepest dat ze nooit iets stouts deed. Ze hadden haar het Perfecte Prinsesje genoemd. Ze had hard gewerkt voor haar hoge eindexamencijfers en had zich verre gehouden van wat haar klasgenoten allemaal uitspookten. Dronken worden in clubs en op feesten was gewoon niets voor haar geweest. Op haar zeventiende had ze iets gekregen met Liam Grey, die cricket speelde en lid was van de schaakclub op school en die gewoon een aardige jongen was. Na enkele kuise maanden hadden ze elkaar ontmaagd omdat het er het moment voor leek en ze de eerste keer gewoon achter de rug wilden hebben, maar toen Liam een jaar later naar Exeter University was gegaan, hadden ze besloten om er een punt achter te zetten.

Dat was allemaal vriendschappelijk gegaan en ze waren nog steeds vrienden op social media, maar de eerlijkheid gebood te zeggen dat de seks met hem haar nooit in vuur en vlam had gezet. Het was meer een aangenaam tijdverdrijf geweest, anders was ze het natuurlijk niet blijven doen, maar in termen van bevrediging kon je hun seks vergelijken met mokken en borden in de afwasmachine plaatsen; het paste precies, maar erg opwindend was het niet.

Afgelopen nacht had ze echter ontdekt dat seks ook enorm opwindend en elektrificerend kon zijn als je het maar met de juiste man deed.

Dat kon je toch echt wel een openbaring noemen.

Het was halfvijf 's ochtends en buiten was het donker en stil op de roep van een eenzame uil in een boom na. Ze lag op haar zij naar de slapende Dane te staren en nam zijn profiel, zijn perfecte donkere wenkbrauwen en de manier waarop zijn lange, steile haar over zijn voorhoofd viel in zich op. Zijn borstkas was gebruind, hij had stoppeltjes op zijn kaken en hij bezat de meest kusbare lippen die ze ooit had gezien.

Ze had zo'n zin om hem wakker te maken dat haar hand als vanzelf naar zijn borstkas ging om hem zachtjes te strelen, op zoek naar een reactie. Maar nee, hij was echt diep in slaap, zo'n slaap waaruit niemand gewekt wil worden.

Haar maag rommelde en bracht haar in herinnering dat ze gisteren, door alle opwinding, nauwelijks iets had gegeten. Bovendien hadden ze vannacht behoorlijk wat extra calorieën verbruikt. Ze sloeg het dekbed opzij – dus zo voelde het om onder duur Egyptisch katoen te slapen – en stapte uit bed. Nadat ze een witte badjas had aangetrokken die over de rugleuning van een stoel hing, ging ze naar beneden.

Net als Pine Lodge had Hay Hall een enorme eetkeuken met ramen aan één kant, maar de hoge schutting tussen de twee huizen voorkwam dat je bij elkaar naar binnen kon kijken. Voordat ze gisteren naar de slaapkamer waren gegaan, had ze de ruimte gezien waar Dane schilderde, met alles wat hij nodig had om zijn kunst te maken, op een zeildoek van vier bij vier meter om de eikenhouten vloer te beschermen tegen...

'O, sorry.' Onderaan de trap bleef ze ineens staan, en de man achter de ezel liet van schrik bijna zijn penseel vallen.

Als door een wesp gestoken draaide hij zich om. 'Jezus, ik schrok me dood!'

Maeve had hem nog niet eerder gezien, maar Nella had haar wel over hem verteld. Hij was de persoonlijk assistent van Dane, die ook de video's maakte.

'Jij bent toch Billy? Jij werkt voor Dane. Ik ben Maeve. Sorry, ik wilde je niet laten schrikken.'

'O. Oké. Hoi.' Hij voelde zich zichtbaar betrapt en ging met zijn hele lichaam voor de ezel staan. 'Wat kan ik voor je doen?'

'Niets. Ik werd gewoon wakker van de honger en wilde iets uit de koelkast pakken, als je het niet erg vindt.' Terwijl ze naar de koelkast liep, vervolgde ze: 'Dus jij bent ook kunstenaar?'

'Nee, o god, nee.' Hij schudde zijn hoofd en draaide de ezel iets om.

'Toe,' riep ze, nog steeds door het dolle heen na al die sensationele seks. 'Laat me eens zien. Niet zo verlegen.'

'Nee, alsjeblieft, ik meen het. Ik kan helemaal niet schilderen. Ik wilde het alleen maar even proberen, maar het is zo slecht dat het gewoon gênant is.' Hij draaide het doek nu helemaal om en liep toen met het palet en de penselen naar een van de gootstenen. 'Ik kan me maar beter houden aan wat ik kan, en dat is reizen boeken en andere mensen filmen.'

Hij droeg een oude camouflagebroek en een verschoten grijs T-shirt over zijn zachte buik. Hij leek iemand die liever op de achtergrond bleef, met zijn warrige haar en zijn gezicht dat een beetje op een aardappel leek. Hoewel Maeve het niet aardig van zichzelf vond om die vergelijking te maken, klopte het wel. Arme jongen, hij was compleet het tegenovergestelde van zijn werkgever. En het viel haar ook op dat hij niet eens enthousiast leek te zijn over zijn werk voor Dane. Snapte hij niet dat hij een bofkont was, dat hij de mooiste baan ter wereld had? Ze zou hem zo van hem overnemen!

'Er zit groene verf in je haar.' Ze wees de plek behulpzaam aan. 'Je kunt het er maar beter uitwassen, als je niet wilt dat Dane weet wat je aan het doen bent.'

'Dat doe ik straks wel.' Hij fronste toen ze naar de oven liep en de grill aanzette. 'Wat doe je?'

'Ik ga kaas op toast maken.' Ze sneed wat plakjes cheddar af en pakte de pepermolen. 'Wil je ook?'

Na een korte aarzeling zei hij: 'Ach, doe ook maar. Dank je.'

Maeve grijnsde naar hem. Zo, nu kon ze Billy de assistent eens fijn heel veel vragen gaan stellen over Dane Cruse.

Twee uur later deed Dane zijn ogen open. Hij knipperde langzaam en zei toen: 'Ik werd wakker en jij was weg. En nu ben je terug. Waar ben je geweest?'

'Wil je het hele verhaal horen?' Ze ging weer naast hem liggen, opnieuw bloot. Billy en zij hadden eensgezind besloten dat het nergens voor nodig was om Dane te vertellen over hun vroege ontmoeting in de keuken. 'Ik ben naar huis gegaan om me te douchen en mijn werkkleren aan te trekken. En daarna heb ik mijn schoonmaakmand opgehaald van kantoor. Vervolgens heb ik in een halfuur Lizzies huis schoongemaakt, en toen nog een halfuur dit huis. Wat betekent dat ik nu een heel uur vrij heb om te doen... waar ik zin in heb.' Ze drukte een verlangende kus op zijn mond.

'Zo mag ik het horen.' Met een lome lach streelde hij haar sleutelbeen en trok haar toen tegen zich aan. 'Kunnen we dan ook doen waar ik zin in heb?'

'Misschien hebben we wel zin in hetzelfde.' Maeve was duizelig van vreugde; dit moment, de komende dagen, weken en maanden stonden bol van de mogelijkheden. Ze had nog nooit zoiets meegemaakt, maar wist nu al dat ze er meer van wilde. Was dit hoe liefde voelde? Ze plantte nog een kus op zijn volmaakte mond en zei: 'Wie weet.'

De regen was gestopt en het beloofde een zonnige en warme dag te worden. Teddy, die vooruit was gelopen, zat al bij Amanda's graf te wachten toen Matthew eraan kwam.

Hij had lichtroze rozen geplukt uit de tuin. Dat waren altijd haar lievelingsbloemen geweest en hij stelde zich graag voor dat ze het fijn vond als hij haar graf ermee opfleurde. Gisteravond was hij, op de terugweg van het spontane feestje in Pine Lodge, nog even naar het graf geweest om haar het verbazingwekkende nieuws te vertellen over de rol die Lizzie Rafferty in hun leven had gespeeld.

'Hoi, daar ben ik weer. Weet je, ik kan hct nog steeds nauwelijks geloven.' Hij ging op zijn hurken zitten om de rozen zo mooi mogelijk in de vaas te schikken; het was niet echt een talent van hem, maar hopelijk maakte de schoonheid van de bloemen veel goed. 'En weet je wat ik gisteravond heb gedaan toen ik thuiskwam? Ik heb naar twee van haar films gekeken. Ja, echt maf. Ik heb eerst *Welcome to the Old Days* gehuurd, die ze met Zac Meadows aan het maken was toen ze ons op tv zag. En natuurlijk is het niet mijn soort film, maar ze speelde echt heel goed. En daarna heb ik naar *Meet Me at Midnight* gekeken en nog met veel plezier ook. De wonderen zijn de wereld nog niet uit.' Toen hij zich voorstelde hoe zijn vrouw hierop zou hebben gereageerd, moest hij glimlachen. 'Het is een topfilm. En daarna heb ik op YouTube een interview met haar bekeken, dat ze vorig jaar in L.A. heeft gegeven. En weet je wat? Ze was te gek, echt heel grappig en bescheiden en helemaal niet arrogant. Ze blijkt echt heel anders te zijn dan ik dacht...'

Teddy blafte en begon te kwispelen toen ze voetstappen hoorden naderen. Matthew draaide zich om en zag dat het Faith Addis was, de schoonzus van Esme. Faith was ook een vaste bezoeker van het kerkhof nadat haar man Rob anderhalf jaar geleden was gestorven aan een hartaandoening. Vandaag had ze geen bloemen bij zich, maar toen ze dichterbij kwam, zag hij dat ze een zakdoekje in haar hand hield en dat ze huilde.

Met een meelevend knikje vroeg hij: 'Geen goede dag?'

Faith droogde haar wangen met het al verfrommelde zakdoekje. 'Ik zou niet eens meer weten hoe een goede dag eruitziet. Ik zou niet weten hoe dat voelde.'

'Het wordt makkelijker.' Ze waren het beiden gewend om die woorden te horen; het was de standaardreactie van mensen die niet wisten wat ze anders moesten zeggen. Matthew keek naar een merel die kwam aanvliegen en een droog takje voor zijn nest van de grond pakte. De vogel keek met een schuin oog naar Teddy en vloog snel weer weg voordat de hond tijd had om te reageren.

'Maar wat als dat niet zo is?' vroeg Faith.

'Geloof me, dat gaat echt gebeuren. Uiteindelijk.'

'Nou, vertel, hoelang duurt dat dan nog? Hoelang is jouw vrouw nu dood?' Ze wierp een blik op de data op Mandy's grafsteen en beantwoordde haar eigen vraag. 'Oké, voor jou is het dus ongeveer twee jaar geleden. Wil dat zeggen dat je eroverheen bent?'

Lichtelijk beledigd zei hij: 'Natuurlijk ben ik er niet overheen.'

'Ik loop zeven maanden op je achter en ik heb er schoon genoeg van dat het zo moeilijk is. Ik wil me niet meer ellendig voelen, maar ik vraag me af of het ooit ophoudt.' Er gleed een traan over haar wang.

'Het wordt echt gemakkelijker.' God, moest je hem nou horen met die afgezaagde woorden; kon hij niet iets originelers verzinnen?

Met een blik vol wanhoop keek ze hem aan. 'Is het voor jou al gemakkelijker? Of zeg je maar wat?'

'Het is echt zo.' Hij wist niet eens of dat waar was.

Ze keek hem strak aan. 'Heb je soms iemand leren kennen? Is dat het?'

'Nee.'

'Heb je al dates gehad?'

'Nee.

'Want iedereen zegt dat je dat moet gaan doen, hè? Daten.'

'O, ja.'

'Ja, natuurlijk. En ik durf te wedden dat je ook al heel vaak bent gevraagd.'

Onwillig knikte hij. De alleenstaande en gescheiden vrouwen uit de buurt hadden hun belangstelling het afgelopen jaar niet onder stoelen of banken gestoken. Sommigen – degenen met moed – hadden hem zelf mee uitgevraagd. De anderen lieten dat door vrienden doen.

'En nooit in de verleiding gekomen om eens een poging te wagen?'

Hij schudde zijn hoofd en keek op zijn horloge. 'Nee, maar voor iedereen is het anders. Sorry, maar ik moet nu echt gaan. Ik heb een onlinevergadering waar ik niet te laat voor wil komen.' Hij verzon het ter plekke, maar hij wilde hier gewoon weg.

'Oké. Maar toch bedankt voor het gesprekje.' Met een klein lachje stopte Faith de vochtige zakdoek in haar zak. 'Het helpt echt als je weet dat anderen hetzelfde doormaken.'

'Mooi zo.'

'Het is vast fijn dat Maeve nog thuis woont.'

Schouderophalend zei hij: 'Ja, natuurlijk.'

'Als ze gaat studeren,' zei ze op bedroefde toon, 'zul je haar enorm gaan missen.'

28

Jed Diamond vond het niet fijn als een plan niet volgens... nou ja, plan verliep. Maar daar zaten ze dan, vast in een file op de M60, terwijl ze al behoorlijk uit koers waren.

Karina was niet blij. 'Waarom moesten we eigenlijk zo idioot vroeg vertrekken?'

'Ik heb een tafel gereserveerd voor de lunch, om halfeen, daarom. Het restaurant heeft twee Michelin-sterren.'

Jed, die gek was op goed eten en met Juliet altijd de beste restaurants had bezocht, was helemaal enthousiast geworden toen hij de reviews van het bewuste restaurant had gelezen. Maar een paar kilometer voor hen was een vrachtwagen geschaard en het verkeer stond helemaal stil. Voorlopig zaten ze hier vast en gingen ze helemaal nergens heen.

'Goh, wat is dit saaaaai,' jammerde Karina vijf minuten later. 'Ik verveel me echt dooood!'

'Het spijt me, maar ik kan er niks aan veranderen.'

'Je had een helikopter moeten boeken.'

Ik had het al weken geleden met je moeten uitmaken.

Hij zei het niet, maar hij dacht het wel heel erg hardop.

Karina filmde de rij auto's voor hen, richtte de camera vervolgens op zichzelf en zei op het zangerige toontje dat ze bewaarde voor social media: 'Hallo allemaal! Daar zijn we dan, in de auto op mijn speciale verjaardagsuitje. En zo te zien blijven we hier nog uren zitten. Dus ik had zo gedacht dat Jed me beter alvast mijn cadeaus kan geven, om het goed te maken!'

'Nee!' zei Jed.

'Maar wat moeten we anders doen hier?' Ze zette haar zonnebril af, uploadde het filmpje en wachtte op een reactie. Ping ping ping deed haar telefoon, en ze zei triomfantelijk: 'Hoor je, er zijn al drie mensen die ja zeggen!' Ping ping. 'En nu al vijf. Doe niet zo flauw, Jed, geef me in ieder geval alvast een van mijn cadeautjes.'

Het geluid van haar telefoon stond hard, want het geping van haar volgers was als een drug voor Karina. Jed zei: 'Het is donderdag. Je bent pas zaterdag jarig.'

'Precies, we zitten hier omdat ik járig ben! En mijn grootste wens is nu om een van mijn cadeautjes open te maken.'

'Mij best.' Hij had geen zin om ertegen in te gaan.

Karina slaakte een oorverdovend gilletje van blijdschap, stapte uit de auto en pakte de tas met cadeaus uit de kofferbak.

Zeven minuten later was de auto bezaaid met verkreukeld paars en goudkleurig pakpapier en bijpassende lintjes en was ieder cadeau opengescheurd.

'Nou blij?' Jed was altijd trots geweest op zijn inpakvaardigheden; het had hem ongeveer een uur gekost om de cadeaus mooi in te pakken.

Karina keek op van haar telefoon waarop ze zat te chatten met een vriendin. 'Schat, voel je alsjeblieft niet beledigd, maar heb je de bonnetjes bewaard?'

'Hoezo?' Hoewel het antwoord op die vraag wel duidelijk was.

'Nou, die tas heeft niet helemaal de goede kleur. Toen ik blauw zei had ik een wat lichter blauw voor ogen. Niet donkerblauw.'

'Dat had je me beter kunnen vertellen voordat ik hem kocht.'

'En het jasje... ik bedoel, het is te gek, maar Gaynor Masters heeft bijna exact hetzelfde. En ze mogen echt niet denken dat ik haar na-aap.'

'Verder nog wat?' vroeg hij, want ze wees inmiddels naar de doos met de torenhoge zilveren Manolo Blahniks erin.

'Dat is de verkeerde maat.'

'Maar ik hoorde je laatst in de club met een meisje praten. En toen zei je dat je maat 36,5 had.'

Ze tuitte haar lippen. 'Ja, omdat ze moest denken dat ik kleine voeten heb. Eigenlijk heb ik maat 37. Dat had je moeten weten.'

Voor hen begon het verkeer in slakkengang te rijden. Jed startte de motor.

'Nou, dat was het. Op zaterdag vallen er geen cadeaus meer open te maken.'

Karina kneep hem speels in zijn zij. 'Doe niet zo krenterig! In Cheltenham zijn vast heel veel leuke winkels. Daar kun je toch nog wat voor me kopen?'

Maeve kwam de eerste hobbel in haar fonkelnieuwe relatie met Dane Cruse tegen.

'Ik wilde dat ik kon blijven. Ik wil niet weg, maar het moet.' Na haar tweede douche van die ochtend had ze zich opnieuw snel aangekleed en zich nog even op bed laten vallen om gedag te zeggen. 'Het is wisseldag in de Cedars en ik moet nu echt aan de slag.' Terwijl ze zijn haar uit zijn gezicht streek, gaf ze hem nog een lange kus. 'Maar om drie uur ben ik klaar. Heb jij dan tijd? Ik zou meteen hiernaartoe kunnen komen.'

Hij fronste. 'Om hier schoon te maken? Dat hoeft niet. Het is prima zo.'

'Niet om schoon te maken!' Ze gleed met haar blote voet langs zijn scheenbeen. Ze verheugde zich nu al op zijn antwoord. 'Hoe sneller ik terug ben, hoe sneller we het weer leuk kunnen hebben!'

'Dat zou fijn zijn geweest, maar vanmiddag kan ik niet,' zei Dane op spijtige toon. 'Dan heb ik wat anders.'

'Oké, hoe laat ben je daar dan klaar mee? Om zes uur? Zeven uur?' Ze zag de blik op zijn gezicht. 'Acht uur?'

'Sorry, maar ik ben de hele avond druk. Er komt een vriendin van me uit Boston, ze verzamelt mijn werk en ik moet me met haar bezighouden. Dat snap je toch wel?'

Maeve snapte het niet; de afgelopen twaalf uur waren hemels geweest.

'Oké, en hoe laat morgen dan?' Als hij een tijdstip noemde waarop ze eigenlijk zou moeten werken, zou ze haar dienst wel ruilen met een van de anderen. Maar waarom schudde hij nu zijn hoofd en keek hij haar zo gepijnigd aan?

'Hé, het was echt te gek. Maar vanaf nu draait alles weer om mijn werk. Ik zit echt helemaal vol tot maandagochtend.'

'Echt helemaal?' Zo hoorde het niet te gaan.

'Helaas.'

'En dan ga je weg?'

'Het is wat het is. Maandag naar Londen, dan naar Edinburgh en daarna naar Dublin. Ik kan mijn fans niet teleurstellen.'

Het was alsof ze onverwachts van een hoog klif viel. Met een misselijk gevoel zei ze: 'En dat is het? We zien elkaar dus niet meer?'

'Nou ja, je kunt natuurlijk nooit weten, maar...'

Ze maakte zich van hem los en stond op. 'Ik dacht dat je me leuk vond.'

Hij haalde zijn schouders op. 'Ik vind je ook leuk.' Maar hij zei het op een toon die aangaf dat hij haar ook weer niet zó leuk vond.

'Ik ben met je naar bed geweest!' Ze slaakte een smartelijke kreet.

Hij spreidde zijn armen. 'Ja, en dat was cool! Voor ons allebei. We hebben het toch leuk gehad? Jij wilde het net zo graag als ik.'

Ze draaide zich om, want ze kon hem niet meer aankijken. In nog geen veertig seconden tijd had hij alles verpest en bleef ze achter met het gevoel dat ze ontzettend stom was. En ze schaamde zich ook nog eens dood. En ze was ook bedroefd en hartstikke kwaad. En ze voelde zich ook heel onnozel.

Wat idioot van haar om voor die zogenaamde charme van hem te vallen. Ze had haar geluk niet op gekund, had gedacht dat hij het mooiste was wat haar ooit was overkomen en dat hun ontmoeting het begin van iets geweldigs was.

Terwijl het voor Dane Cruse alleen maar een tijdverdrijf was geweest.

Echt heel gênant.

'Ik snap het.' Ze knikte en liep naar de deur. Ze wilde alleen nog maar weg.

'Je bent te gek. We hebben lol gehad. Ik had geen idee dat je het zo serieus nam,' protesteerde hij. 'Het is gewoon niet bij me opgekomen dat je dacht dat het iets meer kon zijn dan een...'

'Echt, het geeft niks.' Met strakke kaken zei ze: 'Je hebt me een les geleerd die ik niet snel zal vergeten.'

Het kostte haar veel moeite om de deur niet met een klap achter zich dicht te trekken.

29

Maeve was niet van plan geweest om het iemand te vertellen. Het was allemaal te vernederend voor woorden. Waar ze echter niet op had gerekend was dat Lizzie haar die avond uitnodigde om bij haar te komen zwemmen en toen zei: 'Och hemel, gisteren straalde je helemaal en moet je jou nou eens zien. Wat is er in vredesnaam gebeurd?'

Was ze soms een of andere heks?

Nella, die tegenover Lizzie zat, schoof haar zonnebril omhoog om Maeve wat beter te kunnen bekijken.

Weerspannig zei Maeve: 'Niks.'

Lizzie lachte bemoedigend naar haar. 'Of heb je nu soms al genoeg van me?' vroeg ze.

'Natuurlijk niet. Ik ben gewoon moe, meer niet.'

Lizzie en Nella wisselden echter al veelbetekenende blikken uit.

'Liefje, ik kan er niks aan doen dat ik nieuwsgierig ben. Zo ben ik geboren,' zei Lizzie. 'En het valt ons gewoon op. Gisteravond was je nog als een gek aan het flirten met die aantrekkelijke kunstenaar van hiernaast en om elf uur 's avonds zijn jullie hier samen weggegaan. En vanochtend ben je gespot toen je idioot vroeg bij Hay Hall wegging. Je bent je thuis gaan omkleden en hebt je schoonmaakronde omgedraaid. En nu zie je eruit alsof alle levensvreugde uit je is geperst.'

'Ik voel me anders prima.' Was het echt zo duidelijk? Maeve schaamde zich steeds meer en voelde dat ze rode vlekken in haar hals kreeg.

'Hé, dit soort dingen zie je als buitenstaander altijd veel beter.'

Lizzie was wat zachter gaan praten; ze keek naar Nella, die bevestigend knikte. 'En nu is hij weg in een taxi met de vrouw die hier vanmiddag is aangekomen. Het is anders gelopen dan je had gehoopt.'

Cami, in een zwart positiebadpak, lag als een geplopte kurk in een opblaasdonut in het water te dobberen en zei uit de grond van haar hart: 'Gaat het ooit anders?'

'Hij heeft je teleurgesteld,' zei Nella op meelevende toon. 'Hij heeft je het idee gegeven dat het het begin van iets serieus was.'

Aangezien ze het duidelijk wisten, had het geen zin om het nog langer te ontkennen. Maeve knikte. 'Ik geloofde hem. En niks ervan was waar. Ik voel me zo stom.'

'Och liefje, zo moet je niet denken.' Lizzie boog zich naar haar toe en omhelsde haar, en Maeve kreeg een brok in haar keel van de vriendelijkheid van de vrouwen om haar heen.

'Maar vertel het alsjeblieft niet aan mijn vader. Ik wil niet dat hij het weet. Hij zou zo teleurgesteld in me zijn.'

'We vertellen het hem niet,' beloofde Lizzie.

'Maar hij zou heus niet teleurgesteld zijn in jou,' deed Nella een duit in het zakje. 'Dat is een ding dat ik zeker weet. Hij is zo trots op je, dat weet iedereen. En Dane Cruse is gewoon een misbaksel.'

Maeve knikte. Lizzies armen lagen nog steeds om haar heen en ze rook de geur van haar dure parfum.

'Ik vind het gewoon heel erg dat ik zo stom ben geweest om erin te trappen. Ik dacht dat hij me echt leuk vond.'

'Ja, zo doen ze dat,' zei Nella.

'Maar hoe weet je dan of ze liegen?' Maeve vroeg het bijna smekend. 'Ik bedoel, hoe kun je ze ooit vertrouwen?' Ze wist één ding zeker, geen onenightstands meer voor haar.

'We hebben het allemaal meegemaakt,' zei Nella. 'Er is niet een of ander magisch antwoord op die vraag. Sommige mannen zijn goed. Andere zijn slecht maar heel erg goed in je laten denken dat ze goed zijn. En weer andere zijn gewoon slecht en doen niet eens de moeite om dat te verhullen.'

'Zoals Tristan Peverell,' bemoeide Cami zich ermee vanaf haar roze opblaasdonut. 'Wat een zak is dat.'

'Maar Hugo is bijvoorbeeld iemand die door en door goed is,' vertelde Nella.

'Maar dat kun je nooit zeker weten,' zei Cami. 'Neem mij nou. Ik dacht ook dat Simon perfect was.' Ze peddelde met haar handen door het water om de opblaasdonut rond te laten draaien. 'En ik weet zeker dat zijn nieuwe vriendin dat ook denkt.'

'Vertel mij wat,' riep Lizzie uit. 'Ik ben een keer als een blok voor iemand gevallen, terwijl al mijn vriendinnen me voor hem hadden gewaarschuwd. Ik wist gewoon zeker dat ze het mis hadden, dat ik degene zou zijn die hem zou weten te temmen, omdat hij tegen me had gezegd dat ik heel anders was dan alle andere vrouwen. En ik was zo verliefd dat ik alles geloofde wat hij zei. Tot ik een keer thuiskwam en hem samen met mijn psychotherapeute in bed aantrof!'

De onthulling werd met kreten van afschuw en verrukking ontvangen. Cami zei: 'Maar dat heb je niet verteld in je autobiografie!'

'Daar zijn we nog niet. Maak je niet druk, het komt vanzelf aan de orde. Nella?'

'Mijn verhaal? Oké.' Nella stond op en trok haar rode jurk uit over haar hoofd; eronder droeg ze een paarse bikini. 'Toen ik in Cannes werkte, in een hotel aan de Croisette, leerde ik een man kennen, en ik vond echt dat het heel goed ging tussen ons. Hij was leuk gezelschap, een getalenteerde kok en we maakten samen leuke uitstapjes...'

'En hij heeft jou bedrogen?' vroeg Lizzie verontwaardigd. 'Maar moet je jou nou eens zien, je bent een godin!'

Nella trok een gezicht. 'Eerlijk gezegd weet ik nog steeds niet wie wie heeft bedrogen. Maar het heeft drie maanden geduurd voordat ik erachter kwam dat het om een identieke tweeling ging.'

'O, neeeee!' Cami viel bijna uit haar donut.

'O, ja. En voor hen was het niet meer dan een lolletje. Ze vonden het bijzonder grappig.' Nella haalde haar schouders op en dook toen het zwembad in. Toen ze weer bovenkwam, vervolgde ze: 'En al hun vrienden wisten het ook. Het bleek dat iedereen had gewed op hoelang ze het zouden volhouden. Ik was echt de risee van Cannes.'

Iedereen slaakte een meelevende kreun en Nella, die tot aan haar borst in het water stond, maakte een elegante buiging.

'Kom,' zei Lizzie, en Maeve voelde dat ze omhoog werd getrokken. De veelkleurige solarlampjes sprongen aan en verlichtten de bomen om het zwembad terwijl ze zich beiden uitkleedden.

'Ik voel me al stukken beter,' zei Maeve glimlachend.

'Mooi zo.' Lizzie pakte haar hand en ze renden samen naar het zwembad, waarin de gekleurde lichtjes werden weerkaatst in het water. Samen sprongen ze erin, zodat Cami en Nella hele golven over zich heen kregen.

'Maar ondanks al onze fouten en rampen,' zei Nella toen ze allemaal weer boven waren, 'blijven we het iedere keer weer proberen, want zo zitten mensen nu eenmaal in elkaar. En het is beter iets te proberen en te falen dan helemaal niets te proberen.'

'En ooit komt het misschien wel goed.' Lizzie, die inmiddels op haar rug dreef, hield haar duim en wijsvinger vlak bij elkaar. 'Al is de kans maar zo klein, dan is het toch de moeite waard, vinden jullie niet?'

'Ze heeft het over Nick. Alweer,' zei Cami grijnzend. 'Hij lijkt me een aardige man. Hij zou weleens een van de goeden kunnen zijn. Maar helemaal zeker weten doen we dat nooit, toch?'

'Ik hoop alleen dat niemand van jullie een oogje op hem heeft.' Lizzie sloeg plagend een golfje in Cami's richting. 'Want ik was hier eerst en ik ben nog steeds van plan hem weg te kapen.'

30

Soms kreeg je ineens iets in je schoot geworpen.

Lizzie zat 's ochtends koffie te drinken op het dakterras, terwijl ze haar gedachten liet dwalen over hoe ze aan Nick kon laten merken dat ze hem wel zag zitten. De zon verwarmde haar gezicht en armen en benen. Zo meteen zou ze even gaan zwemmen. Maar ondertussen had ze al twee koffie op en een halve liter water en stond haar blaas op springen.

In de badkamer op de bovenverdieping zat een grote spin. Echt groot. Haar moeder, die doodsbang was voor spinnen, had ze vroeger altijd doodgeslagen met een schoen of een boek omdat ze, als je ze buiten zou zetten, misschien wel terugkwamen met al hun vriendjes.

Maar haar moeder zat lekker ver weg en Lizzie was een volwassen vrouw. Bovendien was ze niet bang voor spinnen. Ze schepte de spin dan ook voorzichtig op in haar hand, klom op de wc en maakte met haar andere hand het kleine schuifraam open. Daarna zette ze de spin op de vensterbank en keek hem na terwijl hij zich weghaastte. Ze bleef nog even staan om het uitzicht vanaf deze plek te bewonderen. Ze kon Hay Hall zelfs zien, en er stond iemand achter de ezel in de woonkeuken, maar het was niet Dane Cruse.

En hij danste ook niet als een krankzinnige in het rond. Dit was de kleinere, sjofelere jongen die voor Dane werkte en zijn filmpjes opnam. Terwijl Lizzie keek, legde hij zijn palet neer, haalde het doek van de ezel en zette het tegen een doos. Daarna plaatste hij een ander doek op de ezel dat al half beschilderd leek te zijn; zelfs van een afstandje kon Lizzie een achtergrond van een lucht en bergen zien.

Ineens herinnerde ze zich waarom ze eigenlijk naar de badkamer was gekomen, en ze stapte van het wc-deksel af en gebruikte de wc voor een wat traditioneler doeleinde.

Lizzie had om meer handdoeken gevraagd en Nella had Maeve opdracht gegeven om die te brengen. Toen Maeve tien minuten later weer vertrok uit Pine Lodge dacht ze na over wat Lizzie tussen neus en lippen door had verteld over de sjofele assistent van Dane Cruse. Voor Lizzie was het allemaal niet erg boeiend geweest, maar Maeve had plotseling twee stukken van een puzzel in haar hand.

En die leken nog in elkaar te passen ook.

Het was tussen de middag en Dane was haar een paar minuten eerder gepasseerd toen hij in zijn auto het complex af was gereden. Haar hart was op hol geslagen bij de gedachte dat hij misschien zou afremmen, zijn raampje naar beneden zou draaien en haar zou aanspreken... en zich misschien zelfs wel zou verontschuldigen en zeggen dat hij het niet zo had bedoeld.

Maar dat was niet gebeurd. Hij had haar alleen maar een kort knikje gegeven en een hand opgestoken, en vervolgens had hij iets gezegd tegen de vrouw op de passagiersstoel. Die haar hand op een bezitterige manier op Danes dijbeen had liggen, had Maeve gezien toen ze langs waren gereden.

Aha, ze was zó'n soort verzamelaar. Ze had het kunnen weten. Maar hoe dan ook, hij was weg, net als de vrouw. En ze wist dat Billy er nog was, want vanaf deze kant van de hoge schutting kon ze gespetter horen in het zwembad. Gespetter en gehoest, gevolgd door nog meer gehoest.

Maeve fronste en verplaatste het gewicht van de zware mand. Het was echt geen stalken als ze even ging kijken; per slot van rekening werkte ze hier. Toch deed ze het hek heel zacht open en bleef ze op het smalle tegelpad lopen, het grind dat haar zou verraden vermijdend.

En daar had je hem, alleen in het zwembad. Hij maakte een paar onhandige slagen en verdween toen onder water. Terwijl ze toekeek, verdween hij uit beeld, zette vervolgens zijn voeten op de bodem en duwde zich weer omhoog, happend naar adem en sputterend en gefrustreerd vloekend.

'Oké, stop!' Maeve haastte zich naar de rand van het bad en stak haar arm op om zijn aandacht te trekken. 'Sorry, maar dat kan zo echt niet.'

Billy knipperde met zijn ogen en tuurde naar haar door het gordijn van haar dat op zijn gezicht zat geplakt. 'Wat? Het gaat prima. Ik ben gewoon aan het zwemmen.'

'Nou, niet echt, hè?' Vanaf de rand van het bad keek ze boos naar hem. 'Je was niet aan het zwemmen, je was aan het zinken. Je probeerde jezelf te leren zwemmen, maar dat is niet iets wat je in je eentje moet doen. Dat is gevaarlijk.'

'Zo diep is het ook weer niet,' reageerde hij nors.

'Dat hoeft ook niet. Ik liep toevallig langs toen ik je bijna hoorde stikken. Een jongen uit mijn klas is verdronken in een bad dat nog geen meter diep was.' Ze keek hem hoofdschuddend aan. 'Er moet altijd iemand bij je zijn.'

'Wat kom je hier eigenlijk doen?' Zichtbaar ongemakkelijk veranderde hij van onderwerp. 'Als je soms voor Dane komt, hij is er niet.'

'Dat weet ik. En ik hoef hem sowieso niet te zien.'

'Nou, eergisteren kon je niet van hem afblijven. En gisterochtend ook niet. Tot...'

'Ja, zeg het maar.' Maeve voelde haar keel samenknijpen. 'Tot hij me dumpte. Dat heeft hij je vast wel verteld, en jullie zullen me ook vast achter mijn rug om hebben uitgelachen.'

'Hij lachte. Ik niet. Hij doet dit soort dingen continu.' Billy veegde het haar uit zijn ogen. 'Hij vindt het leuk om mensen uit te lachen.'

Maeve voegde in haar hoofd weer een stuk aan de puzzel toe.

'Probeer je jezelf daarom soms te leren zwemmen?'

'Hij pest me er steeds mee,' mompelde hij.

Ja, natuurlijk. 'En hoelang duurt het voordat ze terugkomen?'

'O, die zijn nog uren weg. Ze zijn naar Cirencester.'

'Oké,' zei ze schouderophalend. 'Als je wilt kan ik wel even blijven om een oogje in het zeil te houden.'

'Als een babysitter?'

'Meer als iemand van de reddingsbrigade, lijkt me. Of anders kan ik je wel leren zwemmen als je dat wilt.'

'O, je bent ineens een expert op dat gebied?'

'Ik heb het van mijn vader geleerd. En ik durf te wedden dat ik het jou ook wel kan leren.'

Hij nam haar achterdochtig op. 'Waarom zou je dat willen?'

'Hallo? Om te voorkomen dat je verdrinkt misschien? En ook om een einde te maken aan die pesterijen van die baas van je.'

'Nou, vooruit dan maar.' Hij klonk niet alsof hij bijster veel vertrouwen in haar had. 'Je kunt het altijd proberen.'

'Dan ren ik gauw even naar huis om een badpak aan te trekken.' Ze gebaarde dat hij het zwembad uit moest komen. 'En niet weer het water in gaan, oké?' Ze keek hem streng aan. 'Wacht tot ik terug ben.'

Twee uur later, terwijl Billy voor de honderdste keer buiten adem bovenkwam, vroeg hij: 'Ben ik er al bijna? Ik heb het gevoel van wel. Ga iets naar achteren en laat het me nog een keer proberen.'

'Nog één keertje dan. Maar je moet rustiger ademen en proberen ontspannen te blijven.' Ze deed een paar passen naar achteren in het water, omdat hij de psychologische hulp van haar hand op zijn borst inderdaad niet meer nodig had. 'Denk eraan, niet je lichaam buigen. Je hoofd rechthouden en je benen spreiden... ja, zo. En nu de vingers tegen elkaar en je handen gebruiken om het water echt weg te duwen... Heel goed. Ga door, nog iets verder. Ja, perfect! Hoera!' Ze klapte in haar handen en stapte opzij toen

Billy langs haar heen terugzwom naar de kant.

Triomfantelijk, met glinsterende roodomrande ogen, draaide hij zich naar haar om. 'Ik kan het! Ik kan zwemmen!'

Nou ja, min of meer, en hooguit een paar meter. Het ging gepaard met veel gespetter en zag er slordig uit, maar het was stukken beter dan als een anker wegzinken in het water. Hij was op de goede weg.

'Ik zei het je toch? Ik ben een fantastische zwemlerares.' Ze keek hem grijnzend aan. 'Maar we kunnen beter ophouden. Dit is genoeg voor één dag. En ik heb dorst gekregen.'

In de keuken, met een donkerblauwe baddoek om zich heen geslagen, ging Maeve op een kruk zitten terwijl Billy een mok thee voor haar maakte.

'Dank je.' Ze wees naar de rij doeken in verschillende stadia van voltooiing die tegen de openslaande deuren stonden. 'Ze zijn erg goed. Hij verkoopt als een gek, hè?'

'Ja.' Billy ging op de kruk aan de andere kant van de ontbijtbar zitten. 'Voornamelijk aan vrouwen.'

'Je werkt wel voor hem,' begon ze voorzichtig, 'maar je lijkt hem niet erg te mogen.'

'Je hoeft iemand niet te mogen om voor hem te werken.' Hij haalde nonchalant zijn schouders op. 'Het is gewoon een baan.'

Maeve blies in de hete thee en zette haar mok neer. 'En je zit er echt niet mee dat jij al het werk maakt en dat hij met de eer gaat strijken?'

Langzaam boorde hij zijn blik in de hare. En nog langzamer zei hij: 'Ik weet niet waar je het over hebt.'

'Hé, het geeft niet. Ik zal het verder aan niemand vertellen.' Ze nam een slokje van haar thee. 'En ik ga ook niemand chanteren. Ik ben gewoon benieuwd.'

Hij verstijfde een beetje. 'Weet Dane dat je het weet?'

'Hij heeft geen flauw idee. En ik zal het hem niet zeggen ook. Het kwam door hoe jij reageerde toen ik gisterochtend de keuken in kwam. En de verf op drie van de doeken was nog steeds nat toen ik voor de tweede keer beneden kwam, terwijl ik wist dat Dane de hele nacht niet bij ze in de buurt was geweest. Zo langzaam droogt acrylverf niet.'

'Goed gedaan, Jessica Fletcher.'

'O, vond jij dat ook zo'n leuke serie? Maar je hoeft je echt geen zorgen te maken. Anders dan je baas ben ik een aardig mens. En ook een behoorlijk slim mens.' Ze wierp hem een geruststellend lachje toe. 'Ik heb gisteravond al zijn filmpjes nog eens bekeken. En als je het eenmaal weet, is het niet zo moeilijk om te zien wat er gebeurt. Jij begint aan de schilderijen en dan danst hij later een beetje om de doeken heen en kwakt er hier en daar wat kleur op, maar echt schilderen zie je hem nooit. En omdat niemand zin heeft om te kijken naar een filmpje waarin je vanaf begin tot einde ziet hoe een schilderij wordt gemaakt, plak je wat beelden aan elkaar. Elk filmpje duurt hoogstens een paar minuten. En dan boem, het kan in de verkoop, en hup, verder met het volgende doek.'

'Het werkt,' zei Billy. 'Hij is een showman. Iedereen is gek op hem. Als ze wisten dat ik de kunstenaar was, zouden ze geen enkele belangstelling hebben. Ik ben te lelijk. Te saai.'

'Wat? Billy, dat moet je niet zeggen!'

'Maar het is zo. Ik ben niet gek.' Met iets van verbittering in zijn stem mompelde hij: 'Zelfs als hij steeds zegt dat ik dat wel ben.'

Maeve werd overspoeld door medelijden. 'Maar hoe is het allemaal zo gekomen?'

'Hij zag mijn werk, zo'n tweeënhalf jaar geleden. Ik had een kraam gehuurd op zo'n kerstmarkt in de hoop een paar schilderijen te verkopen, maar het was een regelrechte ramp. Het regende de hele dag en niemand toonde belangstelling. Hij kwam net langslopen toen ik aan het eind van de dag aan het inpakken was en we raakten aan de praat. Hij was heel lovend, zei dat mijn stijl hem wel beviel, wilde een visitekaartje hebben en zei dat hij misschien wel iets voor me kon doen. En een week later, net toen ik de hoop al had opgegeven, belde hij me en zei dat hij een voorstel voor me had, als ik daar belangstelling voor had.' Billy slaakte een zucht en veranderde van houding. 'We maakten een afspraak en hij vertelde me over zijn plan. Hij had iets op Instagram gezien – een Japanse gast die een echte kunstenaar was en die een soort popsterpersonage van zichzelf had gemaakt. Maar Dane was geen kunstenaar, en daarom had hij iemand als mij nodig. Het was natuurlijk niet iets waarvan ik altijd had gedroomd. Maar ik voelde me wel gevleid en daarom heb ik ja gezegd.'

'En sindsdien werk je voor hem.' De volgende vraag zouden veel mensen waarschijnlijk niet hebben gesteld, maar Maeve deed het toch. 'Hoeveel betaalt hij je ervoor?'

Billy snoof. 'Niet veel.'

'Om en nabij.'

'Nou, hij betaalt de reiskosten. Hotels, vluchten, eten. En verder is het per doek.'

Maeve had Danes carrière wel zo goed gevolgd dat ze wist voor hoeveel zijn schilderijen verkocht werden. Het ging echt om heel veel geld – geld dat zij bijvoorbeeld nooit zou kunnen ophoesten. Ze wees naar het doek dat op de ezel stond. 'Wat krijg je voor dat daar?'

Hij trok een gezicht. 'Dat wil je niet weten.'

'Jawel.'

'Veertig.'

Er klotste thee uit haar mok. 'Veertig! Veertig pond? O mijn god, echt waar?'

'Ik weet het, ik weet het. Je hoeft het me niet te vertellen. Ik ben een idioot.'

'Ik ook. Maar jij bent tenminste niet zo stom geweest om met hem naar bed te gaan. Tenzij...'

Hij begon te lachen. 'Nee, dat gelukkig niet.'

'Maar echt. Je zou veel meer moeten krijgen. Wat een afzetterij. Het is gewoon slavenarbeid.'

'Ik haat het om voor hem te werken.' Alle rancune kwam er nu uit. 'Hij heeft zelfs een keer gezegd dat hij het niet prettig vindt om naar me te kijken.'

Maeve werd woest. 'Maar Billy, dat is vreselijk. Hij is een verschrikkelijke man.'

'Ik ben eenzaam.' Hij haalde zijn schouders op. 'En ik heb er genoeg van. Soms snap ik gewoon niet dat ik het al zo lang volhoud.'

'Heb je nooit meer geprobeerd om iets van je eigen werk te verkopen? Online, bedoel ik.'

'Dat heeft geen zin. Wie heeft daar nou belangstelling voor?'

'Dat weet je pas als je het probeert. Ik volg heel veel kunstenaars op Instagram en meestal heb ik geen idee hoe ze eruitzien, ik ken alleen de schilderijen die ze hebben geüpload. Het gaat om het werk.'

Hij fronste. 'Ben je daarom soms hier? Om Dane in de problemen te brengen? Om wraak te nemen?'

'Ik ben hier omdat ik dacht dat je aan het verdrinken was,' bracht ze hem in herinnering. 'Ik kon niet weten dat je er zo'n hekel aan hebt om voor hem te werken. Maar ik kan er gewoon niet tegen als mensen slecht behandeld worden.' Ze dronk haar mok leeg en trok toen haar poloshirt en korte broek weer aan over haar nog vochtige badpak. 'Maar ik ben niet je moeder. Je moet zelf beslissen wat je doet. Het maakt mij niet uit.'

Toen Maeve om vier uur klaar was met haar werk en naar huis ging, zag ze voor de Cedars een auto stoppen. Ze had hard gewerkt om het huis op orde te brengen voor de nieuwe gasten, en het zag ernaar uit dat ze eindelijk waren gearriveerd.

31

Toen Nella naar de Cedars ging om de late gasten te verwelkomen, had ze niet verwacht bij de deur te worden begroet door Jed Diamond.

Maar hij was het echt.

'Wauw.' Verbaasd deed ze een stap naar achteren. 'Hallo.'

'Ik heb dit complex gegoogeld,' zei hij tegen haar met iets zelfvoldaans in zijn stem. 'Het leek me wel leuk om eens te proberen.'

Nella hoefde hem niet te vragen hoe hij wist waar ze werkte; ze had laatst nog met Trish gebeld en die had haar verteld dat ze een andere vriendin, Louise, had gezegd waar Nella nu werkte. En Louises broer Jay was een vriend van Jed. Connecties waren als de tentakels van een inktvis, en Jed kende ongeveer iedereen in Manchester.

Ze zei: 'Je hebt niet onder je eigen naam gereserveerd.'

'Jawel, hoor.' Hij gebaarde dat ze binnen moest komen.

'Jeremy Browning? Is dat je echte naam?'

'Ik weet het. Niet echt een showbizznaam. Bovendien heette mijn vader ook zo en hij was een klootzak. En daarom ben ik Jed Diamond geworden.' Op droge toon eindigde hij: 'Klinkt duurder. Denk aan diamanten ringen, diamanten...'

'Hoorde ik daar het woord ringen?' Achter hem kwam Karina Carr de trap af op torenhoge hakken en in een flamingoroze zijden jumpsuit. 'Is dat soms een clou?' Onderaan de trap gekomen wuifde ze naar Nella. 'Hoi, wat een te gek huis is dit! Jij bent toch degene die al onze wensen kan inwilligen? Ik ben morgen jarig, dus ik wil dat er morgenvroeg om halfelf iemand komt om mijn haar en make-up te doen.'

Brr.

'Ik zal mijn best doen, maar het is wel kort dag.'

Karina leek beledigd. 'Op jullie website staat dat jullie alles kunnen regelen.'

Jed schudde zijn hoofd. 'Je kunt ook vragen of Beyoncé hier voor je kan komen optreden, maar dat zou ook niet gebeuren, toch?'

'Nou ja, probeer het toch maar.' Karina was zichtbaar geïrriteerd. 'Maar ik ga een Insta Live doen en mijn volgers verwachten dan dat ik er oogverblindend uitzie.'

'Ik ga echt mijn best doen,' zei Nella weer.

Jed vroeg: 'En die privékok voor morgenavond? Dat is geregeld?'

Hij was in elk geval zo slim geweest om die reservering van tevoren te maken.

Nella knikte. 'Alastair is een fantastische kok. Je zult het heerlijk vinden.'

'Oké.' Karina begon af te tellen op haar vingers. 'Maar kun je hem laten weten dat ik geen asperges, geen mosterd en helemaal niets met broodkruimels eet?'

Nella maakte snel aantekeningen op haar telefoon. 'Je bedoelt helemaal geen gluten?'

'Nee, gluten zijn te gek. Ik hou alleen niet van de textuur van broodkruimels. O.' Ze klaarde ineens op. 'Zeg maar dat ik dol ben op burgers.'

'Oké.' Arme Alastair.

Maar Karina was nog niet klaar. 'En geen verse kruiden, want het is heel irritant als er van die stukjes tussen je tanden gaan zitten. En absoluut geen azijn, want azijn is gewoon vies. En niets met ogen! Dat vind ik echt walgelijk!'

'Niets met ogen,' mompelde Nella terwijl ze deze instructie aan de steeds langere lijst toevoegde. Alastair zou morgen zijn bloeddruk goed in de gaten moeten houden, zoveel was zeker.

'Goed, dat was het. Tenzij we een harpist willen?' opperde Karina vrolijk. 'Zou dat niet leuk zijn?'

'Ik geloof niet dat we dat willen,' zei Jed.

'Zullen we dan maar gaan?' Ze keek Nella stralend aan. 'We gaan shoppen in Bath. Heb je mijn laatste filmpje op insta gezien?'

'Sorry, dat heb ik waarschijnlijk net gemist.' Nella zei het alsof ze het meende.

'We zaten gisteren vast in het verkeer, dus toen heb ik alvast mijn cadeaus uitgepakt. Maar ze waren niet goed, en daarom gaan we het vanmiddag nog een keer proberen.' Karina knipoogde. 'Hij zal het nu vast beter doen!'

Nella wisselde even een blik met Jed voordat hij zich omdraaide. Zag hij werkelijk niet hoe verkeerd Karina voor hem was? Als je haar op tv zag, waarop ze zichzelf altijd als een overdreven hebberige vrouw presenteerde, werd het je algauw te veel, en nu bleek ze in het echte leven precies zo te zijn!

Een golf van heimwee had Nella overspoeld toen ze op weg naar huis de oude Alfie Baines tegen het lijf was gelopen. Alfie had herinneringen opgehaald aan vroeger, toen hij en haar grootvader samen op het landgoed hadden gewerkt en strijd hadden geleverd om wie de beste groente had gekweekt voor het jaarlijkse oogstfeest. Zijn eigen kleinkinderen, vertelde hij trots, hadden hem als gezamenlijk cadeau zo'n mobieltje gegeven voor zijn verjaardag, en hij had er nu allemaal oude familiefoto's op staan, zodat hij die altijd bij zich had en kon bekijken wanneer hij maar wilde. Pure magie!

'Ik heb er ook eentje van Vernon en mij.' Met een bibberige duim scrolde hij langs de foto's en liet hem haar toen trots zien. 'Kijk, daar zijn we de bomen aan het snoeien in de boomgaard achter Starbourne Manor. We zien er best goed uit, hè? Al zeg ik het zelf.' Terwijl Nella naar de foto keek, vervolgde hij grinnikend: 'Ik dacht wel dat je die leuk zou vinden.'

Ze schatte dat de mannen toen ergens in de dertig waren geweest. Ze hadden zware snoeischaren en zagen bij zich en maakten een vrolijke indruk terwijl ze in hun werkkleren en met gebruinde gezichten lachend in de camera keken.

'Een mooi stel,' zei ze tegen hem, en hij schonk haar een tandeloze grijns.

'O, ik had ook zo mijn momenten. Ja, dat was de goeie ouwe tijd. Wil je dat ik er een afdruk van maak? Dan stop ik die in je brievenbus.'

Zijn kleinkinderen moesten hem blijkbaar nog wat meer over zijn nieuwe toestel leren. Een glimlach onderdrukkend zei ze: 'Je kunt hem me ook gewoon sturen met je telefoon.'

Alfie keek haar verbijsterd aan. 'Nou, dat zul je dan zelf moeten doen.'

Weer thuis, nadat ze een douche had genomen en een afgeknipte spijkerbroek en een wit hemdje had aangetrokken, nam ze haar dierbaarste schat mee naar beneden. Waar ze ook woonde, het houten kistje was altijd met haar meeverhuisd. Het was voor haar gemaakt door haar grootvader – die vele talenten bezat, waaronder timmerkunst – en het was een prachtig kistje, eenvoudig van ontwerp, met als enige versiering haar naam in het deksel gesneden.

In het kistje bewaarde ze alle aandenkens die ze in de loop der jaren had verzameld. Lievelingsfoto's, schoolrapporten, brieven en ansichtkaarten van mensen van wie ze had gehouden… alles wat maar een glimlach op haar gezicht toverde. En af en toe een traan, maar dat was oké. Terwijl ze zich in kleermakerszit op de bank nestelde met een blikje fris en een zak chocolaatjes, liet ze haar vinger glijden over haar naam – Antonella – die nauwgezet in het glanzende walnotenhout was gesneden. Daarna opende ze het deksel en pakte de bovenste foto eruit, die van haar moeder en haarzelf…

Toen er twintig minuten later op het raam werd getikt, schrok ze zo dat er frisdrank over haar blote been klotste.

Nick, die door het raam zag wat er gebeurde, zei: 'Sorry.'

'Ik wilde je niet laten schrikken,' zei hij toen ze de deur voor hem opendeed.

Hij rook altijd zo lekker.

'Het geeft niet. Ik was heel ver weg.'

'Je loopt mank. Heb je je bezeerd?'

Nella glimlachte. 'Mijn voet slaapt. Kom verder.'

'Ik wilde even zien of alles in orde was. Ik heb Maeve net gesproken. Ze zei dat de nieuwe gast in de Cedars Jed Diamond is.' Hij nam haar bezorgd op. 'Wat moet hij hier?'

'Maak je niet druk, het is oké. Zijn vriendin is een beetje over the top, maar dat is zijn probleem, niet het onze.' Terwijl hij haar naar de huiskamer volgde, zei ze: 'Ik heb geen wijn, maar er is sinaasappelsap of anders fris.'

'Fris is goed.' Hij knikte naar het houten kistje op tafel en de foto's die eromheen lagen uitgespreid. 'Wat is dat allemaal?' vroeg hij terwijl hij op de bank ging zitten.

'Mijn leven. Nou ja, de mooiste gedeeltes ervan.' Ze gaf hem het blikje dat ze uit de keuken had gehaald en liet hem een foto van haar grootvader zien, die straalde van blijdschap met een huilende, rood aangelopen baby in zijn armen. 'Dat ben ik met mijn opa.'

'Nou, hij lijkt gelukkiger dan jij,' merkte Nick geamuseerd op. 'Hoe oud was je daar?'

'Ongeveer een halfjaar. Volgens mijn opa krijste ik omdat ik van hem niet met de kettingzaag mocht spelen.'

'Wreed.' Hij pakte een andere foto. 'En is dit je moeder?'

'Ja, dat is Geraldine. Die me ongetwijfeld wel met een kettingzaag had laten spelen, want dan zou ik haar tenminste met rust hebben gelaten.'

'Dat meen je niet.'

Nella haalde haar schouders op. 'Ze kon er niets aan doen. Ze was ziek. Ze schijnt een keer in slaap te zijn gevallen terwijl ik een vijver in kroop. Een van de andere mensen uit de commune heeft me nog precies op tijd gevonden.'

Nick schudde zijn hoofd. 'Gewoon wonderbaarlijk hoe jij uit die hele toestand bent gekomen. En deze? Is dat je vader?'

'Nee, dat was iemand bij wie we ooit woonden. Ik weet niet meer hoe hij heet, maar hij deelde zijn eten met me. En hij heeft me een keer een jas gegeven toen ik het koud had.'

'Jezus, het is bijna niet voor te stellen.' Nick wierp een blik op de andere foto's op tafel. 'Hoe zag je vader eruit?'

Ze voelde ineens allemaal vlinders in haar buik en ze wist niet of het kwam door de nabijheid van Nick of omdat ze aan haar vader dacht. 'Lang. Donker haar. Mooie lach.'

'Heb je foto's van hem?'

'Nee.'

'Wat? Helemaal niet?'

'Nee.' Nella haalde haar schouders op; haar jeugdherinneringen waren verschoten en rafelig aan de randen als oude spijkerstof. 'Volgens mij had hij een vriendelijk gezicht, maar meer kan ik me eigenlijk niet herinneren. Mijn opa heeft me verteld dat hij lang was. En mager. Met lang donker haar en soms ook een snor. Meer weet ik niet.'

Toen Nick een chocolaatje uit de zak op tafel pakte, raakte zijn arm heel even haar knie, wat een reactie – zoef, poef, oef! – door haar hele lijf veroorzaakte. Omdat ze hem daar niets van wilde laten merken, nam ze gauw een slokje fris. Ze deed dat echter zo gehaast dat de helft over haar kin droop.

Heel sexy weer.

'Heb je nooit geprobeerd meer over hem te weten te komen?' vroeg hij.

'Hij heeft ons in de steek gelaten. Hij is gestorven aan een overdosis heroïne. Hij is dood,' zei ze op vlakke toon. 'Hij komt niet meer terug. Wat valt er nou nog meer te weten?'

'En zijn familie? Heb je je ooit afgevraagd wie dat zijn?'

'Soms. Niet vaak. Ben ik dan abnormaal?'

Hij schudde zijn hoofd. 'Nee.'

Maar wat als hij stiekem dacht van wel? Zelf had ze zich dat vaak genoeg afgevraagd.

'Ik weet dat het niet hetzelfde is,' zei ze, 'maar van mensen die geadopteerd zijn hoor je ook weleens dat ze pas nieuwsgierig worden naar hun eigen familie als ze zelf kinderen krijgen. Misschien krijg ik die behoefte ooit nog.'

'Het lijkt me een lastig dilemma.'

'Ja.' Ze legde haar hoofd in haar nek en biechtte hem haar grootste angst op. 'Stel dat ik ze leer kennen en ze dan niet mag? Of zij mogen mij niet? Het is makkelijker om dat risico gewoon te vermijden.'

'Natuurlijk zouden ze je mogen.' De por die hij haar gaf was deze keer niet per ongeluk. 'Waarom niet? Maar goed, jij moet het zelf beslissen. Er bestaan geen regels voor. Behalve de regel dat je me die ene foto daar laat zien...'

'Ik had het kunnen weten dat je die zou zien liggen.' Ze lachte toen hij de foto pakte, stiekem hopend dat zijn hand haar knie weer zou aanraken. Maar dat gebeurde niet.

'Natuurlijk zag ik hem meteen. Moet je jullie eens zien.'

'Ik weet het. We zien er niet uit.' Het was de minst flatteuze foto in haar verzameling, maar ze was er dol op. Omdat ze geen geld had gehad om naar de kapper te gaan, had ze haar eigen haar geknipt met de keukenschaar, met als resultaat dat ze eruit had gezien als een vogelverschrikker. Om het nog erger te maken had ze haar haren ook nog gebleekt met chloor, met alle voorspelbare gevolgen van dien. En daar had je haar en Hugo, op weg naar een halloweenfeest, met hun ogen en monden theatraal zwart gemaakt en angstaanjagende gezichten trekkend naar de camera.

'Wauw, wat een te gekke pruik,' zei Nick.

'Was het maar een pruik geweest,' verzuchtte Nella. 'Ik zat toen in mijn onconventionele fase. Dat was mijn echte haar.'

'Nou, dat kun je inderdaad wel onconventioneel noemen. Hoe oud was je?'

'Zestien.'

'En wie is dat?'

'Hugo!'

'Ha!' Nicks gezicht was echt een plaatje. 'Ik herkende hem niet met die vampiertanden. Zelf heb ik ook een fantastische foto van hem die is genomen na een rugbywedstrijd op school... Wacht, ik heb hem ergens op mijn mobiel...' Hij pakte zijn telefoon en begon te scrollen. 'Kijk.'

Op de foto zat Hugo van top tot teen onder de modder alsof hij net, grijnzend en wel, was opgedoken uit een moeras. Je kon alleen zijn ogen en tanden zien.

'Nu wil ik ook foto's van jou zien,' zei ze.

Een uur lang toonden ze elkaar foto's en vertelden ze verhalen over hun leven vanaf hun puberteit tot nu. Ze zag heel veel foto's van Nick met steeds weer een andere vriendin, tijdens dates, uitstapjes en vakanties. Er waren ook foto's van zijn ouders, die er heel aardig uitzagen en ook zo normaal dat ze stiekem een beetje jaloers werd. Gefascineerd keek ze naar iedere foto van Nick met zijn ouders, met kerst, op verjaardagen, rommelend in hun achtertuin, lachend tijdens een bezoek aan een alpacaboerderij, en dik ingepakt op weg naar huis na een nieuwjaarsborrel in het plaatselijke café, terwijl de sneeuwvlokken om hen heen dwarrelden.

'Hé,' fluisterde hij. 'Gaat het?'

Nella was zo opgegaan in zijn beschrijvingen van iedere foto dat ze het gevoel had gekregen dat ze er daadwerkelijk bij was geweest, giechelend toen een alpaca zijn oom Eddie dreigde te bespugen, en naar adem happend van schrik toen zijn moeder uitgleed op de besneeuwde weg en in een heg belandde.

Voor ze het besefte viel er een traan op het schermpje en pas toen drong tot haar door dat haar gevoelens alle kanten uit buitelden. Terwijl ze het schermpje snel droogde met haar duim, schudde ze haar hoofd. 'Sorry, soms word ik ergens door geraakt en dan word ik een beetje… je weet wel. Gewoon niet op letten.'

Nick schoof naar haar toe; ze kon zijn lichaamswarmte voelen toen hij haar scheef aankeek. 'Daar hoef je je toch niet voor te verontschuldigen.'

Nella knipperde verwoed met haar ogen om haar tranen tegen te houden, maar het was al te laat; er biggelde er al eentje over haar wang. Ze wilde hem met haar hand wegvegen, maar Nick was haar voor. Ze ademde de geur van zijn huid in, onderdrukte een verwarrende rilling van lust – want lust en huilen gingen niet samen – en probeerde van onderwerp te veranderen. 'Volgens mij heb je een heel leuke moeder. En ook een leuke vader.'

'Als ze hier de volgende keer op bezoek komen, zal ik ze aan je voorstellen. Jullie kunnen het vast heel goed met elkaar vinden.'

Ze keek hem aan. 'Denk je?' De adrenaline racete door haar aderen. Omdat ze niet in staat was zijn blik te beantwoorden, concentreerde ze zich op zijn mond. God, wat had hij een mooie mond, echt heel kusbare, onweerstaanbare lippen…

32

Nicks telefoon, in haar hand, ging ineens over. *Trinnnggg*! Ze schrokken zich allebei wild. Met een klap weer met beide benen op de grond las Nella de naam op het schermpje en zei: 'Het is Hugo.'

'Hé man!' riep Hugo toen Nick opnam. 'Ik sta voor je huis maar je doet niet open. Waar ben je?'

Waren ze zo in elkaar opgegaan dat ze geen van beiden het geklop hadden gehoord? Nog steeds een beetje van slag nam Nella een slok van haar fris, waarbij ze er deze keer als door een wonder in slaagde om niet te morsen.

Vooruitgang noemden ze dat.

'Ik ben bij de buren,' zei Nick.

'Wat? Bij Dora Catchpole?' Hugo klonk stomverbaasd, want dat was ook Hugo – hij was weliswaar intelligent maar zag soms de meest voor de hand liggende conclusies compleet over het hoofd.

'Aan de andere kant. Bij Nella.'

Twee seconden later verscheen Hugo voor het raam. Hij keek hen grijnzend aan terwijl hij drinkbewegingen maakte met zijn rechterhand.

'Verdomme, helemaal vergeten,' mompelde Nick. 'Hij had het gisteren over vanavond samen iets gaan drinken in de Angel. Dat is me echt helemaal ontschoten.'

Toen Nella opstond – waarom ging ze eigenlijk altijd in kleermakerszit zitten terwijl ze wist dat haar voeten dan gingen slapen – verloor ze bijna haar evenwicht en moest Nick haar snel opvangen. En daar waren de kriebels weer. Terwijl hij haar weer op de bank liet zakken, zei hij: 'Blijf zitten. Ik doe wel open.'

'Ik zag het heus wel, hoor,' kraaide Hugo toen Nick hem binnenliet. 'Misbruik maken van je personeel, schandalig gewoon, man! Dat moest niet mogen.' Hij omhelsde Nella enthousiast. 'Hij heeft je zeker dronken gevoerd? Hoeveel heb je er al gehad?'

'Helemaal niks, maar mijn voeten slapen en...'

'Wauw, moet je die zien!' Hugo stoof meteen op de foto's op de salontafel af. 'O ja, dat Halloween herinner ik me nog wel! Mijn god, wat zie ik eruit! En dan te bedenken dat ik die avond Lucy Johnson wilde versieren en dacht dat ze wel zou vallen voor mijn uiterlijk en charisma.'

'En?' vroeg Nick. 'Is ze ervoor gevallen?'

'Om de een of andere reden heeft ze me de hele avond genegeerd. Ze was helemaal in de ban van die stomme Joss Cardew. Ik snap er nog steeds niks van.'

'Geen smaak,' zei Nella troostend.

'Ik weet het!' Hugo trok een gezicht om de halloweenfoto te imiteren. 'Moet je zien. Onweerstaanbaar toch? Hopelijk heeft ze de afgelopen twintig jaar van me gedroomd en heeft ze nu nog spijt van haar verschrikkelijke fout van toen.'

'Vast wel.' Nella klopte op zijn arm en schikte toen de kraag van zijn overhemd die scheef zat.

'Dus gaan we nog naar de Angel?' Hugo keek Nick enthousiast aan. 'Ik wil het ergens met je over hebben.' Alsof hij zich ineens herinnerde dat zij er ook nog was, vervolgde hij tegen Nella: 'Je mag natuurlijk ook mee, als je wilt.'

Ze glimlachte, want ze begreep dat er iets was wat hij met Nick wilde bespreken. 'Nee, dank je, gaan jullie maar lekker met zijn tweetjes. Ik heb nog van alles te doen, en ik was sowieso van plan om vroeg naar bed te gaan.'

En ik ga niet eens denken aan wat dat vroeg naar bed gaan had kunnen zijn als jij niet langs was gekomen.

Hugo leek opgelucht. 'Zeker weten?' En toen, voordat ze de

tijd zou hebben om van gedachten te veranderen, voegde hij eraan toe: 'Nou, een ander keertje dan maar.' Hij wendde zich tot Nick. 'Kom, dan gaan we. Wie er het laatst is, trakteert!'

Toen Nick drie uur later naar huis liep, ging hij in gedachten de gespreksonderwerpen van die avond nog eens na. Hugo en hij hadden het eerst over zaken gehad, en hij had Hugo op de hoogte gebracht van de laatste ontwikkelingen met betrekking tot de aanvraag van een bouwvergunning voor nog een huis. De kans dat de aanvraag meteen zou worden goedgekeurd was klein, maar met wat aanpassingen zou het huis er uiteindelijk toch wel komen. Hij had ook terloops de foto's uit Nella's kistje ter sprake gebracht en het feit dat ze geen foto's van haar vader had en maar heel weinig herinneringen aan hem. Hugo was het met hem eens geweest dat dat heel droevig was en iets wat zij misschien maar moeilijk konden begrijpen, maar had ook gezegd dat Nella daar zo te zien niet onder gebukt ging.

En uiteindelijk, na nog wat biertjes om moed te verzamelen, had Hugo op fluistertoon verteld waarom hij hem vanavond per se had willen spreken. Hij had gevoelens ontwikkeld voor Cami en vroeg zich af of dat misschien wederzijds kon zijn.

Bot gezegd: oef!

Nick had knikkend het hele verhaal aangehoord, zich afvragend hoe het in godsnaam mogelijk was dat Hugo er steeds weer in slaagde om zijn eigen leven te saboteren. Soms was het net alsof hij het expres deed.

Hugo's haar stond alle kanten uit toen hij was uitgesproken, want hij had voortdurend nerveus over zijn hoofd gewreven. 'Nou, wat denk je?'

Ze waren al heel lang bevriend. Hugo was een van de aardigste mensen die hij kende en hij wilde hem echt niet van streek maken. Maar dit moest toch wel een van zijn allerstomste ideeën zijn.

'Wil je een eerlijk antwoord?' vroeg Nick met opgetrokken wenkbrauwen.

Hugo knikte verwoed. 'Natuurlijk.'

'Nou. Niet doen dan.'

'Waarom niet?'

De teleurgestelde blik in de ogen van zijn vriend werd Nick bijna te veel.

'Omdat het niet zou werken. En dat weet jij ook.'

Stilte. Toen nam Hugo een slok bier en zei gelaten: 'Ik denk dat ik eigenlijk al wel wist dat je dat zou zeggen.'

Dat alles was ongeveer een uur geleden gebeurd, en daarna waren ze naar buiten gegaan om mee te doen aan de jeu-de-boules-wedstrijd die in de met lampen verlichte achtertuin van de Angel plaatsvond. Om het allemaal nog erger te maken had Hugo's team nog verloren ook.

En nu was een ontmoedigde Hugo op weg naar Starbourne Manor, terwijl Nick door de hoofdstraat naar zijn eigen huis liep. Hij vroeg zich af hoe de avond zou zijn geëindigd als zijn vriend hem niet had opgehaald voor dat openhartige gesprek in de pub.

In elk geval wist hij dat hij het juiste had gedaan en Hugo nog meer verdriet, ongemak en een onvermijdelijk gebroken hart had bespaard.

Bij zijn voordeur aangekomen, stapte hij even de straat op om een blik te werpen op Nella's cottage. Alle gordijnen waren dicht. Er brandde ook nergens licht meer. Zoals ze had gezegd was ze vroeg naar bed gegaan en ze zou nu vast diep liggen te slapen, haar energie opsparend voor het drukke weekend dat ze voor de boeg had.

Maar haar slaapkamerraam stond open. Het was natuurlijk verkeerd om haar te bellen of steentjes tegen haar raam te gooien, maar per ongeluk een beetje lawaai maken was toch niet verboden? Nick rammelde even met zijn sleutelbos. Niet hard genoeg. Hij hoestte. En hoestte nog een keer op de goede afloop.

Een naderende auto bescheen hem met zijn koplampen en hij ging gauw op de stoep staan, maar de chauffeur – ja, natuurlijk was het Tristan – toeterde toch in het voorbijgaan. Wat betekende dat hij Nick voor deze ene keer misschien wel een dienst had bewezen. Als Nella haar raam omhoogschoof om te kijken wat er aan de hand was, kon hij de schuld aan het verwende broertje van Hugo geven.

Alleen gebeurde dat niet. Nella was óf heel diep in slaap óf het kon haar allemaal niet schelen. Na nog een halve minuut te hebben gewacht, gaf hij het op en deed de deur van zijn eigen cottage open. Hij wist dat hij steeds sterkere gevoelens voor Nella kreeg, maar hij had geen flauw idee wat ze voor hem voelde. Vroeger had hij in dit soort situaties altijd precies geweten hoe het zat, maar deze keer was hij er, voor het eerst in zijn leven, vreselijk onzeker over.

En het was te belangrijk om het te verknallen door een verkeerde zet te doen.

In het huis ernaast lag Nella te dromen over Colin. Colin was de kat van Trish, die in werkelijkheid een paar jaar geleden van ouderdom was overleden in Manchester, maar in haar droom leefde hij en woonde hij bij haar, in de cottage, en zat hij een haarbal uit te kotsen in de gang. Toen ze het akelig herkenbare geluid hoorde, wierp Nella zich op de voordeur, trok hem open en jaagde Colin naar buiten zodat hij niet op het kleed zou kotsen, maar terwijl ze dat deed, werd er geclaxonneerd en... O nee, o god!

Ze schoot overeind in bed. Haar ogen vlogen geschrokken open en ze keek wild om zich heen, op het punt om te gaan gillen, want Colin was beslist doodgereden en hoe moest ze dat aan Trish vertellen?

Maar toen daalde het besef in dat het een droom was geweest, en o, wat was ze opgelucht. Geen schrik, geen paniek, Colin was niet dood. Nou ja, dat was hij wel, maar dat wist Trish al, want hij was vredig op haar schoot gestorven op de gezegende leeftijd van zeventien.

Dromen. Die konden zo raar zijn. Gelukkig maar dat deze niet waar was.

33

'Je ziet er goed uit,' zei Simon. 'Het buitenleven doet je goed.'

Wat? Wat gebeurde er? Droomde ze? Cami staarde hem vol ongeloof aan en keek vervolgens naar Boo, die piepte van blijdschap toen ze haar zag en zich meteen uit de armen van Simon probeerde te wriemelen.

Bijna drie jaar had ze van deze man gehouden. Maar dat was toen ze nog had gedacht dat hij een oprecht aardig mens was. Nu wist ze echter beter, en het hoogtepunt van deze onverwachte ontmoeting was dan ook Boo.

O, Boo, ik heb je zo gemist.

'Wat doe je hier?' Had hij het uitgemaakt met zijn nieuwe vriendin, was dat het? Want hij had dan wel gezegd dat er geen nieuwe vriendin was, maar natuurlijk was dat gelogen. Had zij ook ontdekt dat hij een eersteklas klootzak was en had ze hem gedumpt? Al die vragen en nog veel meer dwarrelden door Cami's hoofd. Als hij haar nu om vergiffenis zou vragen, wat moest ze dan zeggen? Moest ze hem terugnemen vanwege de baby?

O, nee. Nee, beslist niet.

Nou, dat was fijn om te weten. Fantastisch zelfs.

Ineens kwam er nog een vraag in haar op. 'Hoe wist je dat ik hier was?'

Hij haalde zijn schouders op. 'Lizzie Rafferty's social media. Ze heeft laatst een foto gepost waarop ze haar nieuwe kaftan showde. Jouw zonnebril lag op de tafel achter haar en je badpak lag te drogen in het gras.'

Je kon tegenwoordig ook helemaal niets meer geheimhouden. Nou ja, tenzij je Simon was. Maar het verlangen in haar borst werd steeds sterker, en ze deed een stap in zijn richting en vroeg: 'Mag ik haar even vasthouden?'

'Natuurlijk. Je hebt haar vast gemist.'

Cami knikte en voelde dat ze tranen in haar ogen kreeg. Ze had zichzelf niet toegestaan om tranen te verspillen aan Simon, maar Boo had ze natuurlijk vreselijk gemist. Ze stak haar hand uit en liet zich op haar knieën zakken terwijl Simon het hondje op de grond zette. Boo vloog kwispelend in haar armen en slaakte hoge kreetjes van vreugde. Ze kronkelde met haar hele lijfje, en haar pootjes krabbelden tegen Cami's dikke buik terwijl ze haar wangen likte.

'Volgens mij houdt ze meer van jou dan van mij,' zei Simon.

Ja, duh!

Maar dat hoefde ze niet hardop te zeggen. Cami omhelsde Boo en fluisterde: 'Ik hou van je.'

'Dus eh... wil je haar?'

Ze keek op. 'Hoe bedoel je?'

'Ik kan haar niet houden. Ze moet weg,' zei hij nonchalant. 'Je hoeft niet ja te zeggen, hoor. Hier in de buurt is een hondenopvang, zag ik. Als jij haar niet wilt, breng ik haar daar op weg naar huis wel naartoe.'

Haar mond viel open. Had hij soms een hersentransplantatie ondergaan? Ze kon maar net begrijpen dat hij geen kind wilde. Ze kon accepteren dat hij haar niet meer wilde. Maar dit? Dat hij zomaar afstand wilde doen van Boo, die al vanaf dat ze een puppy was bij hem was? Wat bezielde die man in godsnaam?

'Waarom? Wat is eraan de hand?' Ze keek hem vol ongeloof aan. 'En als er in die opvang geen plek is, wat dan? Gooi je haar dan op de snelweg uit de auto?'

'Wat een rotopmerking is dat. Ik ben geen monster.'

Dat had hij al één keer eerder tegen haar gezegd.

'O, nee? Ik vind van wel.'

Met samengeknepen ogen keek hij haar aan. 'Hoor eens, wil je haar of wil je haar niet?'

'Natuurlijk wil ik haar!' Ze voelde paniek en woede opborrelen in haar borst. 'Maar hoe moet dat dan? Ik heb geen huis. Ik mag hier wonen van Lizzie zolang we aan het boek werken, maar daarna gaat ze terug naar L.A. en dan wat? Dan moet jij me helpen ergens woonruimte te vinden.' Ze haatte het om dat te moeten zeggen, maar ze had weinig keus.

'Dat gaat niet. Ik heb ontslag genomen.'

'Wat?'

'En de huur van de flat opgezegd. Volgende week vertrek ik naar Marbella.'

Dit sloeg allemaal nergens op. 'Ga je daar werken dan?'

Hij schudde zijn hoofd. 'Je dacht toch dat ik een ander had? Nou, je had gelijk. Zo, nu weet je het. Ze is alles wat ik ooit heb gewild. Ze heeft een villa aan zee. En zoveel geld dat ik ook niet meer hoef te werken.'

'Wat fijn voor je.' Ze schudde haar hoofd. Ze had al vermoed dat hij een ander had, en nu wist ze het dus zeker.

'Het komt wel goed,' zei hij. 'Je wilde een kind en nu krijg je er eentje.' Hij keek op zijn horloge en wilde Boo uit haar armen pakken. 'Je hebt gelijk, je kunt haar niet nemen.'

Cami greep het hondje wat steviger beet. 'Waarom kan ze niet met jou mee naar Marbella?'

'Ania wil haar niet. Ze is allergisch voor honden. Maar dat maakt niet uit, ze zorgen vast goed voor haar in de opvang. Ik rij er meteen langs.'

Cami deinsde achteruit, met Boo nog steeds tegen haar borst gedrukt. 'Nee,' bracht ze moeizaam uit, maar niemand hoorde haar, want Lizzie kwam met veel kabaal de trap af.

Ze schreeuwde: 'Klootzak! Smerige vuilak! Rot op hier! Nu meteen!'

Simon keek angstig naar haar. Met zijn handen uitgestoken naar Boo zei hij: 'Maar... maar... de...'

'Weg jij! Nu meteen! Fuck off!' blèrde Lizzie, woest gebarend.

Hij deed wat hem was opgedragen.

'O mijn god.' Cami liet zich op de dichtstbijzijnde kruk zakken, met trillende benen en de baby wriemelend in haar buik.

'Ik heb iemand nog nooit hardop een klootzak genoemd,' zei Lizzie. 'Al heb ik het natuurlijk vaak genoeg gedacht. Het was best lekker om het te zeggen. Gaat het?'

Cami knikte. 'Jawel, maar wat moet ik nou met Boo?'

Het hondje likte haar oor.

'Ze kan bij ons blijven zolang ik hier ben. En de rest bedenken we later wel.'

'Dank je.' Cami werd overspoeld door dankbaarheid. 'Ik kon gewoon niet toestaan dat hij haar zou dumpen bij de opvang.'

'Nee, natuurlijk niet. En sorry dat ik jullie gesprek heb afgeluisterd, maar toen ik buiten een auto hoorde en zag dat hij het was, moest ik gewoon weten wat eraan de hand was.'

'Hij heeft een vriendin. Een stinkend rijke, zo te horen.' Ze wist dat Simon alles op alles zou zetten om onder toekomstige financiële bijdrages uit te komen, maar dat was iets voor later. Ze had geen zin om daar nu al over na te denken.

'Als je bij iemand bent voor zijn of haar geld, dan verdien je alles wat je voor je kiezen krijgt.' Lizzie knikte wijs. 'Dat zeggen ze in Hollywood, hoewel het er niemand van weerhoudt om voor geld te trouwen. Hoe dan ook, ze kunnen de pot op, Simon en die rijke vriendin van hem. Zeker weten dat het gaat?'

Cami knikte, en toen Lizzie haar even omhelsde, werd ook haar wang door Boo gelikt.

'Je bent een schatje,' zei Lizzie tegen de hond. 'Welkom in Pine Lodge. Maar er is één ding dat je moet weten,' voegde ze er streng aan toe, 'als je denkt dat ik je poep ga opruimen, kun je lang wachten. Dat is niet mijn taak.'

'Woef,' zei Boo blij. Ze kwispelde enthousiast.

'Dat hoef je ook niet te doen,' zei Cami tegen Lizzie. 'Dat beloof ik je.'

Halverwege de middag op zaterdag begon Jed zijn geduld te verliezen. Wat begonnen was als een mooie verjaardag voor Karina ging nu razendsnel bergafwaarts. Blij met haar tweede lading cadeaus die ze zelf had uitgekozen, had Karina om halfelf een fles geopend en daar het meeste van opgedronken, terwijl de aardige haar- en make-upstyliste haar toverkunsten op haar had losgelaten. Maar daarna had ze even naar de pub gewild, voordat ze naar Cheltenham zouden rijden, omdat een mede-influencer op Instagram had gezegd dat de Angel Inn heel sfeervol was en dat het er wemelde van de stoere mannen. Jed vroeg zich af waarom ze hem dat eigenlijk vertelde; om hem jaloers te maken misschien? Maar hij was op een punt beland dat hem dat niets meer kon schelen. Als iemand zou aanbieden om haar van hem over te nemen, graag zelfs.

Eenmaal in de pub had Karina besloten dat ze het er leuk vond en wilde ze niet meer weg. Algauw stond ze wie er ook maar wilde luisteren te vertellen wie ze was en liet ze haar TikTok-filmpjes zien, om vervolgens op het idiote af onbeleefd te doen tegen een boer van in de vijftig die haar genereuze aanbod om een selfie met haar te maken afwees.

De verbaasde boer zei: 'Nee, dank je, ik hou het bij cider,' en Karina, diep beledigd, had gereageerd met: 'Nou, je hoeft niet op je handen en knieën bij me terug te komen zodra je hebt uitgevogeld wie ik ben.'

Ze mocht er dan op haar mooist uitzien, ze praatte hard en begon ook te slissen.

Tegen de boer fluisterde Jed: 'Sorry, maar ze is jarig,' en een jongere goed uitziende man die blijkbaar Tristan heette, zei op bekakte toon: 'O, we weten dat ze jarig is. Heel Starbourne weet dat.'

'Pardon? Wie denk je wel dat je bent?' Zich omdraaiend op haar kruk, gooide Karina de inhoud van haar glas over hem heen. Helaas voor haar was het glas al leeg.

'Och heden, dat was een beetje stout van je,' zei de kakker met een grijns. 'Je zou het ook vast niet leuk vinden als ik dat bij jou zou doen.'

'Je zou niet durven. Ik zou je meteen laten oppakken.'

'Rustig maar, dramaqueen. We zitten hier niet in je ordinaire tv-show.'

'Dus je weet wel wie ik ben.' Het was Karina's beurt om zelfvoldaan te kijken.

Tristan schudde zijn hoofd. 'Nee hoor. Maar iemand vertelde me dat je op tv bent geweest en dat je er bekend om staat met rijke mannen te trouwen.'

Karina wendde zich tot Jed. 'Ga je er nog iets van zeggen of niet? Zo kan hij toch niet tegen me praten!' Haar linkervoet gleed van de spijl van de kruk en een van haar dure verjaardagsschoenen viel op de grond.

Dit werd echt gênant; hij had haar nog nooit zo dronken meegemaakt. 'Misschien kunnen we beter gaan,' zei Jed.

Ze keek hem neerbuigend aan. 'Wat ben je? Een man of een muis?'

Op dat moment ging de deur naar de keuken open. Een vrouw in koksklеren stak haar hoofd om de hoek en zei tegen de man achter de bar: 'Marvyn, we hebben nog maar een paar vispasteitjes, oké? En er is ook nog maar één stuk appeltaart.'

Marvyn knikte. 'Oké.'

Karina draaide zich snel weer om en schreeuwde: 'Wat de fuck!'

Jed sloot even zijn ogen; dit werd echt een nachtmerrie. Hij mocht dan ervaring hebben met lastige gasten in zijn nachtclubs, maar dit was een pittoreske plattelandspub in de middag en Karina zette zichzelf compleet voor schut. Zachtjes beet hij haar toe: 'Schreeuw niet zo.'

'Doe normaal, man!' Ze wees naar de vrouw die de keuken uit was gekomen. 'Moet je zien!'

De vrouw keek haar aan. 'Hoi, schat, geniet je nog een beetje van je verjaardag? En wat staat die jurk je mooi! Die kleur past goed bij je.'

'Ik dacht dat je een professionele haar- en make-upstyliste was!' Karina was diep verontwaardigd. 'Maar dat ben je helemaal niet! Je werkt in de keuken van een pub! Niet te geloven dat ik je aan mijn gezicht heb laten komen!'

34

Het drong ineens tot Jed door dat dit de vrouw was die hij eerder die dag vluchtig had gezien toen ze met een grote tas in haar hand haar opwachting had gemaakt bij de Cedars. Ze had zich voorgesteld als... Esme. Ja, dat was het. Hij zei tegen Karina: 'Maar je zei dat ze hartstikke goed was.'

'Ah, dank je, schat.' Esme keek hem stralend aan. 'Altijd fijn om te horen.'

Karina zat langzaam haar hoofd te schudden. 'Ja, maar dat was toen ik dacht dat ze een pro was. Mijn god, het had zomaar op een ramp kunnen uitlopen.'

Vrolijk zei Esme: 'Maar dat is niet gebeurd, toch? Je ziet er fantastisch uit, al zeg ik het zelf.'

'Hoe... hoe durf je!'

Esme was niet van plan zich beledigd te voelen en zei op redelijke toon: 'Luister, het was echt heel kort dag. Ik heb alleen maar ja gezegd om Nella een plezier te doen.'

'Je bent gewoon een oplichter! Wacht maar tot mijn volgers dit te horen krijgen. Dan piep je wel anders!'

'Oké, zo kan-ie wel weer.' Iedereen om hen heen zat Karina uit te lachen. Jed pakte het glas dat ze net had bijgeschonken uit haar hand, trok haar van haar kruk en duwde haar naar de uitgang. Bij de deur draaide hij zich nog even om naar de vrouw uit de keuken en zei: 'Het spijt me echt heel erg.'

'Hoe haal je het in je hoofd om je te verontschuldigen tegenover haar?' brulde Karina. 'Zij zou zich bij mij moeten verontschuldigen. En jij zou mijn kant moeten kiezen, niet de hare. Je hebt mijn hele verjaardag verknald, verdomme!'

'Altijd fijn, een beleefde dame!' riep de vent die Tristan heette hen na onder nog meer gelach, terwijl de deur achter hen dichtviel.

Weer in het vakantiehuis kostte het Jed niet veel tijd om de situatie op te lossen. Hij had een beslissing genomen waar hij niet op zou terugkomen. Hij pakte haar spullen – plus de beide ladingen verjaardagscadeaus – in de idioot dure koffers die haar derde echtgenoot anderhalf jaar geleden voor haar had gekocht. Genoeg was genoeg. Hij nam contact op met een paar limo-verhuurbedrijven en vond er uiteindelijk een die een chauffeur kon sturen om Karina terug te brengen naar Manchester.

'Hier krijg je nog spijt van!' beet ze hem toe.

'Echt niet.'

'De spullen die je me hebt gegeven krijg je echt niet terug.'

'Dat heb ik ook geen seconde gedacht.'

Ze stampvoette. 'Ik ben jarig en jij hebt mijn hele dag verpest! Alleen maar omdat je hiernaartoe wilde om me te showen aan Nella Hughes, zodat zij Tommy Kessler kon vertellen dat je iemand had gevonden die duizend keer beter was dan die muis van een Juliet.'

'Zoiets mag je niet zeggen. Zoiets mag je niet eens denken.' Jed moest zich tot het uiterste beheersen, want het had geen zin om dit gesprek nog voort te zetten. Hij keek toe terwijl Karina haar make-up, parfum en sieraden van de kaptafel in haar beautycase veegde en zei toen: 'Je hebt per ongeluk mijn horloge ook in dat koffertje gestopt. Als je het niet erg vindt, zou ik het graag terug hebben.'

Ze maakte de beautycase weer open en smeet het horloge op de grond.

Gelukkig pingde op dat moment zijn telefoon met het bericht dat de auto er bijna was. Hij kon niet wachten tot Karina uit zijn leven was verdwenen.

Een kwartier later liep hij de Angel Inn weer binnen. De aantrekkelijke man die Tristan heette, zag hem en deed alsof hij wegdook. 'O god, is ze terug voor de tweede ronde?'

Jed schudde zijn hoofd. 'De show is afgelopen. Ze is weg.'

'Maar beter ook. We hebben de fles trouwens leeggedronken, het leek ons anders zo zonde. Sorry.'

'Geen probleem. Ik wilde eigenlijk Esme even spreken. Is ze er nog?'

De barman zei: 'De keuken is net dicht. Ze zijn nog even aan het schoonmaken, maar ze zal zo wel komen.'

'Mooi zo. En mag ik een glas Malbec alsjeblieft?'

Jed ging met zijn rode wijn aan een tafel bij het raam zitten en checkte zijn telefoon. Zoals te verwachten zat Karina de gebeurtenissen van de dag al te becommentariëren vanaf de achterbank van de limo. Een snelle blik op de reacties van haar volgers leerde hem dat sommigen met haar meeleefden en haar vertelden dat ze beter verdiende dan die ego-klootzak van een Jed Diamond, terwijl anderen haar erop wezen dat ze dronken klonk en dat de knoopjes van haar jurk los waren gegaan en dat je haar beha kon zien.

'Hoi, Marvyn zei dat je naar me had gevraagd?'

Jed keek op en daar stond Esme, niet meer in haar witte kokskleren, maar in een gestreepte trui, spijkerbroek en merkloze gympen. Ze had haar blonde haar in een paardenstaart en, wonder boven wonder, ze lachte nog.

'Esme, ik wil me nogmaals bij je verontschuldigen. Ze is echt veel te ver gegaan.' Hij pakte een envelop uit zijn zak en gaf hem haar. 'Ik hoop dat ik het hiermee kan goedmaken.'

Esme pakte de envelop aan en keek erin. Toen ze het stapeltje bankbiljetten zag, schudde ze haar hoofd en gaf hem de envelop meteen weer terug. 'Dat hoeft echt niet. Je had me al voor mijn werk betaald.' Grijnzend voegde ze eraan toe: 'Nou hoef je niet zo beledigd te kijken. Maar als je er echt mee zit, dan mag je me wel op een drankje trakteren.'

Jed was het gewend om alle problemen op te lossen met geld en die truc had tot nu toe altijd gewerkt. Een beetje overdonderd zei hij: 'Nou, zeg het maar dan.'

Ze draaide zich om en gebaarde naar Marvin, die knikte en even later kwam aanzetten met een glas waar wat ijsblokjes in rinkelden en een flesje appelsap.

Jed fronste. 'Is dat het?'

'Ik moet zo op een paar van mijn kleinkinderen passen, dus dan moet ik mijn hoofd erbij houden.'

'Een paar?'

'Vier. In totaal heb ik er zeven.' Esme ging ook aan de tafel zitten en nam dorstig een slok appelsap.

'Heb jij zeven kleinkinderen? Dat kan niet.'

'Dan kan best als je maar jong genoeg begint, schat. Ik ben zesenveertig en heb mijn tweeling gekregen toen ik zeventien was. Dat was toen natuurlijk wel even schrikken, maar we hebben het zo goed en kwaad als het gaat gered.' Ze hield haar linkerhand op en keek liefdevol naar haar smalle gouden trouwring.

'En jullie zijn dus nog steeds samen. Dat is een hele prestatie.'

'We zouden nog samen zijn als hij niet dood was gegaan.'

'O god, sorry.'

'Het geeft niet, schat. Dat is inmiddels al een hele tijd geleden. Maar daarna heb ik niemand meer kunnen vinden die ook maar aan hem kan tippen. Maar de familie maakt veel goed. Ze houden me scherp. Trouwens, je kunt die vriendin van je vertellen dat ik jaren geleden in een schoonheidssalon in Debenhams heb gewerkt. Ik heb meer gezichten opgemaakt dan zij dinertjes heeft gehad. En de afgelopen twintig jaar heb ik ook het haar van bijna iedereen hier gedaan. Geen klachten tot dusver.' Ze liet haar blik over Jeds schouderlange haar glijden en voegde eraan toe: 'Jij kunt ook wel een knipbeurt gebruiken.'

Hij knikte. 'Ik weet het. En Karina is niet meer mijn vriendin. We zijn uit elkaar. Ze is op dit moment al op weg naar huis en zal me wel voor alles en nog wat uitmaken op haar social media.'

'Ik hou niet zo van reality-tv, maar mijn dochters kijken er wel naar. Ze kennen haar van die show, en toen Nella gisteravond belde met de vraag of ik haar haar en make-up kon doen, waarschuwden ze me al voor haar. Maar vanochtend was ze best aardig.' Ze wierp hem een meelevende blik toe. 'Is het echt uit? Je zult je wel klote voelen nu.'

'Het is echt uit, en ik ben blij. Ze paste ze niet bij me, en als ik eerlijk ben wist ik dat al vanaf het begin. Ze was alleen maar bij me voor mijn geld.' Hij trok een gezicht, want toen Karina hem ervan had beschuldigd dat hij alleen maar met haar had willen showen, had ze gelijk gehad. Hardop zei hij: 'Ik was eigenlijk alleen maar met haar omdat ik wilde laten zien dat ik over mijn vorige vriendin heen was. Kortom, ik ben een idioot.'

'Ja, dat hebben mijn dochters me ook verteld. Ze heeft je in de steek gelaten voor Tommy nog wat, Nella's vorige baas. En iedereen dacht toen dat jij zijn huis in de fik had gestoken, maar dat bleek niet zo te zijn.'

Jed knikte. Het was onverdraaglijk geweest toen Juliet hem in de steek had gelaten, pijnlijk en vernederend. Maar dat was in december geweest. Het was inmiddels vijf maanden geleden en hij lag er 's nachts niet meer wakker van. 'Ja. Maar ik ben over haar heen.'

'En zij zijn nog steeds bij elkaar. Wat fijn is,' zei Esme. 'Want dan weet je tenminste dat het niet een of andere tijdelijke bevlieging is.'

Zo had hij het nog niet eerder bekeken. 'Daar zit wat in. Ik was eerst behoorlijk kwaad. Maar je hebt gelijk.'

'O, ik heb altijd gelijk.' Ze lachte. 'Dat kan iedereen hier je vertellen. Als mensen ergens mee zitten, weten ze dat ze altijd bij mij terecht kunnen. Trouwens, ik bedenk ineens dat Nella vertelde dat Alastair Blake vanavond voor jullie zou komen koken in de Cedars. Je moet haar laten weten dat ze hem moet afzeggen.'

'Waarom? Is hij niet goed?'

'Hij is ontzettend goed. Maar je inmiddels ex is op de terugweg naar Manchester. En als Alastair het op tijd te horen krijgt, kan hij misschien nog iets anders vinden voor vanavond.'

'Ken je hem?'

'Ja. Hij is echt vreselijk goed. Zijn risotto met garnalen en asperges is echt om je vingers bij af te likken.'

'Dat is precies wat hij vanavond voor ons zou klaarmaken. Ik ga dat echt niet afzeggen,' zei Jed.

'Heel verstandig.' Esme keek even hoe laat het was en dronk toen haar glas leeg. 'Zijn cappuccinomousse is ook verrukkelijk. Goed, het is tijd om mijn engeltjes op te halen. Dank je voor het appelsap en geniet van je eten vanavond.'

'O, dat zal vast wel lukken.' Hij keek toe terwijl ze een lippenstift uit haar raffia schoudertas opdiepte en snel even, zonder spiegel, wat roze aanbracht op haar lippen. Nadat ze de lippenstift weer in haar tas had laten vallen en haar autosleutels had gepakt, vroeg hij: 'Tot hoe laat moet je oppassen?'

'Tot zes uur helaas.' Ze keek hem stralend aan. 'Nee hoor, ik ben gek op ze.'

'En daarna ben je vrij?' Ze was al onderweg naar de deur. Hij riep haar na: 'Want als je wilt, kun je wel bij mij komen eten.'

Esme bleef staan en draaide zich om. 'Echt?'

'Echt. Waarom niet?'

'Oké dan, te gek.' Ze knikte opgewekt. 'Zeven uur dus? Tot dan. Cheerio!'

Cheerio. Wie zei dat tegenwoordig nog? Hij keek haar na en zag dat ze onderweg links en rechts wat mensen groette en grapjes maakte. Je kon gewoon zien dat iedereen dol op haar was. Ze was een weduwe met zeven kleinkinderen die hard werkte, een groot hart had en van goed eten hield.

Hij verheugde zich nu al op de avond.

35

Lizzie vond het fijn om Boo uit te laten. Ze had nooit eerder een hond uitgelaten en het gaf haar het gevoel dat ze zowel een normaal mens als een echte volwassene was. Je kon gewoon een beetje rondlopen en onderweg wat tegen de hond babbelen en niemand zou je voor gek verklaren.

Boo leek het ook leuk te vinden, ze had aandacht voor alles om haar heen en wandelde kwispelend naast Lizzie over de stoep.

'O o,' zei Lizzie toen er van de andere kant van de hoofdstraat een andere hond kwam aanlopen. De hond was Teddy en het baasje was Maeves vader. En ja, ze gingen inmiddels op vriendschappelijke voet met elkaar om nu de Maeve-connectie tussen hen was vastgesteld, maar omdat hun eerste twee ontmoetingen nogal vijandig waren verlopen, voelde ze toch altijd iets van paniek opborrelen wanneer ze hem zag, want misschien was Matthew alleen maar vriendelijk uit beleefdheid en vond hij haar diep vanbinnen nog steeds een irritante vrouw. Dat laatste was eigenlijk het meest waarschijnlijk.

Dat ze twintig jaar geleden een goede daad had verricht maakte van haar nog niet een leuke vrouw.

Dat wist ze zelf maar al te goed.

De afstand tussen hen werd ondertussen steeds kleiner en er waren ook geen handige zijstraatjes die ze in kon slaan.

'Oké, we zullen ze moeten begroeten,' zei Lizzie tegen Boo. 'Wat je ook doet, niet gaan vechten. Gewoon lief doen, oké.'

Boo, met haar oortjes fier overeind, keek haar ondeugend aan.

Toen ze echter vlak bij Matthew en Teddy waren, werd Boo ineens verlegen en verstopte zich achter Lizzie, zodat de riem om Lizzies benen werd gedraaid.

'Hoi,' zei Matthew.

'Hoi.'

Ze wisselden een klein lachje uit.

'Ik zie dat je een nieuw vriendje hebt.'

Wilde hij daarmee soms zeggen dat hij dacht dat ze vast niet echt veel goede vrienden had in haar leven?

'Nou, het is Cami's hond. Ik laat haar alleen maar even uit omdat Cami nog wat wilde werken. Ze heet Boo.'

'Ja, dat heeft Maeve me verteld.' Hij zakte iets door zijn knieën en hield zijn hand voor Boo's neus om zich voorzichtig aan haar voor te stellen. 'Wat een schatje.'

'Ja, dat is ze echt. Die klootzak van een ex van Cami heeft haar bij ons gedumpt zodat hij met zijn nieuwe vriendin naar Marbella kan. Wat een foute kerel.' Ze zag dat Matthew Boo naar zich toe had weten te lokken en haar nu voorstelde aan Teddy. De honden snuffelden voorzichtig aan elkaar en na een paar minuten begonnen ze allebei aarzelend te kwispelen.

'Die zijn binnen de kortste keren vrienden,' zei Matthew. Na een korte pauze voegde hij eraan toe: 'Ik was op weg naar Potter's Field, achter de kerk.' Hij streelde Boo's oortjes en kietelde haar onder haar kin. 'Teddy vindt het leuk om daar als een gek rond te rennen. Heb je zin om mee te lopen, dan kun je hem in actie zien.'

Vroeg hij dat omdat hij zich verplicht voelde om aardig tegen haar te doen? Een beetje stijfjes zei ze: 'Je hoeft ons heus niet mee te vragen, hoor.'

O, dat kwam er misschien een beetje raar uit.

'Heb je geen zin dan?'

'Jawel. Maar… maar je hoeft het niet uit beleefdheid te vragen, hoor.'

'Ik vraag het niet uit beleefdheid. Het leek me gewoon leuk voor de honden, dan kunnen ze samen rondrennen. Maar als je niet wilt, is dat ook goed.'

'Nee, dit wordt echt te Brits voor woorden. Graag zelfs.' Ze voelde zich al wat ontspannender en haar angst stierf weg. Waarom deed ze zo raar? Terwijl ze de riem van haar benen wikkelde, zei ze: 'Oké, we gaan mee, als je het zeker weet.'

Zoals voorspeld renden de honden algauw rond door Potter's Field alsof ze elkaar al hun hele leven kenden. Matthew had een tennisbal bij zich en de honden stoven er keer op keer dolenthousiast achteraan. Lizzie deed algauw mee met het spel en rende weer achter hen aan. Binnen een paar minuten voelde ze haar schoenen al over haar hakken schuren, en ze schopte ze uit om nog harder te kunnen lopen. Ze voelde zich vrij en ongeremd en totaal niet meer zenuwachtig, en de frisse lucht die haar longen vulde, was net zo stimulerend als champagne. Teddy had de bal teruggebracht bij Matthew en rende al vol voorpret weer weg. Matthew gooide de bal hoog in de lucht, over Lizzies hoofd, en ze sprong op om hem te vangen – ja ja, ze ving hem met haar linkerhand alsof ze een profhonkballer was – maar toen ze weer de grond raakte, slaakte ze een kreet van pijn want ze was met de bal van haar voet op iets scherps terechtgekomen.

Iets heel scherps.

'Au au au...'

'Gaat het? Sorry, stomme vraag. Wat is er?' Matthew haastte zich naar haar toe, terwijl ze zich op de grond liet zakken om de schade op te nemen. 'Is het je enkel?'

'Nee, gelukkig niet.' Ze tuurde naar de voetzool van haar linkervoet en trok een gezicht, want er zat een enorme splinter in en er druppelde ook al wat bloed uit de wond. 'Oei, die zit er diep in.'

'Dit is de schuldige.' Matthew had in het hoge gras een afgebroken stuk van de houten schutting gevonden.

Lizzie kromp ineen. 'Wat stom ook dat ik mijn sandalen heb uitgetrokken!'

'Laat me eens kijken. Je ving die bal overigens heel goed.'

Ze was idioot blij dat hem dat was opgevallen. Het voelde echt gek, om hier zo te zitten, terwijl hij haar voet tussen zijn handen nam. Ze kon zijn gezicht niet zien omdat hij zich voorover had gebogen om de splinter te bestuderen.

'Hij is afgebroken onder de huid, dus we kunnen hem er niet uittrekken. Mijn huis is dichterbij, dus laten we daarheen gaan, dan kunnen we het wat beter bekijken.'

Hij liet haar voet los, maar het gevoel van zijn warme handen om haar voet leek nog even te blijven hangen. Er trok een scheut van wat dan ook door haar lichaam toen hij opstond en zijn hand uitstak om haar overeind te helpen.

Staan ging wel, maar proberen te lopen was bijzonder pijnlijk. Ze kromp ineen en beet op haar tong, en hoewel ze niet als een watje wilde overkomen, zei ze toch: 'Het gaat niet. Laat me hier maar gewoon achter om te sterven.' Zich ineens realiserend dat de grappig bedoelde opmerking nogal ongepast was, flapte ze eruit: 'O god, sorry!'

Hij keek haar geamuseerd aan. 'Zo gevoelig ben ik ook weer niet, hoor. Maar we moeten je wel naar huis zien te krijgen.'

'Jij bent de enige die het wat kan schelen.' Ze knikte naar de honden, die nog steeds samen rondjes renden en zich totaal niets aantrokken van haar ellende.

'Ja, goed van mij, hè? Oké, we hebben twee opties.' Hij pakte haar beet toen ze ineens bijna haar evenwicht verloor. 'Je kunt hier wachten en dan ga ik mijn kruiwagen halen...'

'En dan wil je me daarin naar huis brengen? Heel glamoureus.'

'Ik heb ook aan een helikopter gedacht, maar voordat die hier is...' Hij glimlachte, en ze dacht niet voor het eerst dat ze zijn gevoel voor humor erg leuk vond.

'Dat is waar. Oeps, daar komen ze.' Boo en Teddy kwamen op hen afrennen, weer helemaal klaar om het spelletje met de tennisbal te hervatten. Hupsend op haar goede voet, leunde ze weer even tegen Matthew aan. 'Nou vertel, wat is de tweede optie?'

'Ik kan je op mijn rug nemen.'

'Dat is echt een vreselijke optie.'

Hij haalde zijn schouders op. 'Of anders over mijn schouder?'

Over zijn schouder, zodat haar kont de lucht in stak? 'Dat is nog erger.'

'Tja, je kunt ook languit gaan liggen en dan sleep ik je mee aan je goede voet.'

Ze schoot in de lach. 'Of aan mijn haar, als een holenmens. Maar hoor eens, dit is belachelijk. Laat me nog eens proberen om erop te lopen.'

De splinter was echter wel vijf centimeter lang en zat precies onder de bal van haar voet. Door de pijn heen ademend, zei ze: 'Misschien kan ik op één voet hinken.'

'Dat lukt je nooit. Oké, sla je armen om mijn nek, dan til ik je op.' Hij tilde haar op, en ze slaakte een kreet, terwijl hij haar in zijn armen hield als een bruid die hij de drempel over wilde dragen.

'Ben ik niet te zwaar?' Sinds ze in Engeland was, was ze iets aangekomen, maar wanneer ze in de spiegel keek, vond ze eigenlijk dat dat haar wel goed stond.

'Nou ja, wel een beetje. Maar het lukt me wel.' Hij grinnikte. 'Misschien moet ik af en toe even stoppen om op adem te komen.'

Tegen de tijd dat ze bij zijn huis waren, glinsterden er zweetdruppeltjes op zijn slapen en kaken, en er gebeurde iets bijzonder onverwachts: Lizzie merkte dat ze een bijna overweldigende behoefte had om die met haar vinger weg te vegen.

Als dit een film was, en zij de regisseur, dan zou dat een close-up zijn geweest en zou de camera even op haar ogen worden gericht om vervolgens naar Matthews geschrokken – maar niet op de verkeerde manier – gezicht te gaan.

O god, wat gebeurde hier? Hoe kon haar dit overkomen, zomaar ineens, bij iemand die bijna net zo'n hekel aan haar had gehad als zij aan hem? Haar hart fladderde in haar borst als een papegaai die wilde ontsnappen en ze hoopte echt dat hij dat niet kon voelen. En nu gleed een van de zweetdruppeltjes ook nog langs zijn gebruinde hals, een plekje dat ze zo graag zou willen...

'Oef, gelukkig, we zijn er,' bracht Matthew moeizaam uit.

Nadat hij abrupt rechtsaf door een open hekje een tuin was in gelopen, zette hij haar voor een flesgroene voordeur op de grond.

'Sorry, het komt niet door jou, maar het is lang geleden dat ik iemand heb moeten dragen.'

'Ik weet het.' Ze leunde tegen de deurpost en wist haar evenwicht te herstellen. 'Het zou mij ook moeite kosten om mezelf te moeten dragen.'

Hij deed de deur open en joeg de honden naar binnen. Lizzie hinkte achter hem aan de gang in.

'Ga maar even zitten.' Hij trok een keukenstoel onder de keukentafel vandaan en hielp haar erop.

'Ik zie dat het zwaar voor je was, sorry,' zei ze.

'We hadden toch voor die helikopter moeten gaan. Maar laat me nu eerst eens even goed naar je voet kijken. Gelukkig ben ik gespecialiseerd in splinters.'

Hij liet de honden de achtertuin in en pakte toen een stoel. Toen hij tegenover haar zat, legde hij haar enkel over zijn knie. En daar had je die tinteling weer; het kostte haar grote moeite om geen zuchtje van genot te slaken.

Allemachtig, stel je voor dat ze dat wel had gedaan; dan moest ze echt onmiddellijk het land uit.

De minuten daarop waren een ingewikkelde mengeling van stiekeme gelukzaligheid en minder stiekeme lichamelijke pijn. Matthew verwijderde met warm water het bloed en het zand van haar voetzool en spoot er daarna een antiseptische spray op. Uit Maeves naaidoos pakte hij een grote naald, die hij steriliseerde in het vlammetje van een van de gaspitten. En dat was allemaal aardig en wel, maar toen kwam het echte werk: peuteren onder haar huid. Ze kneep haar ogen stevig dicht en probeerde niet te gaan jammeren.

'Goed zo. Het is al bijna gebeurd,' mompelde hij, terwijl hij voorzichtig verder wroette.

Ze slaakte een zucht. 'Zo te merken heb je dit vaker gedaan.'

'Maeve was een echte tomboy. Er was altijd wat. Hoe vaak wij niet naar de Spoedeisende Hulp zijn geweest. Maar splinters waren mijn taak.' Hij stopte even toen ze haar voet wegtrok. 'Amanda vond het vreselijk om splinters te verwijderen... Ah, daar heb je hem al. Kunt u me even het pincet aanreiken, zuster?'

Het pincet had hij ook al gesteriliseerd. Ze gaf het aan hem en zette zich schrap voor de volgende fase.

Een minuut later was het haar beurt om te gaan zweten, en toen was de klus geklaard en liet Matthew de boosdoener in haar klamme handpalm vallen. De splinter was scherp, bloederig en zo lang als haar duim.

'Dank je,' zei ze tegen Matthew, maar stiekem fluisterde ze het ook tegen de splinter.

'Graag gedaan. Nu ga ik nog even de wond schoonmaken en dan kan ik je voet verbinden.'

Een toevallige houten pijl had zich in de bal van haar voet geboord en meteen ook in haar hart. Ze keek toe terwijl hij het bloed afveegde en toen bekwaam haar voet verbond. Wat haar betrof had hij er wat langer over mogen doen, een paar uur of zo.

Ineens kwamen de honden blaffend de keuken in rennen, omdat ze Maeve thuis hadden horen komen.

Toen Maeve de keuken in snelde en Lizzies verbonden voet zag, sloeg ze haar hand voor haar borst. 'O, godzijdank. Toen ik het bloed op de drempel zag, dacht ik dat er iets ergs met Teddy was gebeurd!'

'En dat was het einde van je baan bij Lizzie,' zei Matthew droog.

'Sorry.' Maeve keek Lizzie grijnzend aan. 'Zo bedoelde ik het niet. Maar vertel, wat is er gebeurd?'

'Splinter,' zei Matthew.

'Een enorm grote.' Lizzie vond het toch nodig om dat even te benadrukken.

'Papa is heel goed met splinters. Hij kan dat heel zacht.'

'Dat heb ik gemerkt.' Lizzie wilde dat ze niet voelde dat ze knalrood werd.

'Ze was een voorbeeldige patiënte,' vertelde Matthew.

Maeve keek naar Lizzie en toen naar haar vader en toen weer naar Lizzie. Het was alsof ze dwars door hen heen kon kijken. Toen zei ze: 'Fijn om te horen. Maar ik kwam eigenlijk alleen maar even thuis om snel een hapje te eten. Willen jullie ook een broodje worst of zo?'

Lizzie was gaan wandelen zonder haar telefoon mee te nemen, en Cami vroeg zich vast af waar ze bleef. Bovendien wist ze niet wat Maeve, met haar röntgenogen, vond van Matthew en haar samen. Ze klakte met haar tong naar Boo en zei: 'Nee, dank je. Ik moet maar weer eens naar huis. Er valt nog heel wat werk te verzetten.' Als je het opdiepen van grappige en dramatische verhalen en ontmoetingen uit het verre verleden al werk kon noemen. Ze maakte Boo vast aan de riem, stond op en schoof haar verbonden voet met enige moeite in haar sandaal.

'Denk je dat je kunt lopen?' vroeg Matthew. 'Anders kan ik je wel even met de auto brengen.'

Maar de splinter was eruit en priemde niet meer in haar zachte huid. De plek was nog wel een beetje gevoelig, maar de ergste pijn was verdwenen. Als een echte held schudde ze haar hoofd en zei: 'Nee, dat hoeft niet. Ik red me wel. Nogmaals bedankt en tot ziens dan maar weer.'

Nou, was dat terloops genoeg of niet?

'Zie ik je morgen?' vroeg Maeve. 'In Hay Hall?'

'O, voor dat kunstgedoe?' Lizzie was enigszins verbaasd. 'Ga je daarnaartoe dan?'

Nu was het Maeves beurt om nonchalant te doen, maar als

een echte pro ontging dat Lizzie niet. Terwijl Maeve aan Teddy's oor krabbelde zei ze: 'We zijn allemaal uitgenodigd, toch? En wie weet, misschien wordt het wel interessant.' Ze haalde haar schouders op. 'Het leek me wel een leuk idee om even te gaan kijken.'

36

Was dit een van de beste avonden van zijn leven?

Jed was niet iemand die snel overdreef, maar hij dacht het oprecht. Vanaf het moment waarop Esme de Cedars was binnengekomen, was zijn leven gewoon... beter geworden.

Beter dan beter.

Zo goed als perfect.

Het was alsof je eindelijk die beste vriendin leerde kennen op wie je je hele leven al had gewacht. Wanneer mensen het erover hadden dat ze hun soulmate hadden gevonden, bedoelden ze er waarschijnlijk dit mee. Alleen voelde het niet alsof ze elkaar nog moesten leren kennen; het was eerder alsof ze al hun hele leven bevriend waren, een onverbrekelijke band hadden.

Hoewel ze echt op alle punten het tegenovergestelde van elkaar waren.

Esme droeg een grijze linnen schortjurk over een gebloemd blauw-wit T-shirt en was bijzonder trots op haar blauw-witte teenslippers, die ze echt voor een koopje ('Twee pond, en in een schoenenwinkel betaal je er tien keer zoveel voor!') op de kop had getikt in een tweedehandswinkel. Ze had voor hem een zak fudge meegenomen die ze die middag zelf had gemaakt, terwijl ze ondertussen haar oudere kleinkinderen had geleerd hoe ze flensjes en cupcakes moesten bakken. De kok van vanavond, Alastair, had Esme verrukt begroet, want ze kenden elkaar al jaren. Jed had een uitstekende fles Bordeaux geopend, en daarna hadden ze het met zijn drietjes over eten gehad – hun gedeelde passie – terwijl Alastair hun overheerlijke viergangendiner had bereid.

Maar dat was inmiddels een paar uur geleden. Alastair had alles alweer opgeruimd en was daarna vertrokken. En terwijl de vele theelichtjes flakkerden in de zilveren houders op de eettafel en de sterren zichtbaar waren door het glazen dak, zaten Jed en Esme wijn te drinken en praatten ze honderduit over elk denkbaar onderwerp.

'Ongelooflijk dat we van dezelfde bands hielden en dezelfde albums kochten,' merkte Jed op. Hij vond het echt magisch.

'Ik ben maar twee jaar ouder dan jij,' zei Esme geamuseerd. 'We waren in dezelfde tijd jong. Waarom zouden we niet van dezelfde bands houden?'

Dat was ook weer waar. Jed had voornamelijk met jongere vrouwen gedatet en was eraan gewend geraakt dat zijn muzieksmaak en die van zijn vriendinnen mijlenver uit elkaar lagen. Wat natuurlijk helemaal zijn eigen schuld was. Het was begonnen als pure opschepperij; het was leuk om gezien te worden met een glamoureuze jongere vriendin aan zijn arm, en in de loop der tijd was het een gewoonte geworden. Tot Juliet in zijn leven was verschenen, en hij was gevallen voor haar hersens.

'Heb je een van die bands weleens live gezien?' vroeg hij.

'Ik kon me dat in die tijd niet veroorloven. Ik had het te druk met de kinderen. En het geld dat over was, ging ook naar de kinderen,' zei ze met een liefdevolle klank in haar stem. 'Maar we konden ze natuurlijk wel op *Top of the Pops* zien.'

'Een liveconcert is toch een heel andere ervaring. Je moet het eens proberen.'

Ze lachte. 'Die kaartjes zijn nog steeds hartstikke duur.'

'Je zou het te gek vinden.'

'Dansen ze dan ook?'

'Het publiek, bedoel je? Ja, natuurlijk.'

'Mijn dochters lachen me uit als ik dans. Ze noemen me Tante Tentakel.'

'Laat eens zien,' zei hij, en ze zwaaide met haar armen door de lucht op de muziek die uit de boxen kwam.

'De meeste van mijn vriendinnen lachten me ook uit als ik danste.' Grijnzend maakte hij dezelfde bewegingen als zij.

'Misschien zijn wij wel de enigen die het goed doen,' zei Esme. 'En doet de rest het gewoon fout.'

Take That zong precies op dat moment 'Could it be Magic'. Jed stond op, zette de muziek zo hard mogelijk en stak haar zijn hand toe. 'Weet je wat? Volgens mij heb je gelijk.'

Zonder enige aarzeling stond Esme ook op, en ze begonnen te dansen. Ze zwaaiden als gekken met hun armen, hun voeten deden hun eigen woeste ding, en ze zongen uit volle borst mee, helemaal tekstvast, want ze kenden het nummer uit hun hoofd.

De twintig minuten daarna dansten ze non-stop en zongen ze mee met al hun favoriete Take That-nummers, van 'It Only Takes a Minute' en 'Relight My Fire' tot 'Rule the World' en 'Back for Good'. Tegen de tijd dat ze klaar waren met het meeblèren met 'Never Forget' hadden ze een droge keel en bijna geen stem meer. Esme schonk zichzelf een groot glas bubbeltjeswater in uit de koelkast en liet zich lachend op een van de gekleurde fluwelen banken vallen met uitzicht op het zwembad buiten. 'Ik moet zeggen, volgens mij waren we allebei bijzonder goed.'

'Het publiek vroeg steeds om meer.' Jed hield een hand achter zijn oor. 'Wat hoor ik daar? Jullie willen nog een nummer?'

'Nou, het publiek zal even moeten wachten. Ik ben kapot.' Ze tikte met haar glas tegen zijn cognacglas. 'Maar dank je wel. Ik heb me enorm vermaakt.'

'Ik ook. Dank je dat je bent gekomen.' Hij wilde niet dat ze wegging, wilde niet dat er een einde zou komen aan de perfecte avond. Het was nog niet eens elf uur.

'Weet je, je bent heel anders dan mensen denken.'

Hij wreef over zijn kaak. 'Wat denken ze dan?'

'Ze denken dat je een soort duister leven leidt.' Schouderophalend vervolgde ze: 'Dat je drugs dealt en zo. Dat je gevaarlijke dingen doet, net zoals de gangsters die we uit misdaadseries kennen.'

'Ik zal je wat vertellen,' zei hij na een korte stilte. 'Toen ik begon met mijn zaken dacht iedereen dat ik zo was, vanwege hoe ik eruitzag en hoe ik mezelf presenteerde. En dat kwam me eigenlijk wel goed uit, dus ik liet ze lekker in de waan. Als de foute dealers dachten dat ik nog fouter was dan zij, dan was de kans kleiner dat ze een loopje met me zouden nemen. Ze behandelden me met respect. En daar ben ik op blijven teren. Ik heb niemand verteld dat ik nog nooit drugs heb gebruikt en dat mijn lievelingsfilm *The Sound of Music* was.'

'O ja, die bergen, die waren zo... zinderend.' Er verscheen een lach op haar gezicht. 'Toen ik mijn dochters vertelde dat ik bij jou ging eten, hebben ze me dat uit mijn hoofd proberen te praten. Ze hebben me wat van de roddels laten zien die online staan.'

Hij knikte. 'Ik weet wat de mensen zeggen. En de reden dat ik nooit ergens voor ben aangeklaagd, is dat het allemaal gewoon niet waar is. Maar dat kan ik natuurlijk niet bewijzen. Het is aan jou of je me gelooft of niet.'

Ze maakte een wegwerpgebaar. 'Ik geloof je.'

'Dank je. En ik zou het fijn vinden als je niemand vertelt bij wat voor muziek we hebben gedanst en gezongen.'

Weer een brede lach. 'Dat blijft ons geheimpje. Mag ik je nog iets vragen?'

'Je mag me vragen wat je wilt.'

'Wat zijn dat voor schoenen?'

'Versace. Zwartfluwelen Medusa's.'

'En hoe duur zijn die?'

'Heel duur. Bijna duizend pond.'

'Wauw. Waarom geef je zoveel geld uit aan designerkleren?' Ze knikte naar het opvallende logo op zijn shirt.

Hij dacht even na. 'Dat weet ik eerlijk gezegd niet. Om op te scheppen? Omdat ik wil bewijzen dat ik succes heb? Waarom wil je dat weten?'

'Gewoon uit nieuwsgierigheid. Ik heb me altijd al afgevraagd waarom mensen dat doen. Misschien zou ik hetzelfde doen als ik rijk was. O, ik heb het ook een keer gedaan!' Ineens herinnerde ze zich het weer. 'Ik moest naar een bruiloft en had een roze handtas nodig, en toen zag ik er eentje staan in de etalage van een tweedehandswinkel en die heb ik toen gauw gekocht.'

'En gaf het je een goed gevoel?'

'Nee, een slecht gevoel juist! Het was een heel slechte namaak met een kartonnen binnenkant die helemaal doorweekt raakte in de regen.' Ze lachte. 'Weer drie pond vijftig weggegooid!'

Toen Jed zag dat ze op haar horloge keek, flapte hij er paniekerig uit: 'Je hoeft toch nog niet weg? Het is nog vroeg. Zullen we weer gaan dansen? Ik heb heel veel ABBA-nummers op Spotify...'

Maar Esme schudde haar hoofd al. 'Ik ben vanochtend al om vijf uur opgestaan. Het is tijd om naar huis te gaan. Over huis gesproken, hoelang blijf jij hier nog?'

'Tot maandagochtend.' Hij vond het een vreselijke gedachte als hij haar niet meer zou zien. 'Maar hoor eens, heb je morgen wat te doen? Want als je wilt, zouden we naar...'

'We gaan naar mijn tante in Exeter,' onderbrak ze hem. 'Ze woont alleen en het gaat al een tijdje niet zo goed met haar, dus ze verheugt zich op onze komst.'

'O. Nou ja, doet er niet toe.' Scheepte ze hem nu af met een smoes of was het echt zo?

Ondanks haar protesten stond hij erop om met haar mee naar haar huis te wandelen onder de sterrenhemel, terwijl 'A Million Love Songs' in zijn hersens opklonk. Na een tijdje stonden ze voor haar halfvrijstaande huis in de hoofdstraat.

'Egg Cottage?' In het vage licht van de lamp boven de voordeur kon hij nog net de naam op het houten bordje lezen.

'Vernoemd naar mijn lichaamsvorm,' zei ze.

'Dat is belachelijk, je bent niet...' Vlak voordat hij haar wilde vertellen dat ze een perfect figuur had, drong tot hem door dat ze een grapje had gemaakt.

'Die zat.' Ze stootte hem even plagend aan. 'Vlak na de Tweede Wereldoorlog kwam hier een vrouw wonen die Eunice Honeywell heette. Ze hield kippen en verkocht de eieren, en daarom noemde iedereen haar het eiervrouwtje. Ze heeft toen de naam van de cottage veranderd en dat bordje opgehangen. Heb je haar graf op het kerkhof gezien?'

Hij schudde zijn hoofd. 'Nee.' Hij had nog geen tijd gehad om het kerkhof te bezoeken.

'Je moet echt gaan kijken. Het is zo'n prachtig graf. Ze was honderdenvijf toen ze stierf en had duizenden ponden nagelaten voor een enorm marmeren grafmonument. Er zijn kippen en eieren in uitgehouwen, maar je moet echt goed kijken om ze te zien. Ze was me er eentje.'

Zich vastklampend aan de laatste strohalm stelde hij voor: 'Zullen we er nu even gaan kijken? Ik wil het erg graag zien.'

'O...' Haar wenkbrauwen schoten omhoog, maar voordat ze kon reageren, werden ze onderbroken door een lamp die aanging en een slaapkamerraam dat werd opengegooid boven hun hoofd.

'Nee, dat gaat niet gebeuren,' zei een stem en toen ze iets naar achteren gingen staan, zagen ze een jonge brunette uit het raam hangen.

'Rhoda, waarom ben jij nog op?'

'Ik wilde zeker weten dat je veilig thuis zou komen, mam.'

'Dat is heel lief van je schat, maar ik ben er nu. Ongedeerd.'

'Tot hij je weet over te halen om met hem mee te gaan naar een kerkhof.' Rhoda leunde nog verder uit het raam en maakte overdreven aanhalingstekens met haar vingers. 'Om midden in de nacht naar graven te gaan kijken.'

'Ik was niet van plan om me daar op haar te storten of zo,' zei Jed. 'Ze vertelde me over Eunice Honeywell.'

'Dat weet ik. Ik heb jullie afgeluisterd.'

'We hebben een hartstikke leuke avond gehad,' zei Esme.

'Dat geloof ik meteen. Maar ik laat je niet door hem meenemen naar een kerkhof. Misschien heeft hij wel een ijzerzaag in zijn zak.'

Jed stak zijn handen in de lucht. 'Je mag me wel fouilleren als je wilt.'

'Nee, dank je. En kom nu maar binnen, mam.'

Hoofdschuddend zei Esme droog: 'Kinderen. Wat moet je ermee?'

'Ze negeren?' Jed zei het hoopvol, hoewel hij er weinig fiducie in had dat dat zou gebeuren. In theorie bewonderde hij Rhoda om haar bekommernis met haar moeder, maar in de praktijk had hij liever gehad dat ze een uur geleden al in slaap was gevallen.

'Ze maakt zich zorgen om me. Oké, dan ga ik maar naar binnen. Nogmaals bedankt voor het eten.' Mocht hij al op een kus hebben gehoopt, dan had hij pech. Esme omhelsde hem snel en maakte toen de voordeur open. 'Ik heb genoten.'

Voordat ze het huis in verdween, zwaaide ze nog even. Daarna sloot ze de deur achter haar.

Boven hem riep Rhoda triomfantelijk: 'Dag!'

37

Het was halfacht 's ochtends; de mist hing als een wattendeken over de velden en de vogels floten er lustig op los, terwijl er een melkachtig zonnetje boven de bomen opkwam die de belofte van alweer een prachtige meidag in zich hield.

Jed had het niet kunnen laten. Hij was al om zes uur wakker geworden en nadat hij zich had gedoucht en aangekleed, was hij naar het kerkhof gewandeld. Hij zag het bombastische grafmonument al vanuit de verte, maar hij stelde het nog even uit om het te gaan bekijken en las eerst de inscripties op de andere graven.

Oké, dat sloeg dus nergens op. Uiteindelijk liep hij naar het monument en glimlachte om de in marmer uitgehouwen tekst, die Eunice Honeywell naar zeggen zelf had uitgekozen.

Nooit getrouwd, nooit willen trouwen ook.

Het drong tot hem door dat de gouden engelen een soort afleiding vormden. De gebeeldhouwde marmeren kippen en eieren waren discreet om de sokkel heen gepositioneerd, als kleine verrassingen voor voorbijgangers die de moeite namen om wat beter te kijken. Toen hij zijn telefoon uit zijn zak pakte en haar naam googelde, vond hij één zwart-witfoto van Eunice. Omringd door haar geliefde kippen keek ze stralend in de camera, gekleed in een overall en met een oude, breedgerande strohoed op. Ze was me er eentje, zoals Esme had gezegd, en ze zag er ook echt uit als iemand die haar huisje Egg Cottage zou noemen.

Hij nam de lange route terug naar de Cedars, via het laatste stuk van de hoofdstraat, en toen hij daar liep, zag hij de voordeur van het bewuste huis opengaan en Rhoda en drie kleine kinderen naar buiten komen lopen. Met veel rumoer gingen ze in een rode Nissan zitten die voor het huis stond, en daar had je Esme ook al. Ze deed de deur op slot en liep naar de auto. Ze droeg een groen-wit gestippeld shirt boven een witte kuitbroek en groene sandalen, en toen Jed haar zag, drong tot hem door dat hij er daarom zo vroeg op uit was gegaan, in de vage hoop dat ze elkaar even zouden spreken.

De rode Nissan werd gestart, met Esme op de passagiersstoel en Rhoda achter het stuur. Ze reden zijn kant uit, en ja, het was belachelijk, maar Jed haalde gauw een hand door zijn lange haar en hield zijn buik in. De auto sloeg echter meteen rechts af en verdween een smalle zijstraat in die Crow Lane bleek te heten.

Fantastisch.

Hij ontspande zijn buikspieren weer.

Esme was op weg naar Exeter en zou de hele dag wegblijven.

Hij vroeg zich af hoe laat ze vanavond terug zou zijn.

Hoewel het zondagochtend was, was Nella al druk bezig op het kantoor; ze moest een ingewikkeld schema maken voor de gasten die de komende week in Bay House zouden zitten. Aan de andere kant van het bureau zat Nick haar, op meerdere manieren, enorm af te leiden van haar werk.

Op dit moment uitte hij hardop zijn verbazing over een mailtje dat hij net had ontvangen van een toekomstige gast.

'Ze komen een week over uit Milwaukee en willen op maandag naar Loch Ness, op dinsdag naar Cornwall, en dan op woensdag met de kleine onderwatertrein naar Parijs.' Hij zuchtte diep. 'En op vrijdag doen ze Londen. Hij zegt dat zijn vrouw wil weten of we een ontmoeting met iemand van het koninklijk huis kunnen regelen, maar als het om het avondeten gaat dan moeten we het paleis laten weten dat zijn schoonmoeder geen koolhydraten mag en dat zijn stiefdochter geen vis lust.'

'En op donderdag doen ze helemaal niets? Wat een luilakken,' zei Nella. 'Ze zouden er op zijn minst een dagje skiën in de Zwitserse Alpen tussen kunnen persen.'

'Of scubaduiken in het Comomeer.'

'Iers dansen in Dublin.'

'Buikdansen in Bodrum.'

'Tokkelen in Timboektoe.'

Hij opende zijn mond, aarzelde en zei toen: 'Verdomme, ik kan niks meer bedenken. Jij hebt gewonnen.'

'Dat heb ik je toch al eens verteld? Ik win altijd.'

De deur van het kantoor ging open en Hugo kwam binnen met een klein kartonnen doosje in zijn hand en zijn blonde haar nog verwarder dan anders.

'Dat is altijd al zo geweest. Competitief is nog zacht uitgedrukt.'

'Tafeltennis in Toledo,' flapte ze eruit, want ze had nog van alles in haar hoofd dat er uit moest. 'Basketballen in Bordeaux. Zwerkbal in Zweden.' Oké, ze moest nu echt ophouden; de grens tussen gezond competitief en regelrecht geobsedeerd was flinterdun.

'Zwerkbal telt niet,' vond Nick.

'Oké. Zweefvliegen dan.' Goed, nu moest ze echt stoppen.

Nick mompelde zacht: 'Vlooienspel in Vlaanderen.'

'Ophouden, jullie allebei. Ik heb iets voor jullie.' Met een tevreden blik wapperde Hugo met het pakje en legde het toen op Nella's bureau, als een labrador die met zijn lievelingsspeeltje komt aanzetten.

'Wat is het?' Ze schudde er even aan. Niets.

'Een cadeautje. Voor jou.' Hij knikte naar Nick. 'En ook voor jou, als je wilt. Het waren er twee voor de prijs van één.'

'Het is waarschijnlijk lippenstift.' Nella keek Nick grijnzend aan.

Hij trok een wenkbrauw op. 'Of deodorant. Dat zou een beetje gênant zijn eigenlijk.'

'Maak nou maar open, dan weten jullie het.' Hugo werd ongeduldig.

Nella opende het pakje, keek erin en liet de twee kleinere doosjes toen op het bureaublad glijden.

'DNA-tests om familie te vinden?' Ze keek Hugo aan. 'Ik zei toch dat ik het ook weer niet zo belangrijk vond.'

'Dat weet ik, maar het kan best eens heel interessant zijn. Je weet pas hoe het voelt als je het probeert. En je zei dat je geen zin had om je gegevens te delen, maar dat hoeft niet per se. Je kunt ervoor kiezen om die privé te houden tot je zelf besluit om contact op te nemen. Maar als je besluit om dat niet te doen, weten ze niet eens dat je zo'n test hebt gedaan. En ze weten ook niks over jou. Dat heb ik echt goed uitgezocht. Maar als de resultaten terugkomen en je het gevoel hebt dat je toch wel iets meer over deze of gene zou willen weten, dan kun je ze stiekem googelen bijvoorbeeld.'

'Stiekem?'

'Ik bedoel onderzoek naar ze doen. Dus in feite heb je niets te verliezen. Maar misschien levert het wel iets moois op en dan ben je blij dat je het hebt gedaan.'

Daar zat wat in. Dat ze zelf de touwtjes in handen zou blijven houden, was belangrijk voor haar. Gerustgesteld zei ze: 'Wat moet ik opsturen? Een bloedmonster?'

'Niet eens. Gewoon wat wangslijm.'

'Wat denk jij?' Ze keek over het bureau heen naar Nick, die de gebruiksaanwijzing zat te lezen. 'Zullen we het doen?' God, wat was hij toch mooi als hij geconcentreerd zat te lezen; zijn wenkbrauwen stonden dan zo leuk scheef. Maar ja, het waren natuurlijk prachtwenkbrauwen, die vond ze uit welke hoek bekeken dan ook mooi.

Nick schudde zijn hoofd. 'Mijn familie heeft dat al gedaan. Een vriendin van mijn moeder had ontdekt dat ze verre familie was van een Indiase prinses en ze was zo door het dolle heen dat ze afgelopen kerst aan zo'n beetje iedereen die ze kent zo'n test heeft gegeven. Dus het zou zonde zijn als ik deze test gebruik.'

'O,' zei Hugo teleurgesteld.

'Maar ik ga het wel doen,' zei Nella, 'misschien meteen vanavond als ik thuiskom.'

'Nee.' Hugo schudde zijn hoofd en pakte het doosje voordat ze het in haar tas kon stoppen. 'Waarom doen we het niet meteen, het duurt maar twee minuten. Dan gebruik ik die andere, dan hoef je het niet in je eentje te doen. Kijk, we hoeven alleen maar de app te downloaden op onze telefoons en onze gegevens in te vullen. Ze hebben het echt heel gemakkelijk gemaakt. Kom, laten we het doen.'

Het drong tot Nella door dat hij de test als verrassing voor haar had gekocht, in de veronderstelling dat hij haar daarmee een dienst bewees. En wie weet was dat ook wel zo. Omdat ze hem niet wilde kwetsen, maakte ze haar doosje open en het duurde niet lang of ze hadden allebei wat wangslijm afgenomen en dat elk in hun eigen envelop gestopt. Hun gegevens vulden ze in op de app. Er werd volledige privacy gegarandeerd.

'Heel goed.' Hugo straalde helemaal. 'Nou, zo moeilijk was dat toch niet? Ik loop zo wel even langs de brievenbus.'

'Zou het niet fantastisch zijn als ik ontdekte dat ik familie was van een of ander heel leuk mens? Zoals bijvoorbeeld die vrouw die Vera speelt? Hoe heet ze ook alweer? O ja, Brenda Blethyn.' Ze maakte een grapje, maar dat was wel waar iedereen op hoopte natuurlijk. Want of je nu beroemd was of ongelooflijk succesvol, niemand wilde te horen krijgen dat er verschrikkelijke mensen in hun stamboom zaten.

Het evenement in Hay House zou om twee uur beginnen, maar al vanaf een uur of twaalf kwamen er auto's aanrijden en raakte het parkeerterrein en alles daaromheen gevuld met de opgewonden fans van de meest charismatische kunstenaar van Groot-Brittannië, dé TikTok- en Instagram-sensatie, de *one and only* Dane Cruse.

Nou ja, dat stond tenminste op het enorme spandoek dat boven het hek van Hay Hall was opgehangen.

'Heb je verder nog iets nodig?' Nella deed nog een laatste controle, want het was bijna twee uur. Het weer was goed, het evenement werd buiten gehouden en op de extra lange tafel in de keuken stonden de glanzende glazen en de zilveren ijsemmers met flessen prosecco al klaar. Uit de luidsprekers klonk op dit moment 'Do Ya Think I'm Sexy?' Dane droeg een handsfree koptelefoon, zodat hij onder het schilderen met zijn publiek kon praten, en zijn haar zat kunstzinnig in de war. Hij had zijn smoking aangetrokken, met daaronder een wit overhemd met ruches, en hij was blootsvoets. Hij had ook genoeg parfum van Tom Ford op om een paard mee van zijn hoeven te kunnen blazen, maar dat was een kwestie van smaak natuurlijk.

Hij grijnsde naar Nella en gaf haar een knipoog. 'Nou, nu je het toch vraagt, ik wil dat je me succes wenst. Dat al die mensen voor mij komen, wil niet nog zeggen dat ik niet nerveus ben.'

God, wat had ze een pesthekel aan hem. 'Nou, succes dan maar.'

Hij deed een stap in haar richting. 'Weet je wel hoe mooi je bent?'

Vieze vuile zelfingenomen klootzak. Terwijl ze behendig een stapje naar achteren deed, zei ze: 'Nou, dan red je je verder wel, hè?'

'Kom je ook kijken?'

'Sorry, daar heb ik geen tijd voor.'

Hij nam haar sluw op. 'Is er soms iets?'

'Nou, nu je het toch vraagt, ik vind dat je Maeve niet erg netjes hebt behandeld. Ze is een tiener. En ze vertrouwde je.'

'Ach, het was gewoon een lolletje. Ze wilde het zelf.'

'Ze heeft een moeilijke tijd achter de rug.'

'Daar kan ik toch niks aan doen?'

'Ik vroeg me alleen maar af of je zoiets als een geweten hebt.'

'Wat heeft dat ermee te maken? Het was echt niet moeilijk om haar te versieren. Eigenlijk heb ik haar een waardevolle les geleerd. En dat kan toch niet verkeerd zijn?'

Door het raam zag Nella zijn assistent buiten bezig; hij controleerde de microfoons en zette een onaf doek op de ezel. Hoewel ze Billy maar een paar keer kort had gezien, was haar wel opgevallen dat hij altijd een vermoeide indruk maakte, maar vandaag leek hij ineens een stuk opgewekter.

'Goed, dan ga ik maar.' Terwijl ze het zei, kwam de rijke vrouw die gisteren was aangekomen de trap af in een doorschijnende blauw-zilveren kaftan. Ze kuste Dane in het voorbijgaan op zijn mond, terwijl ze naar de tafel liep om een glas champagne voor zichzelf in te schenken.

'Hoelang duurt het voordat die lui hier weer weg zijn, schat?' Ze had een lage, zwoele stem.

Nonchalant antwoordde Dane: 'O, om vier uur zijn ze wel weg.'

'Twee uur.' Ze gaapte zonder de moeite te nemen een hand voor haar mond te slaan. 'Hopelijk lukt het je om ze wat eerder weg te krijgen.'

Om kwart over twee was het evenement in volle gang. De hekken waren om klokslag twee uur opengegaan, de fans waren de tuin in gestormd, en de verrukte gilletjes waren oorverdovend geweest. Iedereen maakte foto's en filmpjes van zichzelf en dromde om de grote held van de dag heen in de hoop een selfie met hem te kunnen maken.

Nella nam het van een afstandje op. Ze moest toegeven dat Dane een goede showman was. Iedereen was dol op hem, wilde hem en vertelde hem dat hij echt heel briljant en getalenteerd was. Dane op zijn beurt veinsde bescheidenheid, maakte idioot veel complimentjes en poseerde voor foto's, terwijl er nog meer glazen prosecco werden ingeschonken en de muziek die hij in zijn populairste filmpjes gebruikte uit de luidsprekers schalde.

De aanwezigen hadden de tijd van hun leven. Nou ja, behalve diegenen dan die wisten hoe hij echt was. Toen Maeve naast haar kwam staan, legde Nella een arm om haar schouders en vroeg: 'Gaat het?'

'Ja, hoor.' Maeve knikte naar de vrouw in de doorzichtige kaftan. 'Ik wens haar veel succes. Hij heeft de volgende waarschijnlijk al klaarstaan om haar plaats in te nemen.'

'Vast wel.'

Nadat Billy de muziek zachter had gezet, stak Dane zijn armen in de lucht en vroeg om stilte en aandacht van zijn bewonderaars. Hij zei dat ze allemaal fantastisch waren en dankte ze voor hun komst, en kondigde toen, onder luid gejuich, aan dat hij de komende tien minuten zou gaan schilderen, waarna de eerste reeks pas voltooide schilderijen zou worden getoond, zodat mensen die konden kopen en hij ze persoonlijk kon signeren voor de nieuwe eigenaars.

Het was slim gedaan; hij zorgde ervoor dat iedereen in een staat van opwinding raakte, geholpen door nog meer prosecco. De meeste mensen hadden een hele reis achter de rug om hem te zien, en niemand wilde met lege handen naar huis gaan.

'Jullie mogen me filmen terwijl ik schilder,' zei Dane met een onweerstaanbare brede lach. 'Maar mijn trouwe assistent Billy zal ook opnames maken. Goed, dan gaan we beginnen...' Hij stak een vuist in de lucht; de muziek werd weer harder. Hij pakte zijn penseel en palet, waar al acrylverf op zat, en begon te dansen voor het half voltooide schilderij op de ezel.

Dansen, een kwak verf aanbrengen, nog een kwak, en een paar zwierige streken zetten. Hij was een kruising tussen een rockster en een stierenvechter, en zijn publiek danste mee en de prosecco klotste uit de glazen. Wanneer er wat verfspetters van Danes penseel in hun haar en op hun kleren belandden, gilden zijn fans extatisch, alsof het zijn zweetdruppels waren.

En toen stopte de muziek. Dane zette nog een laatste verfstreek en het landschap – van lucht, bergen, bomen en een rivier – was klaar. Hij maakte een theatrale buiging en zijn publiek begon te fluiten, te juichen en te klappen.

'Dank jullie wel, dank jullie wel,' riep hij. Zijn witte tanden glansden terwijl hij hun loftuitingen in ontvangst nam. 'Heel aardig van jullie. Ik...'

'Dane, sorry dat ik je onderbreek, maar ik vraag me af of je fans stiekem niet zullen denken dat het schilderij niet helemaal af is?' Billy's stem bulderde door de microfoon in zijn hand. Hij stond zo'n twintig meter van Dane af en vervolgde vrolijk: 'Misschien vinden ze het wel leuk om te zien hoe je die beroemde paarden van je schildert. Dat zou het schilderij helemaal afmaken.'

Maeve greep Nella's arm beet en slaakte een soort proestgeluidje. De anderen in de menigte, die dachten dat dit bij de show hoorde, begonnen nog harder te gillen en te klappen.

'Sorry, ik zou het graag doen, maar helaas hebben we daar geen tijd voor.' Was dat een what-the-fuck-blik die Dane op zijn assistent afvuurde?

'Nou, dan maken we toch tijd,' zei Billy. 'We willen zien dat je het schilderij afmaakt. Toch, mensen?'

'Ja!' gilden de fans, buiten zichzelf van vreugde omdat ze betrokken werden bij het spel.

'Het schilderij ís af,' verklaarde Dane. 'Zo, en als we dan nu verder kunnen gaan en het volgende...'

'Maar Dane, je wilt je fans toch niet teleurstellen?' Billy leek de zaak volledig onder controle te hebben, hij was stukken relaxter dan zijn baas, en Maeves vingernagels drukten nu in Nella's arm.

'Tenzij...' Billy zweeg even en vervolgde toen op gespeeld verbaasde toon, 'tenzij je geen paarden kunt schilderen. Is dat soms de reden dat je het niet wilt?'

38

Het drong langzaam tot Nella door dat dit allemaal niet meer volgens het draaiboek verliep en haar huid ging ervan tintelen. 'Wat ís dit?' vroeg ze fluisterend.

'Volgens mij is dit Billy's manier om zijn ontslag in te dienen.' Er trok een brede grijns over Maeves gezicht. Toen ze Nella's verwarring zag, voegde ze eraan toe: 'Híj is de schilder.'

Achter hen hoorden ze Lizzie verrukt uitroepen: 'Dit is het leukste wat ik ooit heb meegemaakt!' Ze stak haar vingers tussen haar lippen en liet een oorverdovend gefluit horen.

'Billy, wil je me de doeken die te koop zijn even brengen?' Dane klonk alsof hij alles onder controle had, maar in zijn kaak bewoog een spiertje en de pezen in zijn hals leken wel stormlijnen.

'Nee.' Billy schudde zijn hoofd en herhaalde in de microfoon: 'Pas als jij paarden hebt geschilderd voor je fans.'

'Zet 'm op, Billy!' schreeuwde Lizzie zo hard dat het publiek zich omdraaide en voor het eerst zag dat ze een beroemde actrice in hun midden hadden.

Billy glimlachte naar Lizzie en vervolgens naar Maeve. 'Even tussen ons gezegd en gezwegen, ik begin te vermoeden dat Dane helemaal geen paarden kan tekenen. En ook geen mensen trouwens. En zelfs geen bergen of rivieren of bomen...'

'Wat fascinerend!' Maeve deed net alsof ze van niets wist. 'Maar wie schildert al die doeken van hem dan?'

Nog steeds met de microfoon in zijn hand zei Billy: 'Ik.' Terwijl hij naar het doek op de ezel knikte, voegde hij eraan toe: 'Zal ik daar een paard op schilderen?'

Een roodharige vrouw helemaal vooraan wees met haar magere vinger beschuldigend naar Dane en vroeg: 'Is dat waar? Want als dat zo is, dan ben je gewoon een oplichter en dan wil ik al mijn geld terug. En je weet hoeveel geld ik al heb uitgegeven aan jouw schilderijen.'

'O alsjeblieft, Edwina, bemoei je er niet mee.' Onder zijn bruine teint was Dane wit geworden van woede. Tegen Billy viel hij uit: 'Je bent ontslagen, lelijke kleine tuinkabouter.'

Billy liet zich niet gek maken. 'O, huilie huilie,' zei hij, 'nou, dan zitten we allebei dus zonder werk. Maar gelukkig kan ik tenminste nog schilderen.'

'Moet je zien hoe je eruitziet,' beet Dane hem minachtend toe. 'Wie zou er nou iets van jou willen kopen?'

Lizzie stak haar hand in lucht en riep vrolijk: 'Nou, ik bijvoorbeeld!'

Lizzie had de dag van haar leven. Er waren veel mensen die Danes optreden en de daaropvolgende confrontatie met Billy hadden opgenomen en de filmpjes verspreidden zich als een lopend vuurtje. Toen tot zijn verbijsterde fans was doorgedrongen dat ze voor de gek waren gehouden, waren ze zowel geschokt als in tranen als woest. Dane, die met zijn in kaftan geklede metgezellin Hay Hall in was gelopen, verdween even later via de achterdeur en reed weg voordat de steeds kwadere menigte hem om uitleg kon vragen.

'Het voelde echt fantastisch,' zei Billy stralend. 'Ik had dit al maanden geleden moeten doen. Het maakt me niet eens uit of ik mijn werk wel of niet verkoop.'

'Nou, ik durf te wedden dat mensen je werk wel willen hebben. Vooral nu,' zei Lizzie. 'We moeten gewoon een website voor je bouwen en je moet actief worden op social media. Daar kan ik je wel mee helpen.'

'Ik moet mijn moeder bellen om te zeggen dat ik weer thuis

kom wonen. Het lijkt me niet slim om vannacht nog hier te slapen.' Billy knikte naar Hay Hall. 'Wie weet wat Dane gaat doen, mocht hij nog terugkomen.'

'Je kunt wel bij mij logeren,' zei Lizzie. 'Ik kom om in de ruimte.' Even schoot door haar heen dat ze Pine Lodge had gehuurd met het idee daar een paar maanden in heerlijke afzondering te kunnen verblijven, maar het leek erop dat ze steeds meer mensen om zich heen aan het verzamelen was.

Opgelucht vroeg Billy: 'Zeker weten? Het zou heel fijn zijn als ik hier een nachtje kon logeren. Maar je hoeft echt geen schilderij van me te kopen, hoor.'

'Maar ik wil er graag eentje kopen.' Ze wierp een blik op Maeve. 'Sinds ik in Starbourne ben, besef ik hoe fijn het is om mensen te helpen. Nou ja, de mensen die dat verdienen dan.'

'Het komt door Maeve dat ik dit vandaag heb gedaan.' Billy lachte. 'Zo zie je maar weer, je weet nooit wat er nog allemaal kan gebeuren als je eenmaal iets in werking zet.'

'Hoi.' Nella's hart maakte een sprongetje toen ze de deur opendeed voor Nick. Het was zondagavond, acht uur, en ze wist dat hij de volgende dag heel vroeg voor zaken naar New York zou vertrekken.

'Je bent tosti's aan het maken. Dat kon ik bij mij thuis gewoon ruiken.'

'O, daarom ben je hier?' Grinnikend deed ze een stap opzij. 'Wil je er ook eentje?'

Hij volgde haar naar de keuken. 'Graag. En ik wilde even van je weten hoe het er nu voor staat in Hay Hall. Is er nog iets gebeurd?'

'Nee. Billy logeert vannacht bij Lizzie. Er hebben wel wat journalisten gebeld, maar die heb ik niets verteld. Maak je niet druk, ik kan het wel aan. En hoe zit het met jou? Al ingepakt voor morgen?'

'O, ja.' Nick pakte de kurkentrekker uit de bestekla en opende de fles Merlot die hij had meegebracht. 'Over twee weken ben ik weer terug. Mochten er problemen zijn, dan kun je me altijd bellen.'

'Mochten er problemen zijn, dan los ik die zelf wel op. Heb een beetje vertrouwen in me.' Ze pakte het glas aan dat hij haar gaf en tikte ermee tegen het zijne. 'Proost.'

'Proost.' Na een korte stilte voegde hij eraan toe: 'Ik heb ook alle vertrouwen in je.'

'Fijn om te horen.' Ze bracht het allemaal bijzonder nonchalant, terwijl ze zich stiekem afvroeg of hij wel wist wat voor uitwerking hij op haar had.

'Ik meen het. Ik ben blij dat je hier bent.'

Hij had een scheef lachje op zijn gezicht en in dit licht leken zijn blauwe ogen heel donker. Wat zou hij nu denken? Zich verward afvragend of zijn gedachten die van haar weerspiegelden, zei ze zacht: 'Ik ben ook blij dat ik hier ben.'

Gevaarlijk, heel gevaarlijk, maar ze was ook maar een mens. Ze keek naar zijn borst die uitzette terwijl hij inademde. Zou hij haar nu gaan kussen? Hield ze haar hoofd al iets omhoog om de boel in gang te zetten? Zouden haar benen haar kunnen blijven dragen of zou hij zijn armen om haar heen moeten slaan om haar te ondersteunen, en zo ja, hoe zou dat dan voelen? Deed hij nu een stapje in haar richting en...

'Er brandt iets aan,' zei hij.

Dat ben ik, dat ben ik, ik sta in vuur en vlam...

O. Toen ze zich snel omdraaide zag ze zwarte rook opstijgen uit de verbrande randjes van de tosti's. Zelfs hun lekkere snacks waren blijkbaar tegen hen.

Nick had de grill al gepakt en kiepte de aangebrande sneetjes in de gootsteen, terwijl Nella een gefrustreerde kreet slaakte, omdat het het laatste brood was geweest en ze de korstjes er gewoon hadden kunnen afsnijden.

'We hadden ze nog best kunnen opeten,' protesteerde ze, terwijl hij de kraan openzette om de zwarte rookwolken een halt toe te roepen.

Hij draaide de kraan weer dicht. 'Maar dat was vast niet lekker geweest. We maken gewoon nieuwe.'

'Alleen was dat mijn laatste brood.'

'Tja, dan is het toch wel rampzalig.' Er verscheen een glimlach om zijn mond toen haar buik rommelde.

'Ik heb honger,' zei ze snel.

'Ik ook. Daarom ben ik hier.'

'Heb jij thuis geen brood meer?'

'Nee. Ik wist dat ik morgen zou vertrekken, dus ik heb al mijn brood verkruimeld en in de tuin uitgestrooid, voor de vogels.'

'Fijn voor ze. En de winkel is natuurlijk ook al dicht.' Ze slaakte een zucht. 'Het probleem met tosti's is dat je er extra veel zin in hebt als je weet dat je ze niet kunt krijgen.' Ineens schoot door haar heen dat dat niet alleen voor tosti's gold.

En weer dat speelse lachje om zijn mond. Langzaam zei hij: 'Oké, misschien kan ik... Even denken...'

Misschien kon hij wat? Haar gedachten afleiden van tosti's? Eindelijk de eerste stap zetten zodat ze helemaal niet meer aan eten, aangebrand of niet, zou denken?

Ineens ging haar mobiel. Typisch. Mobieltjes kozen altijd de raarste momenten uit, net als mensen.

En als je baas tegenover je stond, kon je ook niet doen alsof er niet werd gebeld.

Maar toen ze haar mobiel uit haar kontzak haalde en zag wie er belde, ontspande ze zich weer. Het was Tommy maar, die haar belde vanuit Thailand. Ze kon gewoon tegen hem zeggen dat het nu niet uitkwam en dat ze hem later wel zou terugbellen.

'Hoi,' begon ze opgewekt, 'luister, het komt nu...'

'Nella, Nella, waar zit je precies?'

'In Starbourne, ik wilde vroeg naar bed.' Met een beetje geluk.

'Daar geloof ik niks van,' zei Tommy. 'En dat je in Starbourne zit, weet ik. Ik weet alleen niet waar precies.'

'Hoezo? Wil je me een kaart sturen voor mijn verjaardag? Dat mag wel in de krant dan. En bovendien ben ik niet eens jarig.'

'We zijn hier! We wilden je verrassen! We staan aan het eind van de hoofdstraat, voor een supermarktje dat dicht is, en er vliegen allemaal maffe vogels om ons heen, echt in sneltreinvaart, dus je moet ons gauw je adres geven, anders pikken ze onze ogen er nog uit en...'

'Dat meen je niet!' Nu was het haar beurt om hem te onderbreken. Ze vloog langs Nick heen, deed de voordeur open, liep op blote voeten de straat op en keek in de richting van de winkel. In het donker kon ze nog net twee figuren zien staan en ze begon als een gek te zwaaien. In de telefoon zei ze: 'O mijn god, wat is dit maf. Kun je me zien? Kom snel!'

Het was zo fijn om Tommy weer te zien.

'Ik heb je gemist,' zei ze tegen hem, terwijl ze hem op de stoep omhelsde.

'Ik jou ook.' Hij was mager en diep gebruind; zijn haar was wat langer en zat in een staartje. 'Thailand was geweldig, maar het was tijd om weer naar huis te gaan.'

'Nou, welkom terug.' Ze omhelsde Juliet, die net zo bruin was en een eenvoudig wit shirt boven een kakikleurige broek droeg. Ze hadden allebei een rugzak bij zich die bijna net zo groot was als zijzelf.

Juliet straalde. 'We hebben het je niet verteld omdat Tommy wilde dat het een verrassing was.'

'Nou, dat is het zeker. Kom binnen.' Het was wel duidelijk dat ze niet wisten dat Jed in de Cedars verbleef. Nou ja, morgen zou hij weer vertrekken. Toen Nella hen mee de huiskamer in nam en Nick opstond, zei ze: 'Oude baas, mag ik je voorstellen aan mijn nieuwe baas?'

'Het ruikt hier aangebrand. Heeft Nella soms weer geprobeerd om iets klaar te maken? Hoi, leuk je te leren kennen,' zei Tommy. 'Ik hoor alleen maar goede dingen over je van Nella.'

'En wij zijn heel blij met haar.' Nick keek op zijn horloge. 'Luister, jullie hebben natuurlijk heel wat bij te praten en ik moet morgenvroeg om halfzeven op Heathrow zijn, dus ik ga maar weer eens. Hopelijk zien we elkaar nog eens.'

'Hoelang blijf je weg?' Dat was een typische Tommy-vraag, recht op de man af.

Kalm zei Nick: 'Tien, hooguit veertien dagen.'

Tommy wierp hem zijn bekende ondeugende grijns toe. 'Wie weet heb ik Nella tegen die tijd al wel weer van je gestolen.'

'Hij maakt een grapje,' zei Nella.

'Laten we het hopen,' zei Nick.

Ze kon het niet helpen, ze moest het vragen: 'Heb je echt niks te eten in huis?'

'Ach, ik verzin wel wat,' zei hij grijnzend. 'Misschien hebben de vogels wat kruimels voor me achtergelaten in de tuin. Ik zal eens kijken.'

Het was geen stalken, hield Jed zichzelf voor. Hij wilde gewoon het antwoord op een vraag weten. En bovendien was het niet verboden om een avondwandeling te maken. En zo groot was Starbourne nou ook weer niet; een dorp als dit had maar een beperkt aantal straten waar je doorheen kon wandelen.

Hij had zich afgevraagd of Esme alweer thuis zou zijn, dat was alles, en toevallig liep hij de route die langs haar huis ging zodat hij kon zien of haar auto alweer voor de deur stond. De auto stond er niet en het huis was in duisternis gehuld. Terwijl hij verder liep probeerde hij zich niet af te vragen waar ze kon zijn. Toen Juliet er in december vandoor was gegaan met Tommy Kessler, had de gedachte dat ze daarvoor stiekem al iets met elkaar hadden gehad nog maandenlang door zijn hoofd gespookt.

Als je ooit van iemand had gehouden die je bleek te hebben

bedrogen, was het moeilijk om opnieuw iemand te vertrouwen.

Dat was een droevige waarheid. Het probleem was dat de avond met Esme zo speciaal en goed had gevoeld dat hij zichzelf ervan had overtuigd dat zij anders was.

Hij was inmiddels bijna bij de pub, waar het ook donker was. In de heldere avondlucht hoorde hij de kerkklok luiden. Twaalf uur. In plaats van terug te gaan naar de Cedars, besloot hij de lange route naar huis te nemen om zichzelf te bewijzen dat hij echt geen stalker was.

Even later hoorde hij de roep van een uil en hij bleef als aan de grond genageld staan. Het was beslist een uil, hoewel hij die alleen maar kende van film of tv. In het echt had hij dat onmiskenbare bijna echo-achtige oe-hoe nog nooit gehoord.

Met ingehouden adem wachtte hij af of hij hem nog een keer zou horen. Maar toen hoorde hij ineens iets anders, veel dichterbij, waardoor hij de uil compleet vergat.

Gelach uit een open raam bijna recht boven zijn hoofd. Een lach die hij onmiddellijk herkende als de lach van de vrouw van wie hij had gehouden en die hij weer was verloren. Terwijl hij verbaasd naar het halfopen raam keek, hoorde hij de lach weer, gevolgd door het gemompel van een mannenstem en het gekraak van een bed.

Het was onmiskenbaar de lach van Juliet. Hij wist het honderd procent zeker. Zij en Tommy Kessler hadden de afgelopen vijf maanden in Thailand gezeten, maar waren nu blijkbaar weer terug. Hij wist niet waar Nella Hughes woonde, maar misschien was dit haar huis. Tenzij ze al tijden weg waren uit Thailand en zich hier verborgen hadden gehouden.

Boven zijn hoofd zei Juliet: 'Ze zag er echt goed uit.'

'Niet zo goed als jij.' O ja, dat was beslist de stem van Tommy.

'Ik vraag me af of er soms iets speelt tussen haar en Nick.'

'Ze heeft er niks over gezegd.' Stilte. 'Maar ja, wij hebben ook niks gezegd. Terwijl ik het haar zo graag wilde vertellen.'

'Dat weet ik. Dat merkte ik aan alles.' Opnieuw gelach. 'Maar we mogen het pas vertellen als het drie maanden is. Anders is het het lot tarten.'

'Ja, maar over twee weken is het zover. Dan kunnen we het iedereen vertellen. Tot dan is het ons geheimpje.'

Nog meer gekraak van het bed en toen zei Tommy: 'We worden een gezin.'

'Dat heb ik altijd al gewild. Samen met jou.'

'Ik hou van je.'

'Ik ook van jou.'

'Ben je moe?'

'Ik ben kapot.'

'Zal ik het raam dichtdoen?'

Jeds nekhaartjes gingen rechtovereind staan van schrik; hij kon zich hier nergens verstoppen. Toen hoorde hij Juliet gapen, op de manier zoals ze altijd gaapte, als een kat, eindigend met een muzikale miauw. 'Nee, laat maar open. Slaap lekker.'

Jed wachtte nog een halve minuut, terwijl er allerlei ingewikkelde gevoelens door hem heen gingen, gevoelens waarvan hij niet wist wat hij ermee aan moest. Toen slaakte hij een diepe zucht en liep terug naar de Cedars. Via de lange route.

39

Nella zat de volgende ochtend in haar kantoor te bellen. Ze moest een reiki-meester boeken voor de familie die komende week in Bay House zou zitten. Het was halftien; Nick was al uren geleden weggegaan en zijn vliegtuig zou nu wel ongeveer vertrekken.

Toen er op de deur werd geklopt, draaide ze haar bureaustoel om en zag dat het Jed Diamond was, die zijn hand even naar haar opstak.

Omdat ze het gesprek met de reiki-meester net had beëindigd, legde ze de telefoon neer en zei: 'Hoi, ga je zo weg? Ik weet dat het weekend anders is verlopen dan je in gedachten had, maar ik hoop toch dat je van je verblijf hier hebt genoten.'

'Ja, dank je.' Hij knikte. Zijn gezichtsuitdrukking was ondoorgrondelijk. 'Ik vroeg me alleen af... Is er toevallig niet een ander huis vrij, als ik nog even zou willen blijven?'

Hij kon niet weten dat Tommy en Juliet de komende dagen bij haar zouden logeren. Gisteravond had ze hun niet eens verteld dat hij hier was, aangezien hij vanochtend toch weer terug zou gaan naar Manchester.

Gelukkig hoefde ze niet tegen hem te liegen. 'Helaas, de komende weken zit alles vol. Het spijt me, we hadden het erg leuk gevonden als je wat langer had kunnen blijven. Echt jammer.'

Hij haalde zijn schouders op. 'Ach, ik dacht ik probeer het gewoon. Maakt niet uit. Dan ga ik nu verder met pakken en dan kom ik de sleutel daarna wel brengen. Bedankt voor alles. Het waren me een paar dagen wel.'

'Ik ben blij dat je het leuk vond. Ondanks dat gedoe met Karina.'

Met een spijtig lachje om zijn mond zei hij: 'Ach, ik had het al veel eerder moeten uitmaken.' Daarna liep hij het kantoor uit.

Twintig minuten later stopte zijn auto voor het kantoor. Toen hij haar de sleutel overhandigde, zei hij: 'Nogmaals bedankt. Dit is een bijzondere plek. Ik snap wel dat je hier gelukkig bent.'

Na al die jaren was het vreemd om te ontdekken dat hij helemaal niet zo'n gevaarlijk gangstertype was en ook nog eens veel charmanter dan ze altijd had gedacht.

'Ja, ik vind het hier echt heel prettig. Heel anders dan de grote stad, maar bijzonder aangenaam.'

'Fijn om te horen. En doe Tommy de groeten als hij je weer belt. Ik hoop dat Juliet en hij het nog steeds naar hun zin hebben in Thailand.' Na een korte stilte voegde hij eraan toe: 'En feliciteer ze ook maar van mij. Erg leuk dat ze een kind krijgen. Ze zullen wel dolblij zijn.'

Nella staarde hem aan. 'Sorry, wat?'

Aan zijn gezicht was niets af te lezen toen hij nog even zwaaide en gedag zei voordat hij het kantoor uit liep.

Hij reed over de M6, zo'n honderd kilometer van Starbourne verwijderd, toen zijn telefoon bliepte en hij de naam zag opflitsen op het schermpje. Zijn hart maakte een sprongetje en hij draaide zijn toestel om; godzijdank was er een paar kilometer verderop een benzinestation.

Toen hij zijn auto tot stilstand bracht op de parkeerplaats, bonkte zijn hart hem nog steeds in de keel. Hij had onderweg voortdurend aan Esme moeten denken, en nu stuurde ze hem een berichtje, alsof hij dat met de kracht van zijn geest had afgedwongen. Hij haalde een keer diep adem en las toen haar bericht.

Hoi! Ik had je gisteravond willen bellen om af te spreken zodat ik iets terug kon doen voor dat fantastische dinertje van zaterdagavond. Maar een van mijn kleinzoons is van een hoge muur gevallen en we hebben tot drie uur 's nachts op de afdeling Spoedeisende Hulp gezeten!! Maar alles is goed gekomen (zestien hechtingen op zijn schedel). Hoe dan ook, mocht je nog in Starbourne zijn, heb je dan zin om langs te komen voor een vluggertje? Het is het minste wat ik kan doen, ik hoef pas om twaalf uur vanmiddag te beginnen op mijn werk. Het leek me een leuke manier om je bezoekje te eindigen! X

Jed las het bericht nog een keer door. En toen nog een derde keer. Het was vijf over elf inmiddels; als hij vaart maakte kon hij rond twaalven wel bij haar zijn.

Ping! Zijn telefoon kondigde vrolijk een nieuw berichtje aan.

Omg sorry, stomme autocorrect! Ik bedoelde natuurlijk een vlugge lunch!! De quiche waar we het over hadden!!

De quiche. Natuurlijk. Op zaterdagavond had hij haar verteld over de hartige taart met bacon van zijn oma, en Esme had hem toen gezegd dat ze die vroeger ook altijd voor haar gezin had gemaakt. Daarna hadden het ook nog gehad over andere dingen die ze als kind lekker hadden gevonden, zoals jamrolletjes, kaasstengels en stoofpot met worstjes.

Een vlugge lunch.

Jeds hart stopte met bonken en ging weer liggen als een teleurgestelde hond die besefte dat de wandeling toch niet doorging.

Zijn reactie was kort.

Ha ha ha, ik wist heus wel dat het die stomme autocorrect was! Ik zit al op de m6, dus geen quiche voor mij, helaas. Maar heel lief van je. Het was vast heel lekker geweest.

Een vluggertje zou natuurlijk nog lekkerder zijn geweest, maar dat hield hij voor zich.

En hopelijk is je avontuurlijke kleinzoon snel weer beter. X

Hij drukte op verzenden, zette zijn telefoon uit en reed de snelweg weer op. Diep vanbinnen wist hij dat dit karma was, het universum dat hem betaald zette wat hij vanochtend tegen Nella had gezegd. Zodra de woorden zijn mond uit waren gekomen, wist hij al dat hij dat niet had moeten doen.

En hij had gelijk gehad. Nu, nog geen uur later, was hij er al voor gestraft.

Lizzie had Nella gevraagd of ze haar naar Cheltenham kon brengen omdat ze haar wenkbrauwen wilde laten doen. En nu, enige tijd later en met opnieuw perfecte wenkbrauwen – al waren ze dan wat roze aan de randen – liep ze met twee cappuccino's terug naar de auto, waar Nella achter het stuur verdiept was in een boek.

Er was wat gezwaai en toen een klopje op het raam voor nodig om haar aandacht te trekken.

'Sorry, ik was heel ver weg,' verontschuldigde Nella zich terwijl ze de stukgelezen paperback tussen de voorstoelen stopte en de auto startte.

'Wat ben je aan het lezen?' Lizzie, altijd even nieuwsgierig, pakte het boek dat helemaal vergeeld was en opgekrulde randen had. Het omslag was niet echt uitnodigend, grijs en blauw met een schim van een man tussen hoge gebouwen, en het heette *One Way to Die*. 'Het verbaast me dat je dit leest. Laatst zei je nog dat je niet zo van thrillers hield.'

'Dat is ook zo! Maar iemand had dit boek achtergelaten in een hotellobby in Phuket en Juliet heeft het toen meegenomen en toen ze er eenmaal in was begonnen kon ze niet meer ophouden met lezen. Daarna moest Tommy het van haar lezen, en hij leest anders nooit boeken. Ze zeiden allebei dat het fantastisch was en dat ik het echt moest lezen.'

'En?'

'O mijn god, je hebt geen idee! Ik heb het gisteravond mee naar bed genomen met het idee een paar bladzijden te lezen, maar ik kon gewoon niet stoppen. Moet je zien hoever ik al ben... Het is zo spannend. Het gaat over een spion die op een missie is naar...'

'Nee, niets zeggen,' onderbrak Lizzie haar snel. 'Als het echt zo goed is, wil ik het na jou lezen.' Bij zichzelf vroeg ze zich af of ze verder zou komen dan het eerste hoofdstuk, maar aangezien ze net een irritante autobiografie had gelezen van een populaire Amerikaanse komiek die dacht dat alle vrouwen hem wilden, kon ze het net zo goed proberen.

Het was Nicks idee geweest om elkaar iedere avond even te videobellen terwijl hij in New York zat. Wat betekende dat Nella haar haar moest borstelen en net zoveel make-up op moest doen dat het net leek alsof ze geen make-up droeg. Een heel klein beetje maar, om hem niet aan het schrikken te maken. Het was elf uur 's avonds in Engeland en daarom droeg ze haar witte badjas, terwijl Nick, in zijn hotelkamer vlak bij Times Square, fris gedoucht was en gekleed voor de avond die voor hem lag; hij zou potentiële investeerders mee uit eten nemen naar Caviar Kaspia, aan Madison Avenue.

'Zielig voor je,' zei Nella toen hij het haar vertelde. 'Ik heb een visstick gegeten. Op brood.'

'Met?'

'Mayonaise en fijngesneden Spaanse peper.'

Hij trok een gezicht. 'Geen ketchup?'

'Nooit ketchup.'

'Dat hoort niet! Je weet niet wat je mist.'

'Ik weet wel wat ik mis. Ketchup. En geloof me, die mis ik niet. Heb je een nieuw overhemd aan?'

'Goed gezien. Ik heb het op het vliegveld gekocht. Mooi?'

'Heel mooi.' Ze zat op haar smalle bed, met haar laptop op haar knieën, terwijl hij op een keurig opgemaakt kingsize bed in zijn hotelkamer zat. Het overhemd was pauwblauw met friemeltjes smaragdgroen en magentarood erdoor. Gewoonlijk droeg hij simpeler dingen. 'Ik ben diep onder de indruk.'

'Fijn om te horen. En jouw badjas is ook erg mooi.' Hij zweeg even. 'Het dringt ineens tot me door dat je in de logeerkamer zit.'

'Ik heb mijn kamer aan Tommy en Juliet gegeven. Ik vind het niet erg om in een eenpersoonsbed te slapen.' Ze voelde zich even in de verleiding komen om hem te vertellen wat Jed die ochtend tegen haar had gezegd, maar als Juliet echt zwanger was en ze hadden het haar niet verteld, noch gisteravond, noch vandaag, dan zouden ze daar een goede reden voor hebben.

Ineens hoorde ze dat Tommy beneden Ed Sheeran afzette en toen een nummer opzette waarvan haar keel dichtkneep. Ze balde haar vuisten. Het was ironisch hoe vaak je op het meest onverwachte moment een nummer hoorde dat je terugbracht naar een gebeurtenis uit je jeugd, een gebeurtenis die je het liefst uit je geheugen zou willen wissen.

En ja, het was echt dat nummer. Een paar seconden probeerde ze Jon Bon Jovi die in de huiskamer 'Wanted Dead or Alive' brulde te negeren, maar tevergeefs. Het lukte haar niet.

'Gaat het?' Vanaf het scherm van haar laptop keek Nick haar fronsend aan.

Ze stak haar hand op. 'Twee seconden. Ik ben zo terug.'

40

Nella hoefde niets te zeggen toen ze de kamer in kwam; zodra Tommy haar zag zei hij: 'Shit, sorry, helemaal vergeten.' Hij ging snel verder naar het volgende nummer, 'Vindaloo' van Fat Les, dat bijna net zo erg was maar op een heel andere manier, maar wat kon een mens eraan doen? Het was een van Tommy's lievelingsnummers.

'Wat vergeten?' Juliet keek verbaasd. 'Stond de muziek te hard? Tommy, zet zachter.'

'Nee, dat hoeft niet,' stelde Nella haar gerust. 'Echt, niks aan de hand.'

'Waar ging dat over?' vroeg Nick toen ze weer boven was. 'Maken ze veel lawaai? Of is het iets anders?'

Hij leek bezorgd. Ze dacht aan de dag waarop ze elkaar voor het eerst hadden ontmoet, na hun aanvaring in de boerderijwinkel en vlak voor haar ongeluk, toen dát nummer was begonnen op de autoradio en ze snel van zender was veranderd. Terwijl ze naar zijn gezicht op haar scherm keek, dacht ze verwonderd dat ze, als dat ongeluk niet was gebeurd, hier niet zou zitten videobellen met de man met wie ze had gestreden om een bos oranje rozen.

Een strijd die ze natuurlijk wel had gewonnen.

'Dan is het dus iets anders,' zei hij toen ze niet meteen antwoord gaf. 'Maar het is oké, je hoeft het me niet te vertellen, hoor.'

Wat was dat toch met die woorden? Door de manier waarop hij ze had uitgesproken, wilde ze niets liever dan het hem vertellen. En dat er een hele oceaan tussen hen in zat, maakte het gemakkelijker. Nella verlegde de kussens achter haar rug en vroeg: 'Moet je zo niet weg?'

Hij schudde zijn hoofd. 'Over een halfuur pas.'

Met een klein lachje zei ze: 'Zo lang duurt het niet. Het is maar een kort verhaaltje.'

'Ik luister,' zei hij alleen maar.

Zou ze het hem vertellen?

Blijkbaar wel.

Ze schudde haar hoofd. 'Het was gewoon een van die slecht getimede momenten die je nooit meer vergeet. Ik was jarig, ik werd acht, en mijn vader had al verteld dat hij een cadeautje voor me had, dus ik was helemaal door het dolle heen. Maar toen ik die ochtend hun slaapkamer in kwam, zei hij dat ik het 's middags zou krijgen. En ik kreeg het gevoel dat dat niet zou gebeuren, want zo ging het meestal. Van mijn moeder kreeg ik viltstiften en een schetsboek, wat fijn was. Toen zij later wegging met vrienden, en hij ook weg was, heb ik heel lang aan een tekening zitten werken van mijn vader die me een cadeautje gaf.'

Ze zweeg even en keerde in haar hoofd terug naar de achtjarige Nella; ze zag de tekening die ze voor hem had gemaakt weer voor zich. Het meeste van haar kindertijd was ze gelukkig vergeten, maar deze gebeurtenis was voor altijd bewaard, als een insect gevangen in eeuwenoude hars. Ze haalde diep adem en balde weer haar vuisten. 'Hoe dan ook, ik heb de hele dag en avond gewacht tot hij terug zou komen, maar dat gebeurde niet. Mijn moeder ging toen ze thuiskwam meteen naar bed, en uiteindelijk ben ik ook maar naar bed gegaan. Ik liet de tekening op de tafel in de huiskamer liggen zodat mijn vader die zou zien als hij thuiskwam. Uren later werd ik wakker van muziek. Díé muziek,' zei ze met nadruk, en Nick knikte, maar zei verder niets.

'De muziek stond heel hard. En ik heb heel lang in bed liggen wachten tot hij naar boven zou komen om me te bedanken voor de tekening en me te feliciteren. Het kon me niet eens schelen of hij een cadeautje voor me had of niet. En al die tijd hoorde ik steeds datzelfde nummer, maar hij kwam niet naar mijn kamer en toen ben ik uiteindelijk naar de huiskamer gegaan. En daar zag ik hem op de grond liggen. Met een naald in zijn arm en mijn viltstiften op het kleed naast zijn hoofd. Hij lag op zijn zij met zijn wang op de tekening die ik voor hem had gemaakt. Het papier was verkreukeld en hij had eroverheen gekotst.' Nella haalde beverig adem. Zo, ze had het gezegd.

'Jezus,' zei Nick geschrokken. 'En toen?'

'Het nummer speelde nog steeds en ik heb de cd-speler uitgezet en ben mijn moeder gaan halen. Ze stuurde me naar bed. De volgende ochtend bleek dat mijn tekening was weggegooid, samen met de viltstiften en het kleed waarop hij had gekotst. En niemand heeft het er ooit nog over gehad.' Het lukte haar om er een scheef lachje uit te persen. 'En ik hoef je natuurlijk niet te vertellen dat mijn vader geen cadeautje voor me had gekocht.'

'Mijn god, wat erg voor je.' Nick haalde zijn vingers door zijn haar, zichtbaar van streek. 'En een jaar daarna ging hij dood.'

Ze knikte. 'Ja.'

'Het moet echt vreselijk voor je zijn geweest.'

'Ja. Maar nu weet je ook waarom ik dat met die DNA-test een beetje maf vind. Ik ben dol op Hugo en ik weet dat hij het goed bedoelt, maar ik heb er gemengde gevoelens bij. Ik weet niet eens of mijn vader familie had, misschien was hij alleen maar het contact met hen verloren.' Na een korte stilte voegde ze eraan toe: 'En dan voel ik me een beetje schuldig, want ik weet dat iedereen altijd denkt dat je vast graag je familie wilt leren kennen... maar ik weet niet of dat wel voor mij geldt. Ik heb gewoon het gevoel dat ik... dat ik dat risico niet eens wil nemen.'

'Ik wilde dat ik je nu een knuffel kon geven,' zei hij.

Dat wil ik ook.

'Daar zou je wel erg lange armen voor moeten hebben,' zei ze hardop.

Terwijl ze weer een lachje tevoorschijn toverde om alles wat minder zwaar te maken, werd er op haar deur geklopt. Zonder een antwoord af te wachten, deed Tommy de deur open en vroeg: 'Gaat het? Ben je nog met Nick aan het praten?'

'Ik heb hem net verteld over dat nummer en waarom je dat van me moest uitzetten.' Terwijl ze naar Tommy keek, veegde ze stiekem een eenzame traan uit haar rechteroog zodat Nick die niet zou zien.

'Sorry, ik ben ook zo'n stomkop. Ongelooflijk dat ik dat was vergeten.' Tommy had een glas rode wijn en een zak Maltesers bij zich. Nadat hij die op het piepkleine nachtkastje had gezet, sloeg hij zijn armen om haar heen. Nella sloot haar ogen en deed alsof hij Nick was.

Nee, ze wilde dat hij Nick was.

Na een tijdje zei ze: 'Het gaat wel weer, echt,' en Tommy liet haar los en draaide zich om op het smalle bed om naar Nick in zijn elegante hotelkamer in New York te zwaaien.

'Sorry voor de onderbreking. Ik heb er gewoon niet bij stilgestaan. Zoals ik al zei: ik ben een stomkop.'

'Je hebt net gedaan wat ik graag had willen doen,' zei Nick.

'Ik laat jullie verder. Neem een slok wijn en een paar Maltesers,' beval Tommy. 'Dan kunnen jullie weer verder met jullie zakelijke onderhoud.'

Wat ze ook deden, al was Nella blij dat Nick het bericht niet kon lezen dat vijf minuten later opflitste op haar laptop:

Trouwens, hij valt op je. Ik hoop dat je dat weet.

Terwijl ze met Nick doorpraatte over een potentiële reservering van twaalf schrijfsters in november, tikte ze een antwoord terug aan Tommy: Au.

Het antwoord kwam meteen.

Tommy: Wat bezielt je? Expres moeilijk doen?

Nella: Hij is mijn baas. Als het misgaat, heb ik geen werk meer.

'Dat klinkt perfect,' zei Nick.

'Sorry, wat?' vroeg ze geschrokken.

'Twaalf schrijfsters. Die zitten natuurlijk de hele tijd te schrijven. Geen klachten van buren dat ze luidruchtig zijn, te harde muziek draaien en kurken van champagneflessen tegen het plafond laten knallen...' Hij stopte. 'Wat ben je aan het typen?'

Gelukkig kon hij de berichten niet zien. 'Gewoon zakelijke dingetjes. De vragen van een klant beantwoorden. Bijna klaar.'

Tommy's volgende reactie was net in beeld verschenen, vlak boven Nicks hoofd.

Gewoon doen – als ik een vrouw was, zou ik zeker met hem naar bed gaan. Hij ziet er goed uit.

Een glimlach verbijtend typte ze terug: Van jou had ik niet anders verwacht. Welterusten! Xx

Nick vroeg: 'Wat zit je nu weer te grijnzen?'

O, ze had het dus toch niet kunnen verbergen. Omdat ze het een beetje warm had gekregen, nam ze een grote slok wijn. 'Sorry, ik zat te denken aan het echtpaar uit Brighton dat vandaag in de Cedars is getrokken.'

'Hoezo? Zijn ze lastig? Ik dacht dat ze oud waren!'

'Ze zijn zeker niet lastig. Reg is eenennegentig, en Dorothy is negentig, en hun verhaal is echt prachtig.' Ze zei maar niet dat ze tranen in haar ogen had gekregen toen ze het haar hadden verteld. 'Ze werden als tieners stapelverliefd op elkaar, maar Dorothy's vader was erop tegen en stuurde haar naar het buitenland, en zo verloren ze elkaar uit het oog, maar ze zijn elkaar nooit vergeten. En afgelopen november zag ze op tv een nieuwsitem over fondswervers, en een van de mannen was Reg.'

'Ongelooflijk, zeg.' Nicks ogen straalden.

'Ja, hè? Ze vertelde me dat ze hem onmiddellijk herkende en dat ze een gil slaakte, haar gin-tonic omstootte en haar kat de stuipen op het lijf joeg. Daarna nam ze contact op met de mensen van de tv en die hebben hem voor haar weten op te sporen. Zij was haar man al verloren en hij zijn vrouw. En toen ze elkaar weerzagen, was het opnieuw liefde op het eerste gezicht. En daarom zijn ze hier met hun beide families om dat te vieren. Vrijdag gaan ze trouwen in het gemeentehuis van Cheltenham.'

Nick zat te knikken. 'Wonderbaarlijk.'

'Maar dat is nog niet alles! Toen Reg trouwde en een gezin kreeg, noemde hij zijn oudste d-dochter Dorothy... en Dorothy n-noemde haar oudste zoon R-Reggie...' Oeps, daar ging ze weer.

'Huil je?' wilde Nick weten.

'N-nee...' Maar haar borst ging op en neer, de tranen stroomden over haar gezicht, en Nick boog zich opzij en verdween uit beeld. Toen hij weer op het scherm te zien was, had hij een tissue uit de doos op zijn nachtkastje in zijn hand. 'Volgens mij wel.'

'Dank je.' Ze deed alsof ze de tissue van hem aanpakte en hun handen ontmoetten elkaar even aan weerszijden van het scherm. Het had geen zin, ze kon de heftige lichamelijke reactie die ze kreeg als ze hem zag niet meer negeren. Het werd steeds lastiger om haar gevoelens voor hem te ontkennen. Het was niet eens verliefdheid, moest ze met tegenzin erkennen; het voelde als veel meer dan dat. En zoals hij haar nu aankeek... dat maakte het er alleen maar erger op.

'Ik wilde dat ik vanavond niet meer weg hoefde,' zei hij. 'Maar het moet. En ik heb net een berichtje gekregen dat mijn taxi beneden klaarstaat.'

'Ga dan maar. En wees aardig tegen iedereen.' Vrolijk zei ze: 'Blaas ze van hun sokken met je onweerstaanbare Britse charme. Klop ze miljoenen dollars uit hun zakken zodat je je imperium kunt uitbreiden.'

Hij lachte, waardoor haar hart die blije duikeling maakte die het vaker maakte dan ze ooit zou toegeven.

'Ik zal mijn best doen,' zei hij.

Toen het videogesprek was afgelopen, voelde ze zich ineens verloren. Beneden zong Tommy mee met 'Wonderwall'. Even overwoog ze om ook naar beneden te gaan, maar ze was moe en in haar hoofd hoorde ze Nick weer zeggen dat hij wilde dat hij vanavond niet meer weg hoefde. Als ze nu ging slapen, terwijl ze nog aan hem dacht, zou ze misschien wel over hem dromen...

Alleen was dat natuurlijk niet zo, want het onderbewuste was nooit bijzonder gehoorzaam. In plaats daarvan werd haar nacht onderbroken door een idiote droom waarin ze probeerde vlees te braden in een roestige emmer terwijl er boze wespen om haar heen vlogen die een zoemerige versie van 'Wonderwall' zongen.

41

Maeve omhelsde Billy ten afscheid. Hij ging weer bij zijn ouders wonen, en zijn moeder, die dolblij was dat hij weer thuiskwam, had al gezegd dat ze haar naaikamer toch haast nooit meer gebruikte en dat hij die als atelier mocht hebben.

Dane was heel vroeg op maandagochtend teruggekomen naar Hay Hall om zijn spullen en de meeste schilderijen op te halen. Op al zijn socialmedia-accounts had hij een verklaring afgelegd over zijn versie van wat er op zondagmiddag was gebeurd. Hij zei dat bepaalde jaloerse en wraakzuchtige mensen, die anoniem moesten blijven, om redenen die alleen zij kenden, zijn goede naam hadden besmeurd. Wat die mensen niet beseften, zo zei hij, was dat gedurende de hele geschiedenis grote kunstenaars assistenten in dienst hadden gehad om hen te helpen hun werken te scheppen. Leonardo da Vinci had het gedaan. Net als Rubens, Michelangelo en Rembrandt. En in de wereld van vandaag had Damien Hirst talloze assistenten gehad. Net als ik, was Dane bescheiden geëindigd.

> Ik ga me hier niet voor verontschuldigen. Door gebruik te maken van assistenten kan ik meer kunst scheppen voor mijn fans. Dus besteed geen aandacht aan domme mensen die niet weten hoe de kunstwereld werkt; ze verdienen simpelweg je aandacht en tijd niet.
>
> Ik zal me korte tijd terugtrekken uit het openbare leven, maar ik beloof jullie dat ik zal terugkeren met nog meer kunstwerken voor jullie.
>
> Ik hou van jullie.
> Dane xxx

'Hij bedoelt dat hij zich korte tijd terugtrekt tot hij een andere sloeber vindt die zijn werk voor hem wil doen.' Billy dronk zijn mok thee leeg.

'Maar heb je de commentaren gelezen?' Maeve liet hem de steeds langere berichtenstroom op haar telefoon zien. 'Sommige mensen zeggen dat hij fantastisch is, maar er zijn er heel veel die hem voor schut zetten. Ze posten van die stokfiguurtjes en bieden aan om hem te leren hoe je een paard moet tekenen.'

Billy lachte. 'Ik ben zo blij dat ik het heb gedaan.'

'Ik ook. Je deed het echt te gek.' Dane Cruse mocht dan de grootste vergissing van haar leven tot nu toe zijn, maar zoals Lizzie ook had gezegd, iedereen maakte fouten en het ging erom of je er wat van leerde.

'Wil je je vader ook bedanken voor al zijn hulp?'

Matthew had de avond ervoor samen met Billy een website ontwikkeld die er strak en professioneel uitzag. 'Tuurlijk, maar hij deed het graag,' zei ze.

'En ik wilde Lizzie eigenlijk nog bedanken omdat ik hier een nachtje mocht logeren.' Billy was klaar om te vertrekken, zijn koffers stonden al bij de deur. 'Ik had verwacht dat ze nu wel terug zouden zijn.'

'Ik ook.' Het was Lizzies idee geweest om, terwijl Cami aan het boek werkte, samen met Matthew de honden uit te laten. En toen Matthew had verteld dat hij het eerste rondje met Teddy altijd heel vroeg deed, had Lizzie vrolijk gezegd dat dat prima was. Wat, aangezien ze bijzonder veel van uitslapen hield, op zijn minst optimistisch te noemen was.

Maar toen Matthew twee uur daarvoor zijn opwachting had gemaakt, had Lizzie al klaargestaan. En het was Maeve, die de keuken aan het schoonmaken was, niet ontgaan dat ze eyeliner en verse – dus geen klonters van gisteravond – mascara had aangebracht.

Hm. Als dit betekende wat Maeve dacht dat het betekende, kon ze niet zeggen dat ze er blij mee was.

Er knarsten banden over het grind. Het was Nella, die had aangeboden Billy naar het station te brengen.

'En blijven zwemmen, hoor,' zei Maeve, terwijl hij zijn grootste koffer naar buiten rolde.

'Doe ik, beloofd. En we houden contact, toch?'

'Tuurlijk! Ik wil weten hoe het verdergaat. Je moet me op de hoogte houden.'

'Je verdiende beter dan hem,' zei Billy.

Ze knikte en omhelsde hem nog een laatste keer. 'Ik weet het. En jij ook. Vanaf nu kan het alleen maar beter worden.'

Nella stapte uit om Billy met de koffers te helpen. Ze gaf Maeve een stukgelezen paperback. 'Wil je die aan Lizzie geven? Ze wilde hem lezen zodra ik hem uit had.'

'Dit besmeurde ding? Ziet eruit alsof het elk moment uit elkaar kan vallen,' zei Maeve met een vies gezicht.

'Zeg maar tegen haar dat ik vanochtend om vier uur wakker werd en niet meer kon stoppen tot ik hem uit had.' Nella blies de pony uit haar ogen. 'Echt, ik heb nog nooit zo'n goed boek gelezen.'

Hoe kon het toch dat woorden je compleet een andere wereld in konden sleuren die echter aanvoelde dan de wereld waarin je daadwerkelijk leefde?

Het was donderdagavond en Lizzie was geobsedeerd. Het was niet de eerste keer dat een boek deze uitwerking op haar had – ze was altijd dol geweest op lezen – maar deze keer was het anders omdat ze, net als Nella, niet had verwacht dat ze het mooi zou vinden. Maar de plotwendingen waren ongekend spannend, de belangrijkste personages intrigerend – een dergelijk goed verhaal was ze echt nog nooit eerder tegengekomen. Ze had eerder die avond zelfs gedaan alsof ze zich niet zo lekker voelde om niet mee te hoeven naar de Angel. Cami, Nella, Hugo, Tommy en Juliet waren daar nu allemaal, maar zelf zat ze op de zachtste bank van de kamer als een gek te lezen omdat ze wilde weten hoe deze pakkende, spannende en verbijsterende thriller, de beste van de wereld, zou eindigen.

Zevenenveertig minuten later had ze het boek uit, en ze hapte hoorbaar naar adem vanwege de gedurfde wending op de laatste bladzijde. Ze had het boek niet alleen gelezen, ze had het geleefd.

En ze wist ook wat ermee moest gebeuren. Tenminste, als een ander haar niet al voor was geweest.

Goed, tijd voor wat onderzoek. Ze zocht online naar de bijzonderheden van het boek en kwam tot de ontdekking dat het ondanks de vergeelde pagina's en het beduimelde omslag pas vorig jaar was verschenen. Het bleek in eigen beheer uitgebracht; de naam van de schrijver was P.J. Stotten en de uitgever stond vermeld als PJS-Books. Lizzie bleef zoeken – ja, ze hield wel van een uitdaging – en merkte dat de schrijver minstens zo vastbesloten was om anoniem te blijven. Er waren online nergens foto's te vinden van P.J. Stotten, wat betekende dat hij ook een zij kon zijn... O, maar dat zou nog eens interessant zijn...

Oké. Verder. Haar vingers vlogen over de toetsen terwijl ze naar reviews zocht, die behoorlijk slecht bleken. Op Amazon vond ze er elf in totaal en tot haar verbazing waren negen ervan slecht. En ze ontdekte al snel waarom.

Het omslag was gescheurd. *

De inkt was op sommige plekken zo vaag dat je de tekst niet kon lezen. **

De zinnen waren te lang. Ik hou van korte zinnen. Meer punten alstublieft! ***

Er is iets mis met de lijm die het boek bij elkaar houdt – er ontbraken heel veel pagina's. Als het kon, zou ik nul sterren geven. *

Ik haatte het boek omdat de hoofdpersoon net zo heet als mijn exman. Na drie bladzijden heb ik het opgegeven. Ik hou sowieso niet van lezen. *

Ik wilde een kookboek voor kerst, niet dit. **

Lizzie kreeg gewoon medelijden met P.J. Stotten als ze zich voorstelde dat hij – of zij – deze reviews las na maanden, en misschien wel jaren, aan dit bijzondere maar helaas weinig gewaardeerde boek te hebben gewerkt. Het hielp ook niet dat het grijze omslag behoorlijk saai was en dat de blurb op de achterkant weinig aanlokkelijk was, wat waarschijnlijk kwam omdat de schrijver bang was te veel van de plot weg te geven. En daarom wilde ze hem – of haar – echt opsporen om hem – of haar – te overladen met loftuitingen.

Ze bleef zoeken. Ze tikte de titel in, samen met de namen van de hoofdpersonen, en scrolde langs mensen die Stotten heetten. Oké, dit werd behoorlijk belachelijk; ze moest ermee ophouden, het konijnenhol waarin ze was gevallen weer uit klauteren en naar de Angel gaan.

Alleen kon ze dat niet, ze wilde haar nederlaag gewoon niet erkennen.

Twintig minuten later probeerde ze iets anders en bingo.

Stotton. Niet Stotten.

De naam dook op in een blog van een oudere dame die Bella Bailey heette en in Dorset woonde. Haar hobby's waren tuinieren, bloemschikken en zwerfkatten redden. En daar, bij een stuk dat ze een jaar geleden had geschreven, stond een foto van haar; ze keek trots de lens in met een smetteloos exemplaar van *One Way to Die* in haar hand.

Nee toch? Bella met haar roze wangen kon toch niet de schrijver zijn? Dat zou echt idioot zijn.

Het blog luidde als volgt:

Wat een prachtige dag weer! Mijn schat van een neef was bij me op bezoek en hij had zijn nieuwe boek bij zich, hoewel hij weet dat ik het waarschijnlijk toch niet ga lezen, lol! Omdat zijn vorige uitgever hem niet meer wilde, heeft hij het in eigen beheer uitgegeven en zijn naam veranderd, omdat het nogal verschilt van zijn vorige boeken. Hoe dan ook, ik weet zeker dat het het beste boek aller tijden is en jullie moeten het allemaal snel gaan kopen, lol, zodat hij miljonair wordt! Het heet One Way to Die (hoewel ik hem heb verteld dat er vele manieren zijn) en zijn nieuwe verzonnen naam is P.J. Stotton. Het enige teleurstellende nieuws is dat hij zegt dat er geen katten in voorkomen, lol!

O, en hier zijn ook nog wat foto's van mijn tuin, die er op dit moment prachtig uitziet, en van mijn katten, die er ook altijd prachtig uitzien, lol!

Het stuk was in totaal door vijf mensen gelezen. Lizzie scrolde langs de vele, vele foto's van katten... bloemen... nog meer katten... borders... en nog meer katten...

Toen kwam ze met een schok tot stilstand, want op de laatste foto stonden katten noch bloemen. Het was een selfie – genomen door Bella, te zien aan haar in een vest gestoken arm die opdoemde aan de rand van de foto – van haarzelf met haar schat van een neef.

Wat? Nee, onmogelijk gewoon. Het was een cliché, maar Lizzie voelde haar mond daadwerkelijk openvallen als bij een stripfiguur. Want de neef was ghostwriter Piers Sanders.

Die helemaal geen schat was.

42

Teddy en Boo, die inmiddels elkaars beste maatjes waren en van elkaars gezelschap genoten, renden elkaar kwispelend achterna om de graven heen en hadden de tijd van hun leven. Door de takken van de kastanje viel gefilterd zonlicht op Lizzies blote schouders terwijl ze met Matthew over het kronkelpaadje wandelde en hem vertelde wat ze de avond ervoor had ontdekt.

'Het punt is dat ik door het dolle heen was toen ik het boek las, omdat ik precies wist wat ik ermee wilde doen.' Klonk dat raar? Of nog erger, vond Matthew haar raar en dacht hij dat ze óf aan het opscheppen was óf leed aan zelfoverschatting? Ze deed een stapje opzij om een boomwortel te ontwijken en haar blote arm raakte per ongeluk de zijne.

O god, wat voelde dat hemels.

'Ga verder,' drong Matthew aan. 'Wat wilde je dan doen?'

Eh, misschien nog een keer per ongeluk expres met mijn blote arm de jouwe aanraken?

Hou op. Concentreer je.

'Nou, ik ken iemand in L.A., Niall, een filmproducer. We zijn al jaren bevriend en onder het lezen wist ik gewoon dat hij het te gek zou vinden. Het is echt helemaal iets voor hem. En ik weet best dat ik niet degene ben die dit boek heeft ontdekt, maar ik dacht misschien kan ik ervoor zorgen dat er iets moois mee gebeurt door het aan de juiste persoon te geven. Ik wilde echt een verschil maken in het leven van die schrijver, ervoor zorgen dat hij zou doorbreken, zodat hij later, als hij geïnterviewd wordt in praatprogramma's, kan zeggen dat het zonder mij nooit gebeurd zou zijn.' Ze bloosde, want ze had meteen spijt van haar eigen eerlijkheid.

'Niet lachen, ik weet zelf ook wel hoe egoïstisch dat klinkt. Maar ik wilde ook echt iets aardigs voor iemand doen.'

Matthew stopte met lopen en keek haar geamuseerd aan en zijn grijze ogen leken wel van zilver in het zonlicht. 'Komt dat je zelf ook niet bekend voor?'

Ze knipperde even met haar ogen en toen viel het kwartje.

'Misschien heb ik wel ontdekt dat ik het fijn vind om voor de goede fee te spelen.'

'Nou, wat houdt je tegen dan?'

'Dat is het nu net! Ik heb gisteravond ontdekt wie dat boek heeft geschreven. En we hebben elkaar al eens ontmoet. Laat ik het erop houden dat het geen succes was. Helemaal niet zelfs.'

Matthew grinnikte. 'Komt me ook bekend voor.'

'Geloof me, jij lijkt totaal niet op hem. Hij is helemaal niet aardig.'

'Wil dat zeggen dat je mij wel aardig vindt?' Hij keek haar plagend aan.

'Ik probeer je alleen uit te leggen hoe het zit. Ik wilde iemand helpen die het verdiende. Maar deze man verdient het niet. Dus nu denk ik dat ik er maar niks mee ga doen, want waarom zou ik?'

'Oké.' Hij knikte.

'Nou, wat denk jij?'

Hij trok een wenkbrauw op. 'Ik denk dat het aan jou is om te beslissen wat je wel of niet gaat doen.'

'Ja maar, hoe denk jij erover?'

Een klein lachje. 'Ik denk nog steeds dat je dat zelf moet weten.'

'Dit is gewoon irritant.'

'Nou, het komt er dus op neer dat je die vent wilt straffen door hem niet te helpen.'

'Zoiets.'

'En ga je hem dat vertellen?'

'God, nee! Zo'n sadist ben ik ook weer niet.'

'Oké.'

'O-kééé.' Ze deed zijn stem en zijn nonchalante schouderophalen na.

'Begin je je soms een beetje aan me te ergeren?'

'Een klein beetje wel, ja.'

'Waarom?'

'Omdat ik niet snap waarom je me niet wilt vertellen hoe jij erover denkt.'

'Ik heb je al gezegd waarom dat zo is,' zei hij.

'Goh, je bent nu echt heel irritant aan het worden.' Er verspreidde zich een hitte door haar lichaam. Ze had hem nog nooit zo graag willen kussen. Maar ze bevonden zich op het kerkhof, en een eindje verderop, in de bocht, lag het graf van zijn overleden vrouw, dus hem kussen zou helemaal verkeerd zijn, mocht ze al de moed bijeen weten te rapen om dat te doen. Ze zag zo voor zich dat hij, als ze het probeerde, van afschuw achteruitdeinsde en riep: 'Waar ben jij in godsnaam mee bezig? Ben je wel goed bij je hoofd?'

Snel zei ze: 'Ik kan maar beter teruggaan. Cami zit vast op me te wachten. We hebben vandaag heel wat werk te verzetten.'

Hij knikte. 'Succes ermee.'

'Wat ga jij doen?'

'Ik ga vanmiddag met Maeve naar Cheltenham. Ze wil alvast wat spullen kopen die ze nodig heeft als ze gaat studeren.'

'Nu al?'

Hij lachte kort. 'Je weet hoe georganiseerd ze is. Een van haar lievelingswinkels houdt uitverkoop en ze heeft een lijst gemaakt van keukenspullen die ze echt moet hebben.'

'Maeve gaat vast voor iedereen in haar studentenhuis koken.'

'Dat denk ik ook.' Hij riep de honden.

Lizzie had ineens medelijden met hem. 'Je zult haar gaan missen.'

Hij knikte en maakte Teddy's riem vast aan zijn halsband. 'Zeker weten. Oké, laten we gaan.'

Terug in Pine Lodge werkte Lizzie samen met Cami op het terras drie uur aan één stuk door, waarna Cami naar de dokterspraktijk in Tin Lane vertrok waar ze een afspraak had met de vroedvrouw.

Lizzie deed toen iets wat ze nog niet eerder had gedaan en googelde Piers Sanders.

Hij gaf weinig weg over zijn privéleven. Hij woonde in Dorset, vlak bij de Jurassic Coast, schrijven was zijn passie, en er werd geen vrouw of zoon genoemd. Hm. In de loop der jaren was hij online een aantal keren geïnterviewd over zijn romans, waarvan ze wist dat die niet goed hadden verkocht. Uit wat Q&A-rubrieken maakte ze op dat Schubert zijn lievelingscomponist was, dat hij van campanologie hield, wat dat ook mocht zijn – zou het iets met kamperen te maken hebben? – en dat hij, als hij het voor het zeggen had, reality-tv helemaal zou verbieden. Volgens Piers Sanders was het een abominatie die het einde inluidde van de beschaving zoals zij die kenden.

Lizzies mond vertrok; ze kon het hem zo horen zeggen met die afgemeten, droge stem van hem. Brr. Ze vroeg zich af hoe het was om zo'n droogkloot te zijn.

Daarna vond ze een video-interview dat onlangs was opgenomen tijdens een klein literair festival in Oxfordshire.

Ze drukte op afspelen en daar had je hem, in hetzelfde grijze pak dat hij had gedragen toen ze elkaar kort in Londen hadden ontmoet. Hetzelfde onvermogen om te lachen. Echt, hij zou er toch niet dood aan gaan als hij deed alsof hij het leuk vond om daar te zijn? Hij beantwoordde vragen over zijn overstap naar ghostwriten. Nadat Lizzie een paar minuten had geluisterd, dwaalden haar gedachten af... Ze zag Matthew voor zich, alleen in zijn cottage, met slechts Teddy als gezelschap zodra Maeve zich in haar studentenhuis in Birmingham had geïnstalleerd. Hij had natuurlijk zijn werk in de IT, maar hoe moest hij zijn dagen verder vullen? Zouden alle single vrouwen uit de buurt zich op hem werpen in een poging hem op te vrolijken?

En wat belangrijker was, zou hij zich door hen laten opvrolijken? Een golf van iets wat verdacht veel op jaloezie leek trok door haar heen; dit soort dingen wilde ze zich liever niet voorstellen.

'Nee, natuurlijk klikt het niet altijd,' zei Piers nu in de video. 'Sommige beroemdheden hebben nogal een hoge dunk van zichzelf en dan weet je dat je liever niet al te veel tijd met ze doorbrengt. Neem bijvoorbeeld zo'n veeleisende Hollywood-ster, dan weet je van tevoren gewoon al dat het geen vruchtbare samenwerking zal worden, en dan moet je het aanbod dus afwijzen. Het leven is te kort om te moeten dealen met dat soort mensen, neem dat maar van mij aan.'

Met een schokje drong tot Lizzie door dat hij het over háár had. Ze slaakte een kreet van woede en schreeuwde: 'Vuile schoft!' naar het scherm.

'O,' riep de interviewer verlekkerd uit. 'Nu willen we denk ik allemaal heel graag weten over wie je het hebt!'

Waag het niet. Waag het niet...

Maar Piers schudde zijn hoofd al. 'Ik ga natuurlijk geen namen noemen. Dat zou bijzonder onprofessioneel zijn. Maar ik kan je wel vertellen dat ik vorig jaar het genoegen heb gehad om met de charmante tv-historicus Eustace Merryweather samen te werken en dat was iedere dag weer een feestje. Mocht iemand zijn boek willen lezen, het heet *I, Eustace,* en het verschijnt op 1 juli en zal in de meeste boekhandels te koop zijn.'

Het was maar een kort interview. Lizzie keek het helemaal uit, voor het geval dat hij toch nog iets vreselijks over haar zou zeggen, maar dat gebeurde niet.

Hij mocht van geluk spreken!

Aan een van de muren van de gigantische woonkamer, naast de snooker- en de tafeltennistafel, hing een dartbord en Lizzie liep erheen en smeet met pijltjes tot er iets van de woede was verdwenen.

Ze stelde zich voor dat ze Matthew vertelde wat Piers in het interview had gezegd en zag zijn meelevende gezicht voor zich, en vervolgens het verwaande gezicht van Piers. Ze gooide nog wat pijltjes en raakte per ongeluk een keer de roos, wat behoorlijk frustrerend was, want het was voor het eerst in haar leven dat ze in de roos gooide en nu was er niemand die het had gezien.

Meteen daarna hoorde ze de tuindeuren opengaan, ten teken dat Cami weer terug was.

'Hoe ging het?' Ze draaide zich om naar Cami, die de kamer in kwam lopen.

'Goed. Alles is goed.' Cami gaf een blij klopje op haar buik.

'Fijn om te horen. Moet je zien, ik heb in de roos gegooid!'

'Heel knap. Tenzij je het pijltje er net in hebt gestoken om indruk op mij te maken.'

'Jemig, ik wist gewoon dat je dat zou denken. Maar ik wil je even een video laten zien, je zult je ogen niet geloven!'

'Ho, geen afleidingstactieken meer. We hebben geen tijd om naar grappige filmpjes te kijken.' Cami schudde streng haar hoofd. 'Leg die pijltjes weg. We hebben nog ontzettend veel te doen. En we moeten een beetje opschieten.'

43

Matthew stond net een curry te maken toen er werd aangebeld. Toen hij 's ochtends Teddy had uitgelaten, was hij aangeklampt door Faith Addis, die hem paniekerig had verteld dat ze was uitgenodigd voor een feest in Cirencester, maar niemand had om mee te nemen.

O, laat het alsjeblieft niet Faith zijn, die de moed had verzameld om hem te vragen of hij mee wilde.

Hij zette zijn ik-heb-het-erg-druk-gezicht op en probeerde een smoes te verzinnen waarom hij niet mee kon naar het feest, wanneer dat dan ook was, en deed de deur open.

Het was Lizzie.

'O, hoi... Ik verwachtte eigenlijk iemand anders.' Hij had het nog niet gezegd of Teddy kwam al aanstormen om Lizzie te begroeten.

'Sorry, als je het druk hebt, ga ik wel weer.' Ze ging op haar hurken zitten om het kleine hondje te aaien.

'Nee nee.' Hij schudde zijn hoofd. 'Kom verder.'

'O, heb je eten besteld?' Ze snoof diep. 'Van welke zaak is het?'

'Ik heb niks besteld, ik ben een curry aan het maken.' Hij ging haar voor naar de keuken en roerde snel de specerijen in de koekenpan om.

'O mijn god, maak je die echt helemaal zelf? Niet eens uit een potje?' Lizzie keek gefascineerd naar de sissende specerijen en de zaadjes die als kleine voetzoekers over de bodem van de pan schoten. 'Geen wonder dat er zoveel vrouwen achter je aan zitten. Wat wordt het?'

Matthew negeerde de opmerking over de vrouwen; wat werd er

in godsnaam over hem verteld in het dorp? Hij wees naar de ingrediënten op het aanrecht. 'Garnalen in pittige masala. Na Amanda's dood heb ik mezelf geleerd om curry's te maken. Ik gebruik verse masala met venkelzaad, steranijs en kerrieblaadjes, en voeg er dan palmsuiker en tamarinde aan toe. En heel veel gebakken uien. Garnalen. En zwarte peper. Het is echt niet zo moeilijk.'

'Ja, je zou ook denken dat het niet moeilijk is om een omelet te maken.' Lizzie stond nog steeds verheerlijkt de geur op te snuiven. 'Maar Maeve heeft je vast wel verteld hoe de keuken eruitzag nadat ik dat had geprobeerd. Ik heb gewoon geen talent voor koken. Waar is Maeve trouwens? Is ze boven?'

'Ze is in Cheltenham, een avondje uit met vrienden. We hebben alles gekocht wat ze nodig had en ik heb het mee naar huis genomen. Ze komt morgenvroeg weer thuis.' Na een korte stilte voegde hij eraan toe: 'En er zitten heus niet veel vrouwen achter me aan.'

'Nou, volgens Maeve wel.' Gebarend naar de knoflookteentjes, de verse tomaten en de sissende specerijen zei ze: 'Dit ruikt echt fantastisch.'

Terwijl zij de etensgeuren opsnoof, snoof hij stiekem de geur van haar parfum op, een frisse mix van citroenen en rozen en iets wat vaag aan een zomerse tuin deed denken. Ze droeg haar blonde haar los, het viel in golven om haar schouders, en in haar luchtige hemelsblauwe top en broek kwamen haar lichaamsvormen mooi uit. Teddy was de tuin in gelopen, teleurgesteld omdat Lizzie Boo niet bij zich had; een lange wandeling zat er dus niet in.

Matthew liet intussen zijn blik dwalen over de contouren van Lizzies hals en stelde zich de satijnachtige zachtheid van haar huid voor en wilde dat hij het lef had om...

'Je hebt me nog niet gevraagd wat ik kom doen.' Ze draaide zich ineens om om hem aan te kijken.

Verdomme, dat was waar ook. Dat had hij allang moeten doen. Terwijl hij het groentemes pakte en roekeloos een tomaat begon te snijden, zei hij: 'Ik dacht dat mijn etensgeuren misschien door het dorp heen naar je toe waren gezweefd en dat je toen op zoek bent gegaan naar de bron ervan.'

Ze lachte. 'Als ik je eten had geroken, had ik het waarschijnlijk nog gedaan ook. Maar nee, ik wilde je iets vertellen.'

Het was bijna hypnotiserend zoals haar mond bewoog wanneer ze praatte. En wanneer ze lachte, kon je haar roze tong nog net zien achter haar tanden, die weliswaar mooi wit waren, maar niet zo oogverblindend wit als die enge Hollywood-facings. Daar was hij blij om. Nou ja, hou op met aan haar tanden te denken, riep hij zichzelf tot de orde.

'Wat dan?'

'Ik heb mijn vriend Niall gebeld en hem over het boek verteld.'

'O, echt?'

Ze knikte. 'Ik heb het de hemel in geprezen en hem gezegd dat hij het moest lezen omdat er een prachtige film in zit. En hij zei oké, hij zou het e-boek downloaden en het proberen.'

'Nou, dat is fantastisch nieuws. Ik ben blij dat je van gedachten bent veranderd.'

'Maar het e-boek is van heel slechte kwaliteit en ik weet hoe Niall is – hij geeft het dan gewoon na de eerste bladzijde op. Dus ik heb hem gezegd dat ik hem mijn exemplaar zal sturen. En dat heb ik vanmiddag gedaan, met FedEx, een spoedbestelling, en dan heeft hij het morgen al en dan weet hij meteen dat ik serieus ben. Ik heb hem ook Piers Sanders' contactgegevens gegeven... Waarom kijk je zo naar mijn mond?'

Nu deed hij het verdorie weer. Hij legde het mes neer dat op dit moment een gevaar voor hem vormde en hoorde zichzelf de woorden mompelen die hem voor in de mond lagen. 'Omdat ik je wil kussen.'

Zo, hij had het gezegd.

'O!' Haar ogen vlogen wijd open. 'Nee, wacht. Is dit een grap of zo?'

Zijn hart bonkte hem in de keel. Hij was begonnen, dus hij moest het afmaken ook. 'Waarom zou het een grap zijn?'

'Omdat je, weet ik veel... een raar gevoel voor humor hebt?'

'Het is geen grap. Maar als je wilt, kunnen we wel doen alsof het dat wel was. Dan lach je gewoon en dan lach ik met je mee, en dan gaan we het daarna weer gewoon over... over tamarinde hebben.'

Ze knipperde met haar ogen. Ze keek even naar zijn mond en toen weer omhoog. 'Ik lach niet,' zei ze toen.

'Ik ook niet.'

'Ik ben blij dat het geen grap is.'

'Ik ook.' Maar zijn voeten leken zichzelf aan de vloer te hebben vastgeplakt en daarom was het Lizzie die de beslissende stap moest zetten, en dat deed ze. Ze liep naar hem toe, sloeg haar armen om zijn middel, legde haar hoofd even tegen zijn schouder en zocht toen eindelijk zijn mond met de hare.

O god, het was echt verbazingwekkend. Matthew voelde dat al zijn zintuigen weer ontwaakten en hem in herinnering brachten hoe alomvattend en onweerstaanbaar een kus kon zijn. De nabijheid, de intimiteit... iedere zenuw in zijn lichaam liet hem weten dat het precies dít was wat hij zo had gemist. En ook, en dat was het allerbelangrijkst, dat het oké was om dit weer te doen. Hij hoefde zich niet schuldig te voelen omdat dit niet Amanda's mond was. Het was goed. Het was toegestaan.

En het was vooral veilig, want het kon natuurlijk nooit echt wat worden tussen een onbelangrijke man zoals hij en een beroemde Hollywood-actrice. Het was gewoon een mooie oefening.

'Mmm...' Lizzie maakte zich als eerste los om het gas onder de koekenpan uit te draaien. 'We kunnen niet hebben dat de curry aanbrandt.'

'Heel slim.' Er verspreidde zich een idiote glimlach over zijn gezicht. 'Als je wilt, kan ik je wel leren hoe je zo'n curry maakt. Zou je dat leuk vinden?'

'Ja.' En nu glimlachte zij ook. 'Heel erg leuk. Maar misschien niet... nu meteen. Straks misschien.'

Gebeurde dit echt? Matthew knikte en nam haar handen tussen de zijne. 'Dat klinkt als een goed plan.'

Lizzie voelde haar bloed in haar halsader kloppen. Ze had het gedaan. Zij hadden het gedaan. Ze hadden seks gehad. Nee, nog beter; ze hadden fantastische seks gehad. Zij en Matthew Morgan. Twee keer zelfs, en de tweede keer was nog fantastischer geweest dan de eerste.

Daarna hadden ze een douche genomen, zich aangekleed en waren ze weer naar beneden gegaan, waar hij haar had laten zien hoe hij de curry maakte, wat zoiets was als naar zo'n tv-kok kijken, alleen had ze nu van achteren haar armen om zijn lichaam kunnen slaan en een spoor van kusjes kunnen trekken in zijn hals en stoute dingen kunnen fluisteren in zijn oor, terwijl hij zich probeerde te concentreren.

'Hou op.' Hij rilde even toen ze speels haar handen onder zijn T-shirt stak. 'Als de curry niet lekker wordt, is het jouw schuld.'

Zonder enig berouw zei ze: 'En als hij wel lekker wordt, komt het ook door mij.'

'Heb je honger?'

'Altijd. Hoe voel je je? Nog steeds oké?' Het was al de derde keer dat ze het vroeg, want ze was bang dat het postcoïtale schuldgevoel elk moment zijn kop op kon steken.

'Nog beter dan oké.'

'Geen paniek? Geen spijt?'

Hij schudde zijn hoofd. 'Nee.'

'Zeker weten? Want het is heel normaal, hoor, als je je schuldig zou voelen. Dat gebeurt gewoon.'

'Ik weet het. Ik heb erover gelezen.'

Zij ook. 'Toch wil ik je even zeggen dat ik, toen ik vanavond hiernaartoe ging, niet verwacht had dat dit zou gebeuren.'

'Zeker weten?'

'Echt. Ik wilde je gewoon heel graag vertellen dat ik dat boek had verstuurd. Omdat ik wilde dat je wist dat ik een aardig iemand ben.'

'En niet alleen een prinses die niet tegen hondenpoep kan.' Hij plaagde haar, want die kant van het hond uitlaten stuitte haar nog steeds tegen de borst. 'Trouwens, ik wist allang dat je aardig was. Je hebt ons het mooiste cadeau ter wereld gegeven.'

'Zo zie je maar weer. Eens in de twintig jaar doe ik iets goeds voor een ander. Goh, ik ben benieuwd wat ik ga doen als ik zestig ben.'

'Wie zal het zeggen?' Hij draaide zich om en keek haar glimlachend aan. 'Misschien kom je ons dan wel even opzoeken.'

De toekomst. Die strekte zich uit als een eindeloze grijze vlek. Een onverwacht gevoel van paniek onderdrukkend zei ze zo nonchalant mogelijk: 'Wie weet.'

44

Jed was inmiddels alweer tien dagen terug in Manchester, maar zijn gevoelens voor Esme waren nog net zo intens. Hij miste haar. Hij miste haar echt. En hij miste de Cedars en Starbourne ook. Meer dan hij zich ooit had kunnen voorstellen.

Nou ja, Starbourne miste hij voornamelijk omdat Esme er woonde.

Niemand zou kunnen raden hoeveel ruimte ze in zijn hoofd in beslag nam. Hij had zijn telefoon op zo hard mogelijk gezet, maar toch keek hij er om de paar minuten op om te kijken of ze hem geen mailtje of berichtje had gestuurd. Want dat waren de dingen die hem op de been hielden. Ze belden elkaar iedere avond, om de beurt, om even bij te kletsen, en zodra hij haar stem hoorde, voelde hij zich meteen stukken beter.

Alleen in zijn enorme huis in Altrincham stond Jed uit het raam van zijn kantoor te kijken, terwijl de schemering viel en de eerste sterren begonnen te schitteren, nog nauwelijks zichtbaar aan de al bijna donkere hemel. Het was Esme's beurt om hem te bellen, maar hij hield het gewoon niet meer uit. Vanmiddag had hij een pakje ontvangen en toen hij het opende, bleek er een koeldoos in te zitten met daarin een volmaakt gebakken kaas-hamquiche. Er stond geen afzender vermeld, maar hij had natuurlijk meteen geweten van wie het was.

Hij belde en na vier keer overgaan nam Esme op. Wanneer ze hem belde, deed hij precies hetzelfde, genietend van het vooruitzicht dat hij haar stem zo weer zou horen.

'Hé.' Haar stem was warm en fluwelig. 'Heb je het ontvangen?'

Hij voelde zich meteen ontspannen. Alles was goed in zijn wereld. 'Ja, en ik heb er al twee punten van gegeten. Je had gelijk, hij is verrukkelijk.'

De quiche was fantastisch, maar toch had hij liever dat vluggertje gehad.

'Ik maak ze vaak genoeg.' Ze lachte. 'Ik dacht wel dat je er zin in zou hebben. Je klonk een beetje down, en ik dacht: dit vrolijkt je vast op.'

'Ik voelde me ook een beetje down. Maar nu voel ik me al stukken beter.' Een paar avonden geleden had hij haar toevertrouwd dat hij iets tegen iemand had gezegd wat hij niet had moeten zeggen en dat dat sindsdien aan zijn geweten had geknaagd. Esme kende niet de bijzonderheden van zijn opmerking tegen Nella over Juliets zwangerschap, maar toch had hij het aan iemand kwijt gemoeten. En Esme had hem natuurlijk gesteund, omdat ze nu eenmaal Esme was.

'Ik schaam me er nog steeds voor,' legde hij uit. 'Ik dacht dat ik beter was dan dat. Maar niet dus.'

'Nou, in elk geval besef je dat het verkeerd was. Dat is al wat,' stelde ze hem gerust. 'Maar je moet jezelf er niet zo mee blijven kwellen. Dat we leren van onze fouten, maakt betere mensen van ons, toch?'

Door haar wilde hij een beter mens worden. Voor Jed was dat een volkomen nieuw gevoel. Hij kreeg een brok in zijn keel en kon even geen woord uitbrengen.

'Hallo?' zei Esme. 'Ben je daar nog?'

Kom op, doe normaal. Hij schraapte zijn keel. 'Ja, hoor. Ik bedacht ineens iets. Waarom kom je niet een keertje naar Manchester? Ik zou het heel leuk vinden om je de stad te laten zien.'

Hij had erop geoefend om deze gedachte terloops uit te spreken, zonder al te wanhopig over te komen. Maar Esme zei al: 'Dat zou heel leuk zijn, maar ik kan hier niet weg, de pub heeft me nodig.'

'Natuurlijk, natuurlijk.' Jed was te trots om te laten merken dat hij het jammer vond. 'Ik heb het zelf ook behoorlijk druk.'

'Ik weet het, ik heb wat foto's van je gezien in je club. Die staan in zo'n onlineroddelblad. Mijn dochter heeft ze me laten zien.' Ze klonk geamuseerd. 'Dat haar van je mag nog steeds weleens geknipt worden. Daar moet je echt iets aan doen.'

'Hoe dan?' Ongemakkelijk haalde hij zijn hand door zijn donkere haar, dat hij al jaren tot op zijn schouders droeg.

'Het is jouw haar, daar ga ik niet over. Ik vroeg me alleen af of het niet eens tijd wordt voor iets anders.'

'Je bedoelt kort? Echt kórt kort?'

'Waarom niet?'

'Weet ik veel. Ik draag het al zo sinds mijn studententijd.' Hij kon zich niet eens voorstellen hoe hij er dan zou uitzien. Als een bankdirecteur waarschijnlijk.

'Ach, laat ook maar. Het was maar een idee. Of je zou gewoon de puntjes kunnen laten bijknippen. Maar hoe was dat feest op de club? Je leek je behoorlijk te vermaken.'

Te vermaken? Hm. Het was een groots evenement geweest, met een overdaad aan niet al te beroemde beroemdheden die de dertigste verjaardag van een wel beroemde zangeres kwamen vieren. En die graag gefotografeerd wilden worden en vochten om een plaatsje naast de beroemde zangeres, zodat ze konden doen alsof ze elkaars beste vrienden en vriendinnen waren.

Dus ja, de avond was enorm succesvol geweest. Maar nee, Jed kon niet zeggen dat hij zich erg had vermaakt.

Hij was liever in de Angel Inn geweest, met Esme en wat vriendelijke stamgasten die niet als levensdoel hadden om gefotografeerd te worden met zo min mogelijk kleren aan.

Achtenveertig uur later zag Jed, terwijl hij Exchange Square over liep, twee vertrouwde gestaltes zijn kant uit komen.

Typisch. Je kon jaren in een stad van dit formaat wonen zonder iemand tegen te komen die je kende. Maar daar had je ze, Juliet en Tommy, die net Selfridges uit waren gekomen. Omdat ze hand in hand liepen en diep in gesprek waren, zagen ze hem eerst niet. Toen keek Tommy op, aarzelde en fluisterde iets tegen Juliet.

Ze bleven doorlopen. Net als Jed. Toen ze vlak bij elkaar waren, bleven ze alle drie staan, op zo'n drie meter afstand van elkaar.

Als bij het vuurgevecht bij de OK Corral.

Jed wachtte tot hij weer overspoeld zou worden door verdriet, maar dat gebeurde niet. Hij was echt over Juliet heen. En dat was fijn om te weten.

Maar hoe ze over hém dachten, na wat hij had gedaan, kon weleens heel wat anders dan fijn zijn.

Hij dacht aan hoe hij zich had gevoeld toen hij het had opgebiecht aan Esme en zich had voorgenomen in het vervolg een beter mens te zijn.

'Het is fijn om jullie te zien,' flapte hij eruit. 'Ik ben blij dat het zo goed met jullie gaat. En het spijt me echt heel erg wat ik aan Nella heb verteld. Dat had ik niet moeten doen. Ik probeer echt een beter mens te worden. Als ik iets kan doen om het goed te maken, zeg het me. En nogmaals sorry.'

Juliet keek hem verbaasd aan, wat te verwachten was geweest, want hij was nooit erg goed geweest in het aanbieden van zijn verontschuldigingen. 'Eh...'

'Verontschuldiging aanvaard,' zei Tommy. 'Ik waardeer het echt.'

Dat was Tommy; hij hoefde nergens lang over na te denken, kwam altijd meteen ter zake. Jed veegde zijn te lange haar uit zijn ogen. 'Zeg maar wat ik kan doen om het goed te maken,' herhaalde hij.

Tommy knikte. 'Dank je. En ons spijt het ook. Dat we... nou ja, je weet wel.'

Ze hielden nog steeds elkaars hand vast. Tommy had een paar grote plastic tassen van Selfridges in zijn andere hand. Jed durfde te wedden dat ze spulletjes voor de baby hadden gekocht.

'Nou, veel succes dan maar met alles.' Hij stak zijn hand op. 'We zien elkaar.'

Juliet zei opgelucht: 'Dag!'

Toen ze eenmaal buiten gehoorsafstand van Jed waren, vroeg Juliet aan Tommy: 'Weet jij wat hij bedoelde?'

'Geen flauw idee.'

'Ik ook niet. Wat kan hij nou hebben bedoeld?'

'Ik weet het niet. Maar wat het ook is, hij voelt zich echt schuldig.'

'Ik dacht dat je het hem wel zou vragen.'

'De eerste regel in zaken,' zei Tommy, 'laat anderen altijd in de waan dat je meer weet dan zij. Nooit toegeven dat je iets niet weet; dan maak je een zwakke indruk.' Hij begon te grijnzen en veranderde van onderwerp, terwijl hij met de tassen zwaaide. 'Blij met wat we hebben gekocht?' De twaalf weken waren voorbij. Ze hadden kruippakjes gekocht en ieniemienie gebreide sokjes en mutsjes en een stuk of tien pluchen speeltjes.

'Ik vind alles even mooi. Ik kan nauwelijks geloven dat we over een paar weken al te horen krijgen of het een meisje of een jongen wordt.' Na een korte stilte voegde ze eraan toe: 'Anders bel je Nella even en vraag je haar waar hij het over had.'

'Dat ga ik meteen doen zodra we thuis zijn.'

'Mag ik je iets vragen?'

'Vraag maar raak,' zei Nella.

'Vanochtend liep ik Tommy en Juliet in Manchester tegen het lijf. Ik heb me er me toen voor verontschuldigd dat ik jou iets had verteld wat ik niet had moeten doen.'

Nella glimlachte bij zichzelf. 'Dat is fijn om te horen. Heel goed.'

'Maar ik weet bijna zeker dat ze niet wisten waar ik het over had.'

'Nee, dat weten ze ook niet.'

'Je hebt ze niks verteld?'

'Ze hadden mij niks over de baby verteld, en daar hadden ze vast een reden voor, dacht ik. En dat klopte,' vervolgde Nella. 'Ze wilden wachten tot de twaalf weken voorbij waren, voor het geval dat... Ze belden me vanmiddag om me het goede nieuws te vertellen.'

Zijn zucht van opluchting was door de lijn heen te horen. 'Deed je alsof je verbaasd was?'

'Ja, natuurlijk. En dat deed ik fantastisch. Meryl Streep is er niks bij.'

'Je bent te gek,' zei Jed.

'Ik weet het. Maar ik zou wel graag willen weten hoe jij het wist. Want als je ze hebt laten volgen door een privédetective, dan is dat...'

'God nee, echt niet. Ik liep langs je cottage en toen hoorde ik ze boven praten. Het raam stond open, daarom. En toen ik ze vandaag zag, was dat prima. Ik had nooit gedacht dat het zou kunnen, maar ik ben echt blij voor ze.' Hij schraapte zijn keel. 'Heeft Tommy je nog gevraagd wat het was wat ik over hen had gezegd?'

'Ja. En ik zei dat je dacht dat ze het nooit lang zouden uithouden bij elkaar en dat het volgens jou tegen kerst wel weer uit zou zijn.'

Hij klonk opgelucht. 'Dank je. Als ik ooit iets voor jou kan doen...'

'Zorg alleen dat je het nooit weer doet,' zei ze.

'Nee, echt niet. Wat denk je, zouden ze de baby Jed noemen als het een jongetje is?'

Ze lachte. 'Ik zou er maar niet op rekenen.'

'Trouwens, ik denk niet dat ze tegen kerst alweer uit elkaar gaan. Vooral nu niet.'

'Ik ook niet. Ze lijken echt gelukkig samen.'

'Mag ik je nog iets vragen? Zijn er nog annuleringen geweest voor een van de huizen?'

'Sorry, nee.'

'Oké, geeft niet,' zei hij. 'Ik vroeg het me gewoon af.'

45

De kerkklokken kondigden aan dat het tien uur 's avonds was. Op de bank naast haar vader gaapte Maeve luidruchtig en rekte zich uit. 'Ik ben moe. Ik ga maar eens naar bed.'

'Oké, liefje. Zodra dit is afgelopen ga ik ook naar boven.' Hij gebaarde naar de BBC-documentaire over diepzeevissen met angstaanjagende tanden en boog zich toen naar haar toe om een kus op haar hoofd te drukken. 'Slaap lekker.'

'Dat zal wel lukken. Welterusten.'

Boven ging ze op de rand van haar bed zitten wachten, in de wetenschap dat hij ook wachtte. Een kwartier later hoorde ze haar vader beneden heel stilletjes rondlopen. Bijna alsof hij haar echt niet wilde wakker maken.

Voor de zoveelste keer.

Na nog een paar minuten hoorde ze de voordeur opengaan, en ze liep naar haar slaapkamerraam. Toen de deur werd gesloten en de schaduw van haar vader in de gloed van de straatlantaarn opdoemde, deed ze haar raam open en riep: 'En waar denk jij wel naartoe te gaan?'

Als een strenge juf die een leerling betrapte die wilde spijbelen. Wat in andere omstandigheden grappig had kunnen zijn, maar ze lachte niet.

Hij bevroor even. Ze kende hem zo goed. Schuldbewust en snel nadenkend flapte hij eruit: 'Ik ga Teddy nog even uitlaten.'

'Is dat zo?' Ze bukte zich om Teddy op te tillen en hield hem op; hij kwispelde van enthousiasme over deze onverwachte gebeurtenis. 'Dan ben je volgens mij iets vergeten.'

Betrapt zei hij: 'Ik wilde gewoon even een luchtje scheppen. Dan kan ik beter slapen.'

'Pap, denk je nou echt dat ik achterlijk ben? Je doet dit nu iedere avond. Ik hoor je weggaan en om vijf uur 's ochtends weer thuiskomen. Ik weet heus wel wat eraan de hand is.'

Na een korte aarzeling zei hij: 'Waarom vraag je het dan?'

'Omdat jij net doet alsof het niet zo is.' Teddy wriemelde in haar armen, opgewonden bij het idee dat er misschien een extra wandeling in het verschiet lag. Maeve zei: 'Wacht. We moeten praten.' Ze trok het raam met een harde klap dicht.

Hij wachtte op haar in de gang, enigszins gegeneerd en tegelijkertijd ook zichtbaar afwerend. Nu de bom was gebarsten, buitelden alle gedachten die zich in Maeve hadden opgehoopt, er allemaal uit.

'Het punt is dat wij als gezin nooit geheimen voor elkaar hebben gehad. En ik haat het dat dat nu wel zo is.' Ze kreeg tranen in haar ogen, iets wat ze niet had verwacht.

'Het leek me de beste manier,' protesteerde hij. 'Ik dacht dat je het liever niet zou willen weten.'

'Maar ja, zoals ik al zei, ik ben niet achterlijk en jij kunt niet erg goed dingen verborgen houden.' Teddy likte de eenzame traan van haar wang weg.

'Net zoals jij er niet erg goed in bent om je gevoelens te verbergen.' Matthew slaakte een diepe zucht. 'Oké, ja, ik had waarschijnlijk iets moeten zeggen, maar ik wist ook dat je er niet erg enthousiast over zou zijn. Jij zou liever hebben dat dit niet gebeurde. Je dacht altijd dat je het niet erg zou vinden, maar je vindt het wel erg. Het zit je dwars. En dat begrijp ik, het is logisch dat je je een beetje...'

'Het is helemaal niet logisch dat ik het raar zou vinden of zo,' onderbrak ze hem. 'Als het iemand anders was, zou ik er niet mee zitten. Maar het is niemand anders toch? Het is Lizzie.'

'En dat vind je niet goed? Waarom niet, mag je haar niet?'

'Toe, pap. Daar gaat het niet om.' Maeve schudde haar hoofd. 'Ik mag haar heel graag. Ze is fantastisch. Maar ze is wel dé Lizzie Rafferty.'

'Nou en?'

'Ze komt uit een heel andere wereld. Ik weet dat ze het leuk vindt om zich hier een beetje te verstoppen en te doen alsof ze niet beroemd is, maar dat is ze wel. Toen ik gisteren bij haar aan het werk was, kreeg ze een telefoontje van een vriend in L.A. Ik hoorde wel de naam Tom, maar later bleek dat het Tom Hanks was. Pff. Het bleek dat ze elkaar al jaren kennen en dat hij weer een film met haar wil gaan doen.'

'Maar dat is niet belangrijk. Ik weet hoe het zit.' Matthew maakte een wegwerpgebaar. 'Het is geen geheim. Maar we mogen elkaar graag. Ik ontdek weer hoe het is om... om samen met iemand te zijn. We hebben het gewoon leuk met elkaar zolang ze hier is. We weten allebei dat het geen toekomst heeft.'

'Ja, dat zeg je. Maar papa, je vindt haar echt heel leuk. Dat kan de eerste de beste gek zien, het is zo duidelijk. En ik zeg ook niet dat ze jou niet leuk vindt...' Het kostte haar moeite om het uit te leggen. 'Want ik weet dat dat zo is. Maar jij vindt haar leuker dan zij jou en wie blijft er met een gebroken hart achter wanneer zij weer terugkeert naar haar echte leven in L.A.? Jij. Het heeft je twee jaar gekost om een beetje over de dood van mama heen te komen.' Ze haalde beverig adem. 'En ik kan het gewoon niet aan om je nog een keer zo verdrietig te moeten meemaken omdat iemand je niet geeft wat je verdient.'

'Hé, kom hier.' Matthew trok haar tegen zich aan en sloeg toen zijn armen om haar heen. Teddy, helemaal blij omdat hij knus tussen hen in lag, likte zijn kaak en vervolgens Maeves oor. 'Het is oké. Ik snap dat je je zorgen maakt, maar ik zal er niet verdrietig over worden. Dat beloof ik je. Lizzie en ik weten allebei hoe het zit. Ik zal haar waarschijnlijk wel een beetje missen als ze weggaat, maar ik blijf niet met een gebroken hart achter.' Hij duwde haar kin omhoog zodat ze zijn glimlach kon zien. 'Bovendien weet je dat ze ons twintig jaar geleden precies heeft gegeven wat we nodig hadden, en misschien doet ze dat nu wel weer.'

Maeve knikte en knuffelde hem even. Ze had hem tenminste verteld wat ze ervan vond, en hij had haar verzekerd dat deze korte affaire niet zou eindigen met nog meer verdriet en een gebroken hart. Niet dat ze hem geloofde, maar hij was haar vader en ze kon hem niet dwingen te doen wat ze wilde dat hij deed, en dat was iemand zoeken om van te houden die geen Hollywood-actrice was, maar gewoon een aardige normale vrouw die ook van hem zou houden en niet terugging naar L.A. om haar glanzende carrière voort te zetten.

Terwijl ze in haar vaders armen stond, voelde ze zijn telefoon zoemen in zijn borstzak. Ze hoorde hem even naar adem happen.

'Dat zal Lizzie zijn, ze vraagt zich vast af waar je blijft.'

Hij knikte en zei met een klein lachje: 'Daar zou je weleens gelijk in kunnen hebben.'

'Ga dan maar gauw naar haar toe.' Als overwinnaar kon ze grootmoedig zijn. 'En je hoeft je morgenvroeg niet te haasten om naar huis te gaan.'

Hij gaf haar een kus op haar wang. 'Ik hou van je.'

'Ik ook van jou.'

Woef? Teddy hoopte nog steeds op een avondwandeling.

'Ga nou maar,' zei Maeve tegen haar vader. Toen hij weg was, drukte ze een kus op Teddy's kop en zei: 'Vooruit dan maar, je mag nog tien minuten in de tuin.'

Nella zat in kleermakerszit op de bank te praten met Nick in zijn hotelkamer over de vele aanvragen voor boekingen in december, toen er ineens een bijna geheel naakte vrouw achter hem door het beeld liep.

Het duurde misschien een halve seconde. En toen was ze weer weg, terwijl Nick het nog steeds had over zijn plannen voor de kerstperiode. Blijkbaar had hij totaal niet door wat er net was gebeurd, want hij vroeg: 'Nou, hoe lijkt je dat? Ja of nee?'

Waar was de terugspoelknop als je hem nodig had? Had ze soms gehallucineerd? Nee! Want daar had je haar weer, met alleen een donzige witte hotelhanddoek om zich heen geslagen en haar haren nu in een slordige knot. En deze keer, misschien gealarmeerd door Nella's verbaasde blik, zag Nick haar ook. Hij draaide zich om op zijn stoel en zei: 'Jen, wat doe je?'

Jen? Wie was Jen?

De schaars geklede bezoekster bleef als door een wesp gestoken staan. 'Sorry, ik had niet verwacht dat je me zou zien. Ik moest even een haarbandje uit mijn tas pakken.'

Nick schudde zijn hoofd. 'Ik zit te videobellen.'

'Dat weet ik, daarom wilde ik je ook niet storen. Hoi!' Jen zwaaide vrolijk naar Nella. 'Ik ben het maar. Jij vond het toch niet erg dat ik even snel een haarbandje pakte? Ik wil niet dat mijn haar nat wordt.'

'Ga vooral je gang,' zei Nella. 'Let maar niet op mij.'

Jen grinnikte en verliet rechts het toneel.

'Sorry. Ze is gewoon een vriendin,' zei Nick.

'Ha, zo noem je me later vanavond vast niet meer.' Jens stem klonk door de kamer, en even later hoorde Nella het geluid van een douche die werd aangezet.

'Ze hoorde dat ik in de stad was en heeft zichzelf min of meer uitgenodigd.' Nick haalde zijn schouders op. 'Ze stelde voor om samen een hapje te gaan eten, net als vroeger. Maar ze zei dat ze het bloedheet had gehad in de metro en daarom eerst even een douche wilde nemen.'

'Het is oké.' Nella lachte opgewekt. 'Je bent mij geen uitleg verschuldigd!'

'Dat laatste wat ze zei, is haar idee van een grapje, meer niet.'

'Wat jij in je vrije tijd doet, gaat me helemaal niks aan.' Ze lachte haar lach weer, en deze keer zo breeduit dat ze pijn in haar wangen kreeg. Dit leek precies op die keer dat ze stiekem verliefd was geweest op de aantrekkelijkste jongen van school, een jongen die haar ook het idee had gegeven dat hij haar leuk vond, om later op de kerstdisco te verschijnen met het meisje dat haar het hele jaar publiekelijk had gepest met het feit dat ze geen ouders had.

'Zo is Jen gewoon. Ze zegt die dingen voor de grap. Maar we gaan echt alleen maar uit eten.'

Blijkbaar stond Jen nog niet onder de douche en luisterde ze hun gesprek af, want ze riep: 'Ja, dat denk jij, seksbom!'

'Dag!' zei Nick. 'En doe deze keer de deur echt achter je dicht.'

'Ik hou ook van jou, mooie jongen van me!'

Hij rolde met zijn ogen. 'De deur.'

'Oké dan. Dan ga ik me nu douchen. Maar zeg niet dat ik gewoon een vriendin ben. We waren veel meer dan dat.'

'Ze is nu echt weg,' zei Nick tegen Nella. 'Een paar jaar geleden hebben we even iets gehad. Niet lang, een paar weken maar, toen ze in Tetbury woonde, voordat ze hiernaartoe verhuisde. Er speelt helemaal niets tussen ons.'

Dat was natuurlijk heuglijk nieuws, maar toch zei ze: 'Nick, je bent single. Je mag doen en laten wat je wilt. Je hoeft het niet steeds uit te leggen.'

Hij keek haar recht aan en ze voelde dat ze smolt. Toen zei hij schouderophalend: 'Dat weet ik, maar ik wil het toch. Ik... voel gewoon die behoefte.' Hij keek even naar links, waar de badkamer was. 'Maar goed, even over die reserveringen. Ik cc je de mails die ik aan hen stuur, en daarna zien we wel verder. Bovendien ben ik aankomende donderdag weer thuis. Geen problemen verder?'

'Niet echt. Maeve is niet blij dat haar vader zijn nachten bij Lizzie doorbrengt, maar dat is alleen omdat ze denkt dat het allemaal in tranen zal eindigen.'

'Tja, Lizzie is inderdaad binnenkort weer weg. Maar als ze het samen tot die tijd leuk hebben, waarom niet?' Nick zweeg. 'Verder nog iets?'

'Henry Peverell heeft vandaag zijn enkel gebroken! Of heb je dat al van Hugo gehoord?'

Hij schudde zijn hoofd. 'Nee.'

'Je raadt nooit hoe het is gebeurd!'

'Bij het skydiven of rolschaatsen? Of is hij van het dak van Starbourne Manor gesprongen? Mogelijkheden te over.'

Nella lachte, want Henry was een zwijgzame, afstandelijke man die iedere dag tussen de middag naar de Angel wandelde en daar heel langzaam van een glas whisky nipte, terwijl hij de *Telegraph* van voren naar achteren spelde en vervolgens weer naar huis wandelde. 'Je bent warm. Hij wilde tussen de middag naar de pub gaan en toen hij het hek uit kwam, reed Tristan net naar binnen, zoals altijd veel te snel. Henry sprong opzij, verloor zijn evenwicht en viel tegen de stenen paal van het hek. Hugo moest met hem naar de Spoedeisende Hulp om een foto te laten maken en zijn enkel in gips te laten zetten.'

'Het is echt altijd wat met Tristan,' zei Nick hoofdschuddend. 'Hebben ze de politie nog ingeschakeld?'

'Nee, Henry wilde de politie niet bellen, hij zei dat het zijn eigen schuld was. Maar hij loopt nu met krukken en omdat hij ook artritis heeft, wordt het nog lastig voor hem om ergens te komen.'

'Misschien kan Tristan hem helpen om het goed te maken?'

'Zou dat niet fijn zijn? Alleen vertrekt hij morgen alweer. Naar een feest in Zuid-Frankrijk.'

'Arme man,' zei Nick ernstig. 'Wat een rotleven heeft hij ook. Maar ik hoor dat de douchekraan is dichtgedraaid, dus Jen zal zo wel klaar zijn. Ik kan maar beter ophangen.'

'Veel plezier nog.' Ze wierp hem nog een keer een overdreven lach toe.

Maar ook weer niet al te veel plezier, dacht ze er bij zichzelf achteraan.

46

Het was zondagmiddag en Cami liet Boo uit, zodat ze allebei hun benen even konden strekken na een zware dag van opnames uitschrijven en redigeren (zij) en in de schaduw van een moerbeiboom liggen soezen en snurken terwijl haar pootjes steeds stuiptrekkingen maakten (Boo).

Lizzie was in het Savoy in Londen voor de negenenveertigste verjaardag van een bevriende actrice die eigenlijk vierenvijftig werd, en Cami had van de gelegenheid gebruikgemaakt om wat werk in te halen. Maar het was nu tijd om haar lichaam even rust te gunnen nadat ze urenlang achter haar laptop had gezeten.

Ze dacht na over haar toekomstige leven als alleenstaande moeder. Geld zou vast een probleem worden, net als een woning vinden, en ze wist dat ze zich daar eigenlijk meer zorgen over zou moeten maken dan ze tot nu toe had gedaan. Lizzie ging over niet al te lange tijd weer terug naar L.A. En haar baby zou over een paar weken al worden geboren. Maar ze wist ook dat het niet goed voor haarzelf en de baby zou zijn als ze zich echt grote zorgen ging maken. En daarom had ze het probleem uit zelfbescherming steeds voor zich uit geschoven.

Van nature was ze een tobber, maar op dit moment was het alsof ze zich compleet had afgesloten voor de werkelijkheid, misschien door de zwangerschapshormonen die door haar lijf stroomden. Het was waarschijnlijk een natuurlijke manier om paniekaanvallen te voorkomen.

Alhoewel, de natuur had nog steeds niets uitgevonden tegen de vele pijntjes die bij een zwangerschap hoorden. Haar rug protesteerde, ze had nog steeds last van die rottige valse weeën om haar voor te bereiden op het echte werk, en haar enkels deden ook zeer. Terwijl Boo in steeds grotere cirkels ronddraafde, liep Cami over Potter's Field naar de speeltuin, waar op dit moment geen kinderen waren, en bekeek de speeltoestellen die er stonden. Als ze op het gras ging zitten, kon ze misschien niet meer overeind komen. Goed, niet de glijbaan, niet de draaimolen, want daar zou ze alleen maar duizelig van worden, en zeker niet het steigerende paard dat op een reusachtige veer bevestigd was. Om haar rug wat rust te geven liet ze zich daarom op een van de schommels zakken... O, heerlijk.

Het plankje was misschien een beetje aan de smalle kant, maar dat gaf niet, ze zat. Ze pakte de kettingen vast, zette zich af met haar voeten en begon voorzichtig te schommelen. Het moest wel twintig jaar geleden zijn dat ze op een schommel had gezeten, en er kwamen allemaal vrolijke herinneringen naar boven, alsof ze weer helemaal kind was. Maar dan zwanger. De beweging verzachtte echter wel de zeurende pijn in haar rug en daarom bleef ze schommelen. Ze deed geen rare dingen natuurlijk, ze strekte alleen haar benen voor zich uit en wierp haar hoofd in haar nek en keek naar de vlucht vogels die moeiteloos door de lucht danste tegen de achtergrond van een onbewolkte blauwe hemel...

O!

Wat was dat in godsnaam?

Het werd haar al snel duidelijk. Ze hoorde iets door de smalle latten van de schommel heen op de zachte rubberen tegels lekken. Je hoorde natuurlijk weleens dat het anderen overkwam, maar nu overkwam het haar! Haar vliezen waren gebroken, haar blauwe onderbroek was al helemaal doorweekt en het bleef maar komen; het moest inmiddels wel een kleine emmer vol zijn, maar hoe mat je zoiets?

Vlak daarna hoorde ze Boo paniekerig piepen en zag ze haar voorbijrennen, zo snel dat haar kleine pootjes een soort waas waren. Een paar meter achter haar zag ze een vos rennen die het hondje met zwiepende staart opjoeg.

'Weg jij!' brulde Cami, en tot haar verbazing werkte het ook nog. De geschrokken vos minderde vaart en sloop weg, een beetje als een forens die net doet alsof hij zijn trein niet heeft gemist. Helaas had Boo, die te bang was om over haar schouder te kijken, niet door dat ze niet meer achterna werd gezeten, en ze draafde door over het droge gras.

'Boo, hier! Kom terug!' riep Cami wanhopig uit, maar deze keer werkte het niet. Het doodsbange hondje rende door naar het eind van Potter's Field, naar het hek dat uitkwam op de laan die naar Starbourne Manor leidde. Ze schoot onder het hek door, en Cami hoorde het geraas van een auto, gevolgd door het misselijkmakende geluid van gierende remmen. O god, nee, niet Boo...

Ze wist zich met veel moeite los te maken uit de schommel en probeerde over het gras te rennen, maar ze kreeg kramp in haar buik en haar keel kneep zich samen van angst en ze struikelde bijna. Het zweet druppelde in haar wenkbrauwen, terwijl een ander soort vocht langs haar benen druppelde. Toen ze zag dat het hek werd geopend en Tristan Peverell erdoorheen beende met een klein bundeltje in zijn armen, trok het bloed weg uit haar gezicht. Ze had het gevoel dat ze zou flauwvallen.

Maar toen Tristan dichterbij was, zag ze dat Boo in zijn armen wriemelde. En toen hij haar op de grond zette, vloog ze naar Cami toe, en Cami slaakte een snik van opluchting. Terwijl ze Boo optilde, beet Tristan haar toe: 'Als je dat stomme beest niet onder controle hebt, moet je haar aangelijnd houden. Allemachtig, ik kon nog net op tijd stoppen. Ze rende zo de greppel aan de andere kant van de weg in.'

'Sorry, sorry.' Hij was een vreselijke man, dat wist iedereen, maar hij had wel haar hond teruggebracht. De tranen liepen over haar wangen terwijl ze Boo geëmotioneerd kusjes gaf, maar ineens kreunde ze het uit toen ze weer een kramp in haar buik voelde.

'Jezus, wat is er?' Met een blik vol afschuw wees Tristan naar haar kruis. 'Wat is dat verdomme?'

'Ik denk dat ik een kind krijg.'

'Dat dénk je?' Hij grijnsde. 'Je doet net alsof het een verrassing voor je is.'

'Ik bedoelde dat het niet n-nu al had m-moeten geb-beuren.' Ze kromde haar rug en probeerde door de steeds ergere pijn heen te ademen. 'Maar blijkbaar wel.'

'En je hebt in je broek gepist.'

Nou, hij had blijkbaar niet goed opgelet tijdens de biologielessen op school. 'Mijn vliezen zijn gebroken.' Ze slaakte weer een kreun.

Hij trok zijn neus op. 'Je klinkt als een koe.'

'Dank je. Luister, ik moet naar huis. Kun je me een lift geven?'

'Echt niet. Moet je zien hoe je erbij loopt!' Hij gebaarde naar haar doorweekte broek en schudde zijn hoofd. 'Dan gaat de hele bekleding eraan.'

'Maar ik... krijg... een kind.' God, wat deed dat pijn. Uit alles wat ze had gelezen over bevallingen had ze opgemaakt dat eerstgeborenen er niet zo'n vaart achter zetten en dat je daarom niet bij de eerste wee al naar het ziekenhuis hoefde. Maar dit voelde alsof er bewapende politie een deur van binnenuit probeerde open te slaan. Door een muur van pijn hoorde ze zichzelf zeggen: 'Alsjeb-blieft...'

'Luister, ik zeg dit niet om je te beledigen of zo, maar als de bekleding verpest is, zal ik de auto moeten verkopen. Bovendien, alleen de gedachte al, echt smerig... En je had me trouwens ook weleens kunnen bedanken omdat ik je hond niet heb doodgereden.'

Ongelooflijk. Puffend zei ze met opeengeklemde kaken: 'D-dank je.'

'Hoe dan ook, ik heb met vrienden afgesproken in Cheltenham en ik ben al te laat. Maar ik weet al wat.' Hij pakte zijn telefoon uit de zak van zijn spijkerbroek, drukte een toets in en zei na een paar seconden: 'Hoi, heb je het druk? Oké, je weet toch, dat zwangere geval dat bij Lizzie Rafferty logeert? Nou, ze staat hier een kind te krijgen in Potter's Field en... Wat? Ja, nu, op dit moment, je zou de geluiden moeten horen die ze maakt. En ik heb geen tijd, Jasper en Bruno zitten op me te wachten in de Alchemist. Oké, te gek, ik zal het haar zeggen. Ciao!'

De wee nam af en Cami keek hem geamuseerd aan. 'Dat zwangere geval?'

'Sorry, ik kon niet op je naam komen.' Hij stopte het toestel weer in zijn zak en pakte zijn autosleutel. 'Maar hoe dan ook, mijn broer is al onderweg en hij zal je wel verder helpen. Dus dan ga ik maar.' Met een nonchalante zwaai draaide hij zich om. 'Dag dag!'

Droog zei ze: 'Doe Jasper en Bruno de groeten van me.'

Verbaasd draaide hij zich weer om. 'Ken je die dan?'

'Nee.'

'O. Oké.' Hij grijnsde een beetje. 'Dat leek me al raar.'

Met Boo in haar armen keek ze hem na terwijl hij terug beende naar zijn auto, zonder ook nog maar één keer om te kijken om te zien of het wel goed ging met de hoogzwangere vrouw achter hem. Echt een bijzonder charmante man. Gelukkig kwam Hugo al een paar minuten later over het gras naar haar toe rennen.

'Mijn broer. God, wat een zak. Maar doet er niet toe, ik ben er nu. Zal ik een ambulance bellen? Kun je nog tot het hek lopen? Want daar staat mijn auto en we moeten je zo snel mogelijk naar het ziekenhuis zien te krijgen. Als je wilt dat ik je draag, dan doe ik dat.'

'Mijn broek is nat...'

'Nou en? Zit daar nou maar niet over in. Kom, dan ondersteun ik je. Moet ik iemand voor je bellen?'

Haar telefoon lag thuis aan de oplader, want ze was niet echt van plan geweest om vandaag weeën te krijgen. Ze schudde haar hoofd en Hugo sloeg een arm om haar heen om haar te ondersteunen. Heel even bedacht ze dat ze misschien Simon moest bellen om hem te laten weten dat zijn kind eraan zat te komen, maar dat zou zinloos zijn. Hij zou echt niet meteen het vliegtuig pakken om haar voorhoofd te komen deppen en haar aan te moedigen terwijl zij hun baby eruit perste. Ze zag al helemaal voor zich hoe het zou gaan als ze hem belde om te vragen of hij zijn fonkelnieuwe dochtertje zou willen zien en hoorde hem gewoon zeggen: 'God, nee, waarom zou ik dat willen? Nee, dank u!'

Wat prima was. Er waren miljoenen vrouwen die in hun eentje een kind op de wereld hadden gezet, en zij kon dat ook. Wie had er nou een man nodig?

Alleen bleek algauw dat ze er wel een nodig had. Want nog geen minuut later had ze weer een wee die zo pijnlijk was dat ze naar adem hapte.

'Oké,' zei Hugo. 'Draag jij Boo. Dan draag ik jou.' En tot haar verbazing en opluchting tilde hij haar moeiteloos op. Nou ja, redelijk moeiteloos. Hij had dan wel gespierde bovenarmen, maar toch hijgde hij licht toen ze bij de auto aankwamen.

'Heb je iets waar ik op kan zitten?' bracht ze moeizaam uit. 'Een krant of zo?'

'Maak je toch niet zo druk! Het belangrijkste is dat we je naar het ziekenhuis krijgen.' Hij boog zich over haar heen om de autogordel vast te maken. 'Het gaat nu om jou, niet om autostoelen.'

Met een scheef hoofd keek ze hem aan. 'Mag ik iets zeggen? Je bent echt veel aardiger dan Tristan.'

Met een grijns startte hij de auto. 'Nou, veel onaardiger kan ook niet.'

Ze gingen snel bij Pine Lodge langs om de ziekenhuistas op te halen die ze al had ingepakt en naast de voordeur had klaargezet, zoals de vroedvrouw haar had opgedragen, en reden vervolgens langs de cottage van Matthew en Maeve om Boo bij Maeve achter te laten tot Lizzie en Matthew terug zouden zijn van een feest in Londen.

Toen ze eindelijk op de afdeling Verloskunde waren, zei de vriendelijke receptioniste van middelbare leeftijd vrolijk tegen Hugo: 'Opgewonden zeker, hè, papa? Is dit je eerste keer?'

'Het is mijn eerste keer,' beaamde Hugo enigszins overdonderd, 'maar ik...'

'Opgewonden maar zenuwachtig? Een beetje in paniek zelfs? Dat hebben de meeste mannen!' De receptioniste had een luide lach. 'Ik raad je aan om, zodra de boel echt op gang komt, bij het hoofdeinde van het bed te blijven staan en de kant waar het allemaal gebeurt gewoon te negeren, anders val je nog flauw. Dat zeg ik tegen alle vaders. Mijn man viel flauw bij de geboorte van onze eerste. Het is nogal een smerige bedoening om ze eruit te krijgen en...'

'Marjorie,' zei een verloskundige die net langsliep, 'misschien kun je mensen dat verhaal beter niet vertellen, oké? Je weet wat dokter Mason tegen je heeft gezegd.'

'O, sorry, helemaal vergeten!' Nog steeds stralend wendde Marjorie zich weer tot Hugo. 'Dit is mijn eerste week hier. Ik moet nog zoveel leren! Maar ik weet zeker dat het allemaal goed komt met jullie!'

En werd een kamer voor haar klaargemaakt en Cami kon elk moment worden geroepen door een verloskundige. Tijdens het wachten had Hugo haar hand vastgehouden telkens wanneer ze een wee kreeg. Toen ze naar de kamer kon, hielp hij haar overeind, en ze merkte ineens dat ze niet wilde dat hij haar losliet.

Alsof hij haar gedachten kon lezen, zei hij: 'Ik kan wel met je meekomen als je wilt.'

'O, echt, zou je dat willen doen? Vind je dat echt niet erg? Weet je zeker dat je dat wilt?'

'Natuurlijk weet ik dat zeker. Zoals Marjorie me al aanraadde, zal ik me verre houden van de kant waar het allemaal gebeurt.' Hij wierp haar een kort lachje toe. 'Dat gedeelte kunnen we maar beter aan de experts overlaten.'

Toen ze langs de receptie liepen, stak Marjorie haar beide duimen naar hen op. 'Succes, mama en papa! Ik hoop dat het niet negenenveertig uur gaat duren zoals bij mij toen ik Trev kreeg!'

Daarna werd het een compleet surrealistisch avontuur, een mengeling van onvoorstelbare pijn, grote opwinding en een toenemende verwachtingsvolle vreugde, terwijl verloskundigen en artsen in en uit liepen en allerlei monitoren in de gaten hielden wat er allemaal in haar lichaam gebeurde. Het leek ook helemaal niet gek meer dat Hugo bij haar was; het was gewoon heerlijk om in zijn hand te kunnen knijpen tot die arme vingers van hem wit werden, en om zijn geruststellende, bemoedigende woorden te horen terwijl hij een nat washandje tegen haar voorhoofd hield.

'Het duurt nu niet lang meer,' zei een van de verloskundigen twee uur later tegen hen. 'Je hebt negen centimeter ontsluiting.' Tegen Hugo voegde ze eraan toe: 'Je doet het hartstikke goed.'

'Nou, ik heb ook al aardig wat schapen op de wereld helpen zetten.' Hij klopte op Cami's arm toen hij dat zei.

'Bè bè,' zei Cami, zich er vaag van bewust dat ze voorlopig waarschijnlijk genoeg lachgas en zuurstof had gekregen. Ze kreeg een giechelbui en zag dat Hugo en Patsy, de verloskundige, een geamuseerde blik uitwisselden.

'Dat komt door het lachgas,' zei Patsy.

'Dat dacht ik al.' Hugo knikte. 'Hoewel we dat niet aan de schapen geven. Maar dit schaap hier lijkt het erg lekker te vinden.'

Cami voelde zich verrukkelijk licht in haar hoofd. Ze nam nog een pufje lachgas en schudde haar vinger naar hem. 'Zit je nou te flirten?'

'Ik zou niet weten hoe dat moest,' zei hij.

'Je mag best met mij flirten, hoor.' Ha, ze had iets grappigs gezegd en hij begon zowaar te blozen. 'Maar luister, Patsy draagt een trouwring. Je mag niet met getrouwde vrouwen flirten, dat doen alleen slechte mannen.'

'Ik ben niet slecht.'

'Dat weet ik. Jij bent een schat.' Was het verkeerd om dat te zeggen? Het voelde goed. Ze schoot weer in de lach toen ze zijn gezicht zag. 'Sorry, maar nou bloos je echt.'

'Heb je soms dorst?' Hij voelde zich zichtbaar ongemakkelijk. 'Zal ik wat te drinken voor ons halen uit de automaat?'

'Een gin-tonic voor mij graag. Een grote.'

'Of anders een blikje Fanta?'

Ze wuifde hem na en blies hem een kusje toe toen hij wegliep. 'Ik mis je nu al!'

'Dus hij is niet je vriend?' zei Patsy toen de deur achter hem was dichtgevallen.

'Nee.'

'En hij is single?'

'Ja.'

'Gay?'

Cami moest even nadenken. 'Ik geloof van niet.'

'Hij lijkt me erg aardig.'

'Dat is hij ook. Hij is een schat.' O, o, ze had zich dan wel even heerlijk licht in het hoofd en euforisch gevoeld, maar nu kwam er een nieuwe wee aan, een reusachtige vuist die zich om haar ingewanden klemde, en hoe kon het eigenlijk dat die enorme vuist haar arme hulpeloze baby niet fijn drukte? Terwijl de euforie plaatsmaakte voor pijn, slaakte Cami een luide kreun, en ze merkte dat ze weer naar Hugo's hand greep, maar aangezien hij er niet was, kneep ze in die van Patsy.

'Jemig,' zei Patsy, toen ze over haar knokkels wreef nadat de wee voorbij was. 'Als je hem ook zo hard hebt geknepen, mag je het wel een wonder noemen dat hij al zijn vingers nog heeft.'

En daar kwam hij alweer de kamer in, maar er was niet eens tijd om de twee koude blikjes Fanta te openen. Overweldigd door een nieuw gevoel hapte Cami naar adem en zei: 'Ik moet persen.'

Patsy zei: 'Oké, de show gaat beginnen.'

Hugo moedigde haar luidkeels aan, en Cami greep zijn hand steviger beet dan ooit terwijl ze pufte en perste en perste – volhouden, Cami, zei ze tegen zichzelf, blijven persen, niet opgeven, ook al voelde het als de onmogelijkste taak ter wereld, nog een keer ademhalen, houd-vast-houd-vast-houd-vast en weer persen, en ze perste tot ze het gevoel had dat haar gezicht zou ontploffen.

'Daar gaan we,' zei Patsy, 'ik zie het hoofdje al... O, heel veel donker haar. Goed, nog een keer diep inademen en heel hard persen...'

'Aaaah,' riep Cami. Ze greep Hugo's pols beet en was zich er vaag van bewust dat hij zijn best deed om niet terug te deinzen.

Hij nam zijn blik niet van haar af. 'Kom op,' moedigde hij haar aan. 'Je kunt het!'

'Aaaah!' brulde Cami weer toen ze voelde dat er iets heel groots gebeurde, en een paar seconden later was het voorbij.

Patsy pakte de baby op en schril gekrijs vulde de kamer. Ze hield het kind op voor Cami en Hugo en zei: 'Gefeliciteerd, mama! Je hebt een pracht van een dochter!'

Cami voelde een golf van zo'n alomvattende liefde door zich heen trekken dat ze nauwelijks kon geloven dat haar lichaam zoveel emoties kon bevatten. Ze stak haar armen uit en Patsy legde de baby op haar borst. Huid op huid, oog in oog, hart tegen hart. Vol verwondering staarde ze naar haar volmaakte dochter, naar de ieniemienie vingertjes, de vochtige donkere krullen, de pure schoonheid van die verbaasde wenkbrauwen en dat kleine roze mondje...

'Moet je nou toch eens kijken,' fluisterde ze. Toen ze naar Hugo keek, zag ze dat hij tranen in zijn ogen had.

'Sorry, maar ze is zo mooi.' Hij schudde zijn hoofd in verwondering en wreef over zijn ogen. 'Het ene moment is ze nog in je, en het volgende is ze hier. Een echt mens.' Zijn stem begaf het terwijl hij het hoofdje van haar dochtertje streelde. 'Pure tovenarij.'

Het raakte haar dat het hem zoveel deed, en voor de grap vroeg ze: 'Bijna net zo mooi als een pasgeboren lammetje?'

Hij knikte, glimlachte naar haar en veegde nog een keer langs zijn ogen. 'Veel mooier.'

47

Nella verwijderde de vluchttracker van haar telefoon, want ze wilde niet dat iemand wist dat ze stiekem Nicks reis over de Atlantische Oceaan naar Heathrow had gevolgd. Als een groupie. Hij was veilig geland, en daar ging het om. Ze had een inschatting gemaakt van hoeveel tijd het hem zou kosten om door de douane te gaan, op zijn koffer te wachten, zijn auto te zoeken en over de M4 naar huis te rijden, en schatte dat hij rond zeven uur 's avonds thuis zou zijn.

Zo typisch, nu ze zijn ex-vriendin tijdens het videobellen had gezien en gehoord, verlangde ze alleen maar nog meer naar hem. Het was alsof iemand haar een doos chocoladetruffels had voorgehouden en hem toen snel weer had teruggetrokken omdat die doos niet van jou was.

Of nog erger, een schaal perfect geroosterde aardappels.

Hoe dan ook, ze was klaar voor zijn terugkomst en zag er op haar mooist uit, op een terloopse, ik-heb-heus-niet-mijn-best-gedaan-manier.

Wat allemaal fantastisch was geweest als Dora Catchpole, Nicks buurvrouw aan de andere kant, niet langs was gekomen om een handjevol theezakjes te lenen. Nou ja, Dora was het probleem niet, maar ze had haar geliefde elf jaar oude labrador Benny bij zich, en terwijl Nella en Dora in de keuken aan het kletsen waren, verspreidde zich een afschuwelijke stank vanuit de gang door het huis.

'O nee.' Nella staarde ontzet naar de drol op het tapijt in de hal, en Benny wierp haar een verontschuldigende blik toe.

'Oeps, ik heb een nieuw merk voer uitgeprobeerd, en zijn buik is vandaag een beetje van streek, hè, jongen van me?' Dora griste de theezakjes uit Nella's hand en vervolgde: 'Sorry, hoor. Ik had je best willen helpen met schoonmaken, maar ik heb vandaag last van mijn heupen – als ik op mijn knieën ga zitten, kom ik waarschijnlijk niet meer overeind!'

Ze vertrok met Benny, en Nella ruimde met afschuw de drol op, gooide alle deuren en ramen open en begon vervolgens op handen en knieën zowel de vlek als de stank uit het lichtgrijze tapijt te boenen. En daarom kwam het niet echt gelegen toen ze ineens een stem achter zich hoorde en tot haar doordrong wie er in de deuropening naar haar woest heen en weer deinende achterste stond te kijken.

'Er heeft iemand een ongelukje gehad,' zei Nick.

'Hoi!' Ze ging snel staan, waarbij ze bijna de emmer heet sop omstootte, en trok haar rubberhandschoenen uit, zich afvragend waarom er nooit eens iets gewoon volgens plan verliep. 'Welkom thuis. Goede vlucht gehad? Ja, het was die arme oude Benny. Ik ben al tijden aan het boenen, maar het stinkt nog steeds. Is het echt zo erg?'

'Behoorlijk.' Na een korte aarzeling wees hij naar haar spijkerbroek. 'Volgens mij zit daar ook wat.'

Grr, geen wonder dat ze die stank niet weg had kunnen krijgen. Ze draaide haar hoofd en zag dat ze erin geslaagd was om ergens tussen haar rechterheup en de bilnaad stront op haar broek te krijgen. 'O god, wat smerig.' Ze schaamde zich dood en voegde er snel aan toe: 'Ik moet me even omkleden, en een douche nemen...'

Nick gebaarde naar de trap. 'Doe maar. Ik wacht hier beneden wel.'

Nadat Nella zich in de badkamer had uitgekleed, boende ze zich stevig onder de douche, en ze waste haar haar twee keer. Hoe verleidelijk de gedachte ook was om naar beneden te gaan in alleen in een dunne zijden peignoir waarin je haar decolleté en misschien ook een flits van een gebruinde dij kon zien, trok ze toch gewoon een T-shirt en een legging aan en deed ook niets meer aan haar make-up.

Misschien omdat ze al had gehoord dat er beneden hard werd gelachen door iemand die niet Nick was.

De emmer en alle schoonmaakspullen waren weg, net als de stank. In de huiskamer hadden Nick en Hugo het zich gemakkelijk gemaakt, en Hugo was druk bezig om Nick op zijn telefoon foto's te laten zien van zijn grote liefde.

'Wacht maar tot je haar leert kennen.' Hij gloeide helemaal van trots. 'Ze is de mooiste baby die je ooit hebt gezien. En zoals ze je aankijkt... alsof ze je ként. En zie je hoe ze haar vingertjes om mijn duim heeft geklemd? Gewoon niet te geloven hoeveel kracht ze heeft!'

'Wauw.' Nick keek even naar Nella en zijn mondhoeken vertrokken iets. 'Wat enorm veel foto's.'

'Ik kan er niets aan doen, ze is zo fotogeniek! Moet je die wimpers zien... en die oortjes!'

Nella verborg een lachje. Hugo was stapelverliefd.

'En je zei dat ze Eloisa heet? Leuk.' Nick knikte.

'Eloisa May,' zei Hugo. 'Maar we noemen haar Ellie.'

'Oké.' Het kostte Nick zichtbaar moeite om zijn gezicht in de plooi te houden.

'Wat?' vroeg Hugo.

'Niets. Maar zo te horen ben je behoorlijk weg van haar.'

'Ik kan er niets aan doen. Ik was erbij toen ze op de wereld kwam. Ik hou zoveel van haar.'

'En Cami?' wilde Nick weten.

'Cami houdt ook van haar!'

'Dat was niet echt wat ik bedoelde.' Nick begon te lachen.

'O.' Hugo bloosde. Hij klopte op zijn broekzak en veranderde abrupt van onderwerp. 'Maar die babyfoto's zijn niet de enige reden dat ik hier ben. Raad eens wat ik in mijn zak heb.'

'Nog meer babyfoto's?' vroeg Nick.

'Heel grappig. Maar nee.' Hugo pakte een dubbelgevouwen envelop uit zijn zak en wapperde ermee naar Nella. 'Heb jij die van jou ook vandaag gekregen?'

Nella had inderdaad vandaag ook post gekregen. Toen ze de envelop vanochtend op de deurmat had zien liggen, was ze gewoon een beetje misselijk geworden van het idee van wat erin zou kunnen zitten. Ze knikte.

Hugo begon te stralen. 'Maar je hebt hem toch nog niet opengemaakt?'

'Nee.' Ze had de aanvechting gevoeld om hem in stukjes te scheuren en dan bij het papierafval te doen, maar de test was niet van het goedkope soort waaruit je alleen maar kon opmaken uit welke windstreken je voorouders afkomstig waren; Hugo had voor de veel gedetailleerdere analyse gekozen, de dure variant.

'Oké, dan gaan we ze nu openen.'

Wanneer Hugo ergens enthousiast over was, was hij niet meer te stuiten. Nella liep naar de keuken en kwam terug met haar envelop.

'Spannend, hè?' Hugo was er helemaal klaar voor. 'Stel je voor dat je zo ontdekt dat je familie bent van... weet ik veel... Beyoncé!'

Nella knipperde met haar ogen. 'Wauw.'

'Of Taylor Swift!'

'Okééé...' Ze haalde een keer diep adem en scheurde haar envelop open. 'We kunnen slechts hopen.'

Zes minuten later zaten ze elkaar alle drie nog steeds in shock aan te staren.

'Dit is echt heel maf,' zei Hugo.

'Ze hebben vast een fout gemaakt.' Nella schudde haar hoofd. 'Het klopt gewoon niet.' Behalve deze ene persoon met wie ze het meeste DNA deelde, waren er verder geen belangrijke resultaten, en daar was ze blij om. Maar deze... déze was iets waar ze met haar verstand niet bij kon.

Nick nam alles nog eens goed door. 'Er is geen fout gemaakt. Zoiets als dit kun je gewoon niet verzinnen.'

'Maar hoe... hoe...' Nella sloeg een hand voor haar mond.

'Toe zeg,' zei Hugo, 'je weet best hoe. We weten alle drie hoe. Je durft het alleen niet hardop te zeggen voor het geval dat ik het verband zelf nog niet had gelegd.'

Daar zat iets in. De schok was groot, maar de gevolgen waren voor hem groter dan voor haar.

'Er is geen fout gemaakt,' vervolgde hij kalm. 'Ons DNA is nauw verwant. We delen vijfentwintig procent DNA. Dat betekent dat ik je oom ben.'

'En ik jouw nichtje.' Ze keek Nick aan ter bevestiging. 'Toch?'

Nick knikte. 'Ja.'

Herinneringen aan hoe ze elkaar als tieners hadden leren kennen, kwamen in volle kracht terug. Nella keek Hugo aan. 'Nou, dan is het maar goed dat we nooit verliefd op elkaar zijn geworden!'

'God, stel je voor. Nogal ongemakkelijk.' Ineens herinnerde Hugo zich iets. 'Mijn moeder heeft een keer een hele preek tegen me afgestoken over dat ik vooral niets met een meisje uit het dorp moest beginnen... en ik wist dat ze jou daarmee bedoelde, want jij was het enige meisje met wie ik omging.'

'Wat zei ze precies?'

'Dat onze familie aan haar reputatie moest denken... dat we ons geen schandalen konden veroorloven en dat dorpsmeisjes zo hun eigen reputatie hadden.' Hij bloosde toen hij het zei. 'Sorry, ik weet dat dat vreselijk klinkt. Ik heb het je toen niet verteld omdat... nou ja, omdat het behoorlijk gênant was. Mijn moeder is zo'n snob.'

Alleen dus toch niet zo'n snob als ze hadden gedacht, in aanmerking genomen wat ze nu wisten. Constance Peverell had er duidelijk niets op tegen gehad om een geheime verhouding met een van haar werknemers uit het dorp te hebben.

Nella kon nog steeds niet echt bevatten wat er toen moest zijn gebeurd. Ze dacht aan de paar foto's die ze van haar grootvader had, waarop hij een jonge, aantrekkelijke weduwnaar van ergens in de dertig was geweest, wiens geliefde vrouw op de tragisch jonge leeftijd van tweeëntwintig tijdens de bevalling was overleden. Haar grootvader en Hugo's moeder. Haar hoofd knapte er bijna van uit elkaar. Ineens herinnerde ze zich nog iets en ze flapte eruit: 'Mijn opa heeft me ook voor jou gewaarschuwd. Als we elkaar ook maar één keer kusten, zei hij, zouden er roddels van komen, zou hij zijn baan kwijtraken, en zouden we bovendien uit ons huis moeten. En hij meende het. Ik lachte alleen maar en zei dat dat nooit zou gebeuren omdat we niet op elkaar vielen en jij meer een soort broer voor me was.'

Er viel een stilte. Na een paar seconden zei Nick: 'Oké, ik denk dat we dit allemaal het beste kunnen negeren. Doen alsof het nooit is gebeurd. We houden er alle drie onze mond over.' Hij keek van Nella naar Hugo. 'Oké?'

Nella knikte. 'Natuurlijk. O ja, beslist.'

Hugo echter keek eerst naar haar en toen naar Nick en schudde zijn hoofd. 'Sorry, maar ik doe daar niet aan mee. Ik ga hier niet over zwijgen.'

'Wat?' Geschrokken vroeg Nella: 'Waarom niet?' Was hij wel goed bij zijn hoofd? Wat was hij van plan?

Hugo stond op. 'Er zijn vragen die beantwoord moeten worden. Ik bel jullie later. Het is tijd om eens een goed gesprek met mijn moeder te hebben.'

48

Hugo had Starbourne Manor twintig minuten eerder als een bepaalde persoon verlaten. En nu keerde hij terug als een andere persoon. Hij wist dat zijn vader, gelukkig, een bridgeavond in Cheltenham had. En Tristan, nog gelukkiger, was naar Marbella vertrokken met een groepje van die luidruchtige vriendjes van hem.

Hij trof zijn moeder aan in de salon waar ze met een opgerolde *Telegraph* naar een irritante bromvlieg stond te meppen.

'O, jij bent het. Maak dat ding even voor me dood, als je wilt? Ik kan me echt niet op de krant concentreren met al die zoemende vliegen om mijn hoofd.'

Hugo pakte de krant van haar aan, deed het schuifraam omhoog en dwong de vlieg geduldig die kant uit, terwijl zijn moeder afkeurend mompelde en zuchtte en zei: 'Allemachtig zeg, sla hem gewoon dood!'

Op dat moment vloog de vlieg naar buiten.

'Eindelijk!' riep Constance uit. En toen: 'Waarom kijk je zo naar me?'

'Ik heb vandaag iets interessants ontdekt.' Hugo knikte naar de verschoten blauwe fluwelen bank. 'Waarom ga je niet even zitten?'

'Ik wilde net de tuin in gaan.'

'Het is gemakkelijker om hier te praten.'

'Waar gaat het over dan? Als je het er weer over wilt hebben dat we Tristans toelage hebben verhoogd, dat gaat je helemaal niks...'

'Daar wilde ik het niet over hebben. Ik wist niet eens dat jullie die hadden verhoogd.' Niet dat het als een verrassing kwam. 'Ga nou maar even zitten.'

Zoals te verwachten was werd zijn moeder kwaad, omdat hij haar vertelde wat ze moest doen. 'Ik ben geen kínd, Hugo. Als je me iets te zeggen hebt, doe dat dan. Gooi het eruit!'

'Oké dan. Ik weet wie mijn biologische vader is. Ik weet dat je een verhouding hebt gehad met Vernon Hughes. Ik weet dat ik niet de erfgenaam van Starbourne Manor ben.'

Constance werd lijkbleek en bevroor in haar bewegingen. Toen liet ze zich op de bank vallen. 'O, god...'

'Ik zei toch dat het interessant was,' zei Hugo. 'Weet pa het?'

Constance sloeg haar handen voor haar gezicht. 'Nee. Hij weet het niet. Niemand weet het.'

'Tot nu dan.' Toen hij naast haar ging zitten, zag hij dat haar handen trilden. 'Ma, het geeft niet. Het is een schok, maar ik ben niet boos.'

'Hoe ben je er in vredesnaam achter gekomen? Zeker door die meid.'

'Ik dacht dat Nella het misschien wel leuk zou vinden om iets over haar vaders kant van de familie te weten te komen. En toen heb ik een DNA-test voor haar gekocht, maar ze waren twee voor de prijs van één, en daarom heb ik zelf ook zo'n test gedaan, uit solidariteit. Vandaag hebben we de resultaten gekregen. Een behoorlijke verrassing,' eindigde hij. 'Voor ons allebei.'

'Het spijt me.' Constance schudde haar hoofd, nam haar handen van haar gezicht en pakte zijn hand. 'Het spijt me zo.'

Het lichamelijke contact kwam onverwacht; ze was daar nooit zo van geweest. Tenminste niet als het om haar kinderen ging. 'Is Tristan een Peverell? Of...'

'Ja, ja, hij is een kind van Henry.' Ze kneep in zijn vingers.

'Dus hij is de echte erfgenaam van Starbourne Manor.'

'Och Hugo, maar hij kan het landgoed toch niet krijgen? Kun je je voorstellen hoe dat gaat? Hij is er niet geschikt voor. Jij bent degene met het verantwoordelijkheidsgevoel... jij kunt het landgoed runnen, daar hebben we alle vertrouwen in.' Ze zweeg even.

'Ik hou van jullie allebei. Ik hoop dat je dat weet. Maar we weten allemaal dat Tristan niet geschikt is om wat dan ook te runnen. Dat zit gewoon niet in hem.'

'Je bedoelt dat hij de vermakelijke zoon is,' zei Hugo. 'En ik de saaie.'

'Jij bent degelijk. Betrouwbaar. En je rijdt ook niet als een maniak,' zei Constance. 'Jij rijdt geen mensen aan.'

'Ik probeer dat inderdaad niet te doen.' Hugo knikte. Hij was nog niet klaar – er viel nog van alles te bespreken – maar hij wist nu al dat hij niet erg van streek was vanwege het feit dat de ongevoelige man met wie hij nooit een band had gevoeld, niet zijn biologische vader was.

'Ik kan er nog steeds niet bij.' Nella schudde haar hoofd, nog steeds in gedachten verzonken. 'Het is gewoon... wauw.'

'Dat kun je wel zeggen.' Nick vond het ook wauw. Maar bij zijn plannen voor vanavond kon hij een afleiding van deze orde van grootte niet echt gebruiken. Toen hij in New York was, had hij iedere dag uitgekeken naar zijn videogesprekken met Nella. Met ieder gesprek was hun band verdiept. Zijn gevoelens voor haar waren nog sterker geworden. Maandenlang had hij weerstand geboden aan zijn overweldigende behoefte om iets met die gevoelens te doen, maar nu hield hij het niet meer.

Natuurlijk liepen ze altijd het risico dat hun romantische relatie op niets zou uitlopen en dat het dan zo ongemakkelijk kon worden dat Nella zich genoodzaakt zou zien om weg te gaan uit Starbourne, maar soms moest je gewoon de sprong wagen. Zijn gevoelens voor haar waren gewoon te sterk. Het zou rampzalig zijn als het misliep, maar hij moest dat risico nemen.

En daarom had hij zich er de afgelopen paar dagen en zo'n beetje elke minuut van de vlucht op verheugd om haar weer te zien en haar te vertellen wat hij voor haar voelde, en om dan eindelijk – eindelijk! – de grote stap te zetten.

En goed, dat ongelukje met de hondenpoep was geen al te beste start geweest van hun hereniging. Maar dat was slechts een tijdelijk probleem geweest. Tot Nella zich boven was gaan douchen en Hugo op de stoep had gestaan met de envelop met de DNA-uitslagen. Maar zelfs toen nog had hij gedacht dat de uitkomsten hooguit een uurtje interessante gespreksstof zouden opleveren, waarna Hugo zou weggaan om een bezoekje af te leggen bij Cami en de baby op wie hij zo dol was, en dan kon Nick Nella eindelijk vertellen wat hij voelde en ontdekken of zijn gevoelens beantwoord werden.

Hij slaakte een diepe zucht. God, hij hoopte echt dat zijn gevoelens beantwoord werden. Hij had het zelfs al aangedurfd om te denken dat dat zo was, want hij kon zich al die chemie tussen hen toch niet verbeeld hebben? Het zou nogal vernederend zijn als zou blijken dat ze geen belangstelling voor hem had, maar hij was bereid dat risico te nemen.

Alleen was dit er niet het geschikte moment voor. Zijn grootse plannen voor vanavond had hij meteen overboord kunnen gooien na de gedenkwaardige ontdekking die als een bom was ingeslagen. Nick had Nella twintig minuten eerder een glas Chablis ingeschonken, maar dat stond nog onaangeroerd op tafel.

'Het probleem is dat ik zoveel vragen heb,' zei ze nu, met haar lievelingsfoto van haar grootvader in haar hand. 'Maar niemand aan wie ik die kan stellen. Er is geen manier om antwoorden te krijgen. En dat gaat nooit gebeuren ook, hè?'

'Je kunt nooit weten, misschien...' Nick stopte toen haar telefoon overging en ze Hugo's naam op het schermpje zagen verschijnen.

Nella griste haar toestel van tafel. 'Ja?'

Nick keek naar haar gezicht terwijl ze een paar seconden luisterde en toen 'oké' zei. Daarna hing ze op.

'Constance wil dat ik naar hen toe kom.' Ze liet hem haar handen zien. 'Moet je kijken. Ik zit helemaal te trillen.'

Nick wilde niets liever dan met haar meegaan, maar hij begreep dat dat niet kon; dit was iets waar hij helemaal buiten stond. 'Ik loop wel met je mee tot aan het hek. Kom, dan gaan we.'

Ze probeerde nog snel een slok wijn te nemen, maar morste zo'n beetje alles op het tapijt. Ze liepen naar buiten en wandelden door de hoofdstraat, waar ze aan het einde links afsloegen, de laan in die naar het landgoed leidde.

Bij de ingang bleven ze staan, en Nella zei: 'Misschien krijg ik dan toch nog antwoorden.'

Nick keek in haar ogen en wist zonder ook maar een greintje twijfel dat hij van haar hield. Meer dan hij ooit van wie dan ook had gehouden. Hij knikte en zei: 'Sterkte.' Daarna sloeg hij heel even zijn armen om haar trillende lichaam, om haar te laten weten dat hij aan haar kant stond. En terwijl hij haar als een vriend omhelsde, snoof hij de geur van haar haren op.

'Ik moet geloof ik overgeven,' mompelde ze tegen zijn schouder.

'Doe dat nou maar niet,' zei hij.

'Hugo heeft me verzekerd dat ik je kan vertrouwen.' Constance sprak op afgemeten toon. 'Anders zou ik dit niet doen.'

'Ja, je kunt me vertrouwen.' Nella knikte en besefte ineens dat ze dat al de hele tijd deed en dat ze daarmee moest ophouden. 'Echt.'

'Mijn ouders hebben het huwelijk tussen mij en Henry gearrangeerd. Ze waren bevriend met zijn ouders. In onze kringen ging dat zo in die tijd; je ouders namen de beslissingen en als kind deed je wat je werd opgedragen. Het huwelijk was... geen feest, laten we het zo zeggen. Ik probeerde er het beste van te maken, maar Henry leek er geen behoefte aan te hebben om iets te verbeteren. We modderden maar wat aan. Het was eenzaam voor me. Ik kon geen vriendschappen aanknopen in het dorp, want de meeste families daar werkten voor ons.' Constance keek van Nella naar Hugo en nam een grote slok gin, waarbij de ijsblokjes tegen haar tanden ketsten. 'Ik was niet gelukkig. Henry was afstandelijk, leefde zijn eigen leven. Er ging het gerucht dat hij een vriendin in Londen had, maar ik weet niet of dat waar was.

Hoe dan ook, ik had Vernon Hughes weleens aan het werk gezien op het landgoed, maar we hadden nog nooit een woord gewisseld. Tot ik op een middag, nadat ik bloemen had geschikt in de kerk, ineens in tranen uitbarstte toen ik naar buiten liep. Ja, ik weet het.' Constance maakte een wegwerpgebaar toen Hugo haar verbaasd aankeek. 'Niets voor mij om te lopen jammeren. Maar die dag zat ik er gewoon doorheen. En ik dacht dat ik alleen was, maar Vernon was op het kerkhof; hij bezocht het graf van zijn vrouw. Ik schaamde me dood, maar hij zei: "Je hoeft je echt niet te schamen. Als een mens al niet kan huilen op een kerkhof, waar moet hij dan huilen? Ik heb het zelf ook talloze keren gedaan."'

Nella glimlachte, want dit was precies iets wat haar grootvader zou hebben gezegd. Intuïtief had Constance het zelfs op zijn toon gezegd.

'Hij was aardig. Hij begreep me. En hij leefde echt met me mee.' Constance kreeg tranen in haar ogen bij de herinnering. 'Hij was helemaal het tegenovergestelde van Henry. We gingen op de bank zitten en hadden het over zijn leven en over hoe gelukkig hij was geweest met zijn vrouw, en dat ze zoveel geluk met elkaar hadden gehad. En het eindigde ermee dat ik hem vertelde dat ik me wanhopig voelde, omdat ik geen uitweg meer zag uit de toestand waarin ik me bevond.' Ze zweeg en rechtte haar rug. Haar kin ging uitdagend omhoog. 'Dus zo hebben we elkaar ontmoet. Hij was een bijzondere man, heel attent en vriendelijk. Ik aanbad hem. Niet lang daarna begonnen onze geheime ontmoetingen, als het donker was. We moesten vreselijk voorzichtig zijn natuurlijk. En ik was degene die de eerste stap zette, dat kon niet anders. Maar het was het mooiste wat me ooit is overkomen. Vernon bracht licht in mijn leven en ik koesterde iedere minuut met hem. Door dat ik hem had, werd alles beter.' Ze stopte om nog een slok gin te nemen en schudde toen haar hoofd. 'En toen ontdekte ik dat ik zwanger was.'

'Was je nog steeds gelukkig met hem?' wilde Hugo weten.

'Ja.'

'Maar jullie zijn niet bij elkaar gebleven.'

'Ik weet het. Ik kreeg al snel last van ochtendmisselijkheid en dat kon ik niet verborgen houden voor Henry. Hij had meteen door hoe het zat en was in de wolken, hij vertelde iedereen dat we een kind kregen.'

'Je had bij hem weg kunnen gaan,' zei Hugo. 'Je had met Vernon kunnen weglopen.'

'En dan nog lang en gelukkig samen leven? De deftige dame van het landgoed en de eenvoudige knecht die in Tin Cottage woonde?' Haar mond vertrok iets. 'Dat waren trouwens Vernons woorden, niet de mijne. Hij zei dat het nooit wat kon worden, en ik wist dat hij gelijk had. Eerlijk gezegd was ik een te grote lafaard om bij Henry weg te gaan. Ik vond het fijn om hier te wonen, om geld en aanzien te hebben, al was mijn huwelijk dan maar zozo. Vernon zei dat we elkaar niet meer mochten zien en dat we moesten doen alsof we nooit iets met elkaar hadden gehad. Hij zei dat dat het enige was wat erop zat. En dat deden we dan ook. We hebben er allebei voor gezorgd dat onze paden elkaar niet meer kruisten. We zijn er goed mee weggekomen en we wisten allebei dat we geluk hadden gehad,'

'En je hebt hem echt nooit meer gezien?' vroeg Nella.

'Met hem gepraat, bedoel je? Eén keertje maar. Een paar dagen voor zijn dood, toen we wisten dat het niet lang meer zou duren. De verpleging ging ervan uit dat het een beleefdheidsbezoekje van mijn kant was, omdat hij een voormalige werknemer van het landgoed was. Ik mocht van hen twintig minuten bij hem blijven.' Met tranen in haar ogen ademde ze beverig in. 'Ik heb hem toen verteld dat ik altijd van hem was blijven houden. En hij zei dat hij ook altijd van mij was blijven houden. Dat was op woensdag. En die vrijdag is hij overleden.'

'Ik ben toen op donderdagochtend nog bij hem geweest,' zei Nella. 'De verpleging vertelde me dat jij de avond ervoor was geweest. Ik vond het nog zo aardig van je dat je de moeite had genomen.'

'Hij was de meest fantastische man die ik ooit heb gekend.' Constance veegde haar tranen weg, riep zichzelf tot de orde en zei: 'Het was totaal geen moeite.'

49

Jed had het restant van de quiche in steeds smallere punten gesneden om er langer mee te kunnen doen, maar de avond ervoor had hij dan toch echt de laatste punt opgegeten. Hij had Esme natuurlijk kunnen vragen of ze hem er nog eentje wilde sturen, maar nee, het werd tijd voor actie. Er was een groots gebaar nodig en hij had alles al geregeld.

Gisteren had hij zijn agenda leeg geveegd, tot ergernis van zijn meestal geduldige persoonlijke assistent in Manchester. En nu reed hij weer over de M6 om voor eens en altijd uit te vinden of hij een kans maakte bij Esme Addis. Het voelde alsof hij een huis van een miljoen kocht zonder het te hebben gezien, want het kon natuurlijk zomaar op een ramp uitlopen. Maar dan wist hij het tenminste.

'En nu,' zei de vrouwelijke dating-expert die op de radio had zitten babbelen over hoe een vrouw het beste een man aan de haak kon slaan, 'draaien we de situatie eens om.'

'Maar ik neem aan dat dan dezelfde principes van toepassing zijn,' zei de mannelijke presentator.

'Kijk, dat is een denkfout die je maakt, en het is een denkfout die veel te veel mannen maken! Mannen vinden het misschien niet erg om een verrassingsbezoekje te krijgen, maar echt, wij vrouwen zijn daar niet van gediend!' De expert grinnikte om de hopeloze onwetendheid van de presentator. 'Wij willen het van tevoren weten, want dan kunnen we ons voorbereiden. Ons haar en onze make-up moeten perfect zitten, onze nagels moeten om door een ringetje te halen zijn en onze kleren smetteloos. Ik bedoel, als een man ons al wil verrassen, dan moeten we wel Instagram-klaar zijn!'

O god, echt? Shit.

Tien kilometer verderop reed Jed een tankstation in en stuurde Esme een berichtje.

Hoi, ik ben onderweg, zie je om elf uur!

Zo, en nu was het nog steeds een halve verrassing, maar dan met een kleine waarschuwing. Hij zag dat ze zijn bericht had gelezen en keek naar de dansende puntjes die haar reactie aankondigden.

K.

Minder uitgebreid dan hij had gehoopt, maar misschien was ze druk.

Nou ja, maakte niet uit, hij was er bijna.

Om tien minuten over elf bracht hij zijn auto tot stilstand voor Egg Cottage. Hij zag Esme's auto niet staan; er werd niet opengedaan toen hij aanbelde, en ze nam ook niet op toen hij haar belde.

Nog geen drie minuten later echter zag hij haar auto aan komen rijden, en daar had je haar; ze parkeerde keurig achter zijn auto en stapte uit, zichtbaar geschrokken toen ze hem zag.

'O mijn god, wat doe jij hier? Is er iets?'

'Ik heb je een berichtje gestuurd.' Nou, vooraf waarschuwen had blijkbaar weinig zin; Esme's haar zat verward en was zeiknat, haar T-shirt en witte linnen broek waren vochtig en ze droeg ook geen make-up. Maar ach, in zijn ogen zag ze er perfect uit.

'Op mijn telefoon?'

'Nee, per postduif.' Hij glimlachte, want hij kon niet anders nu hij weer bij haar was.

'O, sorry, dit is mijn vrije dag en op Marty's school hebben ze een studiedag en daarom ben ik met hem wezen zwemmen. Ik heb hem net thuis afgezet. Mijn telefoon ligt ergens onder in mijn tas...' Ze ritste haar grote canvas tas open, haalde er een felpaarse handdoek uit en grabbelde naar haar toestel.

'Je hebt wel gereageerd op mijn berichtje.'

'Nee, hoor.' Toen ze haar telefoon eindelijk had gevonden, tuurde ze naar het schermpje. 'Goed, dat was dus mijn stoute kleinzoon die er een spelletje op zat te doen. Die kinderen hebben tegenwoordig nergens meer tijd voor en daarom zeggen ze in plaats van "oké" gewoon "k". Pff. Waar moet dat heen met de wereld? Maar kom binnen, wat een verrassing... Het is zo fijn om je te zien! Waar heb ik dit bezoek aan te danken?'

Jed liep achter haar aan de cottage in. 'De quiche was op.'

Esme schoot in de lach. 'Ik heb er gisteravond toevallig eentje gebakken. Wil je nu soms een stuk?'

'Er is nog iets.'

'O?' Ze draaide zich naar hem om. 'Wat dan?'

Ik hou van je.

Maar de liefdesverklaring die hij had gepland wilde er niet uit komen. Zijn gedachten vlogen alle kanten uit, op zoek naar een alternatief. 'Mijn haar moet geknipt worden,' hoorde hij zichzelf zeggen, terwijl hij een hand naar zijn hoofd bracht. 'Het is te lang. Er moet iets aan gedaan worden.'

'Inderdaad. Dat heb ik je al gezegd.'

Goed, tijd om wat op te biechten. 'Ik... ik ben een beetje bang voor kappers. Daarom is mijn haar zo lang. Toen ik klein was, heeft een kapster een keertje in mijn oor geknipt en sindsdien denk ik altijd dat het vast weer gebeurt.' Het klonk niet erg stoer; zou Esme hem nu nog wel leuk vinden? Maar hij moest eerlijk tegen haar zijn.

Ze knikte langzaam. 'En houdt dat in dat je ook bang voor mij bent?'

'Nee, jou vertrouw ik.'

'Nou, dat noem ik nog eens een compliment.' Glimlachend trok ze een stoel onder de tafel vandaan en zette hem midden in de keuken. 'Ga zitten. Maak het je gemakkelijk. En ik beloof je dat ik je oren er niet zal afknippen.'

Ze liep de trap op en kwam even later terug met een witte handdoek die ze om zijn schouders drapeerde. Met een plantenspuit bevochtigde ze zijn haar en kamde het. Vervolgens pakte ze haar kappersschaar en begon te knippen; zorgvuldig en vakkundig knipte ze een paar centimeter van zijn slordige, lange lokken af.

Jed had het gevoel dat hij in de hemel was. Het voelde heerlijk om hier te zitten, met Esme die om hem heen drentelde, met haar lichaam vlak bij het zijne. Af en toe raakte haar been zijn knie, of maakte haar blote onderarm vluchtig contact met zijn schouder. Ze rook naar chloor en wasverzachter en voor hem was die geur opwindender dan het duurste parfum ter wereld. De klank van haar stem terwijl ze kletste was hypnotiserend, en wanneer ze er even het zwijgen toe deed, voelde dat helemaal niet ongemakkelijk. Jed sloot zijn ogen en wilde dat dit eeuwig kon duren. Hij wilde niet dat hier een einde aan kwam.

Toen dat einde er toch kwam, pakte Esme een spiegel en liet hem de keurig geknipte versie van hem zien.

Hij bestudeerde zichzelf even. 'Misschien nog iets korter?'

Grinnikend ging ze weer aan de slag, en twintig minuten later gaf ze hem opnieuw de spiegel.

'Weet je nog dat je zei dat ik mijn haar misschien eens echt kort moest laten knippen?' zei hij.

Haar ogen glinsterden. 'Durf je het aan?'

'Ja, doe maar.'

Deze keer duurde het dertig zalige minuten, maar Esme leek dat niet erg te vinden. Was dat een goed teken? Hij keek in de spiegel, zich verbazend over het verschil dat het maakte, en keek toen naar haar. 'Wat denk je?'

'Ik zou het een complete transformatie noemen. Je bent een geheel nieuwe man.'

Hij begon te gloeien. 'Vind je het mooi?'

'Heel mooi.'

Hij vond dat ook. Hij zag er jonger, hipper, béter uit. Opgelucht zei hij: 'En ik heb allebei mijn oren nog.'

'Ik zei toch dat ik mijn vak versta? Zelfs al is het niet mijn echte vak.'

'Dank je.'

'Was het de reis waard?'

'Zeker weten.'

Ze keek hem onderzoekend aan. 'Waarom ben je hier echt?'

Het was zover. 'Je bent niet gek. Je weet het vast al.'

'Ik denk dat ik het inderdaad wel weet.' Ze schudde haar hoofd. 'Maar ik begrijp het alleen niet. Neem nou die laatste vriendin van je, ze was echt bloedmooi. En ik ben... zo gewoontjes.'

Nu was het zijn beurt om haar ongelovig aan te staren. 'Dat meen je niet! Je bent verre van gewoontjes. Je bent...' Hij stond op, en de handdoek viel van zijn schouders en een wolk van haartjes dwarrelde naar de grond. 'Je bent... buitengewoon. Bekwaam. Mooi. Echt. Aardig.' Hij kreeg een brok in zijn keel, want hij meende ieder woord ervan, maar wat als ze hem zou afwijzen? 'Je bent alles. Je bent volmaakt in elke zin.'

Ze keek hem verbijsterd aan. 'Echt?'

'Ik heb nog nooit in mijn leven iets zo oprecht gemeend.'

'O mijn god.' Er verspreidde zich langzaam een brede lach over haar gezicht. En toen stortte ze zich op hem, sloeg haar armen om hem heen en begon hem te kussen en kussen en kussen tot hij naar adem hapte.

Het was... wauw!

Toen ze zich eindelijk, met tegenzin, van hem losmaakte, zei ze: 'Dat wilde ik al tijden doen. Je moest eens weten.'

'Had ik het maar geweten. Als je me er nou iets van had laten merken, was ik veel eerder gekomen.'

'Soms is het leuk om te wachten.' Ze kuste hem weer.

Ze was echt ongelooflijk. 'In dit geval niet,' mompelde hij tegen haar mond.

Ze verstrengelde haar vingers met de zijne en trok hem de keuken uit, naar de trap. 'Nee, in dit geval zeker niet.'

Een uur later pakte Jed zijn telefoon en ging aan het werk, terwijl Esme onder de douche stond. Toen ze eindelijk weer de slaapkamer in kwam, gewikkeld in een enorm badlaken, vroeg hij: 'Waar is je paspoort?'

Ze wees. 'Daar, in die la. Hoezo? Ben je bang dat ik heb gelogen over mijn leeftijd?'

'Weet je nog dat je me vertelde wat je lievelingsband was? Ze spelen morgenavond in Parijs. Ik heb net twee vipkaarten voor ons gekocht.'

Ze keek hem verbaasd aan. 'Morgen? Maar dan kan ik niet. Ik moet werken.'

'Nee hoor.'

'Jawel! Ik kan ze niet in de steek laten.'

'Dat hoeft ook niet. Ik heb geregeld dat Alastair Blake voor je invalt.'

Ze knipperde met haar ogen. 'Is dit een grap?'

Hij had haar alleen maar blij willen maken, maar ineens drong tot hem door dat ze het misschien niet fijn vond dat hij plannen maakte zonder haar te raadplegen. Paniekerig zei hij: 'Nee, geen grap. Sorry, was dat verkeerd van me? Ik dacht dat je het leuk zou vinden, maar we hoeven niet te gaan, hoor, als je niet wilt.'

Ze keek hem aan. 'Het is gewoon de schrik. Ik ben het niet gewend dat er dingen voor mij geregeld worden. Het voelt een beetje...'

'Vergeet maar dat ik het heb gezegd. Ik annuleer het wel.' Hij schaamde zich diep.

Ze wierp hem een liefdevolle blik toe. 'Dat hoeft niet, maar de volgende keer kun je het misschien beter eerst vragen. Ik ben gewend om altijd alles zelf te regelen. Maar je hebt wel gelijk, ik zou het echt fantastisch vinden. Morgen dus. Ik kan haast niet wachten.'

Hij haalde diep adem. 'We gaan niet morgen. We gaan vandaag. Het hotel is al geboekt. Net als de helikopter.'

'Een helikopter.' Toen ze begon te lachen, viel de handdoek per ongeluk op de grond. Met een gilletje raapte ze hem weer op om haar naaktheid te verbergen.

'Het leek me leuk om er een echt uitje van te maken. Het is allemaal al geregeld.' Hij pakte haar hand en trok haar weer op bed. 'Maar je moet me beloven dat je dat nooit meer doet, gauw je lichaam bedekken. Dat is nergens voor nodig.'

'Sorry,' zei ze. 'Maar ik... ik heb een beetje cellulitis. Waarschijnlijk weet je niet wat dat is, maar...'

'Natuurlijk weet ik wat dat is. Het is iets waar sommige vrouwen hun hele leven bang voor zijn om het te krijgen. Ze hongeren zichzelf uit en ondergaan van allerlei bizarre behandelingen om het maar niet te krijgen, maar mij maakt het niks uit. Want ik hou van alles van je,' zei hij. 'En dat is inclusief de cellulitis die je wel of niet hebt. En wil je je dan nu gaan aankleden en je koffer pakken, want ik heb met Nick afgesproken dat de piloot over een uur op zijn helipad kan landen en we willen hem niet laten wachten.'

Ze grijnsde nog steeds. 'Dit is echt heel maf. Ik heb altijd al eens met een helikopter willen vliegen.'

Dat had ze hem tijdens hun eerste etentje samen verteld.

'Ik weet het. En ik wil dat je eerste keer samen met mij is. Net zoals je morgenavond voor het eerst naar dat concert gaat.'

'Volgende maand treedt er een coverband op, op een boot in de haven van Bristol. Ze zeggen dat ze best goed zijn. Ik wilde aan mijn dochters vragen om er voor mijn verjaardag naartoe te gaan.'

'Dat hoeft niet. Morgen krijg je ze in het echt te zien.'

'Misschien kunnen we het allebei doen,' zei ze.

'We kunnen alles doen wat je wilt.' Hij nam haar in zijn armen. 'Wat je maar gelukkig maakt.'

Ze keek hem ondeugend aan. 'Nou, als we dat nú gaan doen, missen we waarschijnlijk onze vlucht.'

Hij kuste haar. 'Daar zit wat in. Beter wachten tot we in Parijs zijn.'

50

'Gisteren belde een vriendin van me, Tess,' zei Cami een week later tegen Hugo. 'We hebben samen op school gezeten, en na haar trouwen is ze naar Wales verhuisd. Ze heeft een caravan in een veld achter hun boerderij staan; hij is oud, maar nog wel bruikbaar. Als ik echt niks anders kan vinden, mag ik daar wonen van haar, zolang ik wil.' Haar ogen straalden terwijl ze Ellie tegen haar schouder legde en over haar rug wreef, in afwachting van de onvermijdelijke boertjes. 'Te gek, hè?'

Hugo dacht daar anders over. 'Waar ergens in Wales?'

'In het noorden. Snowdonia.'

De moed zonk hem in de schoenen. Het werd almaar erger.

'Kijk.' Enthousiast hield ze haar telefoon op. 'Ze heeft me foto's gestuurd. Ik vind hem er best goed uitzien!'

Hij zag eruit als een schimmelige vintage caravan die zijn beste tijd had gehad, omringd door distels, kratten en oude autobanden.

'Ik bedoel, hij moet natuurlijk worden schoongemaakt. Maar dat is geen probleem. En het is gratis!'

Hugo fronste. 'Hoe moet het dan met je werk?'

'Tess zegt dat ik hun wifi kan gebruiken. Ik vind dat zo aardig.'

'Oké,' zei hij, al vroeg hij zich af of het wel zo oké was.

Ze keek hem verward aan. 'Zo te horen vind je het niks. Ik dacht dat je blij voor me zou zijn.'

'Ik vind het alleen zo ver weg.'

Vier uur rijden, schatte hij. Dus acht uur heen en terug. Hugo kon niet echt onder woorden brengen wat hij voelde, maar het leek op een aan paniek grenzende jaloezie. 'Dan zie ik Ellie niet meer.'

Of jou.

'Ja, goed gedaan!' Afgeleid door het boertje van haar dochter, pakte Cami een doekje om het kleine plasje melk op te deppen. 'Ja, ik weet dat het best ver rijden is, maar je kunt natuurlijk altijd komen logeren, wanneer je maar wilt.'

Hugo sloot zijn ogen en dwong zichzelf rustig te blijven. 'Nou ja, je hebt nog tijd om erover na te denken. Je hoeft niet meteen te beslissen.'

Lizzie had ontzettend veel zin gehad in een zak zachte fruitsnoepjes – haar nieuwste Britse obsessie. Op weg naar de supermarkt bleef ze ineens stilstaan toen er driftig op een raam werd getikt.

Omdat ze net langs Nicks huis was gelopen, ging ze ervan uit dat hij het was. Maar nee, het was het huiskamerraam van het huis ernaast, en de hand die haar nu wenkte, was ook veel gerimpelder. Er werd met een kromme vinger naar haar gewezen, om aan te geven dat ze moest wachten, en binnen hoorde ze ook een hond blaffen.

Lizzie wachtte en vroeg zich af wat de oude vrouw van haar wilde. Ze wist dat ze Dora Catchpole heette, en dat haar oude hond de lieve labrador Benny was die dat ongelukje had gehad bij Nella in de gang. Misschien wilde ze haar om een handtekening vragen, of wie weet zelfs een selfie.

'Ga je naar de winkel?' De voordeur was opengegaan en Dora stond in een pluizige beige ochtendjas en op feloranje pantoffels in de deuropening.

'Eh... ja.' Lizzie wierp haar een vrolijke glimlach toe. 'Goed geraden!'

'Ja, het was óf dat óf je was op weg naar die vent van je.'

'O.' Dat was ze natuurlijk ook van plan geweest, maar het was toch raar om er zo op gewezen te worden dat het hele dorp op de hoogte was van haar zogenaamde privéleven.

'Ik wil alleen maar zeggen dat je een beetje moet oppassen. Dat je niet voor nog meer ellende moet zorgen, alleen maar omdat jij een lolletje wilt. Maar hoe dan ook,' ging Dora verder voordat Lizzie kon protesteren, 'neem even wat wc-papier voor me mee. Als je toch naar de winkel gaat.'

'Natuurlijk.' Het was tussen de middag en Dora was nog niet aangekleed. 'Voelt u zich niet lekker?'

De oudere vrouw keek haar verbaasd aan. 'Dat is het niet, ik ben net wakker. Ik heb tot vijf uur naar het boksen in Vegas zitten kijken. Daar had ik op gewed, en ik heb zestig pond gewonnen. Maar niet van dat dikke, met die kussentjes, hoor. Gewoon het goedkoopste.'

'Een pak van vier?'

'Maak er maar zestien van. Dan hoef ik daar voorlopig niet meer mee te sjouwen. Hier.' Ze viste wat losse munten uit de zak van haar ochtendjas en stopte die in Lizzies hand, samen met een verkreukeld buskaartje en een nogal stoffig pepermuntje.

'Oké,' zei Lizzie.

'En niet te lang wegblijven, hoor,' zei Dora bruusk terwijl ze haar zo'n beetje van de stoep wegjoeg. 'Ik heb gisteravond het laatste opgemaakt.'

Lizzie ontdekte dat ze het toch een beetje gênant vond om zo'n reusachtig pak goedkoop wc-papier te kopen. Ze probeerde er maar niet aan te denken wat de jongen achter de kassa dacht toen hij haar ongelovig aankeek omdat ze had gevraagd om een plastic tas waar het wc-papier in paste.

'We verkopen wel vuilniszakken,' zei hij na een tijdje.

Ze schudde haar hoofd. 'Laat maar.'

En natuurlijk liep ze meteen iemand tegen het lijf toen ze de winkel uit kwam.

'Voorzichtig!' zei die iemand.

Met het onhandige pak goedkope wc-papier in haar armen, botste ze bijna tegen de man aan en ze riep: 'Oeps, sorry!' En pas toen drong tot haar door wie de man in kwestie was.

Grijs pak, lichtbruin haar, met hier en daar wat grijs aan de slapen, arendsneus en lichtgrijze ogen die haar deze keer eens niet neerbuigend opnamen...

'Wel heb ik ooit,' zei Piers Sanders. 'Wat een verrassing!'

Lizzie herstelde zichzelf snel en wilde dat hij niet vaag geamuseerd naar het pak wc-papier keek. Oké, ze wist dat hij in Dorset woonde en hij keek ook helemaal niet zo verbaasd als hij klonk.

'Dit is vast geen toeval.'

'Nee. Ik ben hier voor jou.' Hij zweeg even. 'Ik ben bij je thuis geweest, maar daar was je niet. Je vriendin zei dat je even weg was en toen dacht ik: ik ga het dorp eens bekijken. En daar ben je.' Hij knikte naar de wc-rollen. 'Een voorraadje aan het aanleggen.'

Ze schaamde zich dood. 'Ze zijn niet voor mij. Ik heb ze voor iemand anders gekocht. Maar hoe wist je eigenlijk waar ik verbleef?'

'Nou, gewoon, precies zoals je mij hebt weten te vinden. Een beetje rondspeuren op internet.'

'Nou, er kwam wel wat meer bij kijken.'

'Dat geloof ik graag.'

'Waarom wil je per se anoniem blijven?'

'Nou, mijn agent is nogal ouderwets. Hij haatte het manuscript dat ik hem stuurde en zei dat ik mijn literaire reputatie niet moest bezoedelen door er mijn naam aan te verbinden. En toen heb ik het zelf uitgegeven, onder een andere naam, zonder het hem te vertellen. Ik dacht dat het een goed boek was en wilde hem tonen dat hij fout zat, maar natuurlijk werkte het niet zo. En toen heeft een buurman het e-boek voor me geüpload, maar dat was van zo'n slechte kwaliteit... Kortom, ramp op ramp. Het komt erop neer dat het een behoorlijk vernederende ervaring was en daarom heb ik het hele idee toen maar laten varen. Tot – en ik weet echt niet hoe – het boek op de een of andere manier in L.A. terecht bleek te zijn gekomen, in de handen van een van de beste filmproducers van deze tijd. Zal ik dat pak overigens even voor je dragen?'

Hij liep naast Lizzie door de hoofdstraat in de richting van Dora's cottage. Ze overhandigde hem het pak en voelde zich meteen een stuk beter.

'Had dat niet sneller gekund?' vroeg Dora kortaf nadat ze de deur had opengetrokken, terwijl Benny achter haar blafte. 'Ik heb je wel gezien vanuit mijn slaapkamerraam. Een beetje staan kletsen voor de winkel alsof je alle tijd van de wereld hebt. Ik had toch gezegd dat er haast bij was?'

'Sorry,' zei Lizzie. 'Maar ik ben er nu.'

'Nog wisselgeld?'

'Nee.' Het geld dat Dora haar had meegegeven, was niet eens genoeg geweest, en Lizzie had het restant uit eigen zak betaald.

'Hm.' Dora verdacht haar er duidelijk van dat ze geld had achtergehouden. Met haar kraaloogjes wendde ze zich nu tot Piers. 'En wie is dit? Nee, zeg ook maar niks, ik wil het niet weten. Maar vergeet niet wat ik heb gezegd over voor ellende zorgen!' Ze schudde met haar vinger naar Lizzie. 'Pas op, jongedame! Ik hou je in de gaten.'

Toen Dora de deur weer had dichtgedaan, zei Piers: 'Nou, als de mensen hier in het dorp allemaal zo zijn, zul je wel staan te trappelen om terug te gaan naar L.A.'

Lizzie probeerde er zo min mogelijk aan te denken dat ze ooit weer uit Starbourne zou weggaan. 'Dora is de uitzondering. Ik vind het hier te gek.' Zich afvragend of hij soms goed nieuws voor haar had, vroeg ze: 'Maar vertel me eens wat je hier komt doen.'

Hij glimlachte. 'Ik wilde je bedanken. Gisteren heb ik een afspraak gehad met die vriend van je, Niall Cameron, toen hij in Stratford-upon-Avon was, op bezoek bij zijn zus. We hebben het contract ondertekend waarin hij de filmrechten krijgt voor *One Way to Die*.' Hij schudde ongelovig zijn hoofd. 'Voor een idioot groot bedrag. Ik bedoel, echt idioot groot, want hij wilde graag een deal voordat iemand anders het boek zou lezen en er een biedstrijd zou ontstaan. Ik bedoel, ik had het hem nog voor niks gegeven.'

Lizzie knikte. 'In Hollywood hoort dat erbij, met geld smijten. Ze nemen voor een paar duizend dollar een optie op een boek waar dan verder niemand meer naar kijkt. Zo gaat het daar. Het is echt idioot.'

'Ik had al geprobeerd om uit te vinden wie hem dat boek had gestuurd, maar Niall wilde het me niet zeggen. Hij zei dat het er niet toe deed. Maar gisteravond, tijdens het etentje, toen het contract eenmaal was getekend, heb ik het hem nog eens gevraagd. Hij had al wat gedronken en vertelde het me toen.'

Typisch Niall. 'Was je verbaasd?'

Piers trok een wenkbrauw naar haar op. 'Ik denk dat die vraag weleens de prijs voor understatement van het jaar kan winnen.'

'Ik heb echt even overwogen om het niet te doen,' bekende ze. 'Vooral nadat ik dat interview met je had gezien waarin je vertelt hoe het is om samen te werken met van die veeleisende Hollywood-sterren die zo'n hoge dunk van zichzelf hebben.'

'O god, heb je dat echt gezien?' Hij rilde. 'In dat geval had ik het je niet kwalijk genomen. Waarom ben je van gedachten veranderd?'

'Wil je dat echt weten? Ik dacht dat ik voor de verandering maar eens een beroemdheid moest proberen te zijn die gewoon aardig was.'

Hij knikte. 'Nou, ik zal je eeuwig dankbaar zijn. Dit zal mijn leven echt veranderen.'

'Ik was echt zeer onder de indruk van jouw boek.'

'Fijn om te horen. Niall zegt dat ik snel aan een volgend boek moet beginnen. Hij heeft het over een mogelijke licentie. Eerlijk gezegd ben ik nog steeds in shock, geloof ik.'

'Dat verbaast me niets. En ik moet bekennen dat ik stiekem ook wel tevreden over mezelf ben, omdat ik zo aardig ben geweest. Maar ik ben echt heel blij voor je.' Toen ze langs het kerkhof liepen, liet Lizzie haar hand over het gladde door de zon verwarmde hout van het hek glijden. 'Je zoon zal ook wel opgetogen zijn.'

Piers reageerde niet, en haar eerdere achterdocht kwam weer opzetten. Terloops vervolgde ze: 'Ik kon online niets over een zoon van je vinden. Zei je dat over het mislopen van zijn verjaardag alleen maar om mij een rotgevoel te bezorgen?'

Nog meer stilte.

Aha.

Ineens stopte hij met lopen en pakte zijn portefeuille uit de binnenzak van zijn jasje. Hij sloeg hem open en liet haar een beduimelde foto zien van een tiener in een aangepaste elektrische rolstoel. 'Dit is Will. Hij had een hersenbeschadiging. Hij is zes jaar geleden overleden en ik mis hem nog iedere dag. En dat is nog erger op zijn verjaardag, dan ga ik altijd een paar uur bij zijn graf zitten. Dus ja, dat is altijd een emotionele dag, maar dat kon jij niet weten, en ik had niet moeten zeggen wat ik toen zei. En als hij er nog was geweest, zou hij het fantastisch voor me hebben gevonden.'

'O god, wat erg voor je!' Geschrokken sloeg ze een hand voor haar mond. 'Ik schaam me voor wat ik net zei. Maar moet je dat mooie gezicht van hem zien... en die lach. Hij was me er vast eentje!'

'O, ja! Hij las mijn historische romans ook altijd.'

'En vond hij ze mooi?'

'Integendeel. Hij zei altijd dat ze saai waren.' Er verscheen een klein lachje om zijn mond bij de herinnering. 'Maar ik weet zeker dat hij dit laatste boek geweldig zou hebben gevonden.'

Toen ze bij Pine Lodge aankwamen, zei Lizzie: 'Je komt toch nog wel even mee naar binnen?' Ze wees door de hoge ramen. 'Dat is Cami...'

'Cami Jepson. Ik weet het, zij is je ghostwriter. Maar nee, ik kom net uit Stratford en ben alleen maar even gekomen omdat ik je iets wilde geven.' Hij liep naar zijn auto die op de oprit stond, opende het achterportier en pakte een indrukwekkend boeket seringen, lelies en roze en crèmekleurige rozen van de achterbank en gaf het haar.

'Wat prachtig!' Nadat ze de geur van de bloemen had opgesnoven, gaf ze Piers Sanders een oprecht warme knuffel, iets wat ze niet had kunnen bedenken toen ze hem voor het eerst had ontmoet.

Hij rook naar gesteven linnen en Givenchy's Gentleman Eau de Parfum, en toen hij weer rechtop ging staan zei hij met een spijtig lachje: 'Zo zie je maar weer, hè? Soms is de eerste indruk toch niet de juiste.'

51

'Ik wil één ding van je weten,' zei Constance Peverell.

'Oké.' Dit was de mafste kennismaking die Cami ooit had beleefd. Ze had met Hugo en Boo door het dorp gewandeld, met Hugo achter de kinderwagen, toen hij door zijn moeder was gebeld met het verzoek of ze naar haar toe konden komen.

En nu, in de grote salon, keek Constance onderzoekend naar Ellie, die slaperig op Hugo's schouder lag. Toen richtte ze haar blik weer op Cami en vroeg abrupt: 'Is ze Hugo's kind?'

'Wat?' Cami slaakte een kreetje van ongeloof. 'Nee!'

'Weet je dat zeker?'

Hugo flapte eruit: 'Mama, hou op. Ellie is niet van mij. Dat heb ik je al verteld.'

Constance haalde haar schouders op. 'Het kan geen kwaad om het nog eens extra te checken. Je lijkt dol op haar.'

'We zijn gewoon vrienden. Dat heb ik je ook al verteld.'

'Ik had het over de baby,' zei Constance.

Cami kwam tussenbeide. 'Ik was al zes maanden zwanger toen ik hier kwam wonen en Hugo leerde kennen. Mijn vriend bleek een leugenaar en een bedrieger te zijn die helemaal niets met Ellie te maken wil hebben. Niet dat dat u wat aangaat,' voegde ze er met iets van ergernis aan toe. Want wat was hier eigenlijk aan de hand?

Hugo wierp haar een gepijnigde blik toe. 'Cami, laten we nou niet...'

'Het geeft niet,' onderbrak Constance hem. 'Het is wel fijn om te zien dat ze pit heeft. We willen hier geen mak schaap toch?'

'Pardon?' Cami fronste. 'Wat bedoelt u daarmee?'

Hugo bloosde. 'Ik heb het gisteravond met mijn moeder over die caravan in Wales gehad.'

'Waarom?'

'Omdat het hem geen goed idee leek,' zei Constance. 'En na wat hij me erover verteld heeft, ben ik dat met hem eens. En nu wil het geval dat we hier op het landgoed nog een lege cottage hebben die Hugo wel geschikt lijkt voor jou.'

Cami keek haar verbaasd aan. 'Maar die cottages zijn toch bedoeld voor de mensen die op het landgoed werken?'

'Dat weten we heel goed.' Constance wees naar het plafond. 'Het was Hugo's idee, maar ik ben het met hem eens dat we hier in huis best wat hulp kunnen gebruiken. Mijn echtgenoot kan door zijn artritis moeilijk uit de voeten, en dat hij nu zijn enkel ook nog heeft gebroken, heeft de boel er alleen maar erger op gemaakt. Wat we willen is iemand die ons indien nodig kan helpen met de boodschappen, Henry rondrijden, dat soort dingen. Hoe klinkt dat?'

'Het klinkt... onverwacht.' Cami keek naar Hugo, die Ellie wiegde en haar ritmisch op haar rug klopte terwijl hij troostende woordjes mompelde. 'Maar wel goed, geloof ik. Hoeveel is de huur?'

'Bescheiden,' zei Constance.

'Nou, dat klinkt echt als mijn soort huur.' Het aanbod kwam volkomen onverwacht, maar was wel de volmaakte oplossing voor haar problemen, zelfs als ze maar een paar maanden zou blijven. Ze zou in die tijd haar leven en haar carrière weer op orde kunnen proberen te krijgen. En het was ook fijn dat ze sinds kort Janice kende, een geregistreerde opvangmoeder die in Crow Lane woonde en haar al haar diensten had aangeboden. 'Maar u moet wel begrijpen dat de baby bij mij altijd op de eerste plaats zal komen,' waarschuwde ze.

'Daar ben ik me van bewust.' Constance haalde nonchalant haar schouders op. 'En jij moet begrijpen dat de cottage erg klein is.'

'Dat maakt niet uit.'

'Ze zal ook een beetje moeten worden opgeknapt. Maar het is desondanks stukken beter dan een vervallen caravan in Wales.'

'We zorgen wel dat het in orde komt,' zei Hugo.

'De cottage ligt zo dicht bij het huis dat je zo bij ons kunt zijn als we je nodig hebben, maar niet zo dichtbij dat we de baby kunnen horen huilen. Of de hond blaffen,' liet ze er vinnig op volgen.

'Ma, zeg dat nou niet. Je bent gek op honden.'

'Niet als ze keffen... O nee, ophouden daarmee, dat kunnen we niet gebruiken hier.' Ze schudde afkeurend met haar vinger naar Cami. 'Ik kan niet tegen mensen die huilen. Verman je, meisje. We hebben iemand nodig die een opvliegende oude man aankan. En niet iemand die in tranen uitbarst als ik zeg dat ik niet tegen keffende honden kan.'

'Dat is het niet.' Cami veegde langs haar ogen. 'Ik kan ook niet tegen huilende mensen. Ik ben alleen zo blij en ik weet gewoon niet hoe ik u moet bedanken.'

'Door niet te huilen, bij voorkeur.' Constance snufte. 'Dus dat is een ja?'

'Het is een ja, graag.' Cami keek weer naar Hugo. 'En een heel groot dankjewel voor jou.'

Twintig minuten later, toen ze de cottage aan het bekijken waren, werd Hugo door een van de werknemers gebeld over een kapot hek, en toen hij buiten gehoorsafstand was, zei Constance: 'Nog één vraag.'

Cami knikte. 'Vraag maar.'

'Ik wil dat je eerlijk bent. Wat is de situatie tussen jou en mijn zoon?'

Pardon?

'We zijn vrienden,' zei Cami. 'Meer niet.'

'Wat voor vrienden?'

'Gewoon vrienden. Hugo is echt een schat. We konden het meteen met elkaar vinden. Hij heeft me geholpen deze kinderwagen te kopen. Hij is erg aardig...'

'En heb je een oogje op hem?'

'Nee.' Ze schudde ferm haar hoofd.

'Je bloost.'

'Omdat het gênant is om zo ondervraagd te worden. We genieten van elkaars gezelschap. Er speelt niets tussen ons.'

'Hij mag je graag.'

'Ik hem ook, maar meer dan dat is het niet. Ik ben drie jaar samen geweest met mijn vriend,' vertelde ze. 'Hij is zonder enige waarschuwing bij me weggegaan toen ik zes maanden zwanger was. Op dit moment ben ik een alleenstaande moeder die zo goed mogelijk voor haar dochtertje wil zorgen. Emotioneel gezien ben ik er nog helemaal niet aan toe om een oogje op wie dan ook te hebben. Dat speelt geen rol in mijn leven nu. Zo. Ik hoop dat ik daarmee uw vragen heb beantwoord.' Bijna had ze gezegd 'impertinente vragen', maar dat zou onverstandig zijn, aangezien ze voor een dak boven haar hoofd afhankelijk was van deze vrouw. Van deze bijzonder lastige vrouw.

Constance tuitte haar lippen. 'Prima. 'Maar je kunt het me moeilijk kwalijk nemen dat ik me zorgen maak. Gezien jouw financiële situatie.'

Oké, nu was ze echt te ver gegaan. 'Weet u wat?' begon ze, en ze wilde Hugo's moeder eens precies vertellen wat ze van haar vond. 'Misschien is dit toch niet zo'n...'

'Geregeld!' riep Hugo, die zich over het gras naar hen toe haastte. Hij stopte zijn toestel weer in zijn zak en nam Ellie van Cami over. 'Hallo, schoonheid, daar ben ik weer! Heb je me gemist?'

Ellie richtte haar grote blauwe ogen op Hugo's gezicht en haar mondhoeken gingen langzaam omhoog.

'O mijn god, kijk!' Hugo draaide haar snel om. 'Ze lacht!'

Cami lachte ook; hij was echt dol op haar dochtertje. En ja, natuurlijk was het nog veel te vroeg, maar haar eigen gevoelens voor hem begonnen ook te veranderen en te groeien. Gelukkig hoefde Constance dat niet te weten, en bovendien ging het haar helemaal niets aan. Lachend om de uitdrukking van pure vreugde op Hugo's gezicht zei ze: 'Ik zie het,' hoewel het misschien ook gewoon een windje was.

Acht dagen later stak Lizzie haar vuist in de lucht en riep: 'Het is ons gelukt!'

Cami straalde helemaal. 'Ik weet het. Ongelooflijk. We zijn klaar.'

'Ik had nooit verwacht dat we de deadline zouden halen.' Na vierhonderdenzesentwintig bladzijden voelde Lizzie zich vreemd geëmotioneerd. 'Maar het is ons gelukt!' herhaalde ze.

Een paar uur voor de deadline hadden ze de laatste hand aan het boek gelegd. Lizzie had tegenover Cami aan tafel gezeten toen die een mail opstelde en het manuscript er als bijlage aan toevoegde. Daarna had ze haar laptop over de tafel heen geschoven en gezegd: 'Aan jou de eer.'

Ping, zong de laptop toen Lizzie op verzenden drukte en haar levensverhaal de stratosfeer in vloog, op weg naar Carla van de uitgeverij in Londen. Ze sloeg haar armen even om Cami heen en zei met een stem die bijna brak: 'Zonder jou had ik dit nooit kunnen doen. Dank je.'

'Ik moet jou bedanken.' Cami klonk ook een beetje beverig. 'Waar zou ik zijn als jij me niet had gevonden?'

De cottage van het landgoed was in recordtijd schoongemaakt en opnieuw geschilderd, en Cami was er, samen met Ellie en Boo, drie dagen geleden ingetrokken. En nu pakte ze haar laptop en aantekenboeken in, klaar om naar huis te gaan, zodat Lizzie verder kon met pakken, want haar verblijf in Pine Lodge zat er bijna op.

Lizzie kon nog steeds nauwelijks bevatten dat ze morgen naar Londen zou gaan om daar op een vliegtuig naar L.A. te stappen. Op haar eerste dag hier was het geweest alsof de uren in slakkengang verstreken en had ze het gevoel gehad dat het één grote vergissing was geweest om drie maanden in Starbourne te willen doorbrengen.

Maar er was sindsdien zoveel gebeurd. Ze voelde haar borstkas opzetten terwijl de herinneringen haar overspoelden. Nu haar tijd hier erop zat, leken de weken in een flits te zijn voorbijgegaan. Ze had zoveel mensen leren kennen, nieuwe vrienden gemaakt, was betrokken geraakt bij hun levens en had dingen over zichzelf ontdekt die compleet nieuw voor haar waren.

Haar blik gleed naar het script op tafel, van de film waarvan de opnames over een paar dagen al zouden beginnen. Ze kende haar regisseur en medespelers en mocht ze allemaal graag, en daarom zou ze zich er ook op moeten verheugen, maar de gebruikelijke adrenalinestoot bleef weg. In plaats daarvan voelde ze een soort vermoeide tegenzin.

Maar dat gaf niet, ze wist dat ze het kon. Ze moest daar nu niet aan denken.

'Ik neem een glas wijn.' Ze gebaarde hoopvol naar de koelkast, alsof Cami niet wist waar de wijn stond. 'Als je ook zin hebt...'

'Dank je, maar ik moet echt naar huis met Ellie. Ze moet slapen.' Cami legde het dunne witte dekentje over Ellies blote beentjes recht. Toen ze voetstappen op het grind hoorde, voegde ze er grijnzend aan toe. 'Bovendien heb je bezoek. En hij zal je waarschijnlijk nog meer gaan missen dan ik.'

Matthew keek door de hoge ramen naar Lizzie die blij met Cami aan het kletsen was. Hij was heel geoefend geraakt in het verbergen van zijn gevoelens. Na Amanda's dood hadden bezorgde vrienden en kennissen hem dagelijks gevraagd hoe het ging en hij had steevast geantwoord dat het goed ging, ja, dank je, omdat hij wist dat ze dat wilden horen. Eruit flappen dat hij zijn grote liefde was kwijtgeraakt en geen idee had hoe hij verder moest zonder haar omdat het verdriet gewoon ondraaglijk was... nou ja, zulke dingen zei je gewoon niet. Iedereen had van hem verlangd dat hij sterk was, en hij had zelf ook geweten dat hij dat moest zijn, want hij had een tienerdochter die haar geliefde moeder was verloren en die hem nodig had in deze voor haar overweldigende periode van rouw.

Zich stoerder voordoen dan hij zich voelde, was iets waar Matthew goed in was geworden, en het was een vaardigheid die hem de afgelopen paar weken goed van pas was gekomen. Omdat hij, misschien onvermijdelijk, een enorme fout had gemaakt door iets te doen waarvoor hij zichzelf had gewaarschuwd, namelijk hopeloos verliefd worden op Lizzie Rafferty.

Maar gelukkig wist niemand dat. Hij had het helemaal aan niemand verteld, al zeker niet aan Maeve. Zijn dochter was niet echt blij geweest met de relatie en hij had haar gerustgesteld door te zeggen dat het niet serieus was, gewoon een onschuldig pleziertje tot hij gewend was aan het idee om weer te gaan daten. Hij voelde zich niet emotioneel betrokken bij Lizzie, had hij met nadruk gezegd, en de kans was groot dat ze elkaar nooit meer zouden zien wanneer ze eenmaal weg was. En dat vond hij helemaal oké.

En aangezien Maeve hem niet in zijn kamer kon opsluiten of zijn zakgeld kon inhouden, was ze genoodzaakt geweest de situatie – gewoon een onschuldige flirt – te accepteren en haar eigen gevoelens even opzij te zetten.

De andere persoon die zich niet bewust was van zijn ware gevoelens voor Lizzie Rafferty was Lizzie zelf. Hij was realistisch: een toekomst als stel zat er voor hen niet in en daarom was het eenvoudiger om niets van zijn gevoelens te laten merken. Niemand hoefde te weten dat hij achter zou blijven met een gebroken hart als ze terugging naar L.A. Die vernedering zou hem bespaard blijven.

En nu was het al bijna zover. O god, morgen al.

Hoewel het hem steeds meer moeite kostte om te doen alsof er niks aan de hand was, had hij besloten het tot het bittere einde vol te houden.

Matthew hield met een ingestudeerde glimlach de deur open zodat Cami er met de kinderwagen langs kon.

Lizzie zei: 'We hebben het boek net naar de uitgever gestuurd.'

'Goed zo.' Hij deed de deur dicht. 'Maar zeker weten dat ik je morgen niet naar het vliegveld hoef te brengen? Want ik kan mijn afspraak best verzetten.'

Ze schudde verwoed haar hoofd. 'Nee. Dat hoeft niet. Ik heb al een auto met chauffeur geboekt. Er wordt veel te veel waarde gehecht aan afscheid nemen op een vliegveld. Het voelt altijd heel raar.'

'Daar heb je helemaal gelijk in.' Hij knikte. 'Je omhelst elkaar, en dan neem je weet ik hoe vaak afscheid van elkaar, omdat je niet precies weet wanneer je zult weglopen, en dat is echt heel ongemakkelijk.'

'Precies! En je weet dat er de hele tijd mensen naar je kijken. Het is gewoon heel... gênant.'

'En dat kunnen we niet hebben.' Matthew vond van zichzelf dat hij het goed deed, maar toen glimlachte hij toch, omdat hij gewoon niet anders kon. 'Het wordt hier heel raar zonder jou.'

'Zul je me missen?' Lizzie keek hem onderzoekend aan.

'Natuurlijk zal ik je missen.' Hij zei het op nonchalante toon, als een rockster die tegen een arena vol gillende fans zegt dat hij van ze houdt.

'Je moet echt eens langskomen.' Speels streelde ze de voorkant van zijn overhemd.

Hij wist dat mensen ook dit soort dingen zeiden zonder ze echt te menen. Als je echt langsging, zouden ze zich doodschrikken en doen alsof ze niet thuis waren.

'Ja, goed,' antwoordde hij op de toon van iemand die dat beslist niet van plan was. Haar hand lag inmiddels op zijn broekriem... O, Lizzie wist precies wat ze deed.

Maar dit was hun laatste nacht samen. Wat er ook gebeurde, hij mocht zichzelf nu niet verraden.

Terwijl hij zijn vingers verstrengelde met de hare, zei hij: 'Kom, ik weet eigenlijk niet waarom we hier nog tijd staan te verspillen. Laten we naar boven gaan.'

Ze wierp hem een ondoorgrondelijke blik toe. 'Ik dacht dat je het nooit zou vragen.'

Op de achterbank van de auto die over de M4 naar Heathrow reed, sloot Lizzie haar ogen en hield zichzelf voor dat ze dit kon. Het was een emotioneel afscheid geweest van alle vrienden die ze in Starbourne had gemaakt. Maeve, Nella, Cami, Jed en Esme (wie had dat ooit kunnen zien aankomen?), om maar te zwijgen van Marvyn en Jerry van de Angel, en natuurlijk Nick en Hugo.

Ze zou ze allemaal vreselijk missen. Maar ze was een actrice, het was haar werk om haar ware gevoelens verborgen te houden, en ze was met vlag en wimpel geslaagd op het moment dat het er echt toe deed, bij Matthew. Voor hem was zij de eerste stap in de richting van een normaal leven geweest, meer niet. Ze waren allebei volwassen, ze begrepen het allebei, en de afgelopen paar weken waren een leuke vakantieromance geweest waar ze allebei met genegenheid aan zouden terugdenken, maar dat was dan ook alles.

Daarom had ze ook deze limo geboekt. Afgelopen nacht was hemels geweest, maar ze had al haar acteerkwaliteiten moeten aanwenden bij het afscheid vanochtend. Het had geholpen dat de anderen er ook bij waren geweest, verzameld in het zonnetje, op het gazon van Pine Lodge, en ze had haar rol zo goed gespeeld dat ze er eigenlijk een Oscar voor zou moeten krijgen.

Maar als hij haar naar Heathrow had gebracht, zou ze zich niet meer hebben kunnen beheersen. Ze zou zijn gaan huilen, zich als een koalabeertje aan hem hebben vastgeklampt en zich compleet voor schut hebben gezet op de luchthaven, terwijl er honderden onbekenden geboeid toekeken en ongetwijfeld ook hun telefoon pakten om haar vernedering vast te leggen, terwijl Matthew, zichtbaar geschrokken, haar van zich zou hebben proberen af te pellen.

'Alles in orde?' De chauffeur wierp een blik op haar via de achteruitkijkspiegel. 'Er zit een pakje zakdoekjes in het zijvakje, mocht u die nodig hebben, en anders kan ik ook wel even een tussenstop maken bij een benzinestation, als u wilt.'

Morgen zou ze weer in haar eigen huis in L.A. zijn. En drie dagen daarna werd ze verwacht op de set van een film die uiteindelijk door miljoenen mensen over de hele wereld bekeken zou worden. In Starbourne zou het leven gewoon verdergaan zonder haar, en Matthew Morgan zou na verloop van tijd een leuke, ongecompliceerde vrouw leren kennen en verliefd op haar worden.

'Nee, we hoeven niet te stoppen.' Lizzie had het pakje zakdoekjes gevonden, droogde haar ogen en pakte haar zonnebril uit haar tas. 'Niks aan de hand.'

52

'Wát ga je doen?' vroeg Nella.

Ze was aan het facetimen met Tommy in Manchester en de afgelopen tien minuten had hij alleen maar als een verliefde puber zitten mekkeren over Juliet en de baby, die echt nog heel lang op zich zou laten wachten, en ondertussen had hij haar foto's gestuurd van de laatste 3D-scan en haar gevraagd of ze vond of de baby zijn jukbeenderen had. En vervolgens, alsof hij er ineens aan dacht, had hij zich laten ontvallen dat hij met Jed had geluncht en toen ze had gevraagd waarom, had hij nonchalant gezegd: 'Omdat ik hem uitkoop. Hij verkoopt me de club en de Diamond-bars. Maar nu we het daar toch over hebben, ik heb je hier nodig zodra die contracten ondertekend zijn en...'

'Wacht!' Nella zat in kleermakerszit op het groene gras aan het einde van het poloveld. Ze had de nieuwe vrouwelijke gasten van Pine Lodge naar Tetbury gebracht, waar ze het jaarlijkse polofestival wilden bijwonen. Ze had hen achtergelaten in de champagnetent, waar ze vrolijk aan de Bollinger waren gegaan, en een uur later had ze gezien dat ze, met hun plastic glazen in de hand en gillend van plezier, op hun bijzonder onhandige hoge hakken mee hadden gedaan aan de beroemde traditie van losse graszoden aandrukken, terwijl ze er ondertussen ongetwijfeld op hoopten mannen tegen te komen die er net zo rijk en aantrekkelijk uitzagen als Richard Gere in *Pretty Woman*.

Hm, dan was er nog heel wat werk voor hen aan de winkel.

Ondertussen had Nella, stukken minder glamoureus, telefoontjes van gasten beantwoord, op haar telefoon stukjes geschreven voor de website, en een loodgieter gebeld met de vraag of hij onmiddellijk naar de Cedars kon komen om een wc te ontstoppen waar een klein kind de pantoffels van zijn zusje in had gepropt. Ze was blij geweest toen Tommy belde, want dan kon ze even pauze houden, en ze had het ook best leuk gevonden om het met hem over baby's te hebben, maar nu kwamen de paarden over het poloveld heen haar kant uit rennen. Hun hoeven dreunden over de harde grond en de spelers schreeuwden tegen elkaar terwijl ze met hun polohamers tegen elkaar ketsten in een poging de bal in bezit te krijgen.

'Wacht even, ik kan je niet meer verstaan.' Ze stond op en liep weg van de actie op het veld. 'Wat zei je net over contracten?'

'Dat we die gaan ondertekenen,' herhaalde Tommy.

'En dat andere?'

'Dat ik je hier nodig heb.'

De paarden draafden alweer de andere kant uit. Deze keer had ze Tommy luid en duidelijk verstaan.

'Waarom? Als getuige bij het ondertekenen van die contracten? Maar daar heb je mij toch niet voor nodig?'

'Nee, niet voor het ondertekenen,' zei hij. 'Voor het werk.'

Ze fronste. 'Ik snap het niet goed. Hoelang heb je me nodig dan?'

'Voorgoed. Kom op, Nella, je weet dat we een fantastisch team waren. Het allerbeste. Ik wil niet met iemand anders werken.'

Aan de andere kant van het veld werd gescoord en er steeg een luid gejoel op. 'Maar ik heb al een baan. Dat weet je best.'

'Dan neem je toch ontslag?'

'Dat gaat niet!'

'Natuurlijk wel. Voor wie werk je liever, voor Nick of voor mij?'

'Ik vind mijn werk hier fijn!'

'Ik vraag het je nog een keer.' Langzaam herhaalde hij: 'Voor wie werk je liever, voor Nick of voor mij?'

'Ik zit hier goed.'

'Behalve dan dat je een oogje op Nick hebt, maar jullie durven niks met elkaar te beginnen, want als het dan mis zou lopen, zou je daar niet kunnen blijven. Want ik ken je, ik weet dat je dat niet zou aankunnen.'

Hij had gelijk, maar dat wilde nog niet zeggen dat ze het wilde horen. 'Ik heb helemaal geen oogje op Nick,' protesteerde ze, maar zelfs in haar eigen oren klonk het zielig.

'Maar jij en ik, wij kunnen zo goed samenwerken,' vervolgde Tommy, die haar nu met gevlei probeerde over te halen. 'Dat weet jij ook. Je kunt gewoon weer hier komen wonen en je op je werk concentreren, geen Nick meer die je daarvan afhoudt. Hoeveel verdien je bij hem?'

'Dat gaat je niks aan.'

'Dat gaat me wel wat aan, want ik ga je meer betalen.'

Typisch Tommy. 'Hoeveel meer?'

'Zie je nou wel? Je voelt je al in de verleiding komen. Denk daar maar eens over na. Ik bedoel, echt, wat is nou beter? In het centrum van een bruisende stad wonen met alles wat je wilt om je heen, of in een of ander godvergeten dorp waar ze maar één pub hebben? Oké, ik moet hangen, denk er nog maar even over na. Dag.'

Zijn gezicht verdween van het schermpje. Dit was hoe Tommy te werk ging. Hij hield ervan om een bom te laten vallen in het gesprek als een soort verrassingsaanval, en liet je dan vervolgens aan je lot over.

De paarden denderden inmiddels weer Nella's richting uit. Er werd wild met polohamers gezwaaid terwijl de bal van de ene speler naar de andere werd geslagen. *Krakkk*, een van de polohamers raakte de bal precies goed en sloeg hem over de grond tussen de palen. Boven het triomfantelijke gebrul van de toeschouwers uit schreeuwde de commentator 'Goal!' door de luidsprekers, en op hetzelfde moment lichtte Nella's schermpje weer op, met een berichtje van Tommy.

Net met Juliet gepraat. Je moet Nick vragen wat je opzegtermijn is. Zsm graag want dan kan ik de boel hier gaan regelen.

Ook dit was weer echt iets voor Tommy; hij nam geen genoegen met nee, hoewel ze nog niet eens nee had gezegd. Op het veld werd de wedstrijd afgefloten, maar er zou er nog eentje volgen voordat het festival voor die dag voorbij was. Aan de andere kant van het veld zag Nella haar gasten in hun vrolijke zomerjurken – oranje, felgeel, felblauw en roze – bij een kraampje staan waar pizza's werden verkocht.

Ineens moest ze denken aan afgelopen zomer, toen ze nog in Manchester had gewoond, en op een zondag in het park pizzapunten had gegeten met Trish, die vaag had overwogen om een nieuwe baan te zoeken omdat haar kantoor maar een heel klein raampje had met uitzicht op een muur. Toen ze dat had verteld aan haar baas, die haar niet kwijt wilde raken, had hij haar meteen een groter kantoor aangeboden met een groter raam, een nieuwe bureaustoel op wieltjes en een sleutel van de luxueuze executive wc-ruimte op de zevende verdieping.

Zoals Trish zelfvoldaan had gezegd: het kon geen kwaad om mensen de kans te geven eens na te denken over hoe goed je was in je werk.

Terwijl Nella een slokje lauw water nam uit het flesje dat naast haar in de zon stond, zag ze de glamoureuze Diamond-bars, de exclusieve clubs en het bruisende nachtleven van Manchester voor zich.

Het probleem was alleen dat Nick niet in Manchester zat. Maar wel in Starbourne. En door haar terugkeer naar het dorpsleven met al zijn schoonheid en oprechte gemeenschapsgevoel, was ze er weer van doordrongen geraakt hoeveel ze daarvan hield.

Vijf minuten later tikte ze een kort berichtje op haar telefoon, haalde een keer diep adem en drukte toen op verzenden.

Ze kreeg kramp in haar buik en haar mond werd droog toen tot haar doordrong dat hij misschien wel ging zeggen dat ze, als ze toch plannen maakte om weg te gaan, net zo goed meteen haar koffers kon pakken.

Eigen schuld dikke bult.

53

Het eerste berichtje van Tommy Kessler had Nick een kwartier geleden ontvangen, terwijl hij op het terrein van een pas gekochte oude watermolen iets buiten Starbourne stond. De molen zou geheel gerenoveerd moeten worden en hij was midden in een gesprek met de architect en de voorman van de werkploeg. De architect, Remy, was met de auto uit Foxwell gekomen om met Nick de bouwtekeningen door te nemen die inmiddels klaar waren.

Nick zei: 'Sorry, geef me even een seconde.' Hij liet zijn blik snel over het bericht op zijn telefoon glijden, voelde dat zijn hart sneller begon te kloppen en nam aan dat ook zijn bloeddruk steeg.

'Alles in orde?' vroeg Remy.

'Ja, hoor, prima.' Het drong tot hem door dat er een spiertje in zijn kaak bewoog, want het was natuurlijk helemaal niet in orde. Het was het tegenovergestelde van prima. Die zak van een Tommy Kessler; en dan te bedenken dat hij hem had gemogen. Wat een sluwe, achterbakse klootzak bleek hij te zijn.

Ha Nick, even ter info: ik heb Nella haar oude baan aangeboden, dat je niet denkt dat ik het achter je rug om doe. Ja, je kunt het denk ik headhunten noemen, maar jij hebt dat ook gedaan toen ze in dat hotel werkte. Als je iemand wilt, is dat de enige manier. Alles is toegestaan in liefde en zaken, toch? Hoe dan ook, ik wilde je laten weten dat ze volgens mij wel belangstelling heeft en je waarschijnlijk gaat vragen wat de opzegtermijn is. We zouden het allebei fijn vinden als het allemaal zo snel mogelijk geregeld kan worden. Ciao, gabber.

Nick kookte van woede. Het gore lef van die vent. En nee, hij was beslist niet zijn gabber; als Tommy Kessler stom genoeg was om te denken dat hij hierop zou reageren, dan kon hij lang wachten.

Hij stopte zijn telefoon in zijn zak en richtte zijn aandacht weer op de tekeningen, tot een paar minuten later zijn telefoon weer trilde.

Het was weinig professioneel, maar hij moest gewoon kijken. In een volmaakte wereld zou het een berichtje van Nella zijn die het belachelijke idee om weer voor Tommy te gaan werken en in Manchester te gaan wonen gewoon weglachte.

'Twee seconden,' zei hij.

Het bericht was inderdaad van Nella.

Ze vroeg hem wat de opzegtermijn was.

Die gore klootzak moest haar hebben geboden wat ze ook maar wilde. Fuck fuck fuck!

De zon brandde op Nicks hoofd. Er gleed een zweetdruppeltje langs zijn nek. Hij liet de beide mannen zien dat hij zijn toestel nu echt uitzette en zei toen tegen Remy: 'Nogmaals sorry. Ga verder.'

Het overleg was een uur later afgelopen. Nicks toestel stond nog steeds uit en zat veilig verstopt in de kontzak van zijn spijkerbroek, maar de woorden van de twee berichtjes stonden helaas al in zijn hersens gegrift.

Had Nella soms al besloten om weg te gaan? Het voelde als verraad, maar veel erger dan dat was het gevoel van verlies dat door zijn lichaam trok. De gedachte haar niet meer te zullen zien was echt ondraaglijk. Zijn gevoelens voor haar waren bijna niet meer te houden, maar na er bijna aan toegegeven te hebben en haar te vertellen wat hij voor haar voelde op de avond dat Hugo ineens op de stoep had gestaan met de uitslag van de DNA-tests, had hij besloten om niets te zeggen. Want ironisch genoeg durfde hij het risico haar kwijt te raken wanneer hij het zei niet te nemen. Als hij één wens mocht doen, dan zou dat zijn dat ze een echt stel konden zijn, een stel dat iedere dag samenleefde en samenwerkte. Hij hield van haar, zo simpel was het. En nu, na zich maanden te hebben ingehouden, dreigde hij haar alsnog kwijt te raken.

In de auto pakte hij zijn mobiel en stuurde haar een berichtje. Nee, hij wilde dit niet telefonisch doen, want hij wist dat ze op het polofestival was.

Zit in een overleg. Spreek je later. Als je je gezelschap hebt teruggebracht, wil je dan naar de boerderijwinkel gaan en zes bossen pioenrozen kopen? De Taylor-Greys zeggen dat de rozen in Hay Hall slap hangen. (Roze pioenrozen. Geen witte.)

54

'Knowing me, knowing you, aha!' gilden de vrouwen op de achterbank, terwijl ze meebrulden met de ABBA-song op Ginny Harringtons Spotify. Iets daarvoor had Ginny, alcoholdampen in haar nek blazend, tegen Nella gezegd: 'We gaan thuis gewoon verder feesten. Waarom kom je ook niet? Het wordt echt episch!'

'Dank je, ik had graag gewild,' loog Nella, 'maar ik kan niet.'

'O, nee! Maar we gaan dansen!'

'Ik moet werken. Echt heel jammer. Sorry.'

De rit terug naar Starbourne duurde drie kwartier en gaf Nella genoeg tijd om te betreuren dat ze Nick dat berichtje had gestuurd. Zijn reactie was beslist heel kortaf geweest en hij had zijn toestel nu uit staan.

Nadat ze de vrouwen had afgezet bij Pine Lodge – ze zongen nu 'The Winner Takes It All' en zwaaiden met hun hoge hakken boven hun hoofd alsof het ratels waren – keerde Nella de auto op het grind en ging op weg naar de boerderijwinkel. De Taylor-Greys waren lieve mensen, dus als zij zich beklaagden over de staat van de bloemen, dan moesten die inderdaad vervangen worden. En zodra dat was gebeurd, zou ze Nick opsporen en hem vertellen dat ze helemaal niet van plan was om weg te gaan, dat het allemaal Tommy's idee was geweest en dat ze niet eens zin had om terug te gaan naar Manchester of...

'Waaaah!' Er schoot ineens een zwart-witte kat over de weg, en Nella trapte op de rem en gaf het stuur een ruk naar links. De banden gierden maar de weg was deze keer gelukkig droog, en ze reed niet in een greppel of tegen een muur.

Het laatste wat ze nu kon gebruiken was dat dát nog een keer zou gebeuren.

Met een neerbuigende zwaai van zijn staart verdween de kat door een gat in de schutting aan de andere kant van de weg. Nella liet het stuur los en wapperde even met haar handen om het trillen te laten stoppen. Ze moest haar hoofd erbij houden en zich niet meer druk maken over Nicks reactie op haar berichtje.

Het was druk bij de boerderijwinkel. Ze reed het volle parkeerterrein op en het lukte haar om helemaal achteraan een plekje te vinden. Oké, en nou die bloemen gaan kopen, hopen dat er geen rij stond voor de kassa en dan als een haas weer terug. Ze pakte een zakdoekje uit haar tas en depte er haar klamme handpalmen mee. Wat zou Nick zeggen? Zou hij erg kwaad zijn? Zou ze zo'n plak chocola met mintsmaak voor hem kopen, als zoenoffer? Ze wist dat hij daar gek op was. Oké, stop, niet meer aan hem denken, concentreer je op de bloemen.

Maar nadat ze zich een weg had gebaand door de altijd even populaire winkel, langs de aanlokkelijke uitstallingen van vers fruit en verse groenten, de vitrinekasten vol kaas en vleeswaren op de delicatessenafdeling en de schappen vol wijn, en eindelijk de bloemenafdeling bereikte, kwam ze tot de ontdekking dat er geen roze pioenrozen waren.

Gewoon niet. En ook geen witte pioenrozen. De aluminium emmers waar ze meestal in stonden, waren leeg, net als de emmers waarin rozen, alstroemeria's, zonnebloemen en gemengde boeketten hadden moeten staan.

Typisch. Of er waren vandaag geen bloemen geleverd, of er was ergens in de buurt een groot evenement, en dan hadden van die inhalige, egoïstische mensen gewoon alles ingepikt. Aangezien het geen zin had om zich daar verder druk over te maken, kon ze net zo goed weggaan. Ze draaide zich om en liep boem tegen de man achter haar op.

Het was Nick.

Geschrokken deed ze een stap naar achteren en riep: 'Dacht je soms dat ik het zou vergeten?'

Hij keek naar de lege zilverkleurige emmers en vervolgens naar haar lege handen. 'Waar zijn ze dan?'

'Ik ben er net. Ze hebben geen bloemen. Ik rij wel even naar de stad om ze daar te kopen.' Ze voelde dat ze bloosde, want ze werd nogal zenuwachtig van zijn blik. 'Luister, dat berichtje dat ik je heb gestuurd... dat was Tommy's idee.'

'Dat weet ik. Ik bedoel, ik wist het eerst niet, maar nu wel.' Hij wreef over zijn nek en schudde zijn hoofd, alsof hij met zijn mond vol tanden stond. 'Het was nogal een schok, om er op die manier achter te komen. Ik had geen idee dat dat speelde, dat je ander...'

'Nee, dat was ik niet!' krijste een klein jongetje in een Batmanpak. Hij knalde tegen Nella's knieën aan zodat ze bijna achterover in de rij emmers viel.

'Wel waar, je was het wel,' berispte een ouder meisje hem. 'Ik heb zelf gezien dat je die snoepjes hebt gestolen en nou moet je de gevangenis in.'

Het jongetje probeerde zich achter Nella's blote benen te verstoppen. 'Ik ben Batman!'

'Jasper, Matilda, hou op met dat geruzie!' schreeuwde een vermoeid ogende vrouw toen het meisje het jongetje beetgreep en op de grond wierp. Meteen daarna vlogen er twee in cellofaan verpakte lolly's over de vloer.

'Zie je wel?' brulde het meisje. 'Je bent een dief!'

Het jongetje gaf haar een schop. 'Maar eentje was voor jou!'

Iedereen stond inmiddels te kijken naar de worstelwedstrijd tussen Batman en zijn zusje op het tapijt van nepgras voor de bloemenstal en naar de moeder die vergeefs tussenbeide probeerde te komen.

Nick keek Nella aan en zei zacht: 'Laten we maken dat we hier wegkomen.'

Buiten, weg uit de heerlijk gekoelde winkel, nam hij haar mee naar de andere kant van het parkeerterrein, waar zijn eigen auto stond, verscholen achter een stoffige blauwe bestelwagen waar op de achterdeuren VIESPEUK was geschreven.

'Oké, er is iets wat ik je moet zeggen.' Nick, die blijkbaar was vergeten dat hij een zonnebril op zijn hoofd had, haalde zijn hand door haar. Zijn Ray-Ban vloog door de lucht. Nadat hij zijn bril had opgeraapt, vervolgde hij: 'Ik weet dat Tommy een vriend van je is, maar ik wil je niet kwijt. Ik bedoel, ik wil echt niet dat je weggaat.'

Nella opende haar mond om iets te zeggen. 'Maar...'

'Nee!' Hij stak zijn hand op. 'Luister eerst even naar wat ik te zeggen heb. Misschien maak ik wel de grootste fout van mijn leven, maar ik moet dit zeggen. Ik weet niet hoe het met jou zit, en misschien vergis ik me, maar ik heb al gevoelens voor je sinds je voor me bent komen werken. En zelfs daarvoor al, eerlijk gezegd, maar ik heb altijd als regel gehad om niets te beginnen met iemand die bij me werkt. En daarom hield ik mezelf steeds voor dat het gewoon niet mocht gebeuren, en ik dacht ook dat ik het wel aankon, gewoon als goede vrienden die fijn kunnen samenwerken, en meer niet. Nou ja, hoe dan ook... Shit...' Hij had zo'n haast om alles eruit te gooien wat hij op zijn hart had, dat hij zijn zonnebril alweer was vergeten toen hij zijn hand geagiteerd door zijn haar haalde, en deze keer vloog de bril heel hoog de lucht in en landde met veel gekletter op de motorkap van de stoffige bestelwagen achter hen.

Nella, die wist dat het zijn lievelingsbril was, vroeg: 'Zal ik hem even voor je halen?'

'Wacht.' Hij pakte haar pols beet toen ze langs hem wilde lopen. 'Laat me alsjeblieft eerst uitspreken. Het punt is, ik kan dit niet meer. Als ik niet bij je ben, denk ik aan je en dan wilde ik dat je er was. En 's nachts droom ik over je.' Hij schudde ongelovig zijn hoofd. 'Echt, ik heb dit nog nooit voor iemand gevoeld. Ik heb mijn gevoelens voor iemand ook nog nooit eerder voor me gehouden. En weet je, dat is het moeilijkste wat ik ooit in mijn leven heb gedaan. Maar ik hield mezelf voor dat het het waard was, want je was er in elk geval, en als je niet hetzelfde voor mij zou voelen, zou het weleens ongemakkelijk kunnen gaan worden en dan zou je misschien weggaan. En als we het wel een kans zouden geven, maar het liep op niets uit, dan zou je bijna zeker vertrekken.' Hij maakte een hulpeloos gebaar en zuchtte diep. 'Maar nu moet ik het je toch vertellen, omdat je misschien sowieso al weggaat, en dan is dit waarschijnlijk de enige kans die ik nog heb.'

Nella kon haar ogen niet van zijn gezicht houden. Nick was altijd zo kalm en beheerst. Ze had hem nog nooit zo meegemaakt, had nooit kunnen bedenken dat hij ook zo kon zijn. En ja, natuurlijk had ze hem al eerder kunnen onderbreken, om hem te vertellen dat ze geenszins van plan was om weg te gaan, maar waarom zou ze? Als ze dat had gedaan, was ze zijn fantastische liefdesverklaring misgelopen.

Haar hart danste in haar borstkas. Ze kon gewoon niet geloven dat hij naar de boerderijwinkel was gekomen om dit er allemaal uit te flappen als reactie op die ene korte vraag die ze hem had gesteld via Whatsapp.

Ineens bedacht ze iets. 'Ik heb het in mijn berichtje niet over Tommy gehad. Hoe wist je dat hij het was?'

Nick antwoordde: 'Hij heeft me een berichtje gestuurd.'

Natuurlijk. Dat was weer typisch Tommy. Als hij iets wilde, zette hij alles op alles om zijn zin te krijgen. Hij geloofde al jaren in manifesteren; geloof in jezelf en anderen geloven ook in jou. Dat was zijn mantra.

'Vanmiddag?' Ze durfde te wedden dat Tommy Nick een bericht had gestuurd vlak nadat hun telefoontje was beëindigd.

Hij knikte. 'Ja.'

Ze kon hem niet langer in spanning laten zitten. 'Ik ga helemaal nergens heen.'

Hij hapte hoorbaar naar adem. 'Wat?'

'Tommy bood me die baan aan. Ik zei nee. Hij bood me een hoger salaris. Ik wilde nog steeds niet. En hij bleef maar doorzeuren over dat ik jou moest vragen wat mijn opzegtermijn was, zei dat dat geen kwaad kon. Ik heb het alleen maar gedaan om te kijken of je me dan iets meer zou gaan waarderen.' Ze merkte ineens dat ze geen gevoel meer had in de vingers van haar linkerhand, en het drong tot haar door dat Nick haar pols steeds steviger vastgreep. 'Ik was helemaal niet van plan om ontslag te nemen, echt niet.' Inmiddels was haar mond zo droog als de Sahara. 'Omdat...'

'Omdat?'

'Omdat ik dat gewoon niet kon.'

'Waarom niet?'

'Nou, ongeveer om dezelfde reden als waar jij het over hebt. Ik vind het fijn om hier te wonen. Ik vind het fijn om met jou samen te werken.' Het was haar beurt om het te zeggen. 'Ik... mag je graag.'

'Oké.' Hij knikte langzaam. 'Even voor alle duidelijkheid. Je mag me... als baas?'

Nella voelde het gewicht van al haar twijfels van zich afvallen alsof er een loden mantel van haar schouders gleed. Ze zei simpelweg: 'Ik mag je op alle mogelijke manieren. Welke manier je ook maar kunt bedenken. En er is iets wat ik al maandenlang heb willen doen.'

'O?' Hij keek haar nog steeds aan, zonder zich te verroeren, al zag ze wel een spiertje trekken in zijn kaak.

Soms hadden zelfs normaal gesproken erg zelfverzekerde mannen blijkbaar een duwtje in de rug nodig.

Ze lachte. 'Heb ik nu nog niet lang genoeg gewacht? Ga je me nog kussen of niet?'

En daar had hij het aanbod waar hij natuurlijk geen nee tegen kon zeggen. Terwijl hij zijn armen om haar heen sloeg en zijn warme mond de hare vond, drukten hun lichamen zich tegen elkaar aan en bestond er niet zoiets als tijd meer, want het enige waar het om draaide, was dit hier, op dit hete, stoffige parkeerterrein dat misschien wel de minst glamoureuze plek was die ze hadden kunnen bedenken voor hun eerste kus die alle verwachtingen overtrof.

En het mooiste was nog wel dat er geen einde aan kwam.

Het was perfect. En beslist de moeite van het wachten waard.

O, over wachten gesproken...

'O, god.' Nella maakte zich paniekerig van hem los. 'De pioenrozen! We moeten ze ergens zien te vinden, voordat alle winkels dicht zijn.'

Geamuseerd zei hij: 'We kunnen ook gewoon doorgaan met wat we aan het doen waren.'

'Maar de Taylor-Greys hebben ze nodig voor hun grote diner vanavond!'

Hij pakte zijn autosleutel uit zijn zak en drukte erop om de kofferbak te openen. Nella's mond viel open toen ze zag wat erin zat, want nu wist ze waarom alle emmers in de winkel leeg waren geweest. Ze zag roze en witte pioenrozen, crèmekleurige, rode en oogverblindend felgele rozen. Er lagen ook een paar gemengde in cellofaan verpakte boeketten. En ze roken allemaal even heerlijk.

'De roze pioenrozen zijn voor de Taylor-Greys,' zei Nick. 'De rest is voor jou.'

'Ben je wel goed bij je hoofd?'

'Ik was in paniek. Ik dacht dat het misschien zou helpen.'

Ze liet haar blik over de bloemen glijden. 'Geen oranje rozen? Dat valt me tegen.'

'Sorry. Die waren uitverkocht.' Hij lachte even. 'Alweer.'

'Ze zijn prachtig. Maar ik heb geen bloemen nodig.' Ontroerd sloeg ze haar armen om hem heen, klaar om hem weer te kussen. 'Ik heb genoeg aan jou.'

Ongeveer een minuut later klonk er een vrolijke stem achter hen. 'O. Oeps, sorry, stoor ik?'

Ze maakten zich snel van elkaar los en toen ze zich omdraaiden, zagen ze dat het Rhoda was, een van Esme's notoir roddelzuchtige tweelingdochters; ze liep met haar armen vol blikjes frisdrank op hen af en leek bijzonder in haar sas met haar recente ontdekking.

'Zo zeg! Moet je dat nou eens zien! Eerst mijn moeder en Jed, en nu dit!' Nadat ze de blikjes op de passagiersstoel van de bestelwagen had gezet, stak ze haar hand omhoog en vroeg Nick: 'Is deze bril van jou? Je mag er wel wat voorzichtiger mee zijn, hij is hartstikke duur.' Ze gooide de zonnebril naar Nick, die hem met één hand opving. 'Maarre... is dit een groot geheim? Want ik kan jullie nu alvast vertellen dat ik niet zo goed ben in geheimen bewaren... ik ben nogal een flapuit. Mijn moeder noemt me de wandelende megafoon.'

'Het is oké.' Nicks arm lag weer om Nella's middel, en het lichamelijke contact was minstens zo verrukkelijk als hun kus. Hij had zijn zelfverzekerdheid weer helemaal teruggevonden en streelde de blote huid tussen Nella's topje en haar korte broek, terwijl hij Rhoda grinnikend aankeek. 'Dit is geen geheim waar je je mond over moet houden. Flap het er maar lekker uit.'

'Nou, dan zal ik jullie verder niet storen. Maar trouwens...' Wijzend naar de tekst die op haar stoffige auto was geschreven, zei ze met een knipoog: 'Míjn auto moet misschien gewassen worden, maar volgens mij kunnen júllie ook wel een koude douche gebruiken.'

'Daar zit wat in,' zei Nick nadat Rhoda toeterend en met een vrolijke zwaai was weggereden. Hij trok Nella weer tegen zich aan, gaf haar nog een lange kus en fluisterde: 'Misschien wel een goed idee om naar huis te gaan.'

Ze moest het hem vertellen. 'Weet je, de eerste keer dat ik je zag, heb ik je een acht gegeven.'

'Een acht maar?'

'Niemand is een tien waard. En je ging een punt naar beneden omdat je auto onder de modder zat.'

Ze zag dat Nick terugkeerde naar die noodlottige dag. 'Dat is oneerlijk, want Hugo had mijn auto de dag daarvoor geleend en ermee over onverharde wegen gereden.' Hij kuste haar. 'Ben ik dan nu wel een tien waard?'

'Dat vertel ik je straks.' Haar mond krulde zich tegen de zijne. 'Wanneer ik het zeker weet.'

Zeven minuten later, terug in Starbourne, bracht Nick de pioenrozen naar de Taylor-Greys in Hay Hall. Nella, die alvast naar huis was gegaan, belde Tommy zodra ze binnen was.

Hij nam na twee keer overgaan op en vroeg: 'Nou?'

'Ik kom niet in Manchester wonen. Ik ga niet weer voor je werken.'

'Te gek, maar dat bedoelde ik niet. Hoe gaat het met jou en Nick?'

Nella zuchtte; ze had echt eerder moeten bedenken waar Tommy mee bezig was geweest. Hij was een onverbeterlijke dealtjesmaker, probleemoplosser en bemoeial; dat was nu eenmaal zijn aard.

'Het gaat... goed. Je hebt hem dat berichtje expres gestuurd, hè?'

'Wie, Nick? Om hem de stuipen op het lijf te jagen, hem te laten denken dat hij op het punt stond je kwijt te raken zodat hij eindelijk eens in actie kwam?' Tommy begon te lachen. 'Ja, natuurlijk. En, heeft het gewerkt?'

'Het heeft gewerkt.'

'Ha, Jed zei dat al. We hebben het samen bedacht.'

Niets kon haar meer verbazen. 'Dus je wilde helemaal niet dat ik weer voor jou kwam werken? Wat had je gedaan als ik ja had gezegd?'

Hij zat nog steeds te lachen. 'Dat had ik fantastisch gevonden. Maar we waren er behoorlijk zeker van dat dat niet zou gebeuren.'

'Echt iets voor jou, altijd de gok willen wagen.'

'Maar iedereen kon het zien. Jullie zijn gek op elkaar. We vonden gewoon dat het tijd werd jullie een duwtje in de goede richting te geven. Ben je gelukkig?'

'Ja. Maar ook bang. Het kan nog steeds misgaan.'

'Nou, ik weet bijna zeker dat dat niet gaat gebeuren. Echt, jullie passen perfect bij elkaar. Hoe is hij trouwens in bed?'

'Dat weet ik niet, we zijn net thuis!' Precies op dat moment hoorde Nella Nicks auto voor het huis stoppen en ze voelde dat haar bloed sneller ging stromen, want nu zou het niet lang meer duren voordat ze het wist.

'Wat zit je dan je tijd te verdoen met dat geklets aan de telefoon? Hang op,' beval Tommy. 'En zodra je het weet, laat het me dan even weten.'

Een uur later draaide ze zich om in bed en pakte haar telefoon.

Naast haar vroeg Nick: 'Aan wie stuur je een berichtje?'

Ze verborg haar glimlach terwijl ze typte '100% perfect', en vervolgens op verzenden drukte. 'Gewoon een vriend.'

55

Vier maanden later

Het uitzicht op de Theems, vanuit het door glazen wanden gedomineerde kantoor van de uitgeverij, was bijzonder spectaculair. In alle gebouwen aan het water glinsterden lampen die werden weerspiegeld in de rivier beneden. Aan de overkant, iets naar rechts, stond de London Eye. Links werd je begroet door de aanblik van de Shard en de Gherkin, en recht tegenover het kantoor kon je de OXO-toren zien. Aan de vaag met sterren bespikkelde hemel stond een bijna volle maan. Het was halfacht op een koele avond eind oktober, en Lizzie was het dakterras op gelopen, zich geestelijk voorbereidend op het feest dat zo zou beginnen. Ze was vandaag aangekomen vanuit L.A., samen met haar moeder Vivienne, en na het feest van vanavond zou er nog een hectische week volgen van tv-optredens, radio-interviews en signeersessies. De afgelopen vier maanden had ze in L.A. de film *Catch the Cassidys* opgenomen, met een cast van bekende acteurs, en de verwachting was dat de film een groot succes zou worden. Tegelijkertijd had haar autobiografie in de afgelopen twee weken veel betere recensies gekregen dan ze zich ooit had kunnen voorstellen. Het was zowel grappig als emotioneel, hadden de eerste lezers gezegd, en haar eerlijkheid en oneerbiedigheid zorgden voor veel leesplezier. Er werden haar grootse dingen voor haar carrière in de komende jaren voorspeld.

Ze moesten eens weten wat ze van plan was.

De glazen deuren achter haar gingen open en ze hoorde iemand door de daktuin naar haar toe rennen.

'Daar ben je!' Uitzinnig van vreugde sloeg ze haar armen om

Maeve heen, die het parfum droeg dat Lizzie haar voor haar verjaardag had gegeven. 'Wat fijn om je weer te zien – en wat zie je er goed uit!'

Maeves ogen straalden en ze droeg een brede lach op haar gezicht. 'Ik heb het zo leuk op de universiteit. En de mensen in mijn studentenhuis zijn echt te gek!'

Lizzie wist dat natuurlijk al, want zij en Matthew en Maeve hadden samen een Whatsapp-groep waarin ze dagelijks berichtjes en filmpjes deelden.

Toen Carla, de uitgever, de bijzondere band tussen Lizzie en Maeve had ontdekt, had ze erop gestaan om dat verhaal in het boek op te nemen. Lizzie had in het begin haar twijfels gehad, want ze wilde niet dat mensen zouden denken dat ze zichzelf op de borst klopte, maar ze was al snel overruled door Matthew en Maeve, die vonden dat het verhaal verteld moest worden. Cami was er meteen mee aan de slag gegaan, en binnen een dag had ze een nieuw hoofdstuk geschreven, echt letterlijk de dag voordat de autobiografie naar de drukker moest.

Ze knuffelde Maeve nog een keer. 'En met je vader gaat het ook nog steeds goed. Ik had gedacht dat hij het moeilijk zou krijgen zonder jou thuis.'

'Ja, hè? Het is bijna beledigend! Ik bedoel, niet dat ik wilde dat hij hartstikke ongelukkig zou worden, maar ik had ook gedacht dat hij me meer zou missen. Een paar weken geleden wilde ik een weekend naar huis gaan, maar toen zei hij dat hij het nogal druk had.'

Lizzie glimlachte en knikte, bij zichzelf hopend dat hij niet de vrouw van zijn dromen had leren kennen.

Het goede nieuws was dat ze heel goede vrienden waren gebleven, ondanks de afstand die hen scheidde. Ze was haar vrolijke, nonchalante masker blijven dragen, net zoals Matthew, en toen hij in augustus een week naar L.A. was gekomen, hadden ze echt een gedenkwaardige tijd gehad, zowel in als uit bed, en ze hadden samen besloten dat zulke bezoekjes prima konden, zolang ze allebei single waren. Diep vanbinnen had het pijn gedaan dat Matthew leek te denken dat één zo'n bezoekje genoeg was, maar Lizzie had zichzelf in herinnering gebracht dat het in elk geval beter was dan hem helemaal niet meer zien.

Het andere goede nieuws was dat Maeve, nu ze wist dat haar vader geen liefdesverdriet had, zich geen zorgen meer maakte om hun relatie.

Door de glazen wanden van de vijftiende verdieping zag Lizzie de eerste gasten binnenkomen. De cateraars liepen rond met dienbladen vol canapés en drankjes, en mensen begroetten elkaar enthousiast. Er waren vrienden, en acteurs die ze kende, maar ook mensen die ze niet herkende, waarschijnlijk boekbloggers en journalisten. Vanaf de plek waar ze stond kon ze ook Jed en Esme zien, tussen wie het dik aan was, en Hugo en Cami, nog steeds goede vrienden, maar wie wist wat de toekomst zou brengen?

Haar telefoon en die van Maeve pingden gelijktijdig, en ze keken allebei naar het berichtje dat Matthew hun had gestuurd.

Trein vertraagd, ben er rond achten. Tot zo. Xx

Niet echt wat je wilde horen wanneer je stiekem de dagen, en vervolgens de uren, en toen de minuten had afgeteld. Lizzie verborg haar teleurstelling. Nou ja, hij was in elk geval onderweg.

'Arme pap, hij vindt het vreselijk om ergens te laat te komen. O, daar heb je Billy... wat ziet hij er goed uit, hè?' Maeve zwaaide wild door het raam om zijn aandacht te trekken. Twee maanden daarvoor was Lizzies huis in L.A. gefilmd voor een populair tv-programma over styling, en de drie schilderijen die ze van Billy had gekocht waren prominent in beeld verschenen en hadden de aandacht getrokken van zowel gewone kijkers als van beroemdheden. Inmiddels had hij opdrachten die hem tot de komende lente zouden bezighouden en hij was ook benaderd door een prestigieuze galerie in Kensington voor een solotentoonstelling komende zomer. En tot zijn opluchting had Billy ontdekt dat je er, als verzamelaars verliefd werden op het werk van een kunstenaar, niet per se hoefde uit te zien als een model of gefilmd moest worden terwijl je voor je ezel stond te dansen.

Het was jaren geleden dat Lizzies moeder voor het laatst in Londen was geweest, en aangezien het feest nog niet was begonnen, was ze met de lift naar beneden gegaan en had ze tegen de beveiliger gezegd dat ze even een luchtje wilde scheppen.

Dat was niet echt zo; Vivienne had gewoon zin om zich onder te dompelen in het geroezemoes van de grote stad, ze wilde de verkeersdampen en de olieachtige lucht van de Theems opsnuiven. Na zoveel jaren in L.A., met zijn eeuwige zonneschijn en pastelkleurige perfectie, had ze zich ineens afgevraagd of het niet tijd werd om daar weg te gaan. Werd het misschien tijd om weer naar huis te gaan en de grillige, regenachtige, onvoorspelbare geneugten van Engeland te omarmen?

Ze zag een glanzend zwarte taxi stoppen waar een man van middelbare leeftijd uit stapte. Ze moest een beetje lachen toen ze zag dat hij zijn blik over de indrukwekkende gevel van glas en staal liet dwalen, aarzelde, op zijn horloge keek, en toen nog wat langer aarzelde. Het was een reactie die ze herkende uit de tijd dat ze halfhartige pogingen had gedaan feesten voor singles te bezoeken, omdat vriendinnen vonden dat ze dat moest doen als ze ooit nog een leuke man wilde tegenkomen.

Ze had echter al heel lang geleden ontdekt dat in L.A. de oceaan er weliswaar veelbelovend bij lag, maar dat er maar heel weinig aardige vissen in rondzwommen. Aardige mannen leken wel uitgestorven.

De man die uit de taxi was gestapt en een mooi donkerblauw pak met een elegante roze stropdas droeg, keek nog steeds aarzelend naar de ingang. Omdat ze zijn gedrag herkende, durfde ze zijn blik te vangen. 'Altijd weer lastig, hè, te moeten bedenken wanneer je precies naar binnen moet. Er is niks zo erg als te vroeg komen.'

De man knikte en wierp haar een droog lachje toe. 'Heel erg. En dat je dan ook nog bijna niemand kent en niet erg goed bent in over koetjes en kalfjes babbelen, helpt niet. Vreselijk.'

Zijn bekakte accent klonk haar als muziek in de oren. Opgetogen en zich steeds meer op haar gemak voelend, rilde ze even.

'Dat kan inderdaad een ramp zijn. Ik ken daarboven maar één iemand, en zij zal het veel te druk krijgen om met me te praten. Ik bedoel, iedereen zal vast heel aardig zijn, maar hoe begin je in godsnaam een gesprek met iemand die je niet kent?'

Hij knikte. 'Vertel mij wat. Op school heb ik die les denk ik gemist. Ik was vanavond bijna niet gekomen, maar als je een uitnodiging krijgt, voelt dat nogal onbeleefd.' Op spijtige toon liet hij erop volgen: 'Volgens mij ben ik gewoon veel te beleefd. Daar heb ik alleen mezelf mee.'

'Ik ben een keer naar zo'n feest voor singles geweest,' vertrouwde Vivienne hem toe, 'maar daar was ik na vier minuten alweer weg. Ik probeerde me aan iemand voor te stellen, maar die man zei "Sorry" en liep toen gewoon weg.'

'Wat bijzonder lomp. Maar jammer voor hem dan.'

Ze ademde een vleugje van zijn aftershave in, een geur die deed denken aan sinaasappelbomen en echt verrukkelijk rook.

'Ja, maar het was echt erg. Iedereen stond naar me te kijken. En daarom heb ik me omgedraaid en ben weer naar huis gegaan.'

'Nou, je ziet er erg leuk uit vanavond. Ik weet zeker dat dat je vanavond niet zal overkomen, de mensen zullen om je heen zwermen. Mooie jurk, overigens.'

'Dank je! Ik stond net je roze das te bewonderen. En je pak... en je ruikt ook erg lekker! Sorry, ik klink nu vast als de eerste de beste gekkin, maar het is echt zo.'

Hij keek haar met een brede lach aan. 'Nou, zullen we anders samen naar boven gaan, aangezien we hier allebei niemand kennen?'

Terwijl ze op de stoep hadden staan kletsen, had zich achter hen een rij gevormd van gasten die naar binnen wilden.

'Ja, leuk!' zei Vivienne opgelucht. 'Dank je!'

Terwijl de man zijn uitnodiging liet zien aan een vrouw die namen doorstreepte op een klembord, hoorden ze een man met een slanke blonde vriendin bekvechten met de beveiliger; hij schreeuwde dat hij weliswaar geen officiële uitnodiging had gehad, maar dat hij Lizzie Rafferty kende en dat ze beslist zou willen dat hij kwam.

'Als u niet op de lijst staat,' herhaalde de beveiliger geduldig, 'mogen we u niet binnenlaten.'

'Luister, waarom bel je niet even naar boven om haar te laten weten dat Tristan Peverell er is. Mijn vriendin wil haar echt heel graag ontmoeten.'

'Het spijt me, meneer,' zei de beveiliger. 'Het antwoord blijft nee.'

Boven vulde de ruimte zich snel. Vivienne zwaaide naar haar dochter, die snel op haar af kwam lopen.

'O, daar ben je,' riep Lizzie uit. 'Ik vroeg me al af waar je was gebleven!' Toen ze zag wie Vivienne bij zich had, viel haar mond bijna open van verbazing. 'O, hallo!'

Verrast keek Vivienne haar metgezel aan. 'Ik dacht dat je hier niemand kende.'

'Dat is ook zo. Alleen Lizzie en haar uitgever. Maar verder niemand.' Hij trok vragend een wenkbrauw op. 'Maar jij blijkt Lizzie dus ook te kennen?'

'Ik ben haar moeder.'

Hij schoot in de lach. 'Echt? Ik ben haar aartsvijand.'

Lizzie deed een stap naar voren en omhelsde hem even. 'Je wás mijn aartsvijand,' verbeterde ze hem. 'Maar nu zijn we vrienden. Mama, dit is Piers Sanders. Hij is de schrijver van dat boek waar Niall een film van gaat maken. Ze beginnen volgende week en...'

'O, ben jij dat!' Vivienne staarde hem aan. 'Ik had geen flauw idee! Wat grappig! Maar je moest eens weten hoe mijn dochter afgelopen lente over je sprak!'

'Ja, we hebben een valse start gehad,' beaamde Piers kalm. 'We hebben geen van beiden een goede eerste indruk gemaakt. Maar dat is verleden tijd. Lizzie was zo aardig om me aan die filmdeal te helpen en daar zal ik haar eeuwig dankbaar voor zijn. Ik vlieg komende donderdag naar L.A., voor een ontmoeting met de cast en de crew, en om de eerste opnames bij te wonen, en dat zijn allemaal woorden waarvan ik niet had gedacht dat ik die ooit zou zeggen.'

Vivienne keek hem verrukt aan. 'Ik vlieg ook komende donderdag terug naar L.A.'

'Hallo, Piers!' Lizzies uitgever kwam bij hen staan. 'Mag ik je een ogenblikje lenen? Een vriend van Lizzie, een acteur, wil je graag ontmoeten.'

Toen hij weg was, greep Vivienne haar dochters arm beet en fluisterde: 'Wat een aantrekkelijke man! En zo charmant!'

Goh, dit beloofde toch nog een heel leuke avond te worden. Haar blik gleed naar Piers, die met zijn rug naar haar toe stond; ze hoopte dat hij niet al te lang opgescheept zou zitten met die acteur.

'Waar ga je naartoe?' wilde Lizzie weten.

'Ik moet even naar de wc, schat. Ben zo weer terug.' Vivienne had ineens de dringende behoefte om haar lippenstift bij te werken en om te controleren of haar kapsel buiten niet helemaal verwaaid was. Ze wilde er per se op haar allerbest uitzien.

56

Nella had het altijd al leuk gevonden om naar mensen te kijken, en ze kon zich vanavond dan ook uitleven op de vele gasten van Lizzie. Maar het allerliefst keek ze natuurlijk naar Nick. Vooral zoals nu, terwijl hij iets verderop met andere mensen stond te praten en te lachen; hij luisterde altijd belangstellend, en met zijn charisma, humor en charme gaf hij mensen ook het gevoel dat ze de moeite waard waren om naar te luisteren.

In juni, toen hij in de Verenigde Staten zat, had ze gedacht dat het zijn afwezigheid was die haar liefde voor hem had doen groeien, maar inmiddels wist ze dat iedere dag met hem samen zijn, samen met hem te werken en te leven, maakte dat haar liefde zich bleef verdiepen. Eindelijk begreep ze wat Tommy voor Juliet voelde. Wanneer de liefde met zoveel kracht toesloeg, nam ze alles over. Haar leven was er mooier op geworden, zo simpel was het. Ze hield van Nick, en de angst dat hun relatie op niets zou uitlopen, was al binnen een paar dagen verdwenen. Iedere minuut in zijn gezelschap was een perfecte minuut. En ja, ze had het al leuk gevonden om hem te observeren toen ze in april voor hem was komen werken, maar het voelde nog veel beter nu het niet meer stiekem hoefde. Ze waren een stel, ze mocht met onverholen waardering naar hem kijken, zo vaak ze maar wilde. Het was de beste hobby die je kon bedenken en ze wist dat ze er nooit genoeg van zou krijgen.

Zoals zo vaak keek Nick haar ineens aan en liet haar met een glimlach merken dat hij hetzelfde dacht. Afgelopen week had hij midden in een gesprek gezegd: 'Als we gaan trouwen...' en zij had gezegd: 'Als we wat? Wacht even, heb ik soms iets gemist?'

'Sorry, ik weet dat we het er nog niet over gehad hebben.' Nick had zijn hoofd geschud. 'Maar dat gaat vroeg of laat toch gebeuren. We kunnen niet niet gaan trouwen.'

Verbaasd had ze gevraagd: 'Maar... is het niet veel te snel?'

En toen had hij haar alleen maar in zijn armen genomen en gezegd: 'Voor mij niet.'

Dat was dat; ze wist nu dat ze met heel haar hart van hem hield. En het mooiste was nog wel dat ze wist dat Nick het echt meende wanneer hij zei dat hij ook van haar hield.

Carla, Lizzies glamoureuze uitgever, tikte met een lepel tegen haar glas om de aanwezigen te laten weten dat de speeches zo zouden beginnen. Nick maakte zich los van de mensen met wie hij had staan praten en kwam weer naar Nella toe.

'Ik zag wel dat je naar me keek,' fluisterde hij in haar oor.

Alleen al van de nabijheid van zijn mond begon Nella helemaal te tintelen.

'En ik zag ook wel dat je naar mij keek.' Ze leunde tegen hem aan, niet in staat haar glimlach te verbergen.

'Ja, ik keek inderdaad naar je. Ik zat me af te vragen of ik een gesprekje met je zou aanknopen om je te vragen of je morgen met me op date wil.'

'Waarom?'

'Omdat je er leuk uitziet. Ik viel meteen op je. Nou ja, jij mag het zeggen.' Hij glimlachte. 'Als je niet wilt, kun je gewoon nee zeggen.'

'Ik moet er nog even over nadenken.' Ze moest fluisteren, want het werd stil om hen heen. 'Waar zou je me mee naartoe willen nemen?'

'O, weet ik veel. Jij mag het zeggen.' Hij pakte haar hand en streelde haar vingers. 'Zelf dacht ik aan Tiffany's.'

Lizzie kon in de verte, boven het verkeersgedruis uit, de Big Ben acht uur horen slaan. Het was zover. Haar uitgever nam het woord.

'Goedenavond. We weten natuurlijk allemaal waarom we hier zijn, maar voordat ik de ster van de avond officieel het woord geef, zal ik me even voorstellen. Ik ben Carla en...'

Lizzies gedachten dwaalden af terwijl ze haar blik over de bekende en onbekende gezichten in de menigte liet glijden. Alle vrienden die ze in haar tijd in Starbourne had gemaakt, waren er. Ze zag Hugo, met baby Ellie trots op zijn arm alsof het zijn eigen kind was. Hij keek stralend toe terwijl Carla Cami aan het publiek voorstelde. Links zag Lizzie Jed en Esme, zo op hun gemak samen alsof ze elkaar al jaren kenden. En daar had je die lieve Maeve, naast Billy in zijn maar een beetje gekreukelde blauwe pak, en natuurlijk waren ook Nella en Nick er, die inmiddels onafscheidelijk waren en van wie iedereen altijd al had geweten dat ze voor elkaar bestemd waren.

Maar degene die ze het allerliefst wilde zien, ontbrak nog.

'We zijn allemaal dol op haar en vonden het natuurlijk fantastisch dat we haar boek mochten uitgeven.' Carla was nog steeds aan het praten; ze strooide met superlatieven alsof het confetti was. 'Maar echt, dit bijzondere boek heeft onze stoutste verwachtingen overtroffen! Het heeft alles wat een lezer van een autobiografie verlangt, en we zijn blij dat we het boek nu kunnen presenteren. Maar goed, ik heb genoeg gezegd. Het is tijd om jullie voor te stellen aan de fantastische actrice en nog fantastischer vrouw die met haar eerlijkheid en sprankelende persoonlijkheid een onweerstaanbaar boek heeft afgeleverd. Dames en heren, een applaus voor... Lizzie Rafferty!'

Er werd gefloten, gejuicht en enthousiast geklapt. Lizzie liep naar Carla toe en nam de microfoon van haar over. Toen maakte ze een kleine buiging en keek de zee van gezichten grijnzend aan. Nog steeds geen Matthew. Zou hij onderweg een ongeluk hebben gehad? O nee, alsjeblieft niet.

'Fijn dat jullie er allemaal zijn. En Carla, dank je voor je lovende woorden, maar het is maar de vraag of ik echt zo fantastisch ben als je zegt… Het is een eigenaardige ervaring om als actrice op te groeien in La-La Land, en hoewel ik mijn best heb gedaan om een goed mens te zijn, een verstandige vrouw, zal ik in de loop der jaren vast wel stomme fouten hebben gemaakt en vreselijke beslissingen hebben genomen. Waarover jullie, als jullie ze nog niet kennen, alles kunnen lezen in dit boek.'

Terwijl Lizzie wachtte tot het gelach was weggestorven, liet ze haar blik nog een keer over de menigte glijden. Bij de signeertafel zag ze haar moeder staan in haar nieuwe lila jurk; ze stond naast Piers Sanders en pakte zijn mouw even vast om hem iets in zijn oor te fluisteren waar hij om moest lachen. Meteen daarna zag ze een deur helemaal achterin opengaan, en ze hapte even naar adem toen Matthew binnenkwam. Godzijdank niet gewond, niet dood. Eindelijk was hij er, en het enige wat ze wilde was naar hem toe rennen en hem doodkussen. Nou ja, figuurlijk dan. Maar dat ging natuurlijk niet, niet nu. Matthew zou het heel gênant vinden.

Bovendien moest ze zich concentreren op wat ze wilde zeggen.

'Hoe dan ook, ik ben afgelopen april naar Engeland gekomen om even pauze te nemen van mijn werk, en om mijn lege batterijen op een rustige plek weer op te laden. Ik ben alleen maar akkoord gegaan met een autobiografie om van het gezeur van mijn agent af te zijn. En ik had zeker geen idee dat de pauze mijn hele leven op de kop zou zetten.' Ze zweeg even, terwijl ze van Maeve aan de ene kant van de ruimte naar Cami in het midden keek en vervolgens naar Matthew, die nog steeds bij de deur stond. Toen hij naar haar lachte, wist ze dat wat ze het allerliefste wilde doen, haar beste besluit ooit was. 'En ik overdrijf niet als ik zeg dat de mensen die ik hier heb leren kennen in vele opzichten fantastisch zijn geweest. Allemaal, maar… nou ja, één of twee in het bijzonder. En daarom heb ik besloten dat het tijd is voor verandering.

Zoals jullie misschien weten ben ik net klaar met de opnames van een film in L.A. Maar wat jullie niet weten, is dat ik verder geen Hollywood-films meer zal maken. Dit was mijn laatste.' Hoewel ze mensen naar adem hoorde happen, ging ze zonder aarzeling verder. 'Mijn manager en agent weten dat nog niet, en ik weet zeker dat ze kwaad op me zullen zijn wanneer ze het horen.' Ze merkte nauwelijks iets van de geschokte reacties van het publiek. 'Ik wil relaties aanknopen die echt iets voor me betekenen. En dat is niet iets wat ik op duizenden kilometers afstand kan doen. Ik wil tijd doorbrengen met degenen van wie ik hou en ze kunnen zeggen dat ik van ze hou terwijl we ons in dezelfde ruimte bevinden.' Ze kreeg een brok in haar keel, want nu ze het eenmaal had gezegd, was er geen weg terug meer. 'Het plan is dus om weer hier te komen wonen en hier iets met tv of toneel te gaan doen. Of misschien iets voor de Britse filmindustrie. Maar het gaat erom dat ik hier ben, dat ik een fijn leven kan leiden met iemand die mijn alles is... als hij me tenminste wil.'

Iedereen keek stomverbaasd om zich heen, zich afvragend voor wie deze verholen boodschap bedoeld kon zijn. Lizzie waagde het erop om een blik op Matthew te werpen, die ze nog nooit zo verbluft had zien kijken.

Na een paar seconden hoestte Maeve heel theatraal en riep: 'Pap, volgens mij bedoelt ze jou.'

Alle hoofden draaiden zich gelijktijdig om, in Wimbledon-stijl. Matthew keek Lizzie recht aan. Ineens doodsbang knikte ze en zei met beverige stem: 'Ja, ik bedoel jou.'

Toen de man van wie ze hield, maar tegen wie ze dat nog nooit hardop had gezegd, zich een weg naar haar toe begon te banen, weken de gasten als de Rode Zee uiteen om hem door te laten. Enthousiast begonnen mensen foto's te maken, en waarschijnlijk ook filmpjes, besefte Lizzie ineens. Hallo, potentiële wereldwijde vernedering...

Maar toen was Matthew al bij haar en hij zei: 'Ik mag hopen dat je mij bedoelt. Want ik zou het niet erg leuk vinden als je het over iemand anders had.' Hij nam haar gezicht tussen zijn handen. 'Ik had geen idee dat je dit ging doen. Maar ik hou van je. En ik wil je. Meer dan je ooit zult beseffen.'

Met oneindig veel tederheid kuste hij haar op haar mond en vervolgde toen fluisterend: 'Niet te geloven dat ik dit net heb gezegd waar al die mensen bij zijn,' want hun publiek was hard gaan klappen en juichen.

'Ik hou nog meer van jou. Ik heb al die tijd al van je gehouden.' Duizelig van vreugde kuste ze hem terug.

Nog geen seconde later werden ze bijna omvergeduwd door Maeve, die haar armen om hen heen sloeg. 'Niet echt de héle tijd,' bracht ze Lizzie vrolijk in herinnering. 'Maar dat met de gestolen grasklokjes vergeten we gewoon.'

'Waar gaat dit over? Nou wil ik het weten ook!' riep Carla uit.

'Maar goed dat die aanvaring niet in het boek terecht is gekomen.' Matthew kneep Lizzie stiekem even in haar zij. 'We kunnen niet hebben dat een van je lezers de politie inschakelt.'

Overal flitsten nu camera's, en Lizzies hart stroomde over. Wat had ze zich toch vergist in deze man, die vroege lenteochtend op het kerkhof; ze had bijna de handdoek in de ring willen gooien en nog diezelfde dag een vlucht terug naar L.A. willen boeken. En nu, al die maanden later, wist ze dat hij de man was die ze wilde. Terwijl ze het gevoel had dat ze elk moment uit elkaar kon barsten van geluk, zei ze tegen Matthew: 'Ik lust ze rauw.'

Dankwoord

Een schrijver weet nooit precies wat de inspiratie zal zijn voor het volgende boek. Voor mij varieerde het van de aanblik van een indrukwekkend Georgian landhuis hoog op een heuvel, een snippertje van een intrigerend dilemma op tv en de gesprekken van medepassagiers in een trein tot verhalen van een vriend of vriendin over een leuke ontmoeting of een rampzalig verlopen date. Uit al die zaadjes zijn romans gegroeid, en als ik zo'n zaadje te pakken heb en weet dat het mijn nieuwe beginpunt zal zijn, trekt er altijd weer een adrenalinestoot door me heen.

Het zaadje voor dit boek was een plek waar ik regelmatig met een groepje bevriende schrijfsters verblijf. We gaan dan een paar dagen naar de Hesdin Estate, een paar luxueuze vakantiehuizen op het platteland van Wiltshire, waar we ons vermaken met kletsen over schrijven, met zwemmen, eten, drinken, biljarten en tafeltennis, en waar we soms zelfs een beetje schrijven, als het echt moet. (Overigens, dit is geen sluikreclame – we betalen precies hetzelfde als andere gasten.) Het is er altijd even heerlijk, en een soortgelijk fictioneel scenario ontwikkelen voor *Denk jij ook weleens aan mij?* was een genoegen, hoewel geen van de personages in dit boek natuurlijk ook maar enige gelijkenis vertoont met het echte personeel, of met de gasten of de mensen uit het dorp.

Hoe dan ook, kijk alsjeblieft niet op de website van Hesdin, want zodra je die huizen ziet, wil je er ook naartoe en dan zal alles vast volgeboekt zijn als wij er weer een huis willen huren.

Hé, hier blijven jij, ik zei NIET KIJKEN.

Jill Mansell, daar word je vrolijk van!

Solo *Solo*
Wanneer Tessa vier boterhammen met banaan achter elkaar opeet, beseft ze dat ze zwanger is.

Open huis *Open House*
Tegenpolen trekken elkaar aan, zeggen ze, maar de verschillen tussen Marcus en Nell zijn wel heel groot.

Tophit *Kiss*
Izzy raakt in één klap alles kwijt, maar ze klimt weer uit het dal, vastbesloten om te scoren.

Kapers op de kust *Sheer Mischief*
Maxine solliciteert bij een beroemde fotograaf, maar ze is niet de enige.

Hals over kop *Head Over Heels*
Als de nieuwe buurman je oude grote liefde is, dan kan het leven heel ingewikkeld worden.

Geknipt voor Miranda *Miranda's Big Mistake*
Een man is net een trein, er komt altijd een volgende!

De boot gemist *Perfect Timing*
Poppy Dunbar ontmoet op een vrijgezellenavond de man van haar dromen.

Millies flirt *Millie's Fling*
Millie vindt het wel best, een manloze zomer. Tot ze Hugh ontmoet.

Niet storen! *Staying at Daisy's*
In het hotel van de spontane Daisy is het nooit saai.

Kiezen of delen *Nadia Knows Best*
Nadia wordt gered door een knappe vreemdeling. Nu moet zij...

Gemengd dubbel *Mixed Doubles*
Drie vriendinnen gaan vol goede voornemens het nieuwe jaar in. Maar het lot heeft andere plannen.

Geluk in het spel *Good at Games*
Suzy valt nota bene voor de agent die haar een boete geeft... maar na hun tweede ontmoeting is hij verdwenen.

De prins op het verkeerde paard *Falling for You*
Voor Maddy en Kerr is het liefde op het eerste gezicht. Tot ze ontdekt wat zijn achtergrond is.

Schot in de roos *The One You Really Want*
Nancy vertrekt naar Londen voor een nieuw leven. Al snel ontmoet ze haar nieuwe, knappe buurman Connor.

En de minnaar is... *Making Your Mind Up*
Lottie is helemaal niet op zoek naar liefde, tot ze haar nieuwe baas Tyler ontmoet.

Ondersteboven *Thinking of You*
Ginny wordt door een lange, knappe man van diefstal beschuldigd en is totaal...

Scherven brengen geluk *An Offer You Can't Refuse*
Lola voelt meteen weer kriebels als ze haar oude liefde Doug terugziet.

Eenmaal andermaal verliefd *Rumour Has It*
Tilly Cole raakt verstrikt in de intriges en rivaliteit rondom de aantrekkelijkste man van de stad.

Versier me dan *Take a Chance on Me*
Cleo wordt versierd door de liefste man van de wereld.

De smaak te pakken *To the Moon and Back*
Vindt Ellie na maanden verdriet weer ruimte voor verliefdheid?

Drie is te veel *Two's Company*
Cass ontdekt dat haar man niet zo perfect is als ze dacht.

Vlinders voor altijd *A Walk in the Park*
Lara komt opeens haar vriendje van vroeger tegen. Voor ze het weet voelt ze weer vlinders.

Huisje boompje feestje *Don't Want to Miss a Thing*
Er is meteen een enorme aantrekkingskracht tussen Molly en haar nieuwe buurman.

Rozengeur en zonneschijn *The Unpredictable Consequences of Love*
Voor Sophie geen relatie meer, echt niet! Maar dan ontmoet ze Josh en wordt ze tot haar afgrijzen toch verliefd.

Je bent geweldig *Three Amazing Things About You*
Hallie heeft een geheim: ze is verliefd op de perfecte man. Maar het zal nooit wat kunnen worden, want Hallie heeft niet lang meer te leven.

Lang leve de liefde *You and Me, Always*
Wanneer Lily op haar verjaardag de allerlaatste brief van haar overleden moeder opent, krijgt ze de verrassing van haar leven.

Ik zie je op het strand *Meet Me at Beachcomber Bay*
Clemency ontmoet Sam in het vliegtuig, maar verliest hem uit het oog. Drie jaar later blijkt hij de nieuwe vriend van haar verwaande stiefzus te zijn.

Stuur me een berichtje *This Could Change Everything*
Essie verliest alles als een persoonlijke brief per ongeluk viral gaat. Maar dan ontmoet ze Lucas.

Ik wil met je mee! *Maybe This Time*
Telkens wanneer Mimi's pad dat van Cal kruist voelt ze dat er iets meer is dan alleen maar vriendschap. Zal het juiste moment voor hen beiden ooit aanbreken?

Heerlijk duurt het langst *It Started With a Secret*
Lainey kan haar gevoelens voor Seth maar moeilijk verborgen houden. Maar ze blijkt niet de enige met een geheim...

Tot aan de zon en terug *And Now You're Back*
Didi krijgt de schrik van haar leven als ze na dertien jaar weer oog in oog staat met Shay Mason, haar eerste liefde. Zijn onverwachte bezoek dreigt lang verborgen geheimen aan het licht te brengen...

De zomer van je leven *Should I Tell You*
Amber heeft een geheim; ze is verliefd op Lachlan – haar beste vriend! Ze weet dat het nooit kan werken. Bovendien maakt ze zich zorgen om haar pleegvader Teddy. Is zijn nieuwe vriendin wel zo perfect als ze lijkt?

Het zonnetje in huis *Can You Keep a Promise?*
Wie had kunnen denken dat de excentrieke Edgar de oplossing zou hebben voor Lou's problemen? Het enige wat ze hoeft te doen, is zwijgen over de voorwaarde. Maar kan ze die belofte wel houden?

Een dag om nooit te vergeten *The Wedding of the Year*
Ruby's man Peter zal het huwelijk inzegenen. Wanneer ze de waarheid over hem ontdekt is ze zo verontwaardigd en vol ongeloof dat ze een heel impulsieve beslissing neemt. Zal dé bruiloft van het jaar nog plaatsvinden?